STEFANIE GERSTENBERGER

Orangenmond

ROMAN

Diana Verlag

Verlagsgruppe Random House FSC® N001967
Das für dieses Buch verwendete
FSC®-zertifizierte Papier *Holmen Book Cream*
liefert Holmen Paper, Hallstavik, Schweden.

Taschenbucherstausgabe 04/2015
Copyright © 2013 und dieser Ausgabe © 2015
by Diana Verlag, München,
in der Verlagsgruppe Random House GmbH
Dieses Werk wurde vermittelt
durch die Literarische Agentur
Thomas Schlück GmbH, 30827 Garbsen
Redaktion | Angelika Lieke
Umschlaggestaltung | t.mutzenbach design, München
Umschlagmotiv | © plainpicture/Cultura;
Istockphoto; Shutterstock
Satz | Leingärtner, Nabburg
Druck und Bindung | GGP Media GmbH, Pößneck
Alle Rechte vorbehalten
Printed in Germany
ISBN 978-3-453-35841-6

www.diana-verlag.de

I

»Oh, bitte, nicht jetzt noch einen Mord«, murmelte Eva, als das Telefon klingelte. Es war nicht umgestellt, sie hatte also immer noch Eingangsdienst. *DEZ.41*, zeigte das Display, dahinter *Brockfeldt*. »Ausgerechnet der ...«

Brockfeldt war zwar nicht so kompliziert, umständlich und schnell gekränkt wie ihre Chefin Ulla, doch er war unangenehm devot und ließ keine Gelegenheit aus, von Evas Stimme zu schwärmen. Selbst wenn es um Mord und Totschlag ging.

»Ihre Stimme, so durch den Hörer – also, die haut mich immer wieder um!« Auch wenn Eva ihn dann mit Schweigen strafte, gab er nicht auf.

»Von Ihnen würde ich mir gerne mal eine Gutenachtgeschichte erzählen lassen!« Und dem folgte stets ein Seufzer, als ob er von etwas Unerreichbarem träume.

Eva knurrte tief hinten in der Kehle, um für Brockfeldt einen extra rauen Unterton zu erzeugen. Sie war eigentlich schon gar nicht mehr da, unerreichbar – jedenfalls für die Brockfeldts dieser Welt. Betont langsam nahm sie den Hörer ab.

»LKA 34, Jakobi?«

»Wie weit bist du mit Uwe W., dem T-Shirt-Fall?«, fragte Chefin Ulla ohne Umschweife durch Brockfeldts Leitung.

Eva hatte oft mit ihr zu kämpfen: um die Einhaltung des korrekten Dienstweges, der Ulla äußerst wichtig war, um die richtigen Formulierungen in den Gutachten, um die Einführung neuer Methoden, die woanders schon längst etabliert waren. Aber jetzt saß Ulla offenbar bei Brockfeldt im Morddezernat in einer Besprechung und musste seine feuchten Mundwinkel mitsamt den Kuchenkrümeln darin ertragen. Allein deswegen hatte sie Mitleid verdient.

»Das Gutachten ist fertig, die Spuren waren Uwe W. eindeutig zuzuordnen, bringe ich dir gleich vorbei.«

»Nicht nötig, lass es auf deinem Schreibtisch liegen, ich hole es mir später. Gute Arbeit, Eva!«

Eva schwieg einen Moment überrascht. »Dann bis morgen!«, antwortete sie endlich. Sie hat mich gelobt, ich fasse es nicht, dachte sie und war sicher, Ulla könne ihr Grinsen durch den Hörer sehen. Doch eigentlich brauchte sie kein Lob. Auch wenn sie manchmal über ihren Job stöhnte – sie arbeitete gern im LKA. Gut, die Kantine war nicht gerade ein Feinschmeckerrestaurant, die Flure waren lang und öde, und es gab keine frische Luft in dem krakenhaften Riesenbau, in dem sich das Hamburger LKA auf mehreren Etagen ausbreitete. Aber die Labore waren technisch auf dem neuesten Stand und manche der Assistentinnen engagiert und gewissenhaft. Von den anderen, die ihren Job nicht ganz so ernst nahmen, wurde man dafür großzügig mit Informationen aus der neuesten *Gala* und dem Kantinentratsch versorgt.

Eva wollte sich ein Leben ohne die Abteilung DNA-Analysen und die täglichen Besprechungen, Untersuchungen und Meinungsverschiedenheiten einfach nicht vorstellen. Hier konnte sie ihre Fähigkeiten Tag für Tag einsetzen: logisch denken, vergleichen, analysieren, immer auf der Suche nach neuen Möglichkeiten und Lösungen, wenn die Abteilung bei einem Fall nicht weiterkam. Durch ihre unorthodoxen Lösungsansätze waren schon eine Menge zunächst aussichtslose Fälle doch noch aufgeklärt worden. Ullas Einwände – »Das haben wir aber immer schon so gemacht« oder »Das haben wir aber noch nie so gemacht« – fegte sie lässig beiseite. Brockfeldt bewunderte das, er fand es toll, wenn sie etwas Neues ausprobierte, was irgendwie ein wenig nach CSI aussah.

Eva liebte es, morgens als Erste in den Labors anzukommen und abends, wenn die anderen längst nach Hause gegangen waren, noch über Elektropherogrammen zur DNA-Analyse oder den neuesten wissenschaftlichen Publikationen zu sitzen. Das war allemal spannender, als sich irgendeine Schnulze im Kino anzuschauen. Zu viel freie Zeit war sowieso gefährlich, Lücken in ihrem Tagesablauf brachten sie zum Grübeln und Zweifeln. Und dafür gab es nur einen Grund: Georg.

Manchmal, nach einem zu langen Wochenende oder drei Tagen Resturlaub, in denen sie sich zu nichts Vernünftigem hatte aufraffen können, lag sie nachts schlaflos im Bett. In ihrem Magen nagte ein kleines Tier, ihr Herz klopfte zu schnell, und ihr Hirn feuerte ungebremst Gedanken in die Nacht: Was mache ich mit Georg? Was macht Georg mit mir?

Eva rollte auf ihrem Schreibtischstuhl so heftig zurück, dass sie gegen die Wand stieß. Es war lächerlich: logisch denken, vergleichen, analysieren, also all das, was ihr bei der Arbeit so leichtfiel, schaffte sie in ihrem Liebesleben nicht. Liebesleben! Was für ein Begriff für eine zwei Jahre andauernde Beziehung, die Georg wahrscheinlich nicht einmal als solche bezeichnen würde.

Vor einiger Zeit hatte sie sich noch strikt geweigert, sich selbst in die Kategorie Single einzuordnen. Nun war es so weit: Sie war Single, seit fünf Wochen war Schluss! Endgültig. Georg hatte sie allerdings nichts von ihrer Entscheidung mitgeteilt. Irgendwann würde er es schon merken. Sie rief ihn nicht an, traf ihn nicht mehr, aber auch er meldete sich nicht. Das war nichts Außergewöhnliches, sie hatten manchmal wochenlang keine Zeit füreinander gehabt. Dann hatte es wieder geschehen können, dass sie sich drei Tage hintereinander trafen, zusammen kochten, aßen, erzählten und manchmal auch, selten genug, miteinander ...

Schluss damit!

Sie hatte sogar seinen Namen auf ihrem Handy geändert. Er hieß jetzt nicht mehr *Georg*, sondern *Denk nicht mal dran!*. Es war besser so. Sie würde sich wie ihre Freundin Leah bei irgendeiner Partnerseite im Internet anmelden und sich dort mal umschauen. Kriminalistin, achtunddreißig, sportlich, erfolgreich, gebildet. Oder vielleicht doch lieber etwas erfinden: spontan, humorvoll, lebenslustig? Mein Gott, dann gehörte sie auch zu dem Heer Suchender, die sie sonst je nach Tageslaune milde belächelt oder genüsslich verachtet hatte.

Eva stellte das Telefon um. Von diesem Moment an musste die Stumme Herzogin auf 217 mit den weiteren Eingängen alleine klarkommen. Warum verkroch die sich nicht besser zu den Rhesusäffchen in ein Forschungslabor, statt bei der Polizei zu arbeiten? Hatte man ihr beim Einstellungsgespräch nicht gesagt, dass man im Landeskriminalamt hin und wieder auch mit Menschen kommunizieren musste?

Sie legte »In Sachen Uwe W.« mitten auf ihren Schreibtisch und sortierte die restlichen Akten in den Hängekorb, der gegenüber auf Silkes Tisch stand. Zwei Akten kamen bei »Vorziehen« unter, eine bei »Eilt!«. Eva mochte Silke, sie war nett, gut organisiert, aber natürlich längst weg.

»Sorry!«, sagte sie immer und streckte die Hände in den Himmel wie ein Klageweib. »Ich hab auch noch Familie, ja?!« Klar, Familie ging vor. Familie ging früher, Familie feierte Weihnachten, während andere Dienst hatten. Familie beschwerte sich aber nachher, dass sie völlig fertig sei von all dem Gerenne.

Eva fuhr den Computer herunter und warf noch einen schnellen Blick in den kleinen Spiegel, der versteckt hinter der Tür hing. Gesicht? Ging so. Vielleicht ein bisschen Kajal, um ihre Augen zu betonen? Falls jemand sie auf dem Nachhauseweg ansprach. Auf dem Fahrrad? Na sicher! Sie lachte ihr Spiegelbild an. In dem Licht der Neonröhre leuchtete die hellbraune Iris ihrer Augen fast orange, was wahrscheinlich auch an dem schwarzen Ring lag, der sie umgab. Viele Männer fanden ihre Augen schön. Georg auch. Vergiss ihn, verdammt. Frisur? Sollte sie den Zopf nicht mal aufmachen?

Bei der Arbeit trug sie ihr schulterlanges kastanienbraunes Haar nie offen, zu Hause auch nicht und beim Volleyballtraining erst recht nicht. Eigentlich nur abends, im Bett.

Denn alles andere war unpraktisch. Die Haare blieben zusammen.

Eva fuhr mit dem Aufzug die sieben Stockwerke hinunter und holte ihren Polizeiausweis aus der Tasche. Grünert von der Mordbereitschaft kam ihr entgegen. »Schönen Feierabend, Wi… äh, Eva!« Eva wünschte dasselbe zurück und grinste verstohlen. Sie wusste, dass man sie hinter ihrem Rücken Black Widow oder kurz Widow nannte. Es war wegen ihrer Kleidung: Alles, was sie trug, war schwarz, auch im Sommer. Erstens stand es ihr – das glaubte sie zumindest –, und zweitens musste sie so morgens nicht lange überlegen. Heute trug sie ein schwarzes ärmelloses Top, in dem ihre sportlichen Arme gut zur Geltung kamen, und schwarze Marlene-Hosen, die nur an großen Frauen richtig gut aussehen. Und immer Schuhe mit Absätzen, zum Fahrradfahren zwar etwas umständlich, aber sie streckten das Bein so schön! Ansonsten schwarze Blusen, schwarze Hosen, schwarze Kaschmirstrickjacken, manchmal durch die hohen Schuhe vielleicht eine Spur zu elegant für den nicht sehr glamourösen Arbeitsplatz. Was sagte Brockfeldt immer, wenn er sie zufällig ohne den hochgeschlossenen weißen Laborkittel sah? »Falls ich Sie jetzt in die Oper einladen wollte, müssten Sie sich gar nicht mehr umziehen!«

Eva zog den Ausweis durch die Stechuhr und ging in den Hof. Dort legte sie ein Klettband um das rechte Hosenbein. Das sah zwar bescheuert aus, ging aber nicht anders, wenn sie mit dem Fahrrad zur Arbeit fuhr. Die Bahn nahm sie nur im äußersten Notfall, bei Sturm oder Eisregen. Sie schwang sich auf das Rad, fuhr zwischen den blau-silbernen Polizeibussen hindurch und in den warmen Abend hinaus. Der blühende Flieder an der Böschung hüllte sie in eine betörende Duftwolke. Sie nahm einen tiefen Atemzug. Es war Sommer, die To-do-Liste für heute zu hundert Prozent abgearbeitet, »Fall Uwe W.« zu 99,99 Prozent gelöst. Ihre Beinmuskulatur brachte die Pedale in Schwung und fühlte sich gut dabei an. Sie dachte an gar nichts, das Leben hielt ein paar Sekunden lang inne und war einfach mal schön – bis ihr Handy klingelte. Eva hörte auf zu treten und genoss den Fahrtwind. Sollte es klingeln, sie war nicht erreichbar.

Als sie durch die Grünanlagen an der Hindenburgstraße fuhr, meldete sich ihr Telefon mit einem summenden Vibrieren erneut. Die Ampel an der Kreuzung Jahnring sprang auf Rot, Eva hielt an und griff in ihre Jackentasche. *Denk nicht mal dran!* auf dem Display. Ein kribbelnder Schreck durchfuhr sie, sie drückte den Anruf mit dem Daumen weg. Weg aus ihrem Leben. Kein Hin und Her mehr. Stolz und doch mit einem flauen Gefühl ließ sie das Handy zurück in die Jackentasche gleiten. Wieder klingelte es. *Denk nicht mal dran!* Eva atmete tief durch, die Ampel war immer noch rot. Na gut, sie konnte ihm schließlich nicht ewig ausweichen.

»Georg, was gibt's?« Sie übernahm den gelangweilten Ton, den sie schon hundertmal bei Brockfeldt angewandt hatte. Er klang fast echt.

»Eva! Du musst unbedingt heute Abend bei mir vorbeikommen, es ist etwas sehr Wichtiges! Bitte!« Sie antwortete nicht, sondern hörte am anderen Ende seinem auffordernden Schweigen zu, das langsam in ihr Ohr sickerte. »Oder jetzt gleich? Eva!?«

»Ich … Nein, ich kann nicht!« Sehr schön, Eva, souverän klingt anders, aber du übst ja noch! Bevor sie weiterreden konnte, seufzte Georg einmal tief und legte auf.

Autos fuhren dicht neben ihr an, Radfahrer sausten rechts an ihr vorbei, während sie regungslos wie ein Betonpoller mitten auf dem Fahrradweg stand.

Was war das denn? Georg legte sonst nie auf. Und wie hatte seine Stimme geklungen? Sie konnte diesen Ton nicht richtig deuten. Atemlos. Aufgeregt. Drängend. Ein Hilferuf?

Ja sicher, ganz bestimmt ein Hilferuf. Wahrscheinlich will er fragen, ob du die beiden Chamäleons von Emil in den Ferien betreuen kannst. Eva zuckte mit den Achseln. Zu

Freundschaftsdiensten dieser Art hatte man sie bisher nicht groß überreden müssen. Georg trug seine Bitten meistens ganz beiläufig vor. Tu es oder lass es, aber ich würde mich wirklich freuen, wenn du es machst … Dazu passte aber dieses Seufzen nicht und das Auflegen auch nicht. Nein, das da gerade am Telefon war ein echter Hilferuf an eine Freundin gewesen.

Eva biss die Zähne aufeinander. Ja, sie war im Laufe der Jahre zu einer Freundin geworden, einer guten Freundin. Sie mochte Männer, die Frauen als Freundinnen hatten. Doch bei Georg und ihr war der Sachverhalt uneindeutig, denn zwischen ihnen stand etwas, das alles kompliziert machte, etwas, das ihr nach zwei Jahren immer noch das Gefühl gab, etwas Verbotenes zu tun: Sex.

Wie oft hatten sie miteinander geschlafen und wann, zu welcher Gelegenheit? An einer Hand abzuzählen, na ja, vielleicht musste man doch noch die andere Hand dazunehmen. Nach diversen Partys und Geburtstagen, nach einem Ausflug mit Freunden, das letzte Mal vor zwei Monaten während eines Abends, an dem sie sich eigentlich einen Film mit Ryan Gosling ansehen wollten, der gerade auf DVD herausgekommen war.

Eines hatten all diese Treffen gemeinsam: Sie fanden immer bei Eva in der Wohnung statt, und Emil war natürlich nie mit dabei.

Eva schluckte trocken. Beim ersten Mal hatten sie sich aneinandergeklammert wie die Überlebenden einer Katastrophe. Sie *waren* die Überlebenden einer Katastrophe.

Und wenn wirklich nur die Chamäleons zu betreuen waren? Sie sah sich an den kommenden Sommerabenden bereits in der geräumigen Wohnung herumgehen, sah, wie sie

Möbel und Bilder berührte und wie sie minutenlang ohne zu denken im hinteren Teil des Altbaus in Georgs Studio saß. Ab und zu müsste sie natürlich Theo, der eigentlich ein Weibchen war, und Sandy, die natürlich ein Weibchen war, mit lebenden Heimchen und Wüstenheuschrecken füttern und das Terrarium von innen mit Wasser besprühen.

Wo Georg mit Emil in diesem Sommer wohl hinwollte? Island? Ibiza? Israel? Er dachte sich für Emil immer etwas Besonderes aus. Bevor die beiden wiederkämen, würde sie lauter leckere Sachen einkaufen. Das hatte sie schon oft getan, nur um das Leuchten in Georgs Gesicht zu sehen. Er konnte sich wie ein Kind über einen gut gefüllten Kühlschrank freuen.

Nein, sie wollte kein Leuchten mehr in Georgs Gesicht zaubern. Zauberte *er* denn eins in *ihres?* Eben.

Offenbar war sie nun doch in den Uhlenhorster Weg gefahren, denn sie stand ganz eindeutig vor dem Haus, in dem Georg und Emil wohnten, und beobachtete in diesem Moment ihren Zeigefinger, der auf eine Klingel neben dem Namen Wassermann drückte. Nur wenige Sekunden später hörte sie Emils Stimme mit einem lang gezogenen »Hallooo?« durch die Sprechanlage.

»Ich bin's, Eva.«

»Danke, ich bin gewarnt!« Oben wurde der Türöffner gedrückt. Eva lief an der engen Kabine des Fahrstuhls vorbei und machte sich an den Aufstieg. Sie verdrehte die Augen. Ich bin gewarnt ... Emil benutzte manchmal so seltsame Formulierungen, gar nicht kindgemäß. Mit zehn war er doch noch ein Kind, oder? Wenn auch nicht mehr lange.

Oben angekommen war sie kaum außer Atem. Emil lugte durch den Spion und öffnete die Tür dann in Zeitlupe. Mit einer minimalen Bewegung seines Kopfes versuchte er, seine langen Haare aus dem Gesicht zu werfen. Den Rest seines Körpers hielt er gerade wie ein Stock, auf seinem rechten Oberarm saß grün schillernd, in seiner Bewegung erstarrt, Theo. Links auf der Schulter, braun und unscheinbar und ebenso reglos, Sandy. Eva zog die Augenbrauen hoch und bemühte sich, ihre Verwirrtheit wegzugrinsen. Schon stand sie wieder hier, obwohl sie sich doch geschworen hatte, eine lange, lange Pause einzulegen.

Andererseits war es eigentlich egal, ob Georg nun alle Schaltjahre einmal mit ihr ins Bett ging oder nicht, sie hatte immerhin eine gewisse Verantwortung für Emil. Zum Beispiel dafür zu sorgen, dass er die Haare geschnitten bekam, und zwar schnell, der Junge sah ja kaum mehr etwas, und diese Herumschüttelei wurde langsam zum Tick.

»Hey, Emil, kann sein, dass dein Papa hier gleich auftaucht!« Die beiden Chamäleons hatten Rest-Wohnungsverbot, sie durften eigentlich nicht aus Emils Zimmer heraus. Emil drehte sich langsam um, wie ein Schlittschuhläufer unter Valiumeinfluss rutschte er auf Socken über das Parkett. Eva folgte ihm über den langen Flur. In seinem Zimmer ließ er die Tiere über seine Arme wieder zurück in das Terrarium klettern.

Sie sah ihm dabei zu, wie er die Pflanzen hinter der Glasscheibe konzentriert mit Wasser besprühte, ohne Sandy und Theo dabei direkt zu treffen. Er ging völlig in dem auf, was er tat, genau wie Milena früher. Er sagte nichts, und sie fragte ihn auch nichts. Kein: Was macht die Schule?, oder: Wie geht's beim Training? Emil war kein Kind für Small Talk. Seine Augen schienen sie zu durchschauen, sie war seine Tante, nicht seine Mutter, und sollte bitte auch nicht versuchen, diese Rolle zu übernehmen.

Kurz nach Milenas Tod hatte sie ihn einmal ins Bett gebracht und das Kasperpuppenritual, bei dem sie Milena so oft beobachtet hatte, nachgemacht. Milena spielte wunderbar, mit verstellten Stimmen und viel wildem Kämpfen, die Puppen hauten sich alles Mögliche um die Ohren, was Emil damals liebte. Doch bei Evas Vorstellung drehte er sich schon nach der ersten Bleistift-Schwerter-Attacke weg und verlangte nach seinem Papa. Eva legte die Puppen beiseite und holte ihn. Als sie später aus dem Wohnzimmer kam, wo sie mit Georg noch eine Zeit lang zusammengesessen hatte, fand sie vor der Tür eine an sie gerichtete Nachricht. Ein kleiner gelber Zettel mit zwei von Emil geschriebenen Wörtern darauf: DU. NAIN.

Eva hielt kurz die Luft an. Über dem Terrarium hing ein Foto von ihrer bildschönen Schwester mit dem kleinen Emil im Arm. Sie schaute so gut es ging daran vorbei und machte sich auf die Suche nach Georg.

2

Sie fand Georg in seinem Arbeitsraum im hinteren Teil der Wohnung. Er saß am Schreibtisch, der Computerbildschirm war dunkel. Langsam stand er auf, seine husky-blauen Augen sahen müde aus, und um seinen schönen, in diesem Moment aber zusammengekniffenen Mund wuchs ein Dreitage-, ach, mindestens Zehntagebart. Auch die dunklen Haare waren nicht wie sonst auf jungenhafte Art sorgsam zurechtgestrubbelt. Ich sollte das nicht tun, dachte sie. Egal, was er mir zu sagen hat und was er von mir will. Ich sollte gar nicht hier sein und sein Gesicht, seinen Körper so verliebt anglotzen. Der mühsam errichtete Widerstand drohte in ihr zusammenzustürzen wie eine Sandburg, die man mit einem einzigen schwachen Tritt dem Erdboden gleichmachen konnte.

»Hallo!« Er küsste sie auf beide Wangen und umarmte sie dabei sanft. Erst dann schaute er sie richtig an. »Da bist du ja.«

Meine Güte, wie klang das denn? Als ob sie zu spät zu einem wichtigen Termin erscheinen würde.

»Was ist los? Bist du krank? Oder was?« Sie zitterte innerlich. Sie war sauer auf ihn und gleichzeitig auf sich selbst. Er konnte immer noch alles von ihr haben, auch wenn er um gar nichts bat. Georg antwortete nicht, schaute sie nur kurz an und richtete dann den Blick auf den Boden.

»Arbeitest du gerade an irgendetwas?«, fragte Eva, um einen ungezwungenen Ton bemüht, und ließ den Blick durch den großen Raum schweifen.

Vor fünf Wochen war sie hergekommen, um auf Emil aufzupassen, damit Georg ungestört an der Aufgabe herumtüfteln konnte, drei geeiste Blaubeeren und einen Lavendelzweig möglichst spektakulär auf einem weißen Teller zu arrangieren. Das war sein Job. Er mixte knallgrüne Smoothies für ein neues Diätkochbuch oder rückte Kartoffelpüree, Nougatpralinen, Käsegebirge und Sauerkrauteintopf für das Objektiv des Fotografen ins richtige Licht.

Den ganzen Abend hatte sie sich gewünscht, dass er aus seinem Arbeitsraum herauskäme, war dann aber auf dem Sofa eingeschlafen. Er hatte sie nicht geweckt, sondern war am nächsten Morgen mit dem Ergebnis seiner nächtlichen Vorbereitung und Kisten voller Obst und Requisiten, ohne auch nur einen Kaffee zu trinken, in das Studio eines Fotografen gefahren. Sie hatte Frühstück für Emil gemacht, ihn zur Schule begleitet, obwohl ihm das peinlich war, und war dann wütend nach Hause geradelt. Nie mehr, hatte sie sich geschworen, nie mehr wollte sie sich wie ein bettelndes Hündchen fühlen, das man einfach auf dem Sofa vergessen konnte!

Die Wut stieg erneut in ihr hoch, was war da eigentlich in den letzten zwei Jahren abgelaufen? Ab und an die Tanten-Babysitter-Dienste, gefolgt von mehreren Wochen Funkstille, dann wieder plötzlich die Einladung zu einem gemeinsamen Ausflug oder einem Essen bei Georgs Freunden. Sie trafen sich zum Kaffee im Schanzenviertel und natürlich zu Emils Geburtstag. Es gab lange vertrauliche Gespräche auf ihrem Sofa, nur selten mit einem anschließenden Sprung ins Bett. War das eine Beziehung? Wohl kaum. Aber vielleicht war das das Geheimnis, weshalb Georg sich so wohl mit ihr fühlte? Eine Frau, die nichts forderte, aber zur Stelle war, wenn er sie brauchte. Im ersten Jahr nach Milenas Tod waren sie beide vorsichtig gewesen, sie redeten nicht viel, schienen beinahe Angst voreinander zu haben, waren aber doch vereint in der Trauer um denselben Menschen. Im zweiten Jahr klammerte Georg sich nicht mehr ausschließlich an Emil, es wurde selbstverständlicher, zu dritt etwas zu unternehmen, und es tat nicht mehr gar so weh, ihre Erinnerungen an Milena auszutauschen. Mittlerweile wusste Eva vieles über Georg, ihre Treffen waren sehr vertraut, aber nie regelmäßig. Vor zwei Jahren dann ging es mit ihren seltenen Liebesnächten los. Oft begleitet von viel Wein und einzelnen Tränen, immer ausklingend mit Georgs Erinnerungen an Milena. Sie konnte das nicht mehr. Wollte das nicht mehr. Merkte er denn gar nicht, was mit ihr los war?

Um sich ihre Verletztheit nicht anmerken zu lassen, wanderte sie durch den Raum. Sein Studio war eine Mischung aus Kühlhaus, Warenlager und Versuchsküche. Hier bereitete er sich vor, hier probierte er aus, machte auch schon mal selbst einige Aufnahmen, die er dann als freie Arbeiten anbot.

Doch warum waren an diesem Abend keine Lebensmittel zu sehen? Der sonst mit Tellern, Gläsern, Töpfen und Holzbrettchen überhäufte Arbeitstisch war leer, das Regal an der Breitseite des Raumes ordentlich eingeräumt. Dort stapelten sich auch Tischdecken, Servietten und unterschiedlichste Stoffe, Küchenmesser, hölzerne Kochlöffel und Marmoruntersetzer. An den Wänden lehnten verschieden gemaserte Holzplatten, alte Fensterläden, von denen die Farbe blätterte, und einige Tapetenrollen. Georg war immer auf der Jagd, um passende Untergründe und Hintergründe für seine Arbeit zu finden, Haushaltsauflösungen waren sein Hobby, Flohmärkte seine Welt.

Doch auch sein sonst immer offen stehender Werkzeugkoffer, aus dem an normalen Tagen Sprühflaschen, Fleischklopfer, Spatel, Trichter, Pipetten und Pinzetten herausquollen, war geschlossen und zur Seite gestellt.

»Arbeitest du gerade an irgendetwas?«, wiederholte sie ihre Frage.

»Nein. Ich kann im Moment nicht arbeiten!« Er hatte sich wieder an den leeren Schreibtisch gesetzt.

Auf der Arbeitsfläche unter dem großen, mit Stoff verkleideten Viereck der Fotolampe lag eine einsame Kugel Vanilleeis auf blassblauem Stoff. Eva nahm sie in die Hand, fuhr mit dem Finger über den täuschend echt aussehenden Schmelz und ging wieder zu Georg hinüber.

»Also los, jetzt sag schon, was ist passiert?« Sie hatten das Schlimmste schon vor fünf Jahren gemeinsam erlebt, was konnte noch kommen? Ein Food-Projekt geplatzt? Den coolen Mercedes-Kombi zu Schrott gefahren? Nein, das wäre untypisch für Georg. Obwohl er sein schnelles, neues Auto liebte, würde er das höchstens in einem Nebensatz erwähnen. Sie legte die Eiskugel behutsam auf seinen Schreibtisch.

»Ich kann seit Tagen nicht arbeiten, nicht essen, nicht denken. Weiß nicht, wie ich anfangen soll. Vor fünf Jahren war ich am Boden, die Zukunft existierte für mich gar nicht. Aber seitdem ist viel passiert. Wir haben …«, er lächelte kurz mit traurigen Augen zu ihr hoch, »du und ich, wir haben das zusammmen geschafft, wir haben es tatsächlich überlebt, obwohl ich dachte, das Leben bleibt für immer unerträglich.«

Eva nickte und merkte, wie ihr Hals eng wurde. Tränen stiegen ihr in die Augen, wie jedes Mal, wenn jemand gefühlvoll über den Tod ihrer Schwester sprach, obwohl sie in einer Ecke ihres Herzens doch immer noch so unendlich wütend auf sie war.

»Wir haben es überlebt, und daran hast du einen ganz großen Anteil. Du hast mich da rausgeholt, warst immer für mich da.«

»Wer hat da wen rausgeholt?«, murmelte sie. Er schniefte. In einer simultanen Bewegung fuhren sie sich beide mit dem Handrücken über die Wangen. Eva merkte es kaum.

»Deswegen muss ich dich etwas fragen. Vielleicht findest du es komisch.« Er drehte den Stuhl ganz zu ihr um und nahm ihre Hände. Seine waren warm, kräftig und trocken. »Eva!«

Ihr Herz klopfte so bescheuert schnell, während ihr tausend Gedanken durch den Kopf schossen. O Gott, er würde doch nicht etwa … Was für ein Kleid würde sie tragen? Bestimmt kein schwarzes aber wäre Weiß in Ordnung andererseits wer war heute denn noch Jungfrau selbst Mütter mit drei Kindern heirateten in Weiß musste der Mann nicht in die Knie gehen durfte er einfach auf einem Bürostuhl sitzen bleiben während die Frau stand …

Er schaute zu ihr hoch. So fühlt sich das also an, dachte sie und bereute, dass sie ihr Haar nicht offen trug.

3

Zehn Minuten später saß Eva in einem Liegestuhl auf der Dachterrasse. Sie wusste nicht mehr, wie sie dorthin gekommen war.

»Schön?!« Georg schnaubte in sein Weinglas. »Mehr fällt dir nicht dazu ein!?«

Mir fällt ein, dass ich dich verdammt noch mal immer noch liebe und gleich anfange zu heulen, dachte Eva. »Ich kann doch nichts dafür, wenn du meinst, so etwas tun zu müssen!«, antwortete sie mit über der Brust verschränkten Armen. Sie kämpfte mit den Tränen und hatte eine Gänsehaut, was nicht nur daran lag, dass die Sonne gerade hinter den Dächern verschwand. Wie konnte er nur! Durch diese seltsame, egoistische, bescheuerte Idee hatte er alles kaputt gemacht.

Sein Leben war doch in Ordnung gewesen! Na ja, berichtigte sie sich, soweit das Leben in Ordnung sein kann, wenn die geliebte Frau plötzlich stirbt.

»Ich bin völlig kaputt innerlich, liege nachts stundenlang wach, kann mich tagsüber auf nichts anderes mehr konzentrieren, meine Tage beginnen und enden mit Gedanken an Milena.«

Milena. Er sprach den Namen wie gewohnt zärtlich und mit besonders lang gezogenem E aus: Mileeena.

Eva fand es affig, dass ihre Schwester ihren Nachnamen einfach hatte wegfallen lassen. Aber so war sie gewesen: schon von klein auf davon überzeugt, etwas ganz Einmaliges zu sein. Niemand in ihrer Klasse hieß wie sie, niemand in der ganzen Grundschule, auch später auf dem Gymnasium nicht. Sie war auf ewig die einzige Milena weit und breit.

»Ein einzelner Vorname, der steht für was, peng! Das ist ein Markenzeichen und bleibt doch viel besser im Gedächtnis!« Damals wohnten sie noch zusammen in der WG in der Leunastraße und stritten unaufhörlich. »Was ist denn daran so schlimm? Was passt dir denn daran nicht?«, bohrte sie weiter.

»Wie Otto! Herzlichen Glückwunsch!«, hatte Eva noch gekontert, doch vergeblich. Ihre Schwester hatte recht behalten. Sie war unter »Milena« bekannt geworden, wie Madonna, Cher oder Adele. Ihren Nachnamen, Jakobi, kannten viele Leute gar nicht.

Sogar ihre Eltern fanden die Idee toll, aber die fanden ja alles toll an ihrer jüngsten Tochter, nachdem sie berühmt und reich geworden war. Um Milena zu ärgern, hatte Eva seitdem nur noch den Namen aus ihren Kindertagen benutzt, wenn sie mit ihr sprach. Aus der Zeit, als Milena noch klein, dick und lieb, eben einfach nur ihre Milli gewesen war.

»Milena. Meine Gedanken kreisen nur um sie.« Georg sprach immer noch. »Wie sie war. Was sie dachte. Wie ich denke, wie sie war – ach, ich rede Bullshit.«

»Warum hast du es denn überhaupt getan?«

»Meine Milena ...« Er schüttelte den Kopf, hatte ihre Frage anscheinend wieder nicht gehört. »Ich muss herausfinden, wer es war! Möglichst bald, es geht mir einfach nicht aus dem Sinn.«

»Verstehe ich nicht, so was macht man doch nicht eben mal so. Nur um Pia und Andrea einen Gefallen zu tun?« Eva drehte das Ende ihres geflochtenen Zopfes in den Fingern. Wie unendlich peinlich, sich zu schwören, ihn nie mehr sehen zu wollen – und dann, wenn auch nur wenige Sekunden lang, tatsächlich zu glauben, er mache ihr einen Antrag.

Vergiss diese Szene ganz schnell, sagte sie sich. Pack sie zu dem Krempel in deine ganz persönliche Asservatenkammer. Für immer. »Die beiden sind gute Freundinnen von mir, sie lieben sich, sie sind einfach toll zusammen. Ich dachte ... Ich dachte, es wäre ... Na gut, ich fühlte mich geschmeichelt!«

Eva sah ihn nicht an, stattdessen blickte sie weiterhin auf Dachziegel und verzinkte Fenstergauben. Es war ruhig hier oben weit über der Stadt, nur ganz leise konnte man das Rauschen des Verkehrs auf dem Mundsburger Damm hören.

»Hier ist es doch viel zu ruhig für dich«, hatte sie zu Milena gesagt, als die ihr die Wohnung zeigte. Fünfter Stock, damals noch ohne Aufzug, den hatte die Eigentümergemeinschaft erst später einbauen lassen.

»Viel zu ruhig und viel zu groß, du bist doch sowieso nie da.«

»Dann kannst du doch hier sein«, hatte Milena geschnurrt und den Kopf an ihrer Schulter gerieben. Das hatte sie schon als Kind gemacht, kaum dass sie laufen konnte. Eva hatte es gehasst, weil sie sich dann nicht mehr gegen ihre Schwester wehren konnte. Es fehlte ihr. Sie fehlte ihr. Nicht zu fassen. Nach allem, was geschehen war, nach allem, was Milena ihr weggenommen hatte, fehlte sie ihr. Immer noch.

»Die beiden wollten also, dass du der Samenspender für ihr Kind bist.« Georg nickte mit gesenktem Kopf wie ein Angeklagter bei Gericht.

»Und dann hat man festgestellt, dass in der Probe keine Spermien sind. Nicht zu wenig, nicht zu schwach, sondern gar keine.« Eva wiederholte den Satz, den Georg ihr erst vor ein paar Minuten hingeworfen hatte. Schock, Ungläubigkeit und Entsetzen über den Befund standen noch immer in seinem Gesicht.

»Ich hätte das Klinefelter Syndrom, sagte dieser Arzt, dieser …« Georg zuckte mit den Schultern, sprang dann auf. »Ich dachte, der verarscht mich.«

Eva zog die Augenbrauen hoch. Sie kannte die Symptome aus ihrem Biologiestudium: Ein X zu viel im Chromosomensatz, die Folge waren kleine Hoden und / oder ein sehr kleiner Penis, Gynäkomastie, Antriebsarmut und natürlich Zeugungsunfähigkeit …

»Dann hat er mir all diese grässlichen Symptome aufgezählt. Hören Sie auf, habe ich ihm gesagt, ich musste mich echt zusammenreißen, sonst hätte ich ihn noch lauter angebrüllt. Sie haben die Proben vertauscht, und irgendein armer Wicht denkt jetzt, er könne Kinder zeugen, obwohl er's gar nicht kann. Denn ich«, Georg machte eine bedeutungsvolle Pause, »ich habe nichts von alledem. Gar nichts! Davon können Sie sich gerne überzeugen!«

Mit einer ausholenden Handbewegung stieß er sein Glas

um. Der Rotwein lief über den Teakholztisch und tropfte auf die Terrassendielen. »Scheiße.« Er stellte das Glas wieder hin. »Winziger Penis, ich meine, geht's noch?! Das hätte ich ja wohl bemerkt.«

Eva musste ein Kichern unterdrücken, ja, das hätte sie allerdings auch schon bemerkt. Georg setzte sich, er stützte seinen Kopf in die Hände und betrachtete die Weinlache vor seinem Platz. »Und außerdem bin ich Vater eines Sohnes, habe ich ihm gesagt, und das schon seit zehn Jahren!«, murmelte er.

Eva sagte nichts. Mensch, Georg, da hast du was angerichtet, dachte sie. Nur weil du dich geschmeichelt fühltest, dein Erbgut an zwei freundliche Lesben weitergeben zu können. Andererseits brauchte man keine zwölf Semester Biologie zu studieren und auch keine weiteren drei Jahre an einer Dissertation für den Dr. rer. nat. zu sitzen, um zu wissen, dass darin der Sinn der Evolution bestand. Der Sinn von Fitnessstudios, engen T-Shirts, coolen Sonnenbrillen, Cowboystiefeln und männlichem Gehabe: Erbgut weitergeben.

»Da schaut der mich nur an. Sagt gar nichts mehr, und ich bin raus aus der Praxis, mit meinem perfekten Körper und meinem bis dahin sehr zufriedenstellenden, ausreichend großen, ach – egal, der mir bis dahin nichts von meiner Unfähigkeit verraten hat.«

Ja, Georg war perfekt. Es klang albern, auch weil sie sich seit fünf Wochen so sehr bemüht hatte, ihn endlich aus ihrem Kopf und ihrem Herzen zu bekommen, aber was Attraktivität, Gelassenheit, Verlässlichkeit und Witz betraf, erzielte er jeweils die höchste Punktzahl.

»Und nun? Was wolltest du mich fragen?« Ihr war klar, was jetzt kommen würde.

»Na, was wohl? Wusstest du etwas davon? Ich meine, hat Milena dir irgendwas gesagt?«

»Nein. Sie hat mir nichts gesagt, was denkst du denn? Bist du übrigens sicher, dass Emil uns nicht hört?«

Georg nickte. »Ich habe ihm ausnahmsweise erlaubt, diesen japanischen Naruto-Mist zu gucken, da ist er ganz heiß drauf, und die Tür ist zu.«

»Wirst du es ihm sagen?«

»Wenn ich seinen richtigen Vater gefunden habe? Ich weiß es nicht. Ist das nicht meine Pflicht? Vielleicht. Ja, ich denke schon.« Er zuckte wieder mit den Schultern, hieb dann plötzlich mit der Faust neben die Rotweinpfütze auf den Tisch. »Verdammt!« Er rieb seine Hand. »Weißt du, wie weh das tut?«, fragte er leise. »Zu überlegen, wo sie es getan hat und mit wem? Ich liebe diese Frau, ich werde sie immer lieben, habe ich geglaubt. Doch nun habe ich nur noch vor Augen, wie wir Emil in Dänemark gezeugt haben. Gezeugt haben! Ha! In dem kleinen Häuschen in Nordborg. Habe ich jedenfalls immer gedacht. Alles gelogen.«

Weinte er? Eva war nicht sicher. Danke, Milena, großartig! Die Überraschung ist dir so lange Zeit nach deinem Tod wirklich gelungen.

»Ja, aber überleg doch mal, nach allem, was du mit Emil erlebt hast … Du hast ihn aufgezogen, warst immer da, du warst mehr Mutter für ihn als Milena. Von Anfang an.«

Georg hatte die Augen geschlossen und presste seine Fingerspitzen an die Schläfen.

»Du bist sein Vater! Wer denn sonst? Und was hast du davon, wenn …«

»Was ich davon habe?! Mir kracht hier gerade meine ganze Welt zusammen, Eva, meine ganze heile Welt, wenigstens dachte ich, die fünf Jahre und neun Monate, die ich mit

26

ihr hatte, wären die schönste, unbefangenste, heilste Zeit in meinem Leben gewesen. Da war nichts erzwungen, da war nichts anstrengend, nichts von ›Beziehung ist Arbeit‹ und diesem ganzen Mist! Bei uns war es anders!«

Eva atmete tief ein und dann langsam wieder aus. Ihre Eifersucht war kein normales Gefühl, sie war ein Queckengewächs, das immer wieder kam, so oft sie ihr Gehirn auch umgrub oder versuchte, etwas Neues darüber auszusäen, um zu vergessen. Es war einfach nicht auszurotten. Sie schaute auf den Punkt zwischen Georgs Augen, um nicht dauernd auf seinen Mund zu starren.

»Das waren Jahre voller Liebe und echtem Glück, um mal diese abgenutzten Worte zu gebrauchen. Hab ich zumindest geglaubt. Aber diesen Glauben kann ich mir jetzt ja wohl abschminken!«

Eva nickte, denn sie verstand genau, was er meinte. Was blieb von seinen schönen Erinnerungen? Was von ihren? Die Idee, die sie von Georg und Milena im Kopf hatte, dieses Gebilde von Verschmolzenheit und süßer Harmonie schien zum ersten Mal falsch und machte dafür einem ganz anderen Bild Platz. Einem Bild von einem fremden Mann und fremden Betten, von geheimen Telefonaten, vielleicht sogar heimlichen Treffen, um dem kleinen Emil seinen richtigen Vater vorzustellen.

»Wann?, Wann?, Wann?, frage ich mich schon seit Tagen. Ich hatte doch nie den geringsten Zweifel. Sie kommt mit diesem Zitronenkorb aus Positano in die Küche, frisch vom Dreh aus Italien, wir sehen uns, sind sofort fasziniert voneinander ...«

Ja, das konnte man schon erahnen, als ihr da eine Stunde lang verschlungen vor dem Kühlschrank geklebt habt, dachte Eva, und ihr Magen zog sich bei der Erinnerung leicht zusammen. Damals habe ich mich heulend über die Klo-schüssel gehängt, aber leider nicht kotzen können, als ihr Hand in Hand die Party verlassen habt und dann gleich für die nächsten drei Tage verschwunden seid. Die Party, die ich nur gegeben habe, um meinen Nachbarn Georg aus dem zweiten Stock einladen zu können.

»Na ja, wir haben in unserem verliebten Rausch natür-lich nicht wirklich aufgepasst, und sie wurde schwanger. Bumm. Ein Kind der Liebe. Vom ersten Tag an ... Und nun ist das alles nicht wahr?! Ich hätte das nie von ihr ge-dacht.«

Ich schon, schoss es Eva durch den Kopf. Nein, korri-gierte sie sich sofort, das ist gemein.

»Es gibt nur zwei Möglichkeiten. Vor mir. Und ich meine: ganz kurz vor mir! Oder ...«

»Währenddessen?«, fragte Eva leise.

Georg nickte mit zusammengekniffenen Augen.

»Nein, das kann ich mir nicht vorstellen. Eine verliebte Frau springt nicht in anderen Betten herum.« Sieh nur mich an, war ich in den letzten fünf Jahren etwa mit einem ande-ren Mann außer dir im Bett? Na also.

»Und Milli war verliebt! Richtig verliebt.«

»Ja?« Er sah sie mit rot unterlaufenen Augen an.

»Ja!« Das war ja das Schlimme, fügte sie im Stillen hinzu. »Milena ließ sich zwar jahrelang treiben wie ein neugieriges Kind auf dem Jahrmarkt. Alles war spannend, alles war neu und brachte sie weiter, sie verliebte sich regelmäßig in ihre Regisseure und Filmpartner und beendete diese Beziehun-gen aber auch immer wieder ganz schnell. Sie litt nie beson-ders, weil es noch so viele – äh, Menschen zu entdecken gab ... Aber als sie dich traf, war sie plötzlich anders.«

»Wann ist es dann also passiert, mit wem könnte sie ...?«

Eva schüttelte den Kopf. »Keine Ahnung, es ist furchtbar, darüber nachzudenken. Nachzurechnen.«

»Vielleicht hat sie das Ganze mit mir doch nur geplant und berechnet ...«

»Vergiss es«, sagte Eva, »sie hatte garantiert keinen Plan. Sie war unbeirrt und methodisch, was das Theaterspielen und die Auswahl ihrer Rollen beim Film anging, aber was ihren Körper und die Liebe betraf völlig planlos ... Schrecklich.«

Würde ihn der letzte Satz beruhigen oder ihm noch mehr wehtun?

»Planlos hört sich für mich in diesem Zusammenhang ziemlich gut an. Du meinst, sie wusste von nichts?« Georgs Mund entspannte sich, als er so etwas wie ein Lächeln versuchte.

»Ich kann es dir nicht genau sagen. In den letzten Jahren ihres Lebens habe ich sie leider etwas aus den Augen verloren.«

»Du warst immer bei uns eingeladen ...!«

»Ja, und bin dann oft nicht erschienen, ich weiß, meine Schuld!« Denn ich stand jedes Mal wie ein ausgesondertes Spielzeug daneben und schaute eurem glücklichen Leben zu, ergänzte sie in Gedanken. »Du hast mit ihr zusammengelebt, du kennst sie aus dieser Zeit besser als ich«, setzte sie laut hinzu.

Georgs Blick war der eines gequälten Hundes, der nicht versteht, warum man ihm Leid antut.

»Ein bisschen besser!«, berichtigte Eva und seufzte. »Milena war eben so. Nie wusste sie, wann sie ihre Tage hatte, die kamen total unregelmäßig. Als wir in der WG wohnten, habe ich zwei Kalender mit dem ›roten M‹ geführt. Einen für mich, einen für sie. Irgendwann habe ich es aufgegeben.

Ihre Frauenärztin hat gesagt, sie habe einen absolut unregelmäßigen Eisprung.«

»Rotes M …! Dann kennst du dich ja in der Buchführung aus. Rechnen wir also! Ich komme da immer durcheinander, du bist die Biologin. Wie ist das mit dem Zyklus noch mal, ab wann ist da was möglich?«

»Oje. Das kannst du in jedem Biologiebuch nachlesen. Emil kam ja nicht nach sechs oder sieben Monaten auf die Welt. Ich glaube, er wog fast vier Kilo, oder?«

»3 788 Gramm!«

»Eben!«

»Du meinst, der Zeitpunkt kann nur einige Tage vor unserem Kennenlernen und dem Ausflug nach Dänemark gelegen haben?«

»Anzunehmen.«

»Ich weiß nicht, und wenn sie doch noch mal mit einem anderen … Während sie mich schon kannte …?«

Darauf habe ich damals ja gewartet, dachte Eva. Das geht nicht gut, habe ich gehofft, Milena ist doch viel zu sprunghaft! Es ging aber gut. Sie war wirklich verliebt, über fünf Jahre lang. Und wäre es wahrscheinlich heute noch. So wie ich.

Sie zuckte wieder mit den Achseln. »Was soll ich dir sagen? Ich kann es mir einfach nicht vorstellen.«

»Anfang Mai demnach«, überlegte Georg und strich sich über die Bartstoppeln, »da war sie gerade zurückgekommen vom Dreh für ›Die Mandeldiebin‹.«

»Ja. Ich glaube, sie hat vorher noch in Bratislava gedreht, dann kamen zwei Monate ›Die Mandeldiebin‹. Deswegen der Riesenkorb mit Zitronen …«

»›Die Mandeldiebin‹ also! Der Film und alle, die dabei waren. Alle Typen …«

»Wenn du nichts dagegen hast, gehe ich rein, mir ist kalt.«

Georg schien sie nicht zu hören, er hatte ihr den Rücken zugewandt und schaute über die Dächer.

Im oberen Wohnzimmer, das gleichzeitig als Esszimmer diente, leuchtete die türkisblaue Stofftapete im Licht der letzten roten Strahlen, die durch das Fenster hereinfielen.

Die Tapete hatte Milena ausgesucht, die Möbel waren ein buntes Durcheinander aus Filmrequisiten von ihr und aus Georgs Zeit als Requisiteur, die ganze Wohnung sah noch genauso aus wie zum Zeitpunkt ihres Todes. Nur die Fotos, die überall von ihr gehangen hatten, hatte Georg abgenommen und in sein Schlafzimmer gebracht. Sein Milena-Gedächtnis-Schrein, seine Zuflucht.

»Wenn Papa und ich am Wochenende manchmal bei ihm im Bett liegen, ist Mama überall«, hatte Emil ihr einmal erzählt. Da musste er sieben oder acht gewesen sein und hatte aus unerfindlichen Gründen ein paar sehr gesprächige Minuten mit ihr verbracht. »Wir reden über die Bilder. Wann sie gemacht wurden und wie sie darauf aussieht und so.«

»Und, findest du das schön?«, hatte Eva ihn gefragt.

»Nein. Es ist traurig, weil Mama irgendwie so toll und lieb aussieht, dass man sie am liebsten gleich drücken möchte, aber wir können sie ja nicht mehr drücken. Und Papa fragt mich dann so viel und ist immer ganz still, wenn ich sage, dass ich mich daran nicht erinnern kann.«

Eva stützte die Handflächen auf den langen Tisch und starrte auf die dunkle Tischplatte, als ob sie eine Landkarte studierte. Emil war das Kind, das sie eigentlich mit Georg hätte haben sollen, er ahnte den Neid, den sie auf Milena hatte. Kinder spüren so was. Eva schüttelte den Kopf, vielleicht war das Quatsch, und Emil war einfach nur ein stilles, durch den frühen Tod seiner Mutter leicht traumatisiertes Kind.

Sie schob einen der Stühle zurecht. Die Stühle waren ebenfalls ein Sammelsurium von verschiedenen Drehs. Gepolsterte Sessel ohne Armstützen, verschieden in Farbe und Abnutzungsgrad, drei Drehstühle aus den Fünfzigerjahren, auf denen man nicht ohne Gefahr Platz nehmen konnte, dafür mit gehäkelten Kissen auf den Sitzflächen. Nicht kitschig, nicht spießig, sondern cool. Alles bei Milena war cool. Der kleine Speisenaufzug, der in die Küche führte, die gebogene Stehlampe mit dem Betonklotz als Sockel und auch die Getränkebar auf einem zusammenklappbaren Teewagen aus den Siebzigern. Braun und scheußlich. Genau so einen hatten sie zu Hause in Henstedt-Ulzburg gehabt. Das war ihr bis jetzt nicht aufgefallen. Ob Milena den ihren Eltern abgeschwatzt hatte? Eva würde die beiden bestimmt nicht danach fragen. Die Aussicht, mehr über die Herkunft eines hässlichen Teewagens zu erfahren, war nicht wichtig genug, um ihr jahrelanges Schweigen zu brechen.

Sie hörte Georg von der Terrasse hereinkommen.

»Willst du nicht wenigstens mal die Drehstühle austauschen?«, fragte Eva, ohne ihn anzusehen. »Die Kugellager sind ausgeleiert, und die Sitzflächen fallen manchmal einfach ab, wenn man sich darauf niederlässt. Die sind lebensgefährlich!«

»Mein Gott, wie kannst du jetzt an die Stühle denken? Ich habe gerade wirklich anderes im Kopf. Aber da du schon fragst: Die Stühle bleiben. Alles bleibt!«

Eva schaute noch immer auf die Tischplatte. Georg stand hinter ihr. Nach ein paar Sekunden strich er ihr mit einer Hand leicht über den Rücken. »Sorry. Ich bin fertig mit den Nerven. Sollte nicht so hart klingen. Ich gehe mal in den Keller, muss was suchen. Wenn du willst, kannst du ja mal nach Emil schauen.« Ohne ihre Antwort abzuwarten, ging er an ihr vorbei, die Treppe hinunter.

Sie sah ihm nach. Er hatte immer noch diese verdammt gute Figur. War das genetisch bedingt, oder warum guckte sie mittlerweile jedem Typ auf den Hintern und freute sich, wenn die Hose darüber gut saß, und noch mehr, wenn sie zudem noch eine schmale Taille und breite Schultern entdecken konnte? Je älter sie wurde, desto mehr achtete sie darauf. Biologische Uhr, schnell noch ein Kind bekommen, mit einem, der in der Lage war, seinen Samen an die richtige Stelle zu … Aber wenn sie keine von diesen Müttern werden wollte, die mit Anfang fünfzig am Schultor standen, sollte sie sich mit ihren achtunddreißig Jahren beeilen. Georg fiel ja nun aus!

Im Wohnzimmer saß Emil im Schneidersitz auf der gigantischen blauen Sofa-Landschaft, die Milena von einem befreundeten Ausstatter gekauft hatte und die sich trotz ihrer Ausmaße in dem großen Raum fast verlor. Über ihm hing ein großes Gemälde, blauer Himmel, rosa Wolken, eine Künstlerin hatte es extra für Milena gemalt. Emils Gesicht wurde vom Schein des Fernsehers erhellt. Er war wirklich hübsch, kein Wunder, dass manche Leute ihn für ein Mädchen hielten.

»Geht mein Papa weg?« Bitte, da war es wieder: Für Emil war sie nur die, die alle paar Wochen mal vorbeikam, wenn Georg wegmusste. Nicht die tolle Eva oder wenigstens seine coole Tante. Sie konnte mit Kindern nicht besonders gut umgehen. Und mit Millis Kind erst recht nicht.

»Nein, davon hat er nichts gesagt.« Mein Papa. Unfassbar, was Georg ihr soeben auf der Terrasse erzählt hatte. Aber natürlich war Georg Emils Papa, er hatte ihn Milena am Set hinterhergetragen, ihn ihr alle drei Stunden zum Stillen gebracht, ihn gewickelt, getröstet und in den ersten Wochen nachts, wenn er mal weinte, seine Runden mit ihm im eigenen Hotelzimmer gedreht, damit Milena nebenan ungestört schlafen konnte. Er reiste mit Emil von Drehort zu Drehort, und als er größer wurde und in den Kindergarten kam, schaffte Georg sich als Food-Stylist ein neues Standbein. Er konnte von zu Hause aus viel vorbereiten, doch sein Job als Vater ging immer vor.

Emil schaute auf den Bildschirm und verzog den Mund zu seinem verhaltenen Buddha-Lächeln. Er hatte nicht nur Milenas Haare geerbt, sondern auch die großen grünen Augen, die ihre Mutter leider nur an ihre jüngste Tochter weitergegeben hatte. Eva dachte nach. Woher kamen eigentlich ihre eigenen hellbraunen Augen? Von ihrem Vater jedenfalls nicht. War sie vielleicht auch ein Kuckuckskind? Mensch, Georg, da hast du was angerichtet, dachte sie wieder. Deine vereitelte Samenspende bringt uns alle völlig durcheinander.

Emil war von Anfang an ein sehr süßes, in sich ruhendes Baby gewesen. Selbst wenn er einmal Bauchschmerzen hatte, ließ er sich recht schnell wieder beruhigen. Nicht, dass sie es ihrer Schwester missgönnt hätte, aber auffällig war es doch gewesen: Milena hatte selbstverständlich kein hässliches Kind mit verformtem Kopf, platter Nase oder wenigstens Baby-Akne hervorgebracht.

Emil war immer noch süß, was sie ihm gegenüber natürlich niemals erwähnen durfte. Er war sehr ernsthaft und interessierte sich für Sachen, die einen Zehnjährigen normalerweise nicht interessieren. Meditation. Kalligrafie. Die Mongolei. Pizza backen. Wie kam er auf diese Dinge? Außerdem quälte er sich jeden Dienstag und jeden Freitag zum Fußballtraining beim SV Uhlenhorst-Adler. Als Torwart. Vielleicht nicht die einzige Sache, die er nur Georg zuliebe tat?

Er war erst fünf gewesen, als Milena starb. Fünf glückliche Jahre, heile Jahre, so hatte Georg sie genannt. Eva seufzte, ohne es zu merken. Und nun kam heraus, dass er nicht Emils biologischer Vater war. Was hatte Milena da bloß geritten? Na ja, oder wen? Schluss damit, dies war definitiv nicht der richtige Zeitpunkt für blöde Wortspiele.

Sie starrte noch ein paar Minuten auf die depressiv wirkenden japanischen Comicfiguren mit den toten Augen, die über den Bildschirm rannten, und stand dann auf, um nach Georg zu sehen.

Sie traf ihn in der Küche.

»Hab's gefunden!«, sagte er, als sie näher kam, und breitete mehrere zusammengeheftete Zettel auf dem Tisch aus. Sie wollte ihm die Hand auf die Schulter legen, ließ sie kurz darüber schweben, zog sie dann doch wieder zurück.

»›Die Mandeldiebin‹, hier ist sie!« Georg gab ihr ein geheftetes Büchlein. *Stabliste*, las Eva.

»Das war eine deutsch-italienische Co-Produktion. Da sind die Namen von denen drin, die dabei waren. Vom kleinen Praktikanten und Fahrer über die Beleuchterriege, Regisseur, Ausstattung, Maske, Ton bis zum Produktionsleiter! Alle!«

»Gut.«

»Ach komm, Eva, du tust nur so, als ob du nicht verstehst, oder?«

»Klar verstehe ich. Du willst jetzt möglichst schnell herausfinden, mit wem von all den Praktikanten, Beleuchtern und Schauspielern sie geschlafen hat.«

»Der Cast hat eine andere Liste, die ist hier!« Triumphierend warf Georg das Heft auf den Tisch und wischte sich dann die Finger an seiner Jeans ab. »Bisschen dreckig, hat da unten im Sammelordner viele Jahre auf dem Regal gestanden.«

»Viele Jahre, Georg. Das ist das Stichwort. Das ist doch echter Wahnsinn, was du vorhast.«

»Und du wirst mir dabei helfen!«

»Ich?!« Ihre Stimme klang ungewohnt schrill. »Vergiss es!«

Georg blätterte ungerührt in den Listen: »Hier, Anna Savinni, ihre Maskenbildnerin damals, sie waren gut befreundet.«

»Ja, ich kenne sie. Die war mal da, als Emil gerade ein Jahr alt war.«

»Und daneben steht ihre Adresse in Forlì. Ich hoffe, sie wohnt da immer noch. Sie spricht ja gut Deutsch.«

»Sie ist Deutsche, Georg, sie hat nur einen Italiener geheiratet.«

»Ach so, umso besser! Und gleich darunter ihr damaliger Assistent, Jannis, einer der wenigen nicht schwulen Maskenbildner, die ich kenne. Der wohnte zu dem Zeitpunkt in München, vielleicht heute ja auch noch. Den sollte ich gleich mal anrufen!«

Eva runzelte die Stirn. Der Name Jannis zog mit einem Hauch von schlechtem Gewissen durch ihr Gehirn. Sie war nicht nett zu ihm gewesen, das heißt, sie war zunächst sehr nett zu ihm gewesen. Vorspiegelung falscher Tatsachen. Sie war nicht frei gewesen. Die letzten zehn Jahre nicht. Elf Jahre.

»Ach Mensch!« Georg schlug sich an den Kopf. »Du kennst ihn doch auch, er war doch auf unserer Hochzeit, am Trullo!«

Am Trullo, genau, an unserem Trullo, dachte Eva, auch eins dieser Dinge, die ich unbedingt loswerden muss!

Milena hatte von dem Geld, das sie in den drei Jahren bei der Serie »Julia« verdient hatte, in Apulien einen Hektar Land erworben. Begeistert hatte sie von ihrem Grundstück erzählt, von den alten Olivenbäumen und lustig aussehenden Trulli darauf. Das seien runde Häuschen ohne Fenster, die sie sich wie Stein-Iglus mit aufgesetzten Zwergenmützen vorstellen müsse. Gleich drei Stück besitze sie nun, drei Trulli, dicht beieinanderstehend, für 60 000 Mark, inklusive vierzig Olivenbäumen.

Trulli mit Mützen? Milena hatte da bestimmt etwas falsch verstanden. Sie sprach nicht so gut Italienisch, und das Wort Trulli, oder die Einzahl Trullo, hatte Eva noch nie gehört. Nach einem Blick auf die Landkarte von Apulien musste sie ihre Skepsis jedoch ablegen, die Gegend hieß tatsächlich *Paese dei trulli*, Land der Trulli, und lag mitten im Nichts!

Sie war mit Milena nach Bari geflogen, hatte ein Auto gemietet und so diplomatisch wie möglich versucht, ihre Schwester zu überreden, das Geschäft rückgängig zu machen. Eine von uns muss mal wieder die Vernünftige sein, hatte sie gedacht.

Der November war in ganz Apulien feuchtkalt, selbst in den Restaurants war es ungemütlich. Eva und Milena machten es den anderen Gästen nach und zogen ihre dicken Jacken bei dem Treffen mit Bauunternehmer Mimmo gar nicht erst aus. Sie hatten zusammen gegessen und waren dann aus Ostuni heraus zum Grundstück gefahren, waren minutenlang über vom Regen ausgewaschene Wege geholpert, deren gröbste Löcher jemand mit Steinen aufgefüllt hatte.

Bruchstücke einer eingefallenen Mauer schirmten das Gelände zu einer Seite notdürftig ab, zwei Torpfeiler standen wie vergessene Wächter am Anfang einer von Gräsern überwucherten Auffahrt. Vom Tor selbst war nichts mehr zu sehen, nur eine rostige Kette spannte sich zwischen den Pfeilern. Unter den Bäumen wuchs nichts, die rote Erde war glatt gestampft und nass, sie blieb in dicken lehmigen Brocken an Evas teuren grauen Wildlederschuhen hängen, um sie für immer zu verfärben. Die Trulli standen zwanzig Meter vom Weg entfernt wie drei versteinerte Zwergenmützen verloren auf einem Felsplateau, einzelne Steine waren aus den Kuppeln herausgebröckelt und lagen auf dem unebenen Boden.

Milena schwenkte entzückt einen alten Reisigbesen, der vor einer der Ruinen gelegen hatte. »Das gehört alles uns! Und die Oliven an den Bäumen auch! Die tragen richtig gut, wir werden unser eigenes Öl machen!«

»Wir? Du hast also immer noch vor, das durchzuziehen, Milli? Ich werde hier keinen Pfennig investieren. In diesen Iglus ohne Fenster gibt's noch nicht mal Türen zum Zumachen! Dafür prima Feigenbäume, die aus den Mauern wachsen ...«

»Ja, aber warte doch erst mal ab, was Mimmo daraus

macht! Natürlich werden wir Türen haben. Die beiden hier, die so eng beieinanderstehen und sich so ähnlich sehen wie Zwillinge, sind für unsere Gäste. An den größeren dort drüben könnte man mit wenig Aufwand ein richtiges Haus anbauen, ganz einfach, vier Wände, große Türen und Fenster ...«

»Die Renovierung wird dich das Doppelte von dem kosten, was dieser selbst ernannte Bauunternehmer Mimmo behauptet«, prophezeite Eva, während Mimmo trotz der winterlichen Temperaturen mit offenem Hemd, Goldkette und einem kalten Zigarrenstumpen zwischen den Zähnen wie seine eigene Karikatur über die rote Erde stapfte. Er zeigte stolz auf die schwarzen Netze unter den Bäumen, die ordentlich zu dicken Paketen zusammengerollt für die Ernte bereitlagen.

Eva schüttelte den Kopf: »Und du musst dabei sein, wenn der baut, man weiß doch, wie die Deutschen im Ausland über den Tisch gezogen werden.«

»Ich wusste, es würde dir gefallen. Du wirst nie etwas bezahlen müssen, das schwöre ich dir, aber ich lasse dich mit in den Kaufvertrag eintragen, du sprichst besser Italienisch als ich, und falls mal irgendwas ist ...«

Falls mal irgendwas ist ... Eva hatte Milena nicht retten können, niemand hatte sie retten können, es war einfach zu schnell gegangen. Sie spürte Kopfschmerzen hinter ihrer rechten Schläfe aufziehen. Als sie ein einziges Mal in ihrem Leben nicht vernünftig war, nicht aufgepasst hatte, war Milena verunglückt und achtzehn Jahre später an den Folgen gestorben. Niemand hatte sie danach mit irgendwelchen dummen, beschwichtigenden Sätzen trösten können. Weil es stimmte. Weil es einfach stimmte ...

Ob Milena mit diesem Vorabendprogramm-Italiener Michele, der sie zu den Trulli überredet hatte, auch im Bett gewesen war? Schon möglich, aber das interessierte jetzt nicht, der Trullikauf lag mindestens vier Jahre vor Milenas Begegnung mit Georg.

Milena hatte Glück gehabt und recht behalten. Für weitere 60 000 Mark wurden die Trullitürmchen in ihrer Abwesenheit von Mimmo wieder instand gesetzt. An einem errichtete er einen rechteckigen Anbau und eine große Pergola aus Holz, die Zisterne wurde von innen frisch verputzt, eine Pumpe hineingesetzt und Strom vom nächsten Masten zum Grundstück gelegt. Er baute die Mauer wieder auf, die Torpfeiler bekamen mit einem vollautomatischen Rolltor wieder eine anständige Aufgabe, und mit den zwei Oleanderbüschen rechts und links der Einfahrt sahen sie aus, als hätten sie nie etwas anderes getan.

Seit Milenas Tod waren weder Georg noch Eva nach Apulien geflogen. Eva, Meisterin der Pflichterfüllung, der To-do-Listen, des Abhakens, des Nichtaufschiebens, hätte sich in gewohnter Art um die Pflege des Grundstücks, das Bezahlen der Stromrechnung und alles andere kümmern müssen. Doch an diesem Punkt blockierte irgendetwas ihr Hirn und hinderte sie daran. Und das Seltsame war: Sie fühlte sich gut dabei, als ob das Schleifenlassen, das Wegschieben sie tröstete. Fünf Jahre lang, bis zu diesem Moment.

»Rufst du den kleinen Jannis an? Er wird sich bestimmt freuen, deine tiefe Schmachtstimme am Telefon zu hören. Das war doch der, der dich auf der Hochzeit so angemacht hat!« Georg holte sie aus ihren Gedanken zurück.

40

»Schmachtstimme?!« Das ist nun mal meine Tonlage, oder meinst du, ich mache das extra? Und so klein war der gar nicht. Er war nur jung! Erst zweiundzwanzig, sechs Jahre jünger als ich, aber immerhin einen Kopf größer.«

Georg hob den Kopf: »Hast du ihn ausprobiert?«

»Bitte?«

Er schüttelte den Kopf, lachte aber nicht, grinste noch nicht mal.

Nein, sie hatte Jannis nicht »ausprobiert«, nicht im klassischen Sinne eines One-Night-Stands, obwohl sie kurz davor gewesen war. Der Maskenbildner aus München war hübsch, konnte wunderbar tanzen, war witzig und anschmiegsam wie ein junger Hund. Sie hatte den Abend einfach nur überstehen wollen, hatte getrunken, ohne betrunken zu werden, und über alles gelacht. Obwohl sie eigentlich weinen wollte, denn Georg, ihr Georg, in den sie so verliebt gewesen war, heiratete ihre Schwester. Erst als sie mit Jannis durch die Olivenbäume davonging, war ihr auf einmal alles egal. Sie hatte ihren Charme an ihm ausprobiert, ihm genau das gegeben, was er brauchte. Komplimente. Bewunderung. Die Aussicht auf Sex. Sie hatte vertrauliche Nähe hergestellt, sich dann aber wieder auf den Sockel der Unerreichbarkeit begeben, damit er sich bemühen musste. Alles wohldosiert. Und es hatte funktioniert. Als sie nach zwei Tagen am Bahnhof von Ostuni Abschied voneinander nahmen, war sie amüsiert und geschmeichelt, er aber schwer verliebt.

»Ich finde dich toll, aber ich bin nicht frei!«, hatte sie ihm am Telefon gesagt. »Es tut mir leid!«

»Na, den können wir also schon mal fragen! Rufst du ihn an? München, passt doch.« Er hatte sich einen Kugelschreiber genommen und strich einige Namen aus.

»Produktionsleitung, Herstellungsleitung, Schnitt, alles Frauen, deutsche Frauen. Können wir also streichen. Maske auch, Anna und der kleine Jannis, Kostümabteilung, alles Mädels, wie immer. Und der Rest des Teams: Männer. Italienische Männer.«

Eva rollte mit den Augen. »Ich ruf ihn ganz bestimmt nicht an. Ruf du Jannis doch an, wenn die Nummer überhaupt noch stimmt! Er wird dir sicher bereitwillig Auskunft geben, mit wem Milena wann und wo geschlafen hat.«

Georg rieb sich über die Stirn und malte sich dabei mit dem Kugelschreiber einen Strich auf die Haut. Eva bemerkte es, sagte aber nichts. »Ich war lange genug selbst beim Film«, sagte er. »Das Maskenmobil ist ein zuverlässiger Umschlagplatz für Informationen. Maskenbildner wissen alles. Nur sie, und vielleicht noch die Kostümleute, kommen so nah an die Schauspieler heran.«

Eva zwirbelte an ihrem Zopf herum. Er verlangte also von ihr, dass sie ein Telefonat mit ihrem schlechten Gewissen führte.

»Ich habe mir das so gedacht: Nächste Woche fangen die Sommerferien an. Ich bringe Emil mit meiner Mutter für zehn Tage zu ihrem Bruder nach München, und von da aus geht's dann los. Erst Jannis und dann weiter. Und du kommst mit …« Eva schüttelte heftig den Kopf, doch Georg fuhr unbeirrt fort: »… weil du Italienisch kannst, weil sie deine Schwester war, weil du mir helfen willst und weil das alles ohne dich nicht geht!«

Eva zog die Schultern nach oben in Richtung Ohren und ließ sie dann tief hinuntersacken. Entspann dich, flüsterte eine Stimme in ihr Ohr, eine Reise mit Georg! Eine Woche, nur mit ihm, vielleicht sogar zehn Tage! Verschiedene Städte, Hotels, Restaurants. Immer auf Tuchfühlung, warum nicht auch in einem Doppelzimmer?

Mein Gott, du hast diese On-off-Geschichte seit fünf Wochen beendet. Erinnere dich! Du kannst doch jetzt nicht mit ihm auf die Suche nach irgendeinem italienischen Beleuchter-Massimo oder -Giovanni gehen, den ihr sowieso nie finden werdet.

»Ich habe keinen Urlaub beantragt und werde so schnell auch keinen kriegen! Kann gut sein, dass wir wie letzte Woche plötzlich drei Fälle mit höchster Priorität haben.«

»Ja und? Dann bist du eben nicht da!«

Eva seufzte, doch sie fühlte bereits, wie ihr Widerstand bröckelte. Die Sandburg. Kaum mehr sichtbar. »Wie stellst du dir das vor?«

»Versuch es wenigstens. Bitte! Für mich!«

Eva atmete tief ein und aus, um einen neuen Schutzwall um sich zu bauen und Zeit zu gewinnen.

»Eva! Wir werden durch Italien reisen, die Namen auf der Stabliste einen nach dem anderen abstreichen, Zahnbürsten, Haare und was weiß ich noch für DNA-Proben sammeln, und wenn wir uns am Ende bei keinem der Kandidaten sicher sind, kannst du sie in deinem Labor überprüfen.«

»Wie stellst du dir das vor, Georg? ›Zahnbürsten, Haare und was weiß ich‹ ist total illegal. Außerdem geht das bei uns nicht, jede Probe bekommt einen Barcode, ist einem Fall zugeordnet, wird im strengen Vier-Augen-Prinzip in das System eingepflegt. Da kann ich nicht unbemerkt irgendwelche italienischen Zahnbürsten oder Zigarettenkippen einschmuggeln. Das ist Polizeiarbeit. *No chance!*« Und auch keine Chance mehr für dich! Doch da nahm er schon wieder ihre Hände. »Eva!«

Okay, diesmal wusste sie wenigstens, was er *nicht* sagen würde. »Nach Milenas Tod ist das das Furchtbarste, was mir je im Leben passiert ist.«

Ich weiß, dachte sie und drückte unwillkürlich seine Finger. Und guck mich nicht so traurig an, das ertrage ich nicht!

4

»Das soll alles noch mit!?«

Eva beobachtete Georg vor dem geöffneten Kofferraum seines Autos. »Meine Mutter hat noch nie verstanden, wie man für eine Reise packt. Wozu braucht sie zwei von diesen komischen Beautycases, die schwere Reisetasche hier und dann noch diese drei Tüten?!« Er stemmte kurz die Hände in die Hüften und begann alles wieder aus dem Kofferraum hervorzuzerren, um es dann erneut einzuladen.

Eva schenkte André einen fragenden Blick, der zuckte nur mit den Schultern. Als schwuler Mann war er zu einigem zu gebrauchen, das Beladen eines Pkw gehörte allerdings nicht unbedingt dazu. Eva verkniff sich ein: Kann ich dir helfen?, und reichte Georg wortlos Reisetaschen, Koffer und die drei ausgebeulten, ehemals schicken Boutique-Tüten an, in die seine Mutter Helga in letzter Minute noch alles Mögliche hineingestopft hatte. Aus der einen ragte ein Strohhut heraus, aus einer anderen baumelte ein Stecker, vermutlich von einem Föhn.

»Helga?«, rief Georg in die Richtung der geöffneten Haustür. »Ihr bleibt zehn Tage bei Onkel Kurt! Nicht zehn Wochen!«

Zu Eva sagte er: »Da könnte ich mich genauso gut bei

Theo und Sandy beschweren. Hätte denselben Effekt. Wenigstens die beiden Chamäleons bleiben zu Hause.«

Dann erst sah er André. »Ach, sorry, ich war hier so beschäftigt! Ich bin Georg!« Der gut angezogene Mann neben Eva, der Georg mit einem wohlwollenden Lächeln taxierte, schüttelte die dargebotene Hand.

»André! Wir kennen uns. Flüchtig.«

André war extra aus Leipzig angereist, um Eva für zwei Tage zu besuchen, sie waren im Schauspielhaus gewesen und in drei der Kneipen, die sie noch aus ihrer gemeinsamen Hamburger Studienzeit kannten. Am Morgen der Abreise hatte er es sich nicht nehmen lassen, sie zu Georgs Adresse zu bringen. »Damit ich mir den Herrn noch mal anschauen kann. Ob sich das ganze Theater, das du hier seit einigen Jährchen aufführst, überhaupt lohnt.«

Und lohnte es sich? André zog die Stirn in Falten und wiegte den Kopf auf eigentümliche Weise, wie immer, wenn ihm ein heterosexueller Mann gefiel.

»Wer kümmert sich um die Chamäleons?«, fragte Eva Georg.

»Jenny, die wohnt seit ein paar Monaten unter uns, auch alleinerziehend. Du hast sie bestimmt schon mal im Haus gesehen.«

»Nein.« Sie kannte keine Jenny.

»Nein? Emil geht jetzt manchmal nach der Schule zu ihr, wenn ich nicht da bin. Total nett und unkompliziert, sie hat ein vierjähriges Mädchen, Greta, sehr süß und schwer in Emil verliebt. Er lässt sich das gefallen, sie kann mit ihm machen, was sie will.« Georg lachte. Eva schaute auf die Rückbank, auf der Emil saß und sich Kopfhörer auf die

Ohren stülpte. In den acht Stunden bis München würde er seine Wissens-CDs hören und sicher kaum etwas sagen.

»Wir können die Proben also bei dir untersuchen lassen?«, fragte Georg André und versetzte dem letzten Koffer einen Stoß.

»Wenn wir welche haben sollten …«, warf Eva ein.

»Wir werden welche haben … Verdammt.« Die Heckklappe ließ sich immer noch nicht schließen.

»Ja, ich denke, das können wir bei uns im Labor machen.«

Eva stieß André dankbar in die Seite. Sie hatten zum selben Zeitpunkt den Doktor gemacht, und nach einer unerfreulichen Zeit in einem riesigen Durchsatzlabor in der bayrischen Provinz saß er nun seit vier Jahren sehr zufrieden in einem Labor an der Leipziger Uni und erforschte die komplexen Verwandtschaftsstrukturen von Bonobo-Schimpansen. Er mochte es, wenn man ihn mit gut aussehenden, homosexuellen Schauspielern verglich, hatte einen scharfen, analytischen Verstand, merkte sich alles, was sie ihm je erzählt hatte, und war ihr bester Freund.

»Betrachte es als Test, Liebes«, hatte er ihr geraten. »Erstens: Du nimmst deinen verdienten Urlaub, bleibst lässig und siehst zu, dass du dich gefälligst erholst! Zweitens: Du beobachtest dich und ihn, ganz unabhängig von allem anderen, ob ihr miteinander überhaupt auf der kognitiven, der metaphysischen und nicht zuletzt der spirituellen Ebene harmoniert. Drittens: Ihr fahrt durch das Land, das du so liebst, und erledigt gleich noch das leidige Trullothema, indem ihr das Ding einem Maklerbüro zum Verkaufen übergebt. Das wäre allerdings meine Bedingung an ihn, wenn ich an deiner Stelle wäre.«

Eva merkte, wie sie ungeduldig mit den Füßen auf der Stelle trippelte. André hatte es auf den Punkt gebracht, es würde der ultimative Test, zehn Tage Bewährungsprobe für Georg.

»Denk an meine drei Punkte!«, flüsterte er ihr zu, doch bevor er sich verabschieden konnte, wurde sein Blick von einem bunten Geschöpf angezogen, das jetzt aus der Haustür trat.

»Kinder, geht's endlich los?!« Helga schritt über den Bürgersteig. Mit ihren straff zurückgekämmten, hennaroten Haaren, den dezenten Goldkreolen an den Ohrläppchen und nur zwei schlichten goldenen Armreifen am nackten Arm, die leise gegeneinanderklimperten, hätte man sie für eine gealterte Primaballerina halten können, wären da nicht die vielen Farben in ihrem Gesicht gewesen.

»Ja, Mutter. Wenn wir den ganzen Kram hätten stehen lassen können, wär's noch schneller gegangen …«

»Ach Quatsch! Guten Tag!« Helga begrüße André, schob dann die tellergroßen Gläser ihrer Sonnenbrille vor die grün ummalten Augen und ließ sich geschmeidig auf den Beifahrersitz gleiten.

Für ihre zweiundsechzig Jahre ist sie erstaunlich faltig im Gesicht, aber auch erstaunlich gelenkig, dachte Eva. Pilates? Yoga?

Sie umarmte André ein letztes Mal und verzog sich dann auf die Rückbank. Hatte sie wirklich erwartet, dass Helga sie fragte, ob sie gern vorn sitzen würde? Sie atmete tief durch und las die ersten drei Titel von Emils CDs, die in einem Haufen zwischen ihnen lagen. »Wie funktioniert Religion?« »Das Mittelalter«. »Der menschliche Körper«. Das half. Es ging um Entspannung. Sie hatte Urlaub und würde die nächsten Tage mit dem Mann verbringen, den sie verdammt noch mal immer noch liebte!

48

Nach den drei dringenden Fällen und dem gelösten T-Shirt-Fall war ein paar Tage gar nichts mehr passiert, sodass sie schon begonnen hatte, sich so spannenden Delikten wie Kelleraufbrüchen, Pfandflaschendiebstählen und Sachbeschädigung an Telefonzellen zu widmen. Chefin Ulla hatte ihren Urlaub mit einem unleserlichen Kritzler als Unterschrift und dem begleitenden Kommentar »Wir kommen hier auch mal ohne dich klar!« bewilligt.

Dann, drei Tage vor ihrem geplanten Urlaubsantritt, wurde eine junge Frau erstochen, als sie nach dem Einkauf von Zwergkaninchenfutter und einer Tüte Heu alleine zu ihrem Auto in einer Tiefgarage ging. Der eifersüchtige Ehemann, von dem sie seit Kurzem getrennt lebte, stand zwar sofort unter Verdacht, man konnte ihm aber nichts nachweisen. Die Sonderkommission »Heuhaufen« kam zusammen, arbeitete Tag und Nacht. Es gab keine Zeugen, niemand hatte etwas gesehen, und ausgerechnet auf dem betreffenden Parkdeck der Tiefgarage war zu diesem Zeitpunkt die Videoüberwachung ausgefallen.

Eva hatte sich, wie immer bei Mordfällen, das ganze Dossier geben lassen, um eine bessere Vorstellung davon zu bekommen, wonach sie noch suchen konnten. »Nina K.« stand auf dem anonymisierten Deckblatt des Vorgangs, zu dem sie mit ihren fünfunddreißig Jahren nun auf so tragische Weise geworden war.

In der Abteilung für DNA-Analysen waren ausschließlich Frauen beschäftigt, sie machten gern Witze übereinander, manchmal gab es bissige Worte und immer genüsslich ausgewälzten Gossip in der Kaffeeküche. Doch an diesen Tagen ging es leiser zu. Sie waren zwar vieles gewohnt, aber sie waren nicht herzlos. Schließlich könnte es jede von ihnen schon morgen genauso treffen.

Die Kripo hatte einen Mantrailing-Hund zum Tatort geholt. Eva wusste, dass diese Hunde noch Tage nach der Tat den Geruch einer Person aufnehmen und den Weg verfolgen können, selbst auf dem Betonboden eines Parkhauses. Die Geruchsspur, die der Hund aufnahm, führte zur Haltestelle Barmbek. Doch auch die Auswertung der dortigen Überwachungskameras ergab nicht viel. Berufsverkehr, Hunderte von Männern waren unterwegs, und vielleicht war der Täter ja doch eine kräftige Frau?

Man hatte in einem U-Bahn-Wagen eine Aufnahme von einem sitzenden Mann herausgefiltert, der beharrlich nach unten schaute und etwas zwischen seinen Fingern zusammendrückte. Wahrscheinlich seinen Fahrschein. Die Qualität der Aufnahme war sehr schlecht, aber Statur und Größe stimmten mit der des Ehemanns überein. Daraufhin wurde der Inhalt sämtlicher Mülleimer, die sich an der folgenden Haltestelle Habichtstraße und der Endhaltestelle Wandsbek-Gartenstadt befanden, von der Spurensicherung eingesammelt.

Chefin Ulla, die bei weniger schwerwiegenden Fällen schon mal gern verkündete, dass nach Betrachtung der Sach- und Spurenlage und allen vorliegenden Erfahrungen mit einem Untersuchungserfolg nicht zu rechnen sei, ließ Sonderschichten einlegen. Auf mehreren Rollwagen wurden große Asservatentüten in die Abteilung gebracht, die den Inhalt sämtlicher Mülleimer vom Bahnsteig und der näheren Umgebung enthielten. Tickets, Schnipsel, Papier aller Art, katalogisiert, mit Nummern versehen. Ein Teil davon war nass, von Tabakkrümeln verklebt, stinkender Müll, der alltägliche Bodensatz der Großstadt. Sie notierten Verpackungsbeschriftungen, fotografierten, wischten einen verdreckten Papierschnipsel nach dem anderen mit Stabtupfern ab, extrahierten davon DNA, warteten auf Konzentrationsbestimmungen, setzten PCRs an, beluden Sequenzer in Doppelläufen, checkten Positiv- und Negativkontrollen und werteten schließlich die zahllosen STR-Elektropherogramme aus.

Keine der Spuren stimmte mit der DNA des Exmanns überein, die dieser kühl lächelnd tatsächlich freiwillig in Form einer Speichelprobe abgegeben hatte.

Ulla hatte Eva am Ende sogar in ihr Zimmer beordert und sie gebeten, ihren Urlaub zu verschieben.

»Eine Woche, Eva, was ist das schon? Du siehst ja, was hier los ist. Ohne dich wäre es … Na, du bist eben ganz anders organisiert als der Rest!« Das sollte wohl ein Kompliment sein.

Eva hatte kurz überlegt, und eine Woge schlechten Gewissens war in ihr aufgestiegen. Es tat ihr leid um Nina K., aber sie konnte ihr nicht mehr helfen. Ließ sie wirklich die Kolleginnen im Stich? Die bis dahin gesicherten Spuren waren uneindeutig und nicht zuzuordnen. Mehr Proben gab es zurzeit nicht. Die SoKo Heuhaufen trat auf der Stelle, und der Fall machte seinem Namen alle Ehre – sie suchten tatsächlich nach Hinweisen wie nach der sprichwörtlichen Nadel.

»Und Silke ist morgen Nachmittag auch nicht da, ihre Zwillinge haben ein Musikvorspiel.«

Und dann, das erste Mal seit vier Jahren, in denen Eva im LKA beschäftigt war, rastete sie aus.

»Musikvorspiel!? Wenn die zu einem Musikvorspiel geht, habe ich auch eins!! Und zwar weit weg, in Italien! Bei meinen Überstunden könnte ich sogar vier Wochen bleiben, habe aber nur zwei beantragt. Also vergiss es, Ulla. Ich fahre!« Abrupt drehte sie sich um und marschierte zur Tür hinaus.

Ulla blieb mit offenem Mund zurück.

Eva spürte immer noch das gute Gefühl ihres Abgangs aus der Abteilung in sich summen. Acht Stunden Fahrt mit Georgs Mutter konnten sie daher nicht schrecken. Sie hatten verabredet, Emil, Helga und Gepäck in der Villa bei Helgas Bruder Kurt abzuladen, und nach einer Nacht ginge es dann am nächsten Morgen weiter nach Italien. Richtung Forlì, wo Jannis gerade seine Kollegin Anna besuchte. Das sei doch sehr praktisch, hatte Georg gesagt, so würden sie gleich zwei Fliegen mit einer Klappe schlagen. Was danach kam, wisse er noch nicht, das könnten Jannis oder Anna ihnen hoffentlich sagen.

Eva seufzte leise. Sie hatten noch keine Hotelreservierung, sie hatten keinen Reiseführer, keine Tipps von Freunden oder Google Maps. Selbst der Krimi, den sie lesen wollte, spielte in Finnland! So ziellos und unvorbereitet war sie noch nie in ein Land gefahren, dabei war die Vorbereitung doch immer das Schönste an einer Reise. Und das Wieder-nach-Hause-Kommen. Wenigstens hatte sie ihre drei unverzichtbaren Reiseutensilien dabei: Ohrenstöpsel, Schlafmaske und den schwarzen Paschminaschal.

Die Stunden vergingen schnell, der bewölkte Himmel klarte langsam auf, je weiter sie nach Süden kamen. Es gab nur wenige Baustellen und kaum Verkehr, obwohl es der zweite Tag der Sommerferien in Schleswig-Holstein und Hamburg war. Zweimal Halt an einer Raststätte, dann begrüßte sie strahlend blauer, bayrischer Himmel. Sie fuhren an dem gigantischen Kissen der Allianz-Arena vorbei und näherten sich immer schneller München.

»Ach, das spießige Minga«, seufzte Helga laut und dann aus vollem Herzen: »Wie ich es hasse!«

»Ich finde es super!«, ließ Emil verlauten und warf seine

Haare nach hinten. Sein erster Satz seit der letzten Rast vor dreihundert Kilometern.

»Ach, Emilchen. Du bist ja auch nicht die Tochter von Heribert Wassermann, die hier aufwachsen musste!«

Georg schnaubte: »Helga! War es wirklich so eine Strafe, in einer großen Villa in Bogenhausen aufzuwachsen? Mit zwei Hausangestellten und einem Chauffeur? Deine Mutter war eine echte Lady und trotzdem sehr lieb, Brüderchen Kurt hat sich schon immer von dir herumkommandieren lassen, und dein Vater saß in seinem Studio am Flügel und hat den ganzen Tag Schlager komponiert. Den hast du kaum gesehen!«

»Und Filmmusik! Schlager und Filmmusik, bitte! Er war ein Genie. Ein extreeemes Genie. Ohne Frage. Aber er hat uns immer spüren lassen, wie enttäuschend unsere fehlende Musikalität für ihn war.«

»Aber dein Bruder und du lebt doch schon seit Jahren recht komfortabel von den Tantiemen des guten Heribert!«

»Ach, von Tantiemen leben … ich habe immer mein eigenes Leben geführt, ich habe immer gearbeitet.« An dem leichten Zucken von Georgs Schultern sah Eva, dass er eine Bemerkung unterdrückte. Sie wusste aus seinen Erzählungen, dass Helga in jungen Jahren versucht hatte, mit Tanzstunden ihr eigenes Geld zu verdienen, diese aber oft verschlief, und in späteren Jahren dann merkwürdige Hutkollektionen erschaffen hatte, die niemand kaufte. Und obwohl sie so oft mit dem kleinen, vaterlosen Georg umgezogen war – nach Saint Tropez, Paris, Toulouse und Dortmund –, der Scheck ihres Vaters hatte sie überall gefunden und war auch immer von ihr eingelöst worden.

»Und jeder, der dich kennenlernt, singt erst mal ›Ach, das Fräulein Müller‹, oder eins dieser verdammten Lieder«, brummte Helga.

Sie bogen in eine Auffahrt ein, an deren Ende ein drei-
stöckiges, von Wein bewachsenes Haus mit grünen Fensterläden und einem vorspringenden runden Erker hinter
einem Tor zu sehen war. Vor Jahren war Eva mit Milena
einmal hier gewesen. Helgas Bruder Kurt war ein kleiner,
verspielter Junge im Körper eines leicht untersetzten älteren Mannes. Das Haus und die Gästezimmer waren sehr
gemütlich, in der imposanten Küche im Souterrain waren
noch die Drähte der Dienstbotenklingeln an der Decke zu
sehen.

»Könnte er ja auch mal verkaufen, den alten Kasten«,
sagte Helga, »aber nein, da hockt er drin wie eine Spinne im
Netz, und unsereins muss dann Urlaub hier machen, weil
das Geld angeblich knapp ist ... Na, und warum ist das Tor
zu? Igelt der sich jetzt völlig ein?«

»Onkel Kurt und sein Rasenmäher sind cool!«, sagte
Emil. Georg schaute sich zu Eva um, ihre Blicke verhakten
sich sekundenlang. Morgen sind wir hier weg, sollte das
wahrscheinlich heißen. Und dann sind wir alleine, antwortete Eva ihm stumm und schämte sich einen Moment lang
für das aufwallende Kribbeln in ihrem Bauch, das prompt
weiter nach unten zog.

Sie hielten, Emil sprang heraus und klingelte. Eine halbe
Minute verging, das Tor rührte sich nicht.

»Er wird es vergessen haben«, muffelte Helga gegen die
Seitenscheibe.

»Kurti vergisst so etwas nicht! Du hast uns doch angekündigt?«

Helga zuckte mit den Schultern. Sie warteten. Emil lehnte
sich an das grünspanige Metall des Tores, hopste daran
hoch, guckte sich um, ob sie auch lachten.

»Emil, pass auf, vielleicht geht das Tor doch gleich auf

und klemmt dich ein!«, rief Georg. Sofort trat der Junge zwei Schritte zurück.

»Wo kann er denn sein? Das sieht ihm gar nicht ähnlich. Ruf ihn bitte mal an, Helga«, sagte Georg und reichte ihr sein Handy. Helga brummte etwas vor sich hin, stieg aber aus, das Handy am Ohr.

»Hast du Angst, dass Emil hier etwas zustößt?«, fragte Eva leise.

»Ja, ja, ich weiß, ich bin schrecklich ängstlich!«

»Ach komm, ich verstehe das doch, das würde jeder andere auch sein, der so was erlebt hat.«

»Wenn er mit Helga alleine hier wäre, hätte ich allerdings Angst! Immer ist irgendetwas passiert, wenn sie auf ihn aufpassen sollte, immer! Wenn ich da nur an die Sache mit der Badewanne und der Glasabtrennung denke, wird mir heute noch schlecht!«

»O Gott, ja«, sagte Eva, »und du warst für dieses Anglerkochbuch in Norwegen und hast so schnell keinen Flug bekommen.«

»Dass du dich daran noch so genau erinnerst …? Als ich endlich zurück war, war er schon wieder aus dem Krankenhaus.«

»Milena war ja innerhalb von zwei Stunden aus Barcelona gekommen! Sie kannte einen Piloten von der deutschen Luftrettung.«

»Sie kannte ziemlich viele Leute, das ist mir jetzt auch klar …« Georg nickte gedankenverloren vor sich hin, fing sich dann aber: »Meine Güte, was für ein Horror! Irgendwann haben wir es dann kapiert und ihn nicht mehr bei ihr gelassen. Bei Onkel Kurt mache ich mir keine Gedanken. Der kocht nicht nur genial, sondern kümmert sich auch sehr gut um Emil. Er lässt ihn auf dem Flügel klimpern, geht mit ihm ins Museum oder gibt ihm irgendwelche Sachbücher zu lesen. Zwei, die sich glücklich über ihre Bücher hinweg anschweigen!«

Sie schwiegen auch, Georg seufzte und trommelte auf das Lenkrad. »Warum musste Jannis ausgerechnet gestern nach Forlì zu Anna fliegen? Sie ist hochschwanger, es geht ihr wohl nicht so gut. Wäre zu schön gewesen, ihn gleich hier in München ausfragen zu können, normalerweise arbeitet er um die Ecke, in Laim, für Tibor Sztana. Ein ganz netter Typ, dieser Tibor, ich habe ihn bei einem Dreh in Prag kennengelernt. Ein Ungar, der zu den absoluten Stars der deutschen Filmlandschaft gehört. Seine Special Effects sind legendär. Er macht Außerirdische. Die tollsten Wunden. Verfaulte Zähne, Tote, alles. Tibor scheint viel von Jannis zu halten! Er schickt ihn sogar an seiner Stelle zu einem Job in die Cinecittà. Nach seinem Besuch bei Anna fliegt Jannis weiter nach Rom.«

Eva stieg aus, sie wollte nicht über Jannis sprechen. »Vermisst du deine Arbeit als Requisiteur nicht manchmal?«, fragte sie durch Georgs heruntergekurbeltes Fenster, während sie ein paar Dehnübungen machte und ihre Stirn der Abendsonne entgegenstreckte. Georg stieß die Luft aus. »Absolut nicht!« Er schaute auf seine Armbanduhr und stellte den Motor ab. »Wo ist der gute Kurti denn?«, murmelte er. »Nein«, sagte er dann laut, »ich war zwar lange Zeit froh, da über einen Fahrerjob so reingerutscht zu sein. Habe mich ja auch wirklich schnell hochgearbeitet, aber auf Dauer war die Requisite zu viel Stress. Man bekommt wenig Lob, wenn alles gut läuft, aber viel Ärger, wenn mal was schiefgeht. Ich habe nachts wach gelegen und mir Sorgen über all die unvorhersehbaren Dinge gemacht, die am nächsten

Morgen passieren könnten. Danke, aber die schlaflosen Nächte mit Emil haben mir tausendmal besser gefallen.« Er lächelte, ganz in Gedanken, bis ihm etwas einfiel, das seinen Mund schmal machte. Emil, dachte Eva. Logisch. Seinetwegen sind wir hier.

Helga kam zu ihnen zurückmarschiert. »... ich schränke mich ja schließlich auch ein, mein ganzes Leben schon! Was? Ach hör mir auf mit unserer Mutter! Hauptsache, du zelebrierst dein Wohlergehen, Kurti!«, keifte sie ins Telefon. »Deine emotionale Blockade, was dieses Anwesen betrifft? Na, dann löse dich und deinen blockierten Hintern doch einfach davon und zieh aus, zieh um, zieh in eine Residenz! Niemand zwingt dich, das Andenken an unseren Vater hochzuhalten! Werde endlich glücklich!« Sie nahm das Handy vom Ohr und hielt es, als würde sie es im nächsten Moment wegschleudern.

»Puuh«, stöhnte Georg, »es geht mal wieder um Geld!«

»Er ist weg!«, rief Helga. »Hat gesagt, dass er sich nicht immer nach mir richten kann. Das macht er absichtlich!«

»Hattest du ihm gesagt, dass Emil mitkommt? Dass *wir* da sind!? Heute ankommen?«

»Na ja, also nicht so direkt ...«

»Mein Gott, Helga! Ich hätte selbst mit ihm sprechen sollen!«

»Ach was, groß anmelden! Bei dem großen Haus? Platz ist doch immer, er soll sich nicht so anstellen.«

»Er ist weg, sagst du? Wie weit weg?«

»Belgien.«

»Und du hast keinen Schlüssel für das Haus?«

»Gibt er mir ja nicht! Ein Bruder, der ...«

»Darf ich mein Handy wiederhaben? Ich rufe ihn an!«

57

Georg stieg aus und ging die Einfahrt hinunter. Nach fünf Minuten kam er kopfschüttelnd wieder. »Helga, kommst du mal bitte?« Zu zweit gingen sie davon.

»Was ist denn nun mit Onkel Kurt?«, fragte Emil Eva.

»Keine Ahnung!«, antwortete sie. »Scheint nicht da zu sein.«

»Och nee. Ich habe mich schon so auf das Rasenmähen gefreut.«

»So!«, sagte Georg, als er zum Auto zurückkam. »Hier kommen wir nicht rein. Deswegen eine kleine Planänderung: Wir müssen Emil wohl mit nach Italien mitnehmen.« Er schlug sich lachend aufs Knie. »Wie machen wir das jetzt? Hier in München übernachten oder auf nach Forlì? Das sind ungefähr sechshundert Kilometer, ist locker zu schaffen.« Seine gute Laune war unheimlich schlecht gespielt.

»Und was ist mit Oma?«, fragte Emil.

»Die fährt auch ein Stück mit«, rief Georg, während er die Arme nach oben streckte, wie um sich vor ihnen zu ergeben. Eva merkte, wie eine Welle von Wut und Enttäuschung sich in ihr ausbreitete und ihre Arme und Beine schlaff werden ließ.

»Ich finde es gut, wenn Oma mitkommt. Die gehört ja auch zur Familie.«

»Ab Forlì fährt sie weiter mit dem Zug nach Rom. Hat da eine Verabredung. Recht überraschend.« Georgs Miene war ausdruckslos.

»Okay!«, antwortete Eva nur, stieg ein und schnallte sich an. »Wo ist sie denn jetzt?«

»Wartet unten an der Einfahrt.«

Als Helga zustieg, fragte Georg noch einmal in die Runde: »Jetzt ist es immerhin schon acht. Hier in München in einem

Hotel übernachten oder durchfahren nach Forlì? Ich kann noch fahren, bin ganz fit und ausgeschlafen. Morgen früh baden wir als Erstes im Hotelpool. Eva wird uns ein schönes Hotel heraussuchen, ja, Eva?«

»Äh? Ja …«

»Ich kann supergut im Auto schlafen!«, behauptete Emil.

»Ich auch!«, kam es von Helgas Vordersitz.

Ich nicht, dachte Eva, ich werde kein Auge zutun, konnte ich noch nie während des Fahrens, und jetzt erst recht nicht, wo wir auch noch diesen kleinen und diesen alten Klotz am Bein haben. Wie soll das bitte schön gehen? So werden wir den biologischen Vater von Emil nie finden!

5

Sie hatten den Münchner Ring und den Stau vor Rosenheim hinter sich gelassen, als die Dunkelheit hereinbrach. Bei Innsbruck fuhren sie auf die Brennerautobahn A 13. Bevor es oben in den Dolomiten keinen Internetempfang mehr geben würde, versuchte Eva, ein Hotel zu finden. Es war nicht einfach, allen Ansprüchen gerecht zu werden. Schick sollte es nach Helgas Wunsch sein, kein Tagungshotel, denn diese Vertretermentalität wäre *extreeem* deprimierend, und auf keinen Fall dürfe es Teppichböden in den Zimmern haben. Warum durfte Helga sich überhaupt etwas wünschen?, fragte Eva sich, sie würde doch allerhöchstens eine Nacht bleiben. Emil wollte einen großen Swimmingpool und »so ein Telefon, an dem man sich was bestellen kann«. Georg gab sich pflegeleicht: »Alles, bloß keine Klitsche.« Dennoch sollte es nahe an Forlì und Annas Haus liegen.

Eva checkte sämtliche Bewertungen auf einem Reiseportal, wog Preis und Angebot ab, buchte schließlich Zimmer im Palazzo Astolfi und nahm sich vor, gelassen zu bleiben, falls sich jemand beschweren sollte.

Sie passierten unzählige gelblich beleuchtete Tunnel und waren irgendwann von mächtigen Bergen umgeben, deren zuckerweiße Schneespitzen man selbst in der Dunkelheit noch vage erkennen konnte. Emil und Helga schliefen. Eva versuchte vergeblich, eine bequeme Position für ihren Kopf zu finden. Wie würde sie es vor Gericht ausdrücken? »Nach meiner Einschätzung liegt die Chance, mit einem eindeutigen, die Putativväter betreffenden Ergebnis nach Deutschland zurückzukehren, bei unter zwanzig Prozent.«

Und ihre Chancen, nach dieser Reise mehr über ihre Beziehung zu Georg zu wissen? Komm, Eva – sie formte ihren Paschminaschal zu einer Kugel und schob sie zwischen Schulter und Kopf. Vergiss mal die Gutachten-Sprache und vertraue mehr deinem Gefühl. Du liebst ihn, du willst mit ihm zusammen sein! Entweder du bist es nach den kommenden dreizehn Tagen oder nicht. Ein Mittelweg ist in diesem Fall ausgeschlossen!

Als der höchste Punkt des Brennerpasses, die blauen Italia-Schilder und weitere Tunnel hinter ihnen lagen, hielt Georg an einer Raststätte. »Wir müssen tanken!«, murmelte er, nachdem er Evas Blick im Rückspiegel begegnet war. »Warum schläfst du nicht?«

»Ich gehe einen Espresso trinken«, sagte sie, ohne auf seine Frage einzugehen, und stieg steifbeinig aus.

»Ach, ich komme mit! Der erste Espresso auf italienischem Boden ist immer der beste.« Zusammen gingen sie auf den hässlichen Steinbau zu, in dem die Raststätte untergebracht war. »*Una sosta di piacere!*«, las Georg von einem großen Segafredo-Plakat. »Was soll das denn heißen?«

Una sosta? Ein Aufenthalt, eine Pause? »Eine Rast des Vergnügens«, übersetzte Eva holperig, sie lachten, doch Georgs Miene wurde schnell wieder ernst. Er drückte kurz ihre Schulter. »Ist jetzt alles etwas anders gelaufen, als ich dachte. Wir kriegen das trotzdem hin, oder?« Er hielt ihr die Tür auf.

Eva überlegte. Sie hatte sich auf Andrés Ratschläge eingelassen, sie würde Georg bei seiner Mission unterstützen und dabei herausfinden, ob sie zueinanderpassten. Das bedeutete auch, Georgs hirnrissigen Plan nicht mehr infrage zu stellen, nicht zu drängeln, nicht zu quengeln. Männern musst du ihren Freiraum lassen, aber streng bei ihren Fehlern sein. Sag ihnen, was sie falsch gemacht haben, und sei konsequent, sonst tanzen sie dir auf der Nase herum, waren Andrés Worte gewesen. Mit Männern kannte er sich aus.

Statt einer Antwort nickte Eva nur und sog sehnsüchtig den Kaffeegeruch ein, der ihnen entgegenschlug. An der Kasse holten sie sich noch jeweils ein *panino* mit Mozzarella und *prosciutto*, bevor sie dem *barista* ihren Bon gaben. Der knallte die beiden Untertassen für den Espresso mit Schwung auf den Tresen und setzte dann, wesentlich sanfter, als ob er etwas wahrhaft Kostbares transportierte, die halb vollen Tässchen darauf ab.

»Ahh, die *crema* stimmt schon mal«, sagte Georg.

»Angeber!« Eva grinste, nach dem ersten Schluck wieder besser gelaunt. Er hatte ja recht, der Schaum war dicht und goldbraun. Einfach perfekt!

»Für mich auch einen!«, ertönte Helgas Stimme dicht neben ihnen.

»Helga! Sag nicht, du hast Emil alleine im Auto gelassen!«

»Ach, der schläft doch tief und fest!«

Georg kippte seinen Espresso in einem Schluck herunter und stürmte hinaus.

»Mmhh, das riecht gut, und die Tässchen sind so hübsch, ob ich eins mitnehmen soll?« Helga strich über den Schriftzug der leeren Tasse. »Ich denke, eher nicht«, sagte Eva.

»Früher gab es diese kleine Holzbude, direkt hinter der Grenze, die hatte Charme! Das war immer ein Erlebnis, aussteigen, die Luft einatmen, endlich in Italien! Und dann sagte man: *Un caffè, per favore!*« Ihr Zeigefinger hob sich dabei halb in die Höhe. »Mehr Italienisch kann ich nicht«, kicherte sie zu Eva hinüber, aus deren Handtasche in diesem Moment ein Geräusch kam.

»Heute sendet TMT Italia eine Willkommens-SMS, da weiß man es auch ohne Bretterbude«, sagte Eva nach einem Blick auf ihr Handy.

»Aber ihr Jungs von Segafredo macht den *caffè* immer noch großartig!«, sagte Helga zu dem rot gekleideten *barista*, der den Espresso auch ohne Bon vor sie auf die Theke gestellt hatte. »Autogrill, *Signora – siamo dal* Autogrill!« Er wies auf das Firmenschild, das seine Kappe zierte. Sie winkte ihm zu, drehte sich um und ging. Er schaute ihr versonnen hinterher. Eva schüttelte unmerklich den Kopf. Wie macht die Alte das nur, dachte sie und schämte sich sofort für ihre Wortwahl. Dann begab sie sich zur Kasse und bezahlte den *caffè* von Georgs Mutter.

Sie erwachte davon, dass der Wagen angelassen wurde. Der Himmel war hellgrau, die Farben noch nicht richtig auszumachen.

»Wo sind wir?«, flüsterte Eva und gähnte.

»Kurz vor Verona, ich habe ein halbes Stündchen schlafen wollen, daraus sind dann doch fast drei Stunden geworden, aber zu früh können wir ja auch nicht im Hotel ankommen.« Georg gähnte ebenfalls, verließ den Parkplatz und fuhr auf die leere Autobahn. Eva starrte aus dem Fenster, dachte endlich mal an gar nichts und ließ Felder und Strommasten an sich vorüberziehen. Kurz vor Modena erwachten auch Emil und Helga. Nach einem einsilbigen Frühstücksstopp passierten sie eine halbe Stunde später inmitten von vielen Lastwagen die Tangente von Bologna. Die Ebene war weit und grün, gesprenkelt mit Gehöften und grellbunten Häuschen. Die Sonne stieg langsam höher, sie fuhren an Weinfeldern, Plantagen mit jungen Obstbäumen und unzähligen Gewächshäusern vorbei.

Helga redete schon seit gestern Abend nicht mit Georg, und Georg redete nicht mit Helga. Emil hörte mit geschlossenen Augen seine CDs, vielleicht schlief er aber auch wieder. Gut, dachte sie, sollte das die nächsten Tage so weitergehen, ich bin gewappnet. Außerdem bin ich hier, um die Sache mit Georg zu klären, nur das zählt. Wenn es ganz schlimm wird, fahre ich mit dem Zug weiter nach Apulien und verkaufe den Trullo. Zwischen Milli und ihr war der Trullo immer in der Einzahl geblieben, obwohl sie eigentlich drei davon hatte.

Sie fuhren von der Autobahn ab.

»Wir sind natürlich viel zu früh«, brummte Georg. »Anna und Jannis erwarten uns erst heute Abend um acht, also fahren wir erst mal ins Hotel.« Er pflückte das Navi vom Armaturenbrett und reichte es Eva nach hinten, sie gab die Adresse des Palazzos ein.

»An der nächsten Kreuzung fahren Sie bitte rechts!«, sagte die weibliche Stimme vorwurfsvoll. Vielleicht sollte sie sich von den Herstellern des Navigationsgeräts zu einem Probesprechen einladen lassen. Es gab bestimmt noch mehr Leute wie Brockfeldt, die auf ihre Stimme abfuhren. Eva lächelte und schaute aus dem Fenster auf vorbeiziehende Aprikosenbäume, Fabrikhallen, Tankstellen und von Blüten umrankte Hundezwinger.

Nach ein paar Kilometern und diversen Kreisverkehren hatten sie den kleinen Ort gefunden, der auf einem Hügel thronte. Die Straße hinauf, immer höher, bis sie ein schmiedeeisernes Tor mit einem kleinen Schild entdeckten, auf dem in geschwungenen Buchstaben der Name Astolfi stand. »Sie haben Ihr Ziel erreicht!«, sagte die Navi-Dame streng und schwieg endlich.

»Die haben noch zu!«, sagte Emil.

»Okay, fahren wir frühstücken.« Georg wendete.

Zwei Stunden später hielten sie wieder vor dem Tor, das nun offen stand. Sie bogen in die von Hortensienbüschen und Rosenstöcken gesäumte Auffahrt ein und fuhren an einem lichten Kiefernwäldchen vorbei.

»Schau mal, Oma, ganz viele Hängematten zwischen den Bäumen! Und einen Spielplatz haben sie auch!«

»Nenn mich nicht so, Schätzchen. Ich bin Helga! Hängematten im Wald, das fängt ja gut an. Aber bisschen einsam hier oben, findet ihr nicht? Was ist, wenn man mal in die Stadt möchte?« Sie verstummte, als der Palazzo in Sicht kam.

Eva atmete auf, schon von außen konnte man sehen, dass ihre Auswahl perfekt war!

Der Palazzo war ein herrschaftliches, orange gestrichenes Gebäude mit weißen Fensterläden und stand inmitten eines riesigen Gartens. Auf einer Wiese standen Tische und Stühle aus verschnörkelten weißen Eisenstreben unter ebenso weißen Sonnenschirmen. Vom Pool aus konnte man in die hügelige Ebene voller Obstbäume, Zypressen, grüner und weizengelber Felder schauen.

In der Lobby stand die Besitzerin und hieß sie willkommen. »Ich bin Signora D'Annunzio, Ihre Zimmer sind zwar erst um zwölf fertig, aber Sie können gerne schon den Pool benutzen!«

Sie waren die einzigen frühen Gäste, das Wasser stand regungslos über den blauen Mosaiksteinchen, die Luft roch nach Kiefernrinde, Lorbeerblättern und Rosmarin. Eva spürte, wie gut die zunehmende Wärme der Sonne ihren Schultern tat. Emil sprang ins Wasser und kletterte sofort auf den aufblasbaren pinkfarbenen Sessel, der dort bis vor ein paar Sekunden ruhig herumgedümpelt hatte.

»Guck mal, Papa, guck mal, was ich kann!« Georg guckte, und Emil führte vor, was er mit dem überdimensionalen Sessel alles anstellen konnte.

Als Eva aus der hölzernen Umkleidekabine trat, lag Helga schon mit geschlossenen Augen auf einer der gepolsterten Liegen. Sie trug einen farblich auf den Sessel abgestimmten Bikini und ein zufriedenes Grienen im Gesicht.

Ganz schön mutig, liebe Helga, ging Eva durch den Kopf, natürlich sieht man deinem Körper an, dass du nicht mehr achtunddreißig bist – so wie ich.

Eva zupfte an ihrem Schwimmanzug herum, sie besaß gar keinen Bikini. Aber auch wenn sie einen besessen hätte, dann wohl kaum in diesem Helga-Pink! Die Frau war frei von jeglicher Altersscham, und dann diese hochhackigen Pseudo-Badeschühchen, die vor der Liege standen! Aber wie sie da so lag – geradezu beneidenswert entspannt und irgendwie verführerisch. Sexy. Oder *hot*, wie es in den amerikanischen Filmen hieß. *Hotter* jedenfalls als du selbst, meine Liebe, sagte sie sich, oder warum fühlst du dich hier mit deiner stromlinienförmigen Ganzkörperbedeckung aus der Wettkampfabteilung plötzlich so fehl am Platz? Meine Güte, sie war doch wohl nicht neidisch? Helga blieb auch im sexy Bikini eine Nervensäge. Warum Milena eigentlich immer so gut mit ihr ausgekommen war? Unbegreiflich.

Eva sah an sich herab und begutachtete ihre Beine. Sie

schwamm, sie lief, sie spielte Volleyball. Sie dachte kaum darüber nach, warum. Montag war das Training der Ersten Damen, Donnerstag ging sie schwimmen, am Samstagmorgen laufen. Die festen Termine gaben ihrer Woche noch mehr Struktur. Sie seufzte leise. Ihre Oberschenkel waren trotz aller Trainingseinheiten einfach nur … verdammt breit.

Langsam ließ sie sich ins Wasser gleiten, schwamm ein paar Bahnen und streckte sich dann auf einer Liege aus. Herrlich! Sie spürte, wie das Wasser von ihrer Haut perlte, spürte die Weichheit des Polsters, hörte die fröhlichen Schreie von Emil und Georg, atmete tief und ruhig in sich hinein, darauf bedacht, an nichts zu denken.

Doch ihr Gehirn gab keine Ruhe. Es ratterte, sortierte, sorgte sich. Es plante die nächsten Minuten, sprang Stunden vor, wertete die Vergangenheit aus und machte Vorschläge für die nächsten Tage. Eva scheuchte die Gedanken mit aller Anstrengung davon, um sich einige Sekunden später schon wieder dabei zu ertappen: Immerzu plante sie! Wenn sie ihren Koffer packte, dachte sie schon daran, wie es wäre, alles wieder auszupacken, zu waschen und schön gebügelt in den Schrank zu hängen. Wenn sie Schuhe kaufte, überlegte sie, wie viele Monate später man sie zum Besohlen würde bringen müssen. Sie hasste sich selbst dafür, konnte die dumme Angewohnheit aber einfach nicht ablegen. Wie würde der Tag weitergehen, wann sollten sie losfahren, wäre es unverschämt, sich ein paar Stunden hinzulegen? Wie würde es sein, Jannis wiederzusehen? Ob er ihr noch böse war? Wie würde Georg sein Anliegen vortragen?

»Eva?!« Sie öffnete die Augen und blinzelte zu Georg hoch. »Jeder macht, wozu er Lust hat, und wir treffen uns heute Abend in meinem und Emils Zimmer, so gegen halb acht. Ist dir das recht?«

»Okay!« Na also, war doch gar nicht nötig, dauernd für andere mitzudenken.

Gegen Mittag bezogen sie ihre Zimmer. Auch im Inneren des Palazzo Astolfi ging es weiter mit den angenehmen Überraschungen, die Zimmer waren gemütlich, die Möbel antik, die Badezimmer hypermodern. Keine Teppichböden, keine Vertreter, keine Klitsche. Und das alles nur zehn Minuten von Forlì entfernt.

Eva schlüpfte zwischen die frischen Laken und schlief tief und traumlos. Als sie aufwachte, war es sechs. Sie blieb noch eine Stunde im Bett, zappte herrlich träge ein wenig zwischen den italienischen Sendern und einem krisseligen RTL hin und her und begann sich dann anzuziehen und für den Abend zurechtzumachen.

Als sie in Georgs und Emils Zimmer eintraf, war Helga schon da. »Na, schön geräumig haben die es hier, ich habe nicht so ein Sofa …«

»Das Hotel ist super, Eva!«, sagte Georg und gab ihr ein unvermutetes Küsschen auf die Wange, woraufhin ihr ein kleines »Wow!« entschlüpfte.

»Das Hotel ist übelst super, Eva!«, bestätigte Emil. O Wunder – ein an sie gerichtetes Lob aus Emils Mund.

»… und mein Bad ist kleiner!«, kam es aus dem Badezimmer.

Eva warf den Kopf zurück und lachte so laut, dass Helga erstaunt aus der Badezimmertür schaute. »Man wird ja noch vergleichen dürfen, ich habe nämlich vor, ein Buch über Hotels in Italien zu schreiben, ich habe da so einen Verleger kennengelernt …«

»So!«, unterbrach Georg sie. »Wer kommt mit zum Essen? Wer bleibt hier?« Niemand meldete sich.

»Ist das hier 'ne Klassenfahrt?«, murrte Helga.

»Nein.« Georg warf seinen Autoschlüssel in die Luft und fing ihn geschickt mit einer Hand wieder auf. »Wir wollen vorher nur noch Freunde besuchen, und da dachte ich …«

»Na, ihr habt ja anscheinend überall Freunde!«

»Ja, Mutter, manche Leute haben tatsächlich Freunde!«

»Nett! Ich schau mir doch immer gerne an, wie andere Menschen leben.« Helga lachte übertrieben laut und zeigte dabei ihr prächtiges Gebiss, das sehr teuer gewesen war. »Zahnlachen« nannte Eva Helgas künstlich amüsiertes Mundaufreißen.

»Ich weiß nicht … Es ist eine Freundin von uns, sie ist schwanger, und es geht ihr nicht so gut.«

»Und da störe ich? Wollt ihr mich mit Emil irgendwo aussetzen? Ich meine natürlich absetzen? Ha, wenn das mal kein Freud'scher Versprecher war! Soll ich mit ihm irgendwo spazieren gehen? Wir könnten auf der Piazza einen Aperitif trinken. Eine Piazza wird es ja wohl geben, oder?«

»Auf keinen Fall«, sagte Georg. »Wir schauen alle zusammen kurz dort vorbei, und dann gehen wir essen.«

»Wir können auch hier essen, die Kellner fangen gerade an, draußen die Tische einzudecken, auf dem Rasen neben dem Pool, *extreeem* galant und schick, die Jungs! Und die Deko, weiße Rosen und rosa Hortensien, absolut *fantastico!*«

»Heute essen wir *fantastico* in der Stadt«, sagte Georg, »Anna kann uns bestimmt ein Restaurant empfehlen.«

»Gib mal bitte Via Carlo Forlanini 82 ein!«

Forlì war keine große Stadt, aber sie strahlte etwas Sattes, Wohlhabendes aus. Die Häuser waren größtenteils zweistöckig und in Terrakotta-, Orange- und Gelbtönen gestrichen.

»Das da vorne ist die Rocca di Ravaldino«, sagte Eva, als sie auf eine mächtige Festung zusteuerten. »Früher war dort mal ein Gefängnis drin. Und ganz früher, vor über fünfhundert Jahren, hat Caterina Sforza, Herzogin von Imola und Forlì, sich darin verschanzt. Und weißt du, wer Caterina Sforza auch noch war?«, fragte sie Emil, der ausnahmsweise kopfhörerfreie Ohren hatte.

»Nein!«

»Sie soll angeblich die Frau sein, die Leonardo da Vinci für seine Mona Lisa Modell gestanden hat.«

»Ach die? Die habe ich mit Papa im Louvre gesehen. Das Bild war viel kleiner, als ich es mir vorgestellt hatte. Aber ich mag sie! Die war da drin? Cool.«

Die Via Carlo Forlanini zog sich endlos dahin, die Häuser wurden spärlicher, die Kiefern am Straßenrand höher, die Gärten und Gewächshäuser größer. Es schien fast, als würden sie wieder aus Forlì hinausgeleitet, dann endlich hielt Georg vor einem dunkelgrauen Haus an. An den oberen Fenstern hingen einige Rollläden schief herab, die unteren waren vergittert. Mit ein paar Eimern Farbe könnte man hier einiges erreichen, dachte Eva.

»Also, ich erkläre noch mal, wie das jetzt hier vor sich geht«, sagte Georg mit einem warnenden Ton in der Stimme. »Wir gehen da jetzt kurz rein, sagen Guten Tag, essen nichts, trinken nichts und setzen uns auch nicht lange hin. Anna ist hochschwanger und nicht in Stimmung für lange Besuche.«

Eva hätte fast gelacht. Für Emil und sie war diese Ermahnung bestimmt nicht gedacht.

»Ist doch selbstverständlich«, sagte Helga. »Was hat sie denn?«

»Keine Ahnung. Sie hat mich zwar beschworen, euch alle mitzubringen, um mal wieder Deutsch zu hören, aber es geht ihr nicht gut.«

Georg sprang aus dem Wagen. Eva folgte ihm, sie war nervös. Warum eigentlich, nur weil sie gleich Jannis wiedersehen würde, mit dem sie auf der Hochzeit geflirtet hatte? Na ja, geknutscht hatten sie später auch. Ziemlich heftig sogar. Sie hatte die Nacht mit ihm genossen und war später doch so gemein zu ihm gewesen. Eva schaute durch die Scheibe. Emil kramte zwischen seinen CDs herum, auch Helga war sitzen geblieben.

Ob Jannis' Haare wohl noch so honigblond waren und so wild abstanden wie damals?

»Ich bin total aufgeregt«, sagte Georg kaum hörbar zu ihr. Sie gingen zwei Schritte beiseite. »Von Jannis und Anna hängt es ab, ob wir etwas über Milenas Vorleben erfahren werden. Ihrem Leben vor *mir*. Ich kann es immer noch nicht glauben, dass sie schon schwanger, schon mit dem Kind in sich zu mir kam. Frisch angebufft – wenn auch erst seit ein paar Tagen.«

»Angebufft hört sich furchtbar an, Georg! Es geht hier immerhin um Emil!«

»Ja, ich weiß. Aber die ganze Sache macht mich einfach krank …« Er verzog das Gesicht zu einer schuldbewussten Miene. »Kommt ihr da jetzt endlich mal raus!«, brüllte er im nächsten Moment in Richtung Auto.

»Mann, Papa, reg dich ab«, sagte Emil und kletterte aus dem Wagen. Helga knallte mit aller Kraft die vordere Autotür zu.

»Wir hätten die beiden nicht mitnehmen sollen …«

Georg ging den schmalen Bürgersteig auf das Gartentor zu. Die anderen marschierten hinter ihm her.

»Eine Schwangerschaft ist doch keine Krankheit. *Ich* habe bis zum letzten Tag mit dir noch Tanzstunden ge…«

Georg drehte sich so abrupt zu ihr um, dass Helga fast gegen ihn geprallt wäre. »Mutter!«

Helga zog die Schultern hoch, schwieg aber.

Eine ältere Frau kam durch den Garten auf sie zu. Ihr Gesicht war gebräunt, ihre hellen Augen schauten wach und neugierig, zwei scharfe Falten gruben sich rechts und links neben ihren Mund. Sie stellte einen Korb mit Grünzeug vor sich ab. »Ah, *ancora amici, amici tedeschi!*«, sagte sie mit schnarrender Stimme und öffnete die Pforte. Georg gab ihr die Hand und stellte sich vor. Emil machte es ihm nach, deutete sogar eine Verbeugung an, Eva lächelte und bestätigte stockend auf Italienisch, dass sie weitere Freunde aus Deutschland seien und nur ganz kurz bleiben würden. Helga gab huldvoll ihre Hand und musterte interessiert die alten Gummigaloschen, die die Hausherrin an ihren Füßen trug.

Die Frau hielt die Haustür auf und deutete die Treppe hinauf, Anna sei dort oben. Sie hielt Eva am Arm fest und fragte, ob sie etwas essen wollten, sie könne hier unten in der Küche schnell ein paar *piadine* für sie zubereiten.

Eva lehnte dankend ab, nein, sie seien gleich wieder weg. »Wirklich nicht? Es ist kein Problem.«

»Wirklich nicht, danke!«

»Georg!« Ein greller Freudenschrei drang aus der oberen Etage. Eva beeilte sich, die Treppe hinaufzukommen, und platzte in eine große Umarmungsparty. Anna, Georg, sogar Helga und Emil, alle waren dabei, sich gegenseitig zu umschlingen. Jannis löste sich aus dem Gewirr und kam auf sie zu. Größer, als sie ihn in Erinnerung hatte, kräftiger, mit blaueren Augen und einem frecheren Grinsen auf den Lippen, das gerade erstarb. Er blieb vor ihr stehen. Scheiße, dachte Eva und schaute kurz zu Boden, du hast wirklich allen Grund, sauer auf mich zu sein. Sie schaute wieder auf und probierte ein Lächeln. Jannis versuchte ernst zu gucken, doch seine Augen lachten. Immer lachen seine Augen, dachte Eva, während sie erleichtert sah, dass er seine Arme ausbreitete. »Hey, zehn Jahre Funkstille – und dann ausgerechnet in Forlì! Und du siehst noch toller aus als damals!«

Er ist so hübsch und so verdammt süß zu mir, das habe ich echt nicht verdient, ging ihr durch den Kopf, aber da umarmte er sie schon heftig und hob sie in die Luft. »Dich darf man wenigstens noch drücken! Dickmadam hier stellt sich ja immer so an ...«

Eva erschrak, als sie Anna unter sich erblickte. Ihr Gesicht war ein runder Pfannkuchen, die Nase, die Lippen, alles trat grob und überdeutlich daraus hervor. Ihr blondes Haar, das sie damals vor der Hochzeit unablässig mit einem Glätteisen malträtiert hatte, kräuselte sich und stand wie eine Löwenmähne nach allen Seiten ab.

»Wow, Anna«, Eva zwang sich zu einem Lächeln, als Jannis sie wieder herunterließ, »werden es Zwillinge? Was für ein großartiger Bauch!«

Annas Kugel war gigantisch, sie schien dafür verantwortlich, dass ihre dicken Beine kaum noch das Gleichgewicht halten konnten. Der Bund der hellgrünen Jogginghose, in der sie steckten, war mit der Schere an mehreren Stellen eingeschnitten und klaffte auseinander. Dennoch reichte er nur knapp um ihren enormen Umfang. Anna lachte. »Wenn du jetzt irgendwas mit ›Fußball verschluckt‹ sagst oder, wie es hier heißt, ›eine Melone unzerkaut gegessen‹, dann schlage ich dich! Wie schön, dass ihr da seid, wie schön!!« Sie versuchte Eva an ihrem Bauch vorbei zu umarmen und presste ihr dabei die pralle, harte Kugel in die Seite. Danach ging sie noch einmal zu Georg, zog seinen Kopf zu sich herunter und küsste ihn auf den Mund. »Wie schön, wie schön!« Ihr Lachen ging in Weinen über.

Jannis seufzte: »Anna!«

»Was denn? Darf ich etwa nicht heulen, wenn ich meine Freunde wiedersehe?«

»Doch, darüber darfst du heulen!«

Emil starrte Anna und ihren Bauch gebannt an. Helga setzte sich mit gefalteten Händen auf das Sofa an der Wand, auf dem Anna offensichtlich kurz zuvor noch gelegen hatte. Eine Baumwolldecke, zerknüllte Taschentücher und mehrere Gläser, Tassen und Teller zeugten davon. Eva sah, dass Helga sich argwöhnisch umschaute, als ob sie der modernen Inszenierung eines Theaterstücks beiwohnen müsse und sich fragte, wann sie unbemerkt den Saal verlassen könnte.

»Emilio, *amore mio*, du Süßer, komm her und gib der Tante Anna einen Kuss!«, rief Anna plötzlich. Emil verschränkte die Hände hinter dem Rücken und wand sich peinlich berührt.

»Ah, nein, unsere deutschen Kinder machen das ja nicht, habe ich schon vergessen. Keine Angst, lassen wir das mit dem Küssen, aber ich habe etwas für dich!«

Anna lachte, sie reichte Emil ein kleines Büchlein vom Couchtisch und ließ sich ächzend auf dem Sofa neben Helga nieder. »Als ich gestern hörte, dass ihr mich besuchen kommt, habe ich das für dich rausgesucht. Heute fotografieren wir ja alles digital, aber vor zehn, zwölf Jahren gab es noch die guten alten Polaroids.« Emil setzte sich zwischen

Anna und Helga und blätterte. In den einzelnen Hüllen des Plastikbüchleins steckten leicht grünstichige Fotos mit weißem Rand. Milena. Da war sie. Mit geklebter Glatze, mit abstehenden roten Haaren wie Pumuckl, mit weißer Perücke als Marie Antoinette.

»Krass!« Emil war begeistert. »Das ist alles Mama!?«

»Na klar! Hier mit der Glatze, das war für ›Das Ende der Wahrheit‹.«

»Der Gefängnisfilm«, sagte Georg. Seine Stimme war belegt.

»Ja, den haben wir '99 in der Schweiz gedreht, das war hart, ihr erster richtiger Fernsehfilm nach der Serie, aber sie war großartig und immer ganz geduldig in der Maske, hat sich nie beschwert, manchmal ist sie sogar eingeschlafen, wenn ich zwei, drei Stunden an ihr herumgepinselt und -geklebt habe.« Emil ging mit seinem Gesicht nah an das Foto heran.

»Denn es war sehr anstrengend! Bei uns im Maskenmobil war es ja noch muckelig warm, am Set dafür umso kälter!«, fuhr Anna fort. »In dem alten Gefängnistrakt konnte man nicht heizen. Die Garderobieren hantierten mit Einlegesohlen aus Fell und diesen Wärmekissen für die Hosentaschen, doch nach der ersten Woche waren alle, auch das Team, krank. Nur Milena nicht. Die trank morgens und abends immer Sanddornsaft.«

»Echt?« Emil grinste. »Den dicken orangen Saft in diesen braunen Flaschen? In den man Wasser reintut? Ah, den kenne ich, den musste ich auch immer trinken.«

»Und du bist sicher auch nicht krank geworden!«

»Bin ich krank geworden, Papa?« Emil drehte sein Gesicht zu Georg.

»Nein. Na ja, nicht oft!«

»Guckt mal, das hier!«

Milena zeigte ihren Betrachtern ihre rote Schulter, auf der Sonnenbrandblasen zu sehen waren. Ihr Oberkörper war nackt, sie verschränkte ihre Arme davor. Dennoch verbirgst du weniger von deinem Busen als machbar gewesen wäre, dachte Eva.

Milenas Augen schauten sie von unten direkt an, die Lippen waren geschlossen, ihr Lächeln verheißungsvoll. Eva seufzte. Warum hatte sie nicht auch so einen tollen Mund wie ihre Schwester abbekommen?

»Da sieht ihr Gesicht aber schön aus!«

»Ja, das finde ich auch, Emil.«

»Hattest du Mama auf diesem Foto auch im Gesicht geschminkt?«

Anna nickte. »Sie sah aber auch ohne Schminke schön aus, kam nie ungewaschen in die Maske. Weißt du, manchen Schauspielern muss man ja noch den Schlaf aus den Augenwinkeln kratzen, wenn sie da auf deinem Stuhl sitzen, die schaffen es nicht mal, sich vorher zu waschen.«

»Hat sie sich auch immer die Zähne geputzt?« Er warf seine Haare zurück.

»Milena? Immer! Sie hatte ja aber auch so schöne Zähne …«

Anna fing an zu schniefen. »Er sieht ihr so ähnlich, ich fasse es nicht!«

»Anna!«, sagte Jannis ruhig.

»Die kannst du mitnehmen, Emil, ich schenke sie dir!« Anna beugte sich vor und schluchzte in ihre Hände. »Ich heule schon seit drei Wochen. Vorgestern, als Jannis kam, hörte es auf, aber heute ist es wieder da …« Jannis reichte ihr die Taschentuchbox, die auf dem Tischchen vor dem Sofa stand.

»Ich sitze hier seit zwei Monaten, unser neues Haus ist nicht fertig, obwohl Davide es mir versprochen hat. Also wohnen wir immer noch bei meiner Schwiegermutter. Laura. Die schreckliche Laura. Die fürsorgliche Laura. Der typisch italienische Horror. Davide ist den ganzen Tag weg und nach der Arbeit bis spätabends auf der Baustelle. Seine Mutter ist gemein zu mir, nichts mache ich gut genug für ihren Sohn. Und die Rollläden sind kaputt, sie lassen sich nicht mehr hochziehen, immer ist es dunkel. Hier ist nichts schön, in dieser Wohnung. Gar nichts!«

Eva schaute auf. Laura, die Schwiegermutter aus dem Garten, stand mit hängenden Mundwinkeln und Armen in der Tür.

»Will der kleine Junge vielleicht mit runter in die Küche kommen?«, fragte sie auf Italienisch. Anna guckte mit roten Augen von ihrem Sofa hoch, übersetzte aber.

»Ach ja!«, rief Helga und sprang auf. »Das ist doch mal ein Vorschlag. Komm, Emil, wir machen uns nützlich!«

Georgs Blick traf Evas Augen. Eva schüttelte beruhigend den Kopf. Was sollte schon passieren? »Soll ich mitgehen?«, fragte sie Emil. Doch der schaute sie nur fragend an, in seinen Augen ein klares: DU. NAIN.

»Nimmst du mein Büchlein und passt darauf auf?«, fragte Emil Georg.

»Natürlich! Hast du überhaupt schon Danke gesagt?«

»Danke, Anna!«

»Bitte, *amore mio!*« Die drei zogen ab. Anna zog die Nase hoch, sie sah nun nicht nur aufgequollen, sondern auch rot und fleckig im Gesicht aus. Doch sie lachte wieder. »Wollt ihr was trinken? Komm, Jannis, lass uns feiern! Im Kühlschrank ist noch eine Flasche Moët. Die wollte Davide zur

Geburt köpfen. *Cazzo*, jetzt trinken *wir* sie. Wer muss denn hier die ganze Arbeit machen? Und wer weiß, ob ich danach überhaupt noch lebe.«

Georg wehrte ab, doch Jannis kam schon mit der Flasche aus der Küche.

»Hol Gläser aus der Vitrine im Esszimmer, aber nimm die guten! Die sind zwar auch hässlich, aber wenigstens unbenutzt. Alles ist alt und nur praktisch. Neues wird für später aufbewahrt, für hohe Festtage, für Ereignisse, die nie kommen.«

»Aber du lebst doch schon lange in Italien, oder?«, fragte Georg. Wieder begann Anna zu weinen. Um nicht dumm herumzustehen, ging Eva Jannis nach. Er stand in einem dämmrigen Raum vor einer offenen Glasvitrine und wusste anscheinend nicht, welche der funkelnden Kristallkelche er nehmen sollte.

»Ich habe ihr versprochen, sie zu retten. Aber dass es so schlimm werden würde …« Er schüttelte den Kopf. »Und du, wie geht es *dir!?* Du hast längst deinen Doktor und arbeitest bei der Kripo?« Eva nickte und nahm ihm die zwei Gläser aus den Händen.

»Ich habe das gerade ernst gemeint, du siehst immer noch toll aus, und ich hasse dich immer noch tief in meinem Herzen, dafür, dass du mich damals abserviert hast!«

»Abserviert?!« Doch ihre Entrüstung klang unaufrichtig. Sie hatte genau das getan, und zwar auf sehr unschöne Art!

»Ich wollte dich sofort in Hamburg besuchen, stand schon in München am Bahnhof.«

»Tut mir leid. Irgendwie ging mir das alles wohl zu schnell. Und wir waren doch nach diesen drei Tagen in Apulien nicht wirklich zusammen …«

»Mir kam es aber so vor!«

»Da hast du etwas falsch verstanden, du warst ja ein paar Jahre jünger als ich. Bist du natürlich immer noch …« Sie versuchte, dem Gespräch einen lockeren Ton zu geben.

»Dafür aber größer.« Er stellte sich dicht vor sie.

Eva stemmte ihre Hände mitsamt den klobigen Kristallkelchen leicht gegen seine Brust. »Knapp!«

Jannis bedeckte ihre Hände mit seinen: »Du machst mich fertig, Eva Jakobi!« Seine Stimme war ganz rau. Einen Moment verharrten sie so, dann nahm er zwei weitere Gläser an sich, und sie gingen wieder zurück zu den anderen. Eva merkte, dass sie Jannis auf den Hintern starrte. Schnell wandte sie den Blick ab.

»Und als ich nicht aufstehen konnte und der Arzt kommen musste, weißt du, was sie da gemacht hat?«, sagte Anna gerade, als sie den Raum betraten. »Sie hat einen halben Tag lang die Bude geputzt! Hat Chemikalien versprüht, damit sie sich vor dem Arzt nicht schämen muss, dass es vielleicht nicht sauber ist, anstatt sich um mich zu kümmern!«

Georg sah sie skeptisch an. »Ist nicht wahr, oder?!«

»Wenn es zu schlimm wird, haue ich ab, zurück nach Deutschland.«

»Aber zuerst hast du noch was zu erledigen«, sagte Georg und streichelte ihren Bauch mit einem so zärtlich entrückten Ausdruck auf dem Gesicht, dass Eva ganz glücklich und zugleich traurig zumute wurde. »Wenn es erst einmal da ist, ist sowieso alles anders. Lass dir nicht von italienischen Schwiegermüttern reinreden, es ist dein Kind, du entwickelst dich ganz schnell zur Spezialistin dafür. Glaub mir!«

Eva drückte Jannis die Flasche in die Hand. »Mach auf und lass uns trinken«, sagte sie leise, »bevor Georg noch rührseliger wird.«

»So, und was wolltest du jetzt über den Film wissen, Georg?«, fragte Anna neugierig. Zwei Schlucke von dem eiskalten Champagner hatten gereicht, um sie von hormonell bedingter Weinerlichkeit und Selbstmitleid zu erlösen. »Ich bin gespannt, und Jannis konnte mir auch nicht sagen, worum es geht.«

Georg antwortete nicht gleich.

»Jannis und ich reden oft über den Film und über – Milena.« Anna lächelte, doch das Stichwort Milena warf sie zurück, von Neuem liefen ihr die Tränen über die fülligen Wangen. »Sie fehlt mir. So sehr! Ich halte es nicht aus, darüber nachzudenken.« Ein Schluckauf mischte sich in ihre Worte. »*Scusa*, ich denke wieder mal nur an mich, für euch beide ist es bestimmt noch viel schlimmer.« Keiner schaute den anderen an. Alle vier verharrten schweigend, nur unterbrochen von schniefenden Geräuschen und dem Brummen des Kühlschranks aus der Küche.

Im Garten zwitscherte ein einziger Vogel sein klägliches Lied.

»Ich weine einfach darüber«, sagte Eva schließlich. »Das hilft. Manchmal.« Wieder entstand eine lange, wohltuende Pause.

Georg räusperte sich. »Kinder trauern ganz anders – es gibt etwas, das nennt man ›Pfützentrauer‹. Sie springen in ihre Trauer mit beiden Füßen hinein, dann aber auch ganz schnell wieder raus. Bei Emil habe ich das beobachten können. Ich war manchmal richtig neidisch auf ihn!« Er lächelte kurz, aber seine Augen blieben ernst. »Im letzten Jahr ist mir das sogar auch ab und an gelungen, ich konnte schneller wieder lachen, nachdem ich an sie gedacht habe. Doch dann ... Also, das hört sich jetzt bestimmt komisch für euch an ...« Georg erklärte stockend, warum er hier

80

war. Harte Sätze über Unfruchtbarkeit, biologische Väter und Nichtväter fielen und blieben zwischen Anna und Jannis in der Luft hängen.

Anna schüttelte den Kopf. »Ach du meine Güte. Das nach so vielen Jahren herauszufinden … Und jetzt willst du von uns wissen, mit wem sie …? Also, das ist ja 'ne Frage! Echt indiskret.« Sie hickste. »Nee, ich kann dir dazu wirklich nichts sagen. Mir hat sie nichts erzählt.« Sie lachte schwach. »Also jedenfalls nicht so was. Dir, Jannis?! Weißt du vielleicht etwas, das ich nicht weiß?«

Jannis zuckte mit den Achseln und schüttelte den Kopf. Eva beobachtete ihn scharf. Er trank, setzte das Glas ab, atmete tief ein, als ob er Anlauf nähme, um etwas zu sagen, überlegte es sich dann aber anders.

Georg räusperte sich leise. »Es ist nicht gegen Milena …«

Anna neigte den Kopf zur Seite, sie schaute ihn ernst und durchdringend an.

»Es ist mehr für …« Georg brach ab. »Geh wenigstens mal die Stabliste durch, Anna«, bat er schließlich. »Vielleicht fällt dir doch noch etwas ein!«

»Na gut, gib her!« Konzentriert studierte Anna die Liste, blätterte, murmelte vor sich hin, fragte dann: »Warum sind die hier alle durchgestrichen?«

»Frauen«, sagte Georg. »Kommen nicht infrage.«

»Ach. Klar …«

Jannis schenkte mit einer Hand auf dem Rücken nach und spielte den galanten Oberkellner, doch Eva merkte, wie seine Blicke hin und her schossen. Er hatte feine Antennen, wollte vielleicht herausbekommen, ob da etwas mehr zwischen ihr und Georg lief, als zwischen Schwager und Schwägerin üblich war. »Ich bin nicht frei im Kopf«, hatte sie Jannis vor zehn Jahren am Telefon gesagt und ihn auf diese Weise abserviert, wie er es nannte. Sie war immer noch nicht frei. Und Georg? Georg tat, als merke er von alledem nichts.

»Wie war das Team denn so, und was war mit den Schauspielern? Irgendwas Besonderes, mal ganz unabhängig von Milena?«, bohrte er gerade. Anna rückte ihren Bauch zurecht, sie unterdrückte ein Stöhnen, das dennoch als gepresster Seufzer seinen Weg durch ihre Kehle fand.

»Nein, keine Ahnung. Es ist schon elf Jahre her, mein Gott, soweit ich mich erinnern kann, war alles normal, professionell, und manchmal auch nervig, wie in jeder Produktion.«

»Es hat ein paar kleine Besäufnisse gegeben, weißt du noch, unser Mitternachtsbaden im Meer?«, erinnerte Jannis sie.

»Na gut, wir waren ja schließlich am Ende der Drehzeit in Positano, und ich steckte noch in dem Körper einer Frau, nicht in diesem monströsen, einem Kugelfisch ähnlichen Gebilde ...«

»Reza, der Regisseur, hat einen Tobsuchtsanfall bekommen und danach einen ganzen Tag lang mit niemandem geredet«, sagte Jannis.

»Stimmt, nicht mal mit dem Regie-Assi.«

»Aber mit Milena!«, warf Jannis ein.

»Echt?« Georg witterte eine Spur.

»Kann sein.« Anna nippte vorsichtig an ihrem Glas. »Ich glaube, ich muss aufhören zu trinken, ich kriege Bauchschmerzen davon.«

»Bauchschmerzen?!«, fragte Jannis alarmiert. »Von zweieinhalb Schlucken Champagner? Was für Bauchschmerzen? Echte oder andere?«

»Es zieht. Es zieht sogar sehr. Schon seitdem Georg und Eva hier sind.«

Oh, *shit,* dachte Eva, als Anna sich mit einem Mal an den Rücken fasste und laut aufstöhnte. »Was ist das denn? O Gott, warum hat mir das keiner gesagt? So fühlt sich das an!?« Ihre Augen wurden immer größer, dann schoss ein Schwall Wasser zwischen ihren Beinen hervor, färbte das helle Grün der Jogginghose dunkler und tropfte vom Sofa auf den Boden.

Georg blieb ruhig. »Deine Fruchtblase ist geplatzt. Alles ganz normal. Eva!«, rief er. »Hol bitte ein Handtuch aus dem Bad! Oha, oder besser zwei!«

Sie lief los, riss zwei frische Handtücher vom Regal und brachte sie Anna.

»Wo ist das nächste Krankenhaus?«, fragte Georg Jannis. »Und wo ist ihr Mann, wie heißt der noch mal?«

»Ich rufe Davide an!«, sagte Jannis. Er nahm Annas Handy und gab ihr seine linke Hand, die er nicht zum Telefonieren brauchte. »Hier, drück die, wenn es zu sehr wehtut!«

»Das sind die ersten Wehen, die gehen gleich wieder, dann hast du Pause«, sagte Georg und tätschelte Annas freie Hand. »Wir rufen jetzt einen Krankenwagen, wenn du willst, komme ich mit oder Jannis oder wir alle!«

Statt einer Antwort schrie Anna wieder, hörte aber mitten im Schrei abrupt auf. »Es ist weg!«, flüsterte sie. Dann pupste sie laut. »*O dio!*« Sie bedeckte ihre Augen beschämt mit den Händen.

»Alles ganz normal, Anna, lass laufen!«

Anna heulte kichernd auf. »Warum hat mir denn keiner gesagt, wie demütigend das ist?«

Ach du meine Güte, Hausgeburt, Sturzgeburt, und gleich liegt es hier auf dem Teppich, dachte Eva, alle wissen, was zu tun ist, nur ich benehme mich als Einzige wie ein kopfloses Huhn, dabei bin ich immerhin eine Frau.

»Geh hinunter, Eva, und sag der Schwiegermutter, dass sie einen Krankenwagen rufen soll, so was gibt es hier doch auch, oder?«

»*Ambulanza!*«, stöhnte Anna. »Aber sie soll nicht erst den verdammten Hausflur putzen, damit die Sanitäter einen guten Eindruck bekommen! O Gott, o Scheiße, ich glaube, es kommt wieder, gleich tut es bestimmt wieder so weh!«

»Sag nicht ›Scheiße‹, sag lieber: ›Guut‹, oder: ›Jaaa‹! Das ist positiv und gibt dir mehr Kraft, und die tiefen Vokale lockern deine …«

Eva floh durch die Tür die Treppe hinunter. Georg sollte wissen, was er tat, er war der Geburten-Fachmann, der das alles schon mal als Beisitzer und Ersthelfer durchgemacht hatte.

Sie fand die Schwiegermutter wunderbarerweise in der Küche. »Ähh … Anna!« Sie wies mit dem Zeigefinger nach oben. Ihr Italienisch war wie weggewischt. Was hatte Anna gesagt? »*Ambulanza!* Wir brauchen *una ambulanza! Subito.*« Sofort. Das Zauberwort war ihr gerade noch eingefallen.

»Ouuh!« Die Schwiegermutter schaute an sich herunter. Ihre Schürze war mehlbestäubt, auch der Küchentisch war voller Mehl. »*No! No!* Denk nicht mal dran, dich jetzt noch fein zu machen, es ist scheißegal, was du anhast!«, rief Eva schnell. Die verstand sie ja sowieso nicht. »*Subito!*« Evas Augen suchten das Telefon. Gab es hier nicht mal ein verdammtes Telefon? Erst jetzt bemerkte sie Helga und Emil, die auf dem Sofa saßen. Helga hielt ein Gläschen mit einer dunklen Flüssigkeit in der Hand, wahrscheinlich ein Likör,

Emil ein in die Länge gezogenes Nudelholz. »Wir machen *piadine*, Eva!«

»Wir trinken, Eva!«

Eva grinste Helga an, manchmal hatte die Pink-Bikini-Lady ja sogar Humor.

»Großartig, ihr beiden, Anna bekommt da oben gerade ihr Kind!«

6

»O Gott, *grazie,* Laura, ich habe selten so gut gegessen«, stöhnte Georg. Eva übersetzte den Satz und schaute über den Tisch. Das geblümte Wachstischtuch war kaum mehr zu sehen, es war mit unterschiedlichen Auflaufformen, Schüsseln und Tellern – jeder in einem anderen Dekor – gänzlich bedeckt. Es war keine Einladung zum Essen, es war eine Vorführung von Schwiegermutter Lauras Kochkünsten, ihr Stolz auf sich selbst, den eigenen Garten, die Küche der Emilia Romagna. Aber es schmeckte köstlich! »Wir sollten langsam gehen, Leute!«, sagte Georg gerade zum dritten Mal und blieb sitzen.

Es hatte angefangen mit den frisch gebackenen *piadine,* flachen Teigfladen, die so lange in der Pfanne gebacken wurden, bis sie an ganz vielen kleinen Punkten ein bisschen angebrannt waren. Laura stellte sie einen Moment zum Abkühlen in ein Holzgestell und füllte sie dann mit einigen dünnen Schinkenscheiben, die sie kunstvoll von einem halben Schweinebein, an dem noch der Fuß hing, absäbelte.

»*Prosciutto di Parma!*«, erklärte sie.

Dann fuhr Laura weiter auf, eine Schale nach der anderen holte sie aus den Tiefen des Kühlschranks hervor und wärmte sie kurz in der Mikrowelle. Überbackene Tomaten, mit Petersilie und Semmelbröseln gefüllt, hellgelbe Chicoréehälften mit feinen Speckstreifen und ein köstlicher Spinatkuchen. Zwischendurch dünstete sie grünen Spargel und servierte ihn mit Zitronensaft und gehobelten Spänen von *parmigiano*. Dazu Fenchel- und Möhrenstücke zum Knabbern, die vorher in Salz und Olivenöl gestippt wurden.

»*Ed Anna?*«

Nachdem Anna mit Davide in der tonlosen, aber Blaulicht werfenden *ambulanza* entschwunden war, hatte Jannis die offene Champagnerflasche von oben geholt. »Wäre doch schade drum, und wenn sie mich schon nicht dabeihaben will ...«

»Ah, keine Sorge, die besuchen wir, sobald das Kind da ist! Davide ruft uns dann an«, antwortete die Schwiegermutter auf Italienisch, wobei sie irgendetwas mit den S-Lauten in ihrem Mund anstellte, sodass es klang, als ob sie einen zischelnden Sprachfehler hätte. Ganz Emilia Romagna schien im Übrigen diesen Sprachfehler zu haben. Eva übersetzte. Mit dem zweiten Glas waren auch ihre Italienischkenntnisse zurückgekehrt.

»Aber er ist doch bei ihr, oder?«, fragte Jannis.

»Er sitzt draußen, na sicher!«, lautete die Antwort.

»Also bei der Geburt ist er nicht direkt dabei?«

»Was soll er denn da, mitpressen?! Haha!« Laura lachte wie über einen köstlichen Witz. »Esst, esst!«, ermunterte sie Jannis und tätschelte Georg, den sie zu ihrem besonderen Liebling auserkoren hatte, weil er die hölzerne *azdora*, mit der sie die Teigfladen ausrollte, und ihr Essen mit seiner kleinen silbernen Kamera fotografierte und sich sogar ehrfürchtig Notizen machte!

»Also, Mehl, Hefe, Salz, Schweineschmalz und Honig für den Teig ... und ein bisschen Milch«, diktierte Laura.

»Wie viel Milch?«, übersetzte Eva Georgs Frage.

»Ah, *quanto basta*, bis es reicht.« Georg lachte. Sein Lachen und das Interesse an dem Rezept für die *piadine* schliffen der Schwiegermutter für einen Moment die tiefen Falten neben ihrem Mund weg.

»Die arme Anna! Jetzt muss sie das also doch alleine überstehen«, sagte Jannis, »während ich mir hier hauchdünnen Parmaschinken frisch von der Keule reinhaue und Schampus saufe, dabei hatte ich es ihr versprochen …«

»Davide ist doch noch rechtzeitig gekommen. Und sie hätten dich nicht mit reingelassen, garantiert nicht, wenn für den Ehemann schon nur der Warteraum infrage kommt.« Eva erstickte gekonnt einen satten Rülpser in ihrer Serviette.

»*Grazie, ma non posso più!*« Jannis wedelte abwehrend mit der Hand über seinen Teller, als Laura ihm erneut etwas auftun wollte.

»Wie hat sie ihrem Mann überhaupt klarmachen können, dass du nur ein Freund bist? Ein Italiener kann sich doch überhaupt nicht vorstellen, dass Mann und Frau befreundet sein können!«

»Gar nicht. Sie hat behauptet, ich sei ihr Bruder. Kürzlich aufgetauchter Halbbruder.« Jannis starrte mit sorgenvoller Miene in sein leeres Glas. »Wir hätten mitfahren sollen. Ich hätte hinterherfahren sollen.« Sein Blick suchte den von Eva, nun gar nicht mehr selbstbewusst strahlend, eher fragend und immer noch ein bisschen verliebt und verletzt. Sie lächelte. Mann, Jannis, nun guck nicht so, das ist über zehn Jahre her.

»Bei mir war das damals auch noch so, als ich Georgie bekam, das war ja Anfang der Siebziger, da blieben die Männer draußen«, meldete Helga sich zu Wort. »Ach, die meisten blieben gleich ganz zu Hause. Ich wurde auf ein unbequemes flaches Bett gelegt, Beine in so Steigbügel, und die Hebamme war 'ne Nonne mit schwarzer Haube und sagte immer: ›Press, Mutter, press!‹« Georg hob die Hand. Bitte keine weiteren Auskünfte! Aber Helga ließ sich nicht stoppen. »Geburtshäuser, schön mit Badewanne, Rumlaufen, Räucherstäbchen und Schnickschnack, all das gab es damals ja noch nicht. Ich denke, dein Vater hätte mich auch nur gestört, mein Gott, der wusste ja immer alles besser, der hätte mir garantiert auch noch erklärt, wie ich richtig gebäre!«

Eva beugte sich zu Georg: »Sorry, will nicht die Spielverderberin sein, aber es ist schon kurz vor zehn. Wie lange willst du hier noch weiter Rezepte aufschreiben, fotografieren und essen?«, raunte sie ihm zu, während ihre Blicke über seine klare blaue Handschrift auf dem weißen Papier flogen. »Mein Kapital« nannte Georg die dicke, in oranges Leder eingebundene Kladde, die er immer mit sich führte. »Wir haben nichts herausgefunden bis jetzt.«

»Das bekomme ich hin«, flüsterte er zurück. »Weiß auch schon, wie.« Laut sagte er: »Ja, ich glaube, wir sollten wirklich gehen. Wo ist eigentlich Emil?« Eva konnte einen leichten Anflug von Panik in seiner Stimme hören.

Sie fanden ihn im dunklen Garten bei den Kaninchenställen, über denen nur eine funzelige Lampe brannte. Ein alter Mann in einem abgeschabten, stark eingelaufenen braunen Anzug setzte ihm gerade einen winzigen Hasen auf die Handflächen, der dort ruhig verharrte.

»*Mio marito*«, sagte Laura, die in ihrer Schürze hinter ihnen hergekommen war und nun auch wieder ihre zertretenen Galoschen trug. »*Giorgio!*« Sie packte Georg am Arm,

ihre Stimme wurde heiser. »*Vieni domani per la ricetta?*«
Eva schaute Georg fragend an. Was für ein Rezept?

»*Sì, sì, vengo.*« Er vollführte eine Geste des Aufschreibens mit seinen Händen. »Sag ihr, aber nur, wenn es sie nicht stört!«

Laura nickte, die Aussicht, dass Georg am nächsten Tag noch einmal zurückkäme, um das Rezept für den Spinatkuchen zu holen, ließ sie wie einen Teenager erröten. »Papa, ich kann den Hasen haben!«, sagte Emil und hielt sich das kleine Fellbüschel an die Wange. »Hat dieser Herr gesagt, er heißt nämlich Emilio, so wie ich!«

»Wer? Der Herr oder der Hase?«, fragte Georg.

Der Alte nickte und grinste, wobei er seine Lippen fest aufeinanderpresste. Sein weißes Haar stand über den Ohren ab, mit seinen Hochwasserhosen und den zu kurzen Ärmeln erinnerte er ein wenig an einen Clown.

»Den können wir nicht mitnehmen, setz ihn bitte wieder in den Stall zurück.«

»Aber ich vermisse meine Chammis so!«

»Du hast doch die Fotos von Sandy und Theo dabei!«

»Ja, aber die kann ich nicht streicheln.«

»Der Hase bleibt hier.« Georg strich dem winzigen Tier vorsichtig über das Fell, dann über Emils Kopf. »*Emilio mio*, überleg doch mal: Wo sollen wir ihn auf unserer Reise denn lassen? Im Hotel etwa?«

»Okay, dann nicht …«, sagte Emil und schickte einen langen Seufzer hinterher.

Eva imitierte das Geräusch. Mann, konnten diese grünen Augen traurig gucken, Milena hatte den gleichen Blick früher bei ihr auch draufgehabt. Emil strafte sie mit einem bösen Blitzen aus ebendiesen Augen.

»Ich muss mich nur noch verabschieden!«

Sie gingen zum Auto, an dem Helga im Schein der einzigen Straßenlaterne stand und in Georgs Kladde blätterte. »Ich stehe mir hier wie einst Lili Marleen die Beine in den Bauch. Und wie war das mit: ›Wir gehen da jetzt kurz rein, sagen Guten Tag, essen nichts, trinken nichts und setzen uns auch nicht lange hin!‹? An mir hat's diesmal nicht gelegen! An mir nicht! Hier, dein Buch, das hättest du nun beinahe vergessen!«

Georg verdrehte die Augen und nahm sein Notizbuch von ihr entgegen. Eva hauchte sich in die Hand, um zu überprüfen, ob sie eine Fahne hatte, beendete ihr Experiment aber, als sie Jannis verkünden hörte, nun doch zum Krankenhaus fahren zu wollen.

»Wie viel Champagner hast du getrunken? Ich könnte jetzt nicht mehr fahren!« Er winkte ab.

Laura kam mit zwei großen, in Alufolie gewickelten Paketen angewackelt, *piadine* mit Schinken und Spinat für Davide. »Bringst du ihm, ja?!«, fragte sie ihn auf Italienisch, aber Jannis verstand sie mühelos.

»*Ma certo!*«, antwortete er. »Siehst du, Madamchen, ich muss da hin!« Er küsste Eva auf beide Wangen. »Ich hasse dich, du Allerschönste!«, flüsterte er warm in ihr Ohr und schickte dann laut hinterher: »Ich ruf euch an, wenn das Baby da ist.«

»*Va bene!*« Georg klopfte ihm auf die Schulter. »Seit wann nennt er dich Madamchen?«, raunte er Eva zu, dann wurde sein Gesicht ärgerlich, als er etwas hinter ihr erblickte. »Emil, bring den Hasen zurück und wasch dir sofort die Hände, ich sehe den Buckel in deinem Ärmel!«

7

»Was machen wir hier im Dunkeln?«, fragte Eva. »Und wie lange wollen wir bleiben? Ich habe die drei Zimmer nur für eine Nacht gebucht.«

»Pscht!« Georg gab dem Karussell einen leichten Schubs, das Kreuz der Metallstangen mit den vier Sitzen begann sich zu drehen. Eva schaute nach oben, zwischen den Baumkronen, weit über ihr, drehten sich Tausende von Sternen in der Runde, viel heller und klarer als über ihrem kleinen Balkon in Deutschland. »Hör auf, dir Sorgen zu machen. Ist doch wunderschön hier!«

Eva gab Georg im Stillen recht. Sie konnte das ewige Planen einfach nicht lassen, dabei fühlte sie sich doch gerade herrlich faul, und ihr Hintern klemmte angenehm in dem Karussellsitz. »Bleiben wir denn noch eine Nacht?«

»Relax! Das entscheiden wir morgen früh!« Er atmete tief ein: »Die Luft ist so frisch und doch noch warm.«

Eva ließ ihre nackten Fußsohlen über den weichen Untergrund aus Kiefernnadeln gleiten: »Und dieser Geruch!«

»Was meinst du genau, dieses Gemisch aus Lavendel, Kiefernharz und der kleinen Prise Schweinezucht?«

»Die Schweinezucht ist mir bis jetzt noch gar nicht aufgefallen. Schläft Emil?«

»Die Schweinezucht liegt unten in der Ebene. Ist hier

alles voll davon. Wusstest du, dass die Schweine nur die Molke von Parmesankäse zu fressen bekommen dürfen, wenn aus ihnen ein echter *Prosciutto di Parma* werden soll?«

»Nein.« Evas Mundwinkel zogen sich nach oben. Wenn Georg über Nahrungsmittel reden konnte, war er glücklich.

»Sie kriegen natürlich noch andere Sachen wie Futtergerste, Obst und so was. Das wird alles streng kontrolliert.«

Eva zog ungläubig die Brauen hoch. Streng kontrolliert? In Italien?

»Ob der Schinken reif ist, wird heute immer noch mit einem ausgehöhlten, ganz dünnen Pferdeknochen festgestellt. So einen hätte ich gerne ...«

»Du willst immer alles haben, Georg!« Eva prustete los; schon besser, sie war dabei, sich zu entspannen. »Wie auch diese komische Holzrolle, die du Annas Schwiegermutter um ein Haar abgeluchst hättest!«

»Die *azdora*? Die wollte sie mir schenken!«

»Du ewiger Schwiegermutterliebling!«, zischte Eva.

»Stimmt doch gar nicht, manche haben mich auch gehasst!« Er lachte. »Aber, um deine Frage zu beantworten: Ja. Emil schläft, nachdem wir uns noch lange über die Chamäleons unterhalten haben. Er war besorgt, ob sie merken, dass er weg ist. Helga schläft hoffentlich auch. Also fahren wir jetzt noch einmal los.« Er hob eine Flasche hoch. Eva konnte in dem spärlichen Laternenlicht, das durch die Bäume vom Palazzo zu ihnen herüberschimmerte, nicht erkennen, was es war. Rotwein?

»Wohin?«

»Ins Krankenhaus!«

»Da kommen wir doch jetzt nicht mehr rein, es ist halb eins!«

»Wir rufen Jannis an, der soll rauskommen. Raus werden

sie ihn ja wohl lassen. Dann setzen wir ihn unter Alkohol und fragen ihn noch mal richtig aus. Der weiß nämlich was, wollte es heute nur nicht sagen. Hast du das nicht gemerkt?«

»Doch.«

»Na, sag ich ja! Er ist unsere einzige Chance. Außerdem bin ich überhaupt nicht müde, ich habe heute den ganzen Nachmittag verpennt. Du doch auch!«

»Bin trotzdem irgendwie schlapp.«

Er zuckte mit den Schultern und schaute Eva mit seinem unnachahmlichen Blick an: »*Allora*. Was ist jetzt?«

»Georg?«

»Ja?«

»Du bist total besessen.«

»Ich weiß. *Andiamo!*«

Der Mond war an diesem Abend ein asymmetrisches Ei, sein Licht verdrängte das der Sterne rundherum. In den Kiefern sägte nur noch eine einzige Grille, die aber völlig ausreichte, um ihrem Zusammentreffen das mediterrane Flair zu verleihen.

»Also, was sagst du, Jannis? Der Regisseur? Reza?«

»Reza!«

»Konrad? Der Kameramann?«

»Aber so was von ...!«

»Wer noch?«

»Da war dieser Typ, der sie besucht hat.«

»Dieser Typ?«

»Na, der in der ersten Woche da war, so ein Lustiger, der extra aus irgendeinem Kaff angefahren kam.« Jannis nahm einen Schluck aus der Flasche. Eva nahm sie ihm ab und reichte sie lächelnd an Georg weiter:

»Es ist illegal, einen Betrunkenen zu verhören.«

»Auch wenn der Betrunkene grinsend auf einem Karussell sitzt, das sich nicht dreht?«

Sie hatten Jannis ohne Mühe aus dem Krankenhaus gelockt und waren mit ihm wieder zum Hotel zurückgefahren. Annas Kind war immer noch nicht da.

»Es tut mir leid, Georg«, sagte Jannis mit heiserer Stimme, als hätte er den ganzen Abend jemanden angefeuert, »das hört sich furchtbar an, als ob sie es an jeder Ecke und mit jedem Kerl ... Aber sie kannte dich ja zu dem Zeitpunkt noch gar nicht.«

»Nein«, sagte Georg, »sie kannte mich noch nicht, und es war höchstwahrscheinlich dann doch nur einer. Einer reicht ja. Und deswegen machen wir auch weiter! Also, bei wem waren wir stehen geblieben?«

»Bei diesem Typ, der zu Besuch kam«, sagte Eva, während sie sich hinhockte und Jannis' nackte Waden mit Mückenspray einnebelte.

Georg sah ihr verwundert dabei zu. »Wow, du bist immer so verdammt vorbereitet, Eva! Du würdest eine wirklich gute Requisiteurin abgeben, immer alles dabei, in mehrfacher Ausführung, immer etwas mehr als abgesprochen ...«

»Sich stechen lassen oder nicht?«, erwiderte Eva.

»Auf keinen Fall!«, antwortete Jannis. »Ich liebe das, wenn du vor mir kniest und dich um mich kümmerst, du meine gute Fee!« Eva grinste. Er war tatsächlich betrunken.

»Also, woher kam dieser Besucher?« Eva beendete ihre Sprühaktion und warf Georg in hohem Bogen die Spraydose zu, der sie mit einer Hand fing.

»Ich glaube von da, wo ihr immer als Kinder gewesen seid, andauernd erzählten die beiden sich was von einem Campingplatz und Discotheken, in die man sie nicht reingelassen hat ...«

»Pesaro! Etwa Sergio aus Pesaro, der immer im Fischladen seines Vaters mithelfen musste?«

»Sergio, ja, ich glaube, er hieß so. Könnte sein. Mit einem Fischladen war da irgendwas. Und einem Beutel Miesmuscheln.«

»Sergio, der alte Herzensbrecher«, rief Eva, sie merkte selbst, wie altbacken sie sich anhörte. Eva, die alte Tante, die auch mal lustig sein wollte. Dabei war sie gekränkt. O Gott, doch nicht Sergio! Den hätte sie gern für immer vergessen. Jetzt war er wieder da.

Damals hatte Sergio Milena nicht beachtet, obwohl sie eindeutig die Hübschere war, sondern sie, Eva, auserkoren. Er hatte ihr Komplimente gemacht. An mehr als *sei bella!* erinnerte sie sich zwar nicht, doch es hatte gereicht, um sie auf seinen Roller steigen zu lassen. Er hatte sie zu einer Pizza eingeladen und dann sein Geld vergessen. Eva zog die Stirn kraus, das war zweiundzwanzig Jahre her, sie war sechzehn gewesen. An Sergios romantische Worte erinnerte sie sich nicht mehr, dafür versorgte ihr Elefantengehirn sie mit der Information, dass er ihr immer noch 12 000 Lire schuldete … Bis zu diesem Zeitpunkt hatte sie auch das Wissen verdrängt, dass die Liegen am Strand ziemlich unbequem waren und ihre Querverstrebungen sich einem in den Rücken bohrten, sollte man das Pech haben, unter jemandem zu liegen, der doppelt so schwer wie man selbst war.

»Gib mal die Flasche!«, sagte sie zu Jannis und blätterte in der Stabliste, die auf einem der vier Karussellsitze lag.

»Was war mit Massimo, dem Oberbeleuchter?«

»Vergiss den, niemals. Hing dauernd am Telefon, frisch verliebt, fuhr sogar einmal weg zu seiner Verlobten und kam einen Tag zu spät wieder. In Deutschland wäre der längst geflogen. Aber seine schmierigen Kumpel haben ihn gedeckt. Die ganze Beleuchterriege kannst du streichen, die haben sich abgesondert, waren *antipatico* – aber so was von.«

Eva quetschte sich in den Sitz. Die Metallstangen knarrten empört.

»Kamerabühne, Francesco Anselmo?«

»Netter Kerl, sah aber aus wie ein Truthahn. Ganz ledrige, rote Haut, komische blonde Haare. Fällt absolut aus.«

Sie gingen die restliche Stabliste durch, ohne auf einen weiteren potenziellen Kandidaten zu stoßen, und begannen, sich durch die männlichen Namen der Castliste zu arbeiten.

»Frieder Unnerstall – Rolle Hans?«

»Oje, nein. Der war mindestens achtzig und ein Nazi. Auch ohne Kostüm.«

»Rolle Ansgar? Mein Gott, warum haben die Deutschen in diesem Film alle bloß so abartige Namen?«

»Rolle Ansgar? Das war der Thomas Kühn. Der war nett, aber harmlos, also ich meine, der war mit der Familie angereist. Hätte nicht hingehauen.« Sie hakten noch ein paar weitere Namen ab.

»Und natürlich Elio …«, sagte Eva dann, »den haben wir übersprungen.«

»Tja, Elio Rubinio … Sorry, Mann«, sagte Jannis, als er Georgs Blick bemerkte. »Er hat den Maurizio gespielt, der sie nachher rettet, ich meine … Wie oft hast du ›Die Mandeldiebin‹ gesehen?«

»Oft!«

»Sie waren am Ende das Liebespaar«, sagte Eva leise für sich, aber die anderen hatten es dennoch gehört.

»Was du nicht sagst …«, brummte Georg. »Dieser Schönling! Den fand ich schon immer arrogant.«

»Ja, aber Liebespaare gehen, nachdem die Klappe gefallen ist, nicht zwangsläufig miteinander in die Kiste. Viel öfter beschweren sie sich bei uns in der Maske, dass der andere schon morgens nach Pferdestall stinkt und aus dem Mund riecht, und wollen, dass wir Deo, Mundspray oder Pfefferminz verteilen. Prost!« Jannis trank einen großen Schluck. »Oder es geht um schweißnasse Hände, pelzige Zungen und Zähne, Ohrmuschelgeruch … Was wir uns da schon alles anhören mussten.« Eva schaute wieder zu Georg, der an einem Baum lehnte und sich seine helle Sweatshirt-Jacke vermutlich gerade mit Kiefernharz ruinierte. Und was war mit Brad Pitt und Angelina Jolie? Michelle Williams und Heath Ledger? Jennifer Garner und Ben Affleck?

»Das sind alle, die infrage kommen könnten«, sagte Jannis.

»Also, wen haben wir jetzt?« Eva schnappte sich Block und Stift, die sie in ihrem Zimmer gefunden und vorsorglich mit nach draußen genommen hatte. »Der Regisseur, wie heißt der … Reza Jafari. Klingt ja nicht gerade italienisch. Hier steht eine Adresse in Rom.«

»Er ist Perser. Und lebt schon seit ein paar Jahren nicht mehr in Rom, sondern in Perugia. Er leitet da ein Kino, glaube ich. Man lässt ihn nicht mehr drehen.«

»Weil?«

»Weil er ein Schauspielertyrann ist, weil er große Budgets in den Sand gesetzt hat, weil er auch privat notorisch pleite ist und oft schwer betrunken. Wie ich jetzt gerade …«

»Schlecht für einen, der Filme machen will.«

»Stimmt. Aber er konnte auch sehr charmant sein, allerdings nur zu Milena. Sie war die Ausnahme …« Jannis stand auf, das kleine Drehkarussell protestierte quietschend, Eva sackte mit ihrem Sitz ein Stück tiefer. Mussten denn alle in irgendwelchen Städten wohnen, mit denen sie eine Erinnerung verband? Ausgerechnet Perugia.

Jannis ging zu Georg, legte ihm den Arm um die Schultern und lehnte seinen Kopf gegen seine Schläfe, wahrscheinlich, um ihm nicht in die Augen schauen zu müssen. »Hey, ich fühle mich echt mies, darüber zu reden. Aber bei ihr war er wirklich total handzahm. Und nur deswegen komme ich drauf. Muss aber alles nichts bedeuten, Alter.«

Eva zuckte zusammen, Georg schaute zu ihr rüber und grinste schwach. Ein kurzer Moment des Einverständnisses zwischen ihnen. Hey, Alter ... Jannis wirkte mit seiner Art zu sprechen noch jünger, als er sowieso schon aussah. Sie nahm wieder den Stift zur Hand.

»Dann also zu Sergio. Wie lange war der am Set?«

»Na, die erste Woche, rannte überall rum, saß bei ihr in der Maske, im Wohnwagen.« Jannis hatte von Georg abgelassen. »Der hat an einem Abend für das ganze Team was gekocht, in so einer Riesenpfanne, Paella glaube ich ... Nur eine Vermutung, Georg! Nicht die Paella, das andere. Ey, du hast mich gefragt!« Jannis streckte die Hände in die Nachtluft.

Sergio, du Arschloch, dachte Eva. Warum Milena? Nach all den Jahren? Hattest du sie schon immer auf deiner Liste? Weil du bei ihr nicht zum Zuge gekommen bist? Sondern nur mit der großen Schwester aus warst? Oder weil du dich mit ihr brüsten wolltest?

»Nächster!«, sagte Georg, trank die Rotweinflasche in einem Zug leer und gab sie an Jannis weiter, der sie auf den weichen Kiefernnadelboden fallen ließ.

»Konrad. Unser Kameramann. Rote Haare, leichtes Tourette-Syndrom, ergebener Fan von Milena.«

»Ach klar! Ich erinnere mich an ihn. Der war doch auch bei Milenas Beerdigung, oder?«, fragte Georg.

Eva nickte. Ein hochgewachsener, massiger Mann mit Schweizer Akzent, der völlig verweint um Erlaubnis gebeten hatte, ein weiteres, großes Porträt von Milena vorn neben den Sarg zu stellen. Sie scheuchte die Erinnerungen an die schrecklichen Tage nach Milenas Tod in den hintersten Winkel ihres Gehirns, suchte stattdessen Konrad und seine Adresse in der Liste und räusperte sich: »Wohnt er immer noch in Rom?«

»Kann gut sein, weiß ich aber nicht sicher. Wenn du ihn googelst, findest du ihn garantiert.«

Eva atmete auf. Mit Rom verband sie gar nichts. Sie war niemals dort gewesen, keine Erinnerungen, keine unerfüllten Sehnsüchte, sie wusste nur, dass es eine tolle Stadt sein sollte.

»Und wo wohnt der Vierte, der Hauptdarsteller?«

»Elio? Ach, auch in Rom, denke ich. Wenn du als Schauspieler in Italien lebst, musst du einfach in Rom wohnen. Ist Pflicht.« Jannis lallte und stöhnte ein wenig, und als er sich vorbeugte, hatte Eva schon Angst, er würde sich im nächsten Moment übergeben. Er hob aber nur die Flasche auf. »Er kommt aus Ostuni, hat seiner Mutter dort eine kleine Pension gekauft, damit sie etwas zu tun hat. Darüber haben wir uns mal unterhalten. Seine *Mamma*, mein Gott, wie oft er von ihr geredet hat. Sind eben doch alles Muttersöhnchen, diese Italiener!«

Georg zog die Augenbrauen hoch, wieder trafen sich ihre Blicke. Nun auch noch Ostuni, schien er zu sagen. Wenige Kilometer entfernt hatte Milena das Grundstück mit den Trulli gekauft. Das konnte doch alles nicht wahr sein!

»Na prima«, sagte Georg, »dann haben wir ja unsere Liste. Pesaro ist gar nicht so weit weg.«

»Liegt in den Marken, ungefähr neunzig Kilometer von hier«, bestätigte Jannis.

Georg grinste: »Unser erstes Ziel.«

8

Das Kind war da! Emilia Kristina Sofia. Ein kleines Gesicht mit platter Nase, verbittert eingezogenem Mündchen und dicken Augenlidern, die sie beharrlich geschlossen hielt, um das Chaos um sich herum nicht sehen zu müssen. Drei übernächtigte Erwachsene standen mit anderen Erwachsenen dumm im Zimmer herum und aßen aus Verlegenheit zu viel von den rosa überzuckerten Mandeln, die überall in kleinen Körbchen lagen. Rosa Luftballons in Herzform zerrten an silbernen Geschenkbändern, mit denen man sie an das Bettgestell geknüpft hatte. Blumen in hässlichen Vasen sorgten für dicke Luft und Platzmangel, unterstützt durch übergroße Geschenke, denen man ihre Sinnlosigkeit schon an den protzigen Verpackungen ansah. Dazwischen Teller mit angebissenen Kuchenstücken und eine stolze Schwiegermutter, die das Kind in seinem kleinen Plexiglaskasten vor sich herschob, als ob es sich um einen Einkaufswagen mit wertvollen Schnäppchen aus dem Supermarkt handelte, den sie nicht unbeaufsichtigt lassen könne.

Davide schlief zusammengefaltet auf einem Stuhl in einer Ecke des Doppelzimmers, dessen anderes Bett leer stand.

»Anna! Herzlichen Glückwunsch!«

Jannis umarmte seine Kollegin, als sie an der Reihe waren, Eva und Georg drückten ihr nur vorsichtig die Hand. Sie sah blass und erschöpft aus, eine Ader war in ihrem rechten Augapfel geplatzt und hatte ihn blutrot gefärbt.

»Wie geht es dir, wie war es? Ich habe dich vom Flur aus unterstützt, hast du gemerkt, oder?« Jannis versuchte gute Laune zu verbreiten.

»Ich weiß nicht. Schrecklich? Wahnsinnig? Vielleicht das Schlimmste und Schönste, was ich je erlebt habe. Mir fallen keine anderen Worte dafür ein. Aber ich war noch nie so überzeugt, etwas derart richtig gemacht zu haben!« Hinter ihrem schwachen Lächeln brachen auf einmal Stolz und Liebe hervor und ließen ihr Gesicht selig leuchten.

»Das hast du! Sie ist wunderschön!«, sagte Jannis, und Eva wunderte sich, wie aufrichtig er diese Lüge klingen lassen konnte.

»Ja, wirklich!«, setzte sie schnell hinzu. »Ganz …!« Der ungesagte Rest verklang im Lärm der Gespräche um sie herum.

»Ich weiß, sie ist so süß, oder?! Ich bin nur ziemlich erledigt. Will nur noch schlafen. Nicht böse sein …« Sie riss die Augen auf, die ständig wieder zufallen wollten, denn schon klopften neue, mit Blumen beladene Besucher an den Rahmen der offen stehenden Tür und jauchzten auf, als sie Anna erblickten.

»*Bellissimaaa!*«

»Was für ein Trubel. Ich verschwinde«, flüsterte Georg. Eva sah, dass Tränen in seinen Augen standen. »Die Italiener spinnen, das ganze Chaos ist doch viel zu anstrengend für Mutter und Kind. Gut, dass Helga mit Emil im Hotel geblieben ist, und auch wir hätten gar nicht herkommen sollen.« Er wischte sich schnell über die Augen und wandte sich ab. Jannis bedeutete Eva mit einer Kopfbewegung, sich Georg anzuschließen.

Auf dem Flur verabschiedeten sie sich. »*Amici!*«, sagte Jannis und nahm sie nacheinander in den Arm. Wie zur Begrüßung hob er Eva dabei ein kleines Stück hoch. Sie tauschten noch ein paar Belanglosigkeiten aus, lächelten, ohne zu wissen, warum. Sein Flug von Bologna nach Rom ging an diesem Abend, dort würde er für Tibor in einem Filmstudio arbeiten.

»Ich beneide dich, *Cinecittà!*«, sagte Georg. »Aber wenn ich schon nicht mitkommen kann, könnten wir dir doch wenigstens Helga mitgeben?« Sie lachten, keiner erwähnte mehr das gestrige Saufgelage.

»Ich gehe schon mal vor«, sagte Georg. Wahrscheinlich glaubt er, ich hätte mit Jannis noch irgendetwas zu besprechen. Habe ich aber nicht, dachte Eva. Jannis diktierte ihr seine Handynummer. »Melde dich mal! Oder klingel am besten jetzt gleich mal kurz durch, dann habe ich deine Nummer.« Sie tat ihm den Gefallen. Er schaute nicht auf das summende Handy, sondern in ihre Augen.

Ich will nicht, dass er mich so verliebt anschaut, ich habe Kopfschmerzen und will hier raus, dachte Eva ungeduldig.

Jannis blickte jetzt den Gang hinunter, in dem Georg schon lange nicht mehr zu sehen war. »O Mann, und mit dem gehst du jetzt auf Vatersuche?! Hart, so was nach all den Jahren rauszufinden. Da musst du dir ganz schön was anhören, schätze ich.«

Eva nickte.

»Apropos anhören, hier! So ein geiler Song!« Er stülpte

ihr mit einer zärtlichen Bewegung die Kopfhörer über, die er um den Hals trug, nestelte dann an seinem Handy herum, das er aus der Hosentasche gezogen hatte. Eine satte Männerstimme sang beschwörend *no matter, where you are* in Evas Ohren. Sie versank in der Musik, ihre Schultern bewegten sich unwillkürlich im Takt. Nach ein paar Sekunden nahm sie die Hörer ab: »Wer ist das?«

»Chad. Chad Chaddy. Richtig gut, oder?! Ich kann es dir schicken.« Sie schaute ihn an.

»Ja. Gut.« Es klang lahm. Sie reichte ihm die Kopfhörer mit einem entschuldigenden Lächeln. »Tschüs, du!« O Gott, sie konnte so peinlich sein, wenn sie verlegen war. Schnell ging sie Georg hinterher.

Sie traf ihn vor dem Krankenhaus, mit verschränkten Armen saß er auf einer Bank, die Beine lang von sich gestreckt. Seine Augen sahen aus, als habe er geweint.

»Was ist los?«, fragte Eva, obwohl sie es bereits ahnte. Es waren die Babys, garantiert hatte es mit diesen neugeborenen, hilflosen Menschen zu tun, die einem, ob nun hübsch oder nicht so hübsch, das eigene Leben, die eigene Sterblichkeit vor Augen führten.

»Es ist furchtbar. Alles erinnert mich an Milena und Emil, an unsere erste gemeinsame Zeit.« Er setzte sich breitbeinig hin, stützte die Hände auf die Knie und starrte auf den Boden vor der Bank.

»Ich weiß!« Warum quälst du dich denn absichtlich mit diesen Erinnerungen?, fügte sie im Stillen hinzu.

Georg seufzte. »Wir sollten uns so langsam auf den Rückweg zum Hotel machen und noch mal in den Pool springen, dann sind wir heute Nachmittag in Pesaro, wenn die Fischgeschäfte wieder aufmachen.«

»Du willst es wirklich durchziehen, oder?«, fragte sie, obwohl sie die Antwort bereits kannte.

»Natürlich will ich das! Das Ganze ist kein Spiel für mich. Ich werde erst wieder ruhig schlafen, wenn ich weiß, wer Emils Vater ist.«

Das glaube ich nicht, dachte Eva, dann fangen deine Probleme doch erst richtig an. »Aber egal, wie die Suche ausgeht, wir fahren runter nach Ostuni und verkaufen den Trullo!«

»Klar, haben wir doch gesagt!«

Eva betrachtete verstohlen sein Gesicht, während sie zum Auto schlenderten. Die Ringe unter seinen Augen und sein ernster Blick machten ihn noch anziehender. Sie würde ihn am liebsten küssen, aber das war nun wirklich nicht der richtige Moment.

»Und wie willst du jetzt vorgehen?«, fragte sie.

»Vielleicht haben wir ja mit dem Typ vom Fischgeschäft unseren Kandidaten schon gefunden. Dann machen wir einfach noch ein bisschen Urlaub hier oben im Palazzo.«

Im Nichtbeantworten von Fragen war Georg großartig.

»Willst du Emil und Helga mit nach Pesaro nehmen?«

»Emil auf jeden Fall! Er ist jetzt schon wieder seit einer Stunde alleine mit ihr, ich habe ihm Poolverbot erteilt, und Emil hält sich an das, was ich ihm sage. Aber ganz ruhig bin ich nie, wenn ich die beiden zusammen zurücklassen muss. Abgesehen davon hätte ich ihn auch nicht gerne mitgenommen, in Krankenhäusern wimmelt es nur so von Keimen.«

»Verstehe.« Seine Angst wurde immer schlimmer, je älter Emil wurde. »Und was ist mit Helga, wann fährt sie nach Rom?«

»Ach, keine Ahnung.« Er suchte nach seinem Autoschlüssel. »Hast du eigentlich nichts dabei, ein Köfferchen oder so?«

»Ein Köfferchen!?« Wie kam er jetzt von Helga, Emil und Keimen auf Köfferchen?

»Ja, für die Sicherstellung und Auswertung der Proben, Reagenzgläser, Pinzetten, keine Ahnung, was man eben dafür so braucht.«

»Nein.«

»Gar nichts!?«

»Na ja, eine Rolle Gefrierbeutel habe ich eingepackt.«

»Siehst du, ich weiß doch, du liebst es, gut vorbereitet zu sein!«

»Aber um die Proben auszuwerten, habe ich natürlich nichts dabei! Da gibt es keinen Lackmusstreifen, der sich blau verfärbt oder so, das ist schon etwas komplizierter! Bedaure.«

Georg grinste sie von unten an, er legte die Stirn in Falten, seine Augen wurden groß und fragend, der typische Bittstellerblick.

Damit kann er alles bei mir erreichen, dachte Eva. Und das weiß er genau. Ich schaffe es nicht, ihm zu widerstehen, dafür liebe ich ihn einfach schon zu lange.

»Eva?! Mist, mein Dackelblick funktioniert bei dir nicht mehr … André hat doch gesagt, wir können es bei ihm im Labor machen lassen?«

»Ja. Das hat er nur gesagt, weil er dich so toll findet …«

»Du sorgst dafür, okay? Du bist ein Schatz! Lass uns zurück ins Hotel fahren – und dann auf nach Pesaro, Spuren sammeln!«

Eva stöhnte, doch Georg fuhr fort: »So problematisch wird das ja nicht sein. Ich nehme einfach ein Haar von seinem Fischverkäuferkittel oder klaue das Glas, aus dem er getrunken hat.«

»Du hast als Requisiteur auch bei einigen Krimis mitgemacht, richtig?«

Er nickte.

»Im Film sind diese Dinge nicht so wichtig, aber in der Realität schon. Ein ausgefallenes Haar zum Beispiel ist telogen, da kommt bei der Analyse nicht viel raus. Anagene Haare, also herausgerissen, mit Wurzel, bringen viel mehr. Ich weiß nicht, ob du so nah an ihn herankommst und wie du ihm das dann erklären willst.«

»Und Zigarettenkippen?«

»Klar, die gehen, aber was ist, wenn er gar nicht raucht?«

»Eine Tasse, ein Glas, aus dem er getrunken hat?«

»Ja, wir können auch Kaugummis, Strohhalme, getragene Kleidung, Ohrringe, Sonnenbrillen, angeleckte Briefmarken vom Putativvater gebrauchen.«

»Putativvater«, wiederholte Georg andächtig.

»Der mögliche Vater. Es ist natürlich absolut illegal, diese Dinge als Vaterschaftsbeweis zu verwenden, und in Strafverfahren verboten.«

»Ist doch nur für mich!«

Ja, nur für dich, dachte Eva und stieg zu Georg ins Auto. »Ich glaube immer noch, dass du nicht weißt, was du dir mit diesem Wissen antust! Was, wenn einer von der Liste tatsächlich der richtige Vater, aber leider ein Volltrottel ist? An den würdest du unseren Emil dann doch nicht ausliefern?«

»Ich will es einfach erst mal wissen, Eva! Was ich dann mit diesem Wissen anfange, überlege ich mir noch.«

»Wirst du es Emil sagen?«

»Das hast du mich schon mal gefragt. Hat er nicht ein Recht darauf zu wissen, wo seine wahren Wurzeln sind?«

Eva zuckte mit den Schultern. »Musst du wissen.«

Die nächsten Stunden verbrachten sie alle vier am Pool, später aßen sie im Schatten der Sonnenschirme einen Teller *tortillioni* in Safranbutter, bestreut mit echtem *parmigiano*. Gegen zwei, nachdem Helga sich endlich entschlossen hatte, ihre Reise nach Rom doch auf den morgigen Tag zu verschieben und Garten, Kellner und *latte macchiato* für einen Ausflug im Stich zu lassen, brachen sie in Richtung Südwesten auf.

Das Land war flach, rote Backsteingehöfte standen inmitten von Feldern, kleinen Wäldchen und endlosen Reihen von Gewächshäusern. Niemand sprach, Georg fummelte ab und zu am Radio herum, um es mal lauter, mal leiser zu stellen und besonders schrille Werbejingles wegzudrücken. Helga thronte auf dem Beifahrersitz und cremte sich ihre Arme und den beträchtlichen sichtbaren Teil ihrer Beine sorgfältig mit einer Körperlotion ein, die dezent und teuer roch, während Emil die drei Fotos seiner Chamäleons und Annas Büchlein mit den Polaroids von Milena wieder und wieder durchblätterte. In der Ferne sah man sanft geschwungene Hügelketten.

»Hinter den Bergen, bei den sieben Zwergen, liegt das schöne Florenz«, sagte Eva plötzlich laut.

»Bitte?!«, fragte Georg. O Gott, sie presste sich tiefer in die Rückenlehne, wo kam denn dieser dämliche Satz ihres Vaters auf einmal her? Den hatte er immer gesagt, wenn sie mit dem Wohnwagen hier vorbeigeschlichen kamen.

»Ach, nichts. Da hinten liegt nur Florenz.« Niemand antwortete.

Jedes Jahr in den Sommerferien war die ganze Familie knapp tausendfünfhundert Kilometer nach Pesaro gefahren, wegen des Wohnwagens mit Tempo achtzig. Zwei Tage dauerte die Fahrt, inklusive einer Übernachtung auf stets demselben Rastplatz bei Pfaffenhofen. Milena und sie wurden auf die Rückbank verbannt, zum Lesen und Leisesein verdonnert. Beim Lesen wurde ihr schnell schlecht, sodass sie immer mal wieder aufhören musste und dann entweder rausguckte oder auf die Hinterköpfe von Papa Manfred und Mama Annegret starrte, die für achtundvierzig Stunden zur Besichtigung freigegeben waren. Vier Wochen so nahe bei den Eltern, ohne Tante Enni, war jedes Jahr aufs Neue ein Schock. Mit Milena spielte sie das gruselige Spiel, dass sie von einem unbekannten Ehepaar entführt worden waren.

Solange Eva zurückdenken konnte, verschwanden ihre Eltern morgens ins Geschäft und kamen abends nach sechs wieder. »Fernseh-Jakobi« stand in geschwungenen Lettern über dem kleinen Schaufenster. Da es im Dorf keinen Kindergarten gab, wurden Milena und Eva schon in den frühesten Kindertagen der Aufsicht von Tante Enni, Mamas Schwester, überlassen. Tante Enni konnte nicht Auto fahren, litt unter im Laufe der Jahre stärker werdenden Rheumaschüben und bewohnte das kleinste Zimmerchen in der Wohnung. Sie war still, vielleicht ein wenig altmodisch, aber gutmütig und gerecht. Jeden Tag gab es um zwölf Uhr Mittagessen, danach gingen sie raus in den Garten, bei Regen durften sie Bilder aus alten Fernsehzeitschriften ausschneiden oder mit den Puppen spielen. Eines Tages holte Enni einen hohen Stapel bunter Papierquadrate aus ihrem Zimmer und brachte ihnen die Kunst des Papierfaltens bei. Milena bastelte einen Korb, doch er geriet krumm und schief, und das machte sie furchtbar wütend. Tante Enni tröstete und ermutigte, aber das penible Falzen und Falten wurde ihr bald langweilig. Eva jedoch liebte die Regelmäßigkeit der quadratischen Blätter, aus denen sie ihre erste Schachtel, ihren ersten Frosch fertigte. Sie wollte immer mehr Figuren falten können, sodass Enni ihren schmerzenden Körper in den Bus quälte und für sie »Das große Buch des Origami« aus der Bücherei lieh. Nun machte sich Eva voller Enthusiasmus an die Quetschfaltung, die Berg- und Talfaltung, sie wagte sich an schwierige Drachen, Pfauen und Pinguine. Tante Enni hob alle ihre Kunstwerke auf.

Nach ihrem Tod schmiss ihre Schwester Annegret die Sammlung in die Tonne vor dem Haus. Eva rettete Kraniche, Bären und Schweine vor dem sicheren Müllverbrennungstod und schwor sich an diesem Tag, ihrer Mutter von nun an nie mehr zu vertrauen.

»Ich wollte ja weniger arbeiten, wenn ihr Mädchen erst in die Schule geht, um wenigstens mittags zu Hause sein. Aber dann haben wir ja das Haus gebaut!« Das Haus, das Haus, das Geschäft, das Haus. Annegret war stolz, ihren Freundinnen aus der Handelsschule den gut aussehenden Manfred, bester Fernsehtechniker seines Jahrgangs, weggeschnappt zu haben, und auf den Wohlstand, den sie sich zusammen mit ihm erarbeitet hatte.

Das Haus, das Eva nicht mal geschenkt haben wollte, war ein Fertighaus. Sie erinnerte sich noch gut an den großen Kran, der die Wände durch die Luft schweben ließ und innerhalb eines Tages zu einem echten Haus zusammenfügte. Tante Enni bekam ein größeres Zimmer im Erdgeschoss, damit sie keine Treppen steigen musste, Milena und Eva teilten sich den ausgebauten Dachboden. Tante Enni war immer da. Sie half bei den ersten Schreibübungen, fragte sie das kleine Einmaleins ab, strickte nicht kratzende Pullover auf ihrer rasselnden Strickmaschine und zeigte ihnen, wie man

Eier trennt, Kartoffeln schält und später dann, wie man eine Mehlschwitze für das Hühnerfrikassee zubereitet. In der Kunst des Papierfaltens hatte Eva sie längst überflügelt. Einmal bastelte sie ihr zu Weihnachten einen großen bunten Ball aus Hunderten von kleinen Blütenkelchen, was Tante Enni zu Tränen rührte.

Die Eltern arbeiteten immer länger, sie fuhren jedes Jahr alleine zur Funkausstellung nach Berlin und gingen abends oft noch weg. Zum Kegeln, zum Tanzen. Manchmal gaben sie in ihrem Garten Grillpartys, auf denen ihre Mutter dann immer viel zu schrill und laut lachte. Sie konnten ihr gackerndes »Manfred!« bis in ihre Betten unter dem Dach hören.

Alle paar Jahre wurde der alte Mercedes gegen ein neueres Modell ausgetauscht, aber immer war er dunkelblau. Irgendwann Ende der Achtziger, als alle Welt sich klobige Videorekorder und Betamax-Kassetten kaufte, wurde der Laden vergrößert.

Waren Papa und Mama wirklich mal da, haben wir uns echt angestrengt, ging es Eva durch den Kopf. Was haben wir nicht alles getan, um ihre Aufmerksamkeit zu erregen. Milena hat sich im Winter einmal in voller Montur in einen halb zugefrorenen Bach rutschen lassen. Das hast du extra gemacht, Milli, weil du wusstest, es ist Sonntag und Mama steht in der Küche und versucht, Gulasch zu machen. Ich habe es genau gesehen, wie du dich auf der vereisten Böschung hast fallen lassen. Und nur, um von ihr umsorgt zu werden und eine Wärmflasche ins Bett gelegt zu bekommen. Doch Mama hatte Papa vom Frühschoppen abholen müssen und war gar nicht im Haus. Also hat Tante Enni dir mit ihren geschwollenen, verkrümmten Fingern die nassen Klamotten vom Leib gezogen und eine Wärmflasche gemacht. Das Fleisch von Mamas Gulasch war hart wie immer.

Enni war etwas ganz Besonderes, trotz ihrer Schmerzen, die sie jahrelang durchleiden musste. Irgendwann ging es ihr dann richtig schlecht. Wie alt waren wir da?, überlegte Eva, während die Felder, die rechts von ihr vorbeiflogen, immer dichter mit hässlichen Mehrzweckhallen zugestellt waren. Ich war schon auf dem Gymnasium in der Stadt und Milena auch, das muss in der siebten und in der sechsten Klasse gewesen sein. Also zwölf und elf Jahre. Wir haben alles für sie getan, sie konnte sich ja kaum mehr bewegen. Eingekauft, gekocht, unsere Betten gemacht, Staub gesaugt, das Bad geputzt, ihre Tabletten von der Apotheke abgeholt. Haben ihr die kleinen bitteren und die großen weißen aus der Packung gedrückt und hingelegt.

Mama hielt das anscheinend für normal, sie jammerte trotzdem über die Doppelbelastung, die das Geschäft mit sich brachte. Nach Ennis Tod waren wir sehr selbstständig. Und sehr allein.

Ein Kloß stieg in Evas Kehle hoch und machte ihr das Atmen schwer. Milena hatte noch wochenlang abends unter der Bettdecke geweint, dann war Eva zu ihr gekrochen, hatte ihre Taille umfasst und sich an ihren Rücken gepresst, ganz fest. Manchmal hatte sie ihr etwas vorgesummt: Heile, heile Segen, wird ja wieder gut.

In dieser Zeit hatte sie auch angefangen, für Milena andere Figuren als die langweiligen Klassiker zu falten. Sie machte aus einer stehenden Schachtel ein Klo, faltete Frau Hammermann, indem sie einem normalen Seehund Brille und Locken der Schulbibliothekarin aufzeichnete, fing an, Voodoopüppchen, Zylinder und Galgen zu basteln. Milena sollte wieder lachen.

Eva zuckte zusammen, als eine schmale Hand auf ihrem Arm landete.

»Du guckst so, ist dir schlecht?«

»Nein, Emil, alles okay!« Eva lächelte ihm zu, schaute dann schnell aus dem Fenster und versuchte ihren zusammengebissenen Kiefer zu lockern. Er hatte sich Sorgen um sie gemacht! Er war so lieb und herzlich zu den Menschen, die er mochte. Es lag demnach wirklich nur an ihr, an ihrer immer etwas verkrampften, unsicheren Art Kindern gegenüber.

Draußen war die sattgrüne Ebene der Emilia Romagna verschwunden. Die neue Autobahn – ein einziger, glatt geteerter Streifen, auf dem die Markierungen fehlten – führte durch zwei hoch aufgeschüttete Böschungen. Kilometerlang sah man nichts außer der nackten Erde. Zwischen den Fahrbahnen lief ein durchgehender heller Betonsockel, ungefähr einen Meter hoch. Hässlich.

Früher wuchs auf der Autobahn Oleander, riesige Büsche, weiß oder rosa. Wo waren sie hingekommen? Abgebrannt, abrasiert, ausgerissen? Stattdessen nur noch pflegeleichter Beton. Zumindest hier im Norden.

Eva ist unsere kleine Pessimistin, sie sieht immer nur das, was nicht da ist. Meine Güte, die Umgebung inspirierte sie offenbar, sich an die überflüssigen Sprüche ihres Vaters zu erinnern. Dabei konnte man sich doch wunderbar an dem erfreuen, was man *nicht* hatte. Schulden, Krankheiten, Feinde, Pickel oder Mundgeruch. Letzteres hoffte sie jedenfalls.

Sie nahm sich vor, das Phänomen mit dem verschwundenen Oleander weiterzuverfolgen, vielleicht gab es ihn ja noch auf den Straßen weiter unten, im Süden.

»Nächste Ausfahrt Rimini!«, sagte Georg. »Warum waren wir eigentlich überall, aber nie in Rimini, Helga?«

»Wir haben immer privat gewohnt, Georgie, erinner dich, ich habe dich nie in so einen Hotelbunker geschleppt.«

»Ach ja, privat, ich vergaß.« Seine Stimme klang kalt. »Irgendwann war es dann nicht mehr so privat, und wir mussten gehen.«

»Wie meinst du das?«, fragte Helga leichthin.

»Warum kann man das Meer gar nicht sehen?«, fragte Emil, bevor Georg seinen Satz erläutern konnte. Er verfolgte die Route auf einer zerfledderten ADAC-Karte konzentriert mit dem Finger und würdigte Eva keines Blickes mehr.

Georg hatte Eva von Helga und dem Tanzunterricht erzählt, den sie in verschiedenen Städten in Frankreich gab: »Manchmal hat sie mich mitgenommen, ich erinnere mich an einen Kellerraum mit glattem Linoleumboden und einem Plattenspieler, auf dem ich vor der Stunde die 45er-Singles immer schneller laufen ließ. Aber meistens war ich nicht mit dabei, sondern bei einer Freundin oder irgendwo anders untergebracht, wo ich dann auch schlafen sollte. Ich weigerte mich, denn ich hatte dauernd Angst, sie käme nicht zurück. Das erzählt sie mir heute noch. Ich sehe sie auch in einer Wohnung in einem Sessel sitzen, sie schwingt ihre Beine über die Seitenlehne und raucht, sie war sehr stolz auf ihre Beine, massierte und pflegte sie. Und immer waren andere Männer um sie herum, aber mit keinem von denen war sie richtig zusammen, glaube ich. Ich sah sie nie Händchen halten oder in einer Umarmung. Wir zogen in ein Zimmer, und dann lag sie irgendwann im Bett von dem Typen, in dessen Wohnung wir uns befanden. Manchmal weinte sie, wenn sie mal wieder unsere Taschen packte, bunte Stofftaschen aus Marokko, in die nie alles reinpasste. Wir fuhren mit dem Zug, und irgendjemand holte uns ab.«

»Warum kann man das Meer nicht sehen?«

»Weil sie rechts und links der Autobahn einen Hügel aufgeschüttet haben«, antwortete Georg.

»Wieso machen diese Italiener das? Damit wir das Meer nicht sehen, weil wir nichts dafür bezahlen?!«

»Wie kommst du denn darauf?«, fragte Georg.

»Oma hat gesagt, in Italien muss man für alles bezahlen.«

Eva lachte leise. Der Kloß in ihrem Hals war verschwunden. Warum war sie plötzlich so gut gelaunt? Nur weil sie darüber nachdachte, dass sie nie mehr mit ihren Eltern irgendwo hinfahren, dass sie nie mehr unfreiwillig in einem Auto mit ihnen sitzen musste? Nie mehr gezwungen war, das salzlose Essen ihrer Mutter runterzuwürgen? Die belanglosen Sportschaukommentare ihres Vaters anzuhören? Wenn sie wollte, müsste sie Manfred und Annegret überhaupt nicht mehr sehen. Weder besuchen noch mit ihnen sprechen. Höchstens noch den Sarg für den aussuchen, der als Letzter starb. Und noch nicht einmal das.

Ausfahrt Pesaro, Urbino. Eva erinnerte sich noch gut, wie erleichtert sie war, wenn sie nach Stunden der Fahrt, in denen ihr Vater jeden überholenden Italiener beschimpfte, endlich von der Autobahn abbogen. Die Outlet-Stores, Einkaufscenter und Möbelfabriken mit ihren riesigen Hallen hatte es hier früher nicht gegeben, aber der seltsame Brunnen stand noch. Die Straße, die sich gabelte und dann leicht abschüssig auf den Hafen zuführte, ließ ihr Herz schneller klopfen. Wenn man dort unten rechts fuhr, kam man an dem offenen Platz vorbei, wo der Fischladen von Sergio war. Sie war so verliebt gewesen, eine winzig kleine Flamme züngelte in ihrer Brust auf, eine matte Wiedergabe des Gefühls, das damals in ihr gebrannt hatte.

»Was wollen wir denn hier überhaupt?«, meldete sich Helga, »Pesáro – nie von dieser Stadt gehört. Ist das denn überhaupt noch die Toskana?«

»Das sind die Marken, und vorher war es die Emilia Romagna. Wir machen einen Ausflug, Helga!«, sagte Georg. »Du hättest ja nicht mitkommen müssen.«

»Wir waren als Kinder jedes Jahr mit unseren Eltern hier. Auf einem Campingplatz.« Und außerdem wird es Pésaro ausgesprochen, mit Betonung auf dem E, fügte Eva lautlos hinzu. Helga würde sich diese Zusatzinformation sowieso nicht merken.

»Wir fahren neunzig Kilometer, um einen Campingplatz anzuschauen!?«

»Nein«, sagten Georg und Eva wie aus einem Mund.

»Nein, Oma, sie will mir zeigen, wo sie mit Mama war!«, sagte Emil. Es klang anerkennend, beinah erfreut.

»Ja, genau!« Plötzlich wollte Eva unbedingt den Campingplatz wiedersehen. Die ausgeblichenen Fahnen über dem Tor, die kleine Empfangshütte daneben, die Waschräume. Ob es Antonio, den Besitzer, noch gab? Wie alt war der inzwischen wohl?

»Lasst uns zum Campingplatz fahren!«, rief sie. »Da kann man auch an den Strand gehen.«

Georgs Blick traf sie im Rückspiegel. »Und wann gehen wir den Fisch kaufen?«

Eva sah auf die Uhr. »Danach! Jetzt ist es halb vier, der Laden hat sowieso erst wieder ab fünf auf. Kommt, ein Stündchen am Strand wäre doch toll, oder?«, versuchte sie den Rest der Besatzung auf ihre Seite zu ziehen.

»Gibt es da Sand?«, fragte Emil.

»Ich glaube schon.«

»Wie, du glaubst?« Helga drehte sich zu ihr um, mit den dunklen Brillengläsern sah sie aus wie ein angriffslustiges Insekt, das nur noch überlegt, ob es sofort oder erst in zwei Sekunden zustechen soll. »Hast du nicht gerade gesagt, du warst jedes Jahr mit deinen Eltern hier?«

Wow, war das hier ein Verhör, oder was?

»Früher, als wir klein waren, gab es Sand, dann hat man den Hafen in Fano erweitert, und durch die entstandene Strömung wurde der Sand komplett abgetragen. Im nächsten Jahr gab es keinen Strand mehr, das Meer plätscherte bis an den Zaun des Campingplatzes, es wurden Holzstege gebaut, von denen wir immer gesprungen sind. Jahre später hat man weit draußen riesige Steine aufgeschüttet, als Wellenbrecher. Das Wasser wurde ruhiger, Sand konnte sich ablagern, und langsam entstand wieder ein Strand. Das letzte Mal war ich mit sechzehn da, das ist zweiundzwanzig Jahre her. Wer weiß, was sie sich in der Zwischenzeit haben einfallen lassen…«

»Und wart ihr damals den ganzen Tag am Strand?« Emil seufzte sehnsüchtig.

»Ja. Oder auf den Stegen. In den ersten Tagen hatten wir immer einen furchtbaren Sonnenbrand, damals hat man Kinder noch nicht so oft eingecremt wie heute. Irgendwann tat es dann nicht mehr weh, und die Haut pellte sich am Rücken. Milena war immer ganz wild darauf, mir die Hautfetzen von den Schultern zu ziehen.«

Emil schaute Eva gespannt an.

»Und, hast du sie gelassen?«

»Na klar! Und ich durfte es auch bei ihr. Mein Vater, also der Opa, sagte immer: Kinder, heute haben wir wieder einen guten Schlag dazubekommen! Das sollte heißen, dass wir noch ein bisschen brauner geworden waren.«

»Wir fahren hin!«, unterbrach Georg sie. »Wie heißt der Platz?«

»Camping Marinella! Wir müssen dort vorne auf die S16, Richtung Fano.« Georg gab Gas.

9

Als das Auto auf die Bahnunterführung zurollte, hielt Eva die Luft an. Sie war so damit beschäftigt gewesen, sich auf den Camping Marinella ihrer Kindertage zu freuen, dass sie ganz vergessen hatte, was davor lag. Graffiti auf graubraunen Betonwänden, ein paar abgekratzte Plakate, hingeschmierte Worte wie *libertà* und *fascismo*, schon stieg die Straße wieder an, sie waren unter den Gleisen hindurch.

Doch das Gefühl, schuldig, schuldig, für immer schuldig zu sein, blieb mit der Luft zum Atmen in ihren Lungen stecken. Sie ist hier nicht gestorben, sagte Eva sich mehrmals, hier nicht. Nur fast. Es nützte nichts, schon hatte sie wieder den metallischen Geschmack der Angst im Mund, wie damals, als sie die humpelnde Milena durch die Dunkelheit, nur alle paar Meter erleuchtet von den kleinen Bodenlämpchen, zum Wohnwagen schleppte. Sie waren ohnehin zu spät gewesen und hatten vereinbart, den Eltern nichts zu sagen.

Georg hielt am Straßenrand.

»Also los, gehen wir ein bisschen an den Strand. Eva macht ihre kleine Zeitreise, und Emil, wenn du ins Wasser willst, ich habe zufällig deine Badehose dabei.«

Emil sprang aus dem Auto und rannte einmal darum

herum wie ein Hündchen, das zuvor stundenlang eingesperrt gewesen war.

»Wenn er noch hier ist, kannst du gleich den Besitzer Antonio kennenlernen. Für Opa war er nur der ›Schpaguzzo‹«,
sagte Eva zu ihm.

»Warum?« Er schaute ihr nicht in die Augen, sondern
hielt den Blick aufs Meer gerichtet.

»Ach, das sollte wohl irgendwas mit Spaghetti zu tun
haben.«

»Wir sind fast nie bei Oma und Opa«, warf Emil miss-
mutig ein. »Und die sind nie bei uns.«

»Tja, sie haben auch nie Zeit, weil sie so oft verreisen.«

»Und wenn wir mal da sind, müssen wir hartes Fleisch
essen, und Oma räumt schon immer alles weg, bevor wir
fertig gegessen haben.«

Eva nickte. Ihre Mutter war eine furchtbare Köchin und
eine ebenso miserable Gastgeberin.

»Antonio, der ›Schpaguzzo‹, nannte Opa Manfred jedenfalls immer Hans oder Karl-Toffel.«

»Lustig«, sagt Emil gnädig.

»Die meinten das beide lustig! Milena und ich haben uns
geschämt, als wir älter wurden.« Nun lachte Emil und
streifte mit einem kurzen Blick ihre Augen, dann kletterte er
durch die waagerechten Metallstangen, die den Strand von
der Straße trennten, und lief über den hellen, feinen Sand.
Georg suchte etwas im Kofferraum und lief kurz darauf
Emil hinterher.

»Kann ich dein Tableee mal haben? Gibt es hier ein Netz?«
Helga lächelte. »Muss mal schnell meine Finanzen überprüfen, mir ist da gerade etwas eingefallen.«

Eva schaute auf Helgas bronzen angehauchte Apfelbäckchen über ihren beneidenswert hohen Wangenknochen. Ihr hellgelbes Kleid war lässig gewickelt und dennoch elegant. Der grob gehäkelte Schlapphut sah aus wie aus der Teenieabteilung von H&M, passte aber gut zu ihrem knalligen Haar, das durch die Maschen hindurchschimmerte, und verlieh ihr etwas Hippiemäßiges, das ihr ausgezeichnet stand. Evas schwarzes Kleid war schon verknittert aus dem Koffer gekommen und nach der Fahrt vorn am Saum eine Handbreit umgeklappt, wie hatte sie das geschafft? Sie versuchte, es in Ordnung zu bringen, doch die Falte war messerscharf, die bekam sie ohne Bügeleisen nie wieder raus.

»Hier! Weißt du deinen Zugang?«

Helga spreizte ihre langen Finger mit den dunkelrot lackierten Nägeln, als sie das Tablet von Eva wie einen Säugling in Empfang nahm. »Danke!« Das Lächeln war echt, denn es gehörten tausend kleine Fältchen um ihre Augen dazu. »Kann ich hier … irgendetwas falsch machen?« Ihr Zeigefinger kreiste vage über dem Display. »Nicht, dass ich aus Versehen das italienische Internet lahmlege oder lösche oder so.« Eva öffnete ratlos den Mund. »War nur ein Witz!«, lachte Helga, bevor Eva etwas erwidern konnte. »Ich bin zwar ein etwas reiferer Jahrgang, aber nicht völlig bescheuert. Ich surfe tagelang im Netz, habe ja meinen Blog, der demnächst, mit ein bisschen Glück, als Buch veröffentlicht wird. Kennst du meinen Blog überhaupt?«

»Nein, aber ich schaue heute Abend gleich mal rein!«, versprach Eva.

Helga kicherte mädchenhaft. »Kein vorteilhaftes Kleid übrigens. Bei aller Liebe, Schätzchen. Leinen knittert am Körper und bis ins Gesicht.« Dann sackte ihre Tonlage zwei Stufen tiefer: »Schwarz macht sowieso alt.«

»Echt?« Eva drehte sich um, nahm ihre hochhackigen, aber leider etwas unpraktischen Holzsandalen in die Hand, die sie für viel Geld in einem Hamburger Schuhladen erstanden hatte, und stapfte über den breiten Strand auf Emil und Georg zu. Knittert bis ins Gesicht! Tsss! Warum hatte sich Milena eigentlich so gut mit Helga verstanden?, fragte sie sich wie schon so oft zuvor. In den ersten Jahren weniger. Nach Helgas unrühmlichem Auftritt bei der Hochzeit tendierte die Schwiegermutter-Toleranz bei ihrer Schwester gegen null. Aber später? Eine liebevoll-nachsichtige Milena traf auf eine mütterlich-verträgliche Helga. Eva schüttelte den Kopf. Unbegreiflich.

Fünf Uhr nachmittags, an einem warmen Tag Mitte Juni. Obwohl noch keine Hauptsaison, waren alle Liegen besetzt, die passenden Sonnenschirme standen ordentlich ausgerichtet daneben und ließen ihre Fransen im Wind flattern. Jede Familie hatte ihren kleinen Haushalt um sich herum aufgebaut. Klappstühle, Kühlboxen, ein Miniplanschbecken fürs Baby. Pärchen cremten sich träge gegenseitig ein. Kinder hockten versunken vor Sandeimern und schaufelten. Sportliche Paare strampelten sich im Partnerlook auf dem roten Fahrradweg ab, der sich kilometerlang am Zaun entlangzog. Der war neu.

Emil und zwei andere Jungen kickten sich abwechselnd einen Ball zu. Georg stand mit den Füßen im Wasser und beobachtete sie. Als er Eva sah, ging er ihr entgegen. »Emil!«, rief er. Emil stoppte mitten im Lauf. »Du bleibst hier, genau hier, gehst nicht ins Wasser, gehst nirgendwo anders hin, verstanden?!«

»Okay!«

»Kann ich mich darauf verlassen?« Georg starrte ihm beschwörend in die Augen, und Emil nickte ernst, bevor er dem Ball wieder hinterherlief.

»So«, sagte Georg knapp. »Erzähl! Auf diesem Platz habt ihr also eure Ferien verbracht …« Sie gingen auf den Eingang des Restaurants zu, dessen gemauerte Veranda an den Strand grenzte.

»Das war damals nur eine Pizzabude, und die Bungalows gab es auch alle nicht.« Eva schaute sich um. Der Minimarket kam ihr größer vor als früher. Der Kickertisch hingegen kleiner.

»Habt ihr daran gespielt?«, fragte Georg und zog an den gelben Griffen.

»Ja, Milena war sehr gut darin, sie nahm wenige Dinge wirklich ernst. Tischfußball gehörte definitiv dazu. Sie drehte die Dinger nicht, so wie ich, sondern spielte richtig, sie hat mich immer besiegt.«

»Das musst du Emil erzählen.« Seine Begeisterung klang nicht echt.

»Lass uns zu den Stellplätzen gehen.« Sie gingen zwischen den Wohnwagen umher, sahen silberne Vorzelte, zusammenklappbare Essecken, manchmal sogar mit einer Topfpflanze dekoriert, dann wieder der neueste Protz und Camping-Hightech. Auf dem eigentlichen Zeltplatz war nicht viel los. Einige Zelt-Iglus standen unter den spärlichen Bäumen, bunte Tupfen zwischen leeren Grasparzellen.

»Und hier hat es euch gefallen?!«

»Ich fand es immer toll, es war unsere Kindheit, jeden Sommer vertrauter, fast Heimat. Diese Bungalows gab es früher alle nicht. Findest du es schrecklich? Du findest es schrecklich!«

»Nein, nein.«

Eva verfolgte Georgs abschätzigen Blick auf den durchnummerierten Carport und die dicht am Platz vorbeiführenden Eisenbahngleise.

Sie gingen an den Waschhäusern vorbei, Frauen in Jogginghosen kamen ihnen mit Plastikwannen voller Geschirr oder nassen Wäschebergen entgegen. Eva lächelte ihnen zu. Alles wie damals. Georg blieb stehen, um die Verbotsschilder über den Außenwaschbecken zu lesen. Keine Muscheln in den Waschbecken putzen, keinen Fisch, keine Autos, keine Boote, keine Zeltplanen waschen. Für alles ein Extraschild. Die Direktion.

»Früher waren die wenigstens noch herrlich falsch geschrieben«, sagte Eva entschuldigend.

Sie ließen den Torbogen hinter sich, über den sich neben vielen bunten Fahnen das Schild mit der Aufschrift Camping Marinella spannte, und kamen zu der Unterführung.

»Hier war das mit dem Motorroller?«

»Ja. Sergio und sein Freund Massimo haben uns mitgenommen, obwohl mein Vater es verboten hatte.«

Dass Sergio nach dieser vergangenen Nacht am Strand so komisch zu mir war, werde ich dir nicht erzählen, dachte sie. Gott, war ich naiv damals mit meinen sechzehn Jahren. Sind die Mädchen heute auch noch so ahnungslos in dem Alter? Ich war enttäuscht. Fühlte sich das immer so an? Deswegen machte die Welt so ein Theater? Ich hatte Angst, war wütend auf ihn, war gleichzeitig verliebt, wusste nicht, was ich tun sollte.

»Da war Sand in der Kurve, genau hier, Massimo ist mit den kleinen Rädern des Rollers ins Rutschen gekommen und dann gegenüber an die Mauer geprallt.«

Georg sah sich um. »Hätte auch jemand in diesem Moment um die Kurve kommen können.«

»Ja. Milena ist heruntergefallen, der Roller und Massimo auf sie, der Lenker hatte sich kurz in ihre Seite gebohrt. Nicht schlimm, eine Schürfwunde am Knie und eine am Ellenbogen, nur ein großer Schreck. Massimo ärgerte sich über den kaputten Blinker, dann hauten die Jungs ab. Ich habe Milena zum Wohnwagen gebracht. Sie war merkwürdig still. ›Es ist doch nichts passiert, Milli. Lach mal, es ist doch nichts passiert!‹, habe ich immer wieder gesagt.« Eva starrte auf ihre perlmuttfarben lackierten Zehennägel, die aus den Sandalen hervorlugten, und die Straße darunter. Auch an dem heutigen Tag hatte der Wind Sand in die Unterführung getragen.

»Ich habe ihr das Versprechen abgenommen, nichts zu sagen von dem Sturz, und wir hatten Glück: Annegret und Manfred spielten mal wieder mit irgendwelchen Leuten Doppelkopf. Runde um Runde. Annegret lachte zu laut, wenn sie einen Stich nach Hause brachte, wir hörten sie schon vorn bei den Waschräumen. ›Hallöchen!‹, riefen sie nur und sahen kaum hoch.«

Georg runzelte die Stirn, sagte aber nichts.

»In der Nacht erwachte ich davon, dass Milena vor meiner Schlafbank stand und an meinem Ärmel zupfte. ›Du musst mir helfen Eva, ich sterbe! Ich sterbe wirklich!‹ Sie war so bleich wie nie zuvor im Gesicht. ›Ich fühle mich so schwach‹, sagte sie, ›und mein Herz rast so doll.‹ Ich klopfte einladend auf das Polster, sie legte sich zu mir auf meine Bank. Wir schliefen damals rechts und links vom Esstisch, das ging gerade noch so, meine Füße hingen schon in der Luft, wenn ich mich ausstreckte.«

Eva seufzte. Meine Gedanken kreisten auch dort auf der Bank nur um mich und Sergios rücksichtslosen Schwanz, der mich überall aufgescheuert hatte, dachte sie beschämt.

Ich sah wandernde Spermien, die sich alle zugleich auf eine wehrlose Eizelle stürzten. Meine Eizelle. Was sollte ich tun, ich war zu keinem anderen Gedanken fähig, was sollte ich bloß tun, wenn es tatsächlich passiert war?

»Und dann?«, fragte Georg. »Ich weiß, du hast mir das schon oft erzählt, aber jetzt kann ich es mir ganz anders vorstellen.«

»Ich weiß nicht, auf einmal bekam ich Panik. Vielleicht lag es daran, dass ihr Wimmern schwächer wurde und nur noch ein unregelmäßiges leises Stöhnen war. Ich machte jedenfalls das Licht an, weckte unsere Eltern und erzählte alles. Obwohl Milena murmelte, sie wolle einfach nur schlafen, und mein Vater immer noch hinter dem Vorhang auf dem großen Elternbett saß und keinerlei Anstalten machte, sich etwas über den Schlafanzug zu ziehen, bestand ich darauf, sofort mit ihr ins Krankenhaus zu fahren.«

»Da haben sie ihr die Milz entfernt.«

»Eine halbe Stunde später und sie wäre verblutet, sagten die Ärzte, aber das weißt du ja auch schon. Hier ist es passiert.« Eine lange Minute sagte keiner von ihnen etwas. Dann wandte Georg sich um und ging die Auffahrt hoch, Richtung Meer. Erst als er sich umdrehte und auf sie wartete, riss sie ihre Füße vom Asphalt los und folgte ihm.

»Du hast ihr das Leben gerettet!«

Diesen Satz hätte ich damals gern von meinen Eltern gehört, dachte Eva. »Das sahen manche Leute aber anders. Zunächst mal trompeteten unsere Eltern herum, Milena und ich hätten ihnen gehörig den Urlaub versaut. Sie lachten und taten, als sei alles gar nicht so schlimm.« Eva imitierte die Stimme ihrer Mutter: »Das Dumme ist nur: Wir können jetzt hier nicht weg! Und das Geschäft? Was ist damit? Wir sind schließlich selbstständig!« Sie räusperte sich, das hohe Sprechen hatte ihre Kehle ganz kratzig gemacht.

»Selbst in diesem Moment war der Laden wichtiger als wir. Erst ein paar Tage später schien es ihnen zu dämmern, dass Milena in Lebensgefahr geschwebt hatte. Mir, als der Älteren, gab man mehr Schuld daran als ihr. Sie musste nach drei Wochen erst einmal wieder das Laufen lernen und wurde geschont.«

»Ich weiß, dass man nichts gegen die Familie des anderen sagen sollte, wenn man sich keine Feinde machen will, aber eure Eltern sind echt speziell. Sie kamen mir schon immer so abgetrennt von allen Gefühlen vor. Als ob ihr nur zwei Schweinchen im Stall wart, die es zu versorgen galt, bis sie das richtige Gewicht erreicht haben.«

»Und das Versorgen hat auch noch Tante Enni übernommen. Sehr liebevoll sogar. Bei der waren wir keine Schweinchen. Eher Fohlen oder Elfen.«

»Ich weiß, Milena hat viel von ihr erzählt.«

Evas Blick huschte über sein Gesicht. Seine Augen waren viel klarer als noch vor ein paar Tagen, der Mund endlich ohne Stoppeln ringsherum, Wangen und Nasenrücken hatten etwas Emilia-Romagna-Sonnenbräune eingefangen.

»Apropos nichts gegen die Familie des anderen sagen, was ist eigentlich mit Helga, wie viel hast du ihr erzählt? Was glaubt sie eigentlich, was wir hier tun?«

»Urlaub machen, eine kleine Milena-Gedächtnis-Reise, irgendwie so was. Sie hört ja doch nicht wirklich zu.« Er grinste und zeigte zum Auto, dem sie sich langsam näherten.

Alle vier Türen plus Heckklappe standen offen, Helga hockte barfuß im Lotussitz auf der Motorhaube, sie hatte einen weißhaarigen Radfahrer in den Bann gezogen, der sich hinter dem Zaun auf dem Fahrradweg begierig über den Lenker beugte, um keines ihrer Worte zu verpassen.

»Wie gut, dass mir mögliche Dellen in meiner Karre egal sind«, raunte Georg und blieb stehen. »Oder wolltest du wissen, warum ich sie überhaupt mitgenommen habe?«

»Als Aufpasserin für Emil ja wohl kaum!«

»Sie hat mit Kurt gestritten, erst einmal um Geld, aber das war nicht der Grund, weswegen er einfach weggefahren ist. Er hat mir am Telefon erzählt, dass sie gar nicht erwähnt hätte, dass Emil für zehn Tage mitkommt. Glaubte ich ihm sofort! Und dass Helga ihr Leben immer auf Kosten anderer leben würde. Na ja, nichts, was man gern über seine Mutter hören möchte. Aber Helga war ziemlich fertig, ich habe sie noch nie so geknickt gesehen. Sie hat manchmal so Phasen, da sollte sie nicht alleine sein. Die wechseln allerdings auch schnell wieder mit höchster Euphorie ab. Als sie mich bat, sie nach Italien mitzunehmen, konnte ich einfach nicht Nein sagen. In Rom hat sie eine Verabredung, keine Ahnung, ob das ihr ominöser Verleger ist. Wir werden sie jedenfalls spätestens morgen in den Zug setzen.«

Georgs Ruhe, seine coole Bestimmtheit gefiel Eva. »Ich hätte sie schon längst wie meine eigenen Eltern mit Ächtung durch Schweigen belegt«, sagte sie. »Wie hältst du das nur aus?«

»Ich kenne sie nicht anders, und was ich ihr hoch anrechne: Sie hat mich nie alleine gelassen, hat mich immer überallhin mitgeschleppt. Sie hat mich nicht einfach bei ihren Eltern in München geparkt, obwohl die ihr das oft angeboten haben. Helga wollte ihr Kind bei sich haben!« Er lachte erleichtert. »Heute, wo ich Emil habe, kann ich das natürlich noch viel besser verstehen. Aber jetzt guck sie dir an!« Drei weitere männliche Radfahrer, alle in engen Radlerhosen, waren zu Helgas weißhaarigem Bewunderer gestoßen und hörten ihr zu.

»Was erzählt sie ihnen bloß?«

»Holen wir sie da runter!«, seufzte Georg.

10

Der Fischladen sah von außen noch genauso aus wie früher. Hier hatte Evas Mutter Miesmuscheln gekauft. Wenn keine vorrätig waren, hatte Sergio ihr die Dinger in handliche Kilonetze verpackt auf den Campingplatz gebracht. Auf Italienisch hießen sie noch unappetitlicher als auf Deutsch. Eva weigerte sich bis heute, etwas zu essen, was als *cozze* auf der Karte stand.

»Ihr bleibt bitte kurz sitzen, wir wollen nur schauen, ob ein alter Freund von Eva dort hinter dem Tresen steht.«

»Bringst du mir eine Fanta mit?«

»Wir gehen gleich in die Stadt, einen Aperitif nehmen, und später gehen wir essen, dann bekommst du deine Fanta, Emil!« Emil schaute enttäuscht. Er langweilte sich inmitten der Erwachsenen.

»Wir können uns auch noch Rossinis Denkmal anschauen oder an die Promenade gehen. Da gibt es einen Brunnen mit einer großen Weltkugel, von der das Wasser hinunterläuft, die fanden wir als Kinder so toll, wir wollten sie immer anfassen«, versuchte Eva ihn aufzumuntern.

Sie stiegen aus und gingen auf das vertraute Schild mit der blauen Welle zu, das wie früher über der Fensterfront hing: »*Lo Scoglio – Pesce & Frutti di mare*«. Für Sergio war vor langer Zeit schon klar gewesen, dass er den Laden seines Vaters übernehmen würde. Eva hatte sich immer heimlich geschüttelt, wollte ihr jedes Jahr hübscher werdender, braun gebrannter Sergio mit der glatten Brust wirklich sein Leben lang zwischen tropfenden Kisten, gestoßenem Eis und glitschigen Fischen stehen? In diesem strengen Geruch von allerlei Meeresgetier, das einen mit bösartig verzogenen Mündern und aus toten Augen zu beobachten schien? Wollte er den ganzen Tag unter dem alten Ventilator mit den herunterhängenden puscheligen blauen Bändern stehen, die langsam über die Ware strichen, um die vielen Fliegen fernzuhalten?

Sie drückte die Klinke hinunter, das alte Klink-Klonk der Glocke versetzte ihr einen kleinen Stich in der Brust, als sie gemeinsam mit Georg das Geschäft betrat. Sie war nervös. Würde sie ihm jetzt gleich gegenüberstehen? Was wäre schlimmer, wenn er immer noch in die erste Kategorie gehören würde, schlank und charmant wie damals, oder in die zweite Kategorie abgefallen wäre: alt und fett?

Eva schaute sich um. Außer einer älteren Kundin in weißen Leggings war niemand zu sehen. Kein Schock, keine Erinnerungen, denn nichts sah aus wie früher. Keine offenen Kisten, kein altersschwacher Ventilator, kein aufdringlicher Geruch. Stattdessen stand da jetzt eine penibel saubere Vitrine aus Glas und Chrom, zur Verkaufsseite hin offen, dahinter Schneidebretter aus Plastik, zwei Waagen, eine moderne Kasse. Der früher immer nasse dunkle Steinfußboden hatte weißen Fliesen weichen müssen, keine Küchenuhr, keine verstaubten Konservendosen auf Regalbrettern an der Wand. Nur das Kreuz über der Tür zum Hinterzimmer war geblieben. Unantastbare Erinnerung an den Papa vermutlich.

Die Klimaanlage surrte, Eva erschauderte im kalten Luftzug. Jemand kam durch die Tür mit dem Kreuz. »*Ecco!*«

Oje, die zweite Kategorie. Warum gingen Männer nur immer so in die Breite, je älter sie wurden? Sie selbst hatte vielleicht eine Kleidergröße mehr als damals, weil sie noch überraschende zehn Zentimeter gewachsen war. Sergio dagegen war bestimmt dreimal so schwer wie früher, seine Haare wurden an den Schläfen grau, und er trug eine Brille. Sein Hals und seine Schultern waren vorgebeugt, fast sah es aus, als habe er einen kleinen Buckel. Sein Blick ging über sie hinweg, er wandte sich wieder der Dame mit den weißen Leggings zu, lachte und legte einen weiteren rotschuppigen Fisch auf die Waage. »Ich bitte Sie, *Signora*, wollen Sie heute Abend hungern?«, verstand Eva, und an seinem flirtenden Ton erkannte sie endlich seinen Charme von früher wieder.

Die Türglocke schepperte erneut.

»Helga sagt, ihr sollt keinen Fisch kaufen, der wird in der Wärme schlecht!«, rief Emil, den Kopf zwischen Tür und Rahmen. »Ich soll ihr Chips mitbringen. Gibt es Chips hier?« Er kam herein und warf mit einer ruckartigen Bewegung seines Kopfes die Haare zurück. Sergio schaute auf. Als er Emil sah, hielt er inne. Der Fisch, den er mit Schwung auf das Wachspapier in seiner Hand legen wollte, verharrte in der Luft. Jetzt prüfte er die Gesichter der Gruppe, die so plötzlich in seinem Laden aufgetaucht war. Er grinste, und seine Augenbrauen hoben sich, als er Eva erkannte, er strahlte über seine mopsigen Wangen, als sein Blick zurück zu Emil ging.

»*No, non è vero! Non credo ai miei occhi …*« Das ist nicht wahr! Ich traue meinen Augen nicht …

Er entschuldigte sich bei der Frau, die schon ihr Portemonnaie hervorgeholt hatte, wischte sich an einem Lappen die Hände ab und kam hinter der Vitrine hervor. »Äwa!« Er umarmte Eva, ohne seine Hände dabei einzusetzen, er drückte sie an seine breite Brust, die auch nichts mehr mit dem schlanken drahtigen Jungen von damals zu tun hatte, den sie von klein auf kannte.

»Was für eine Ähnlichkeit ...« Er machte seinen Rücken noch ein bisschen krummer und guckte zu Emil hinunter, der mit seinen großen grünen Augen zu ihm hochstarrte und die Arme vor der Brust verschränkte.

»Unglaublich – Miläna, das ist Miläna!«, rief Sergio immer wieder auf Italienisch, und bei jedem Ä aus »Miläna« meinte Eva zu spüren, wie Georg hinter ihr zusammenzuckte. »Das ist aber nicht deiner?«

»Nein!« Eva musste an sich halten, um nicht auf Georg zu zeigen und ihn als *suo padre* vorzustellen. Fast hätte sie ihren großartigen Plan gefährdet. Sie hörte Georgs Stimme: Ich nehme einfach ein Haar von seinem Fischverkäuferkittel oder klaue das Glas, aus dem er getrunken hat.

Na dann los, viel Glück, Georg!

»Sie hat mir ein Geschenk gemacht!«, rief Sergio zweimal hintereinander. »Es tut mir so leid, ich habe gehört, was mit Miläna passiert ist. Wie lange ist das jetzt her?«

»Fünf Jahre«, antwortete Eva auf Italienisch. Sergio wunderte sich nicht, dass sie ihn verstand, er nahm ihre Sprachkenntnisse als selbstverständlich hin. »*I'm not a devil*«, hatte er zu ihr am Strand gesagt. »*I can wait!*«

I'm not a devil. Kein Teufel. *I can wait!* Das hatte man dann ja gesehen ... Ein großkotziges Bürschchen war er gewesen, doch immer ganz klein unter der Herrschaft seines Vaters. Zu seinem englischen Wortschatz war seit zweiund-

134

zwanzig Jahren garantiert nichts hinzugekommen, da war sie sicher. Er und Milena? Lächerlich.

»*Cinque anni*«, wiederholte er. Dann ging er hinter seinen Tresen zurück, bediente die Kundin zu Ende, bat Eva aber mit einer Handbewegung zu warten. Von Georg hatte er noch keine Notiz genommen.

»Wie alt ist er denn?«

»Zehn.«

»Ah!« Es klang verlegen, er zog seine Stirn in Falten, Eva konnte es dahinter arbeiten sehen. »Meine sind jetzt neun. *Gemelli*. Zwillinge. Sofia und Enrico. Und du?«

Eva schüttelte den Kopf. Sergio wechselte sofort das Thema: »Was macht ihr hier? Ferien?«

»Wir haben Anna besucht, in Forlì.«

»Welche Anna?«

»Anna, *la* …« Das italienische Wort für Maskenbildnerin fiel ihr nicht gleich ein. »… *la truccatrice!* Sie hat gerade ein Kind bekommen.«

»Ah!« Es klang genauso verlegen wie das erste Ah!, registrierte Eva.

»Und dann haben wir beschlossen, einen kleinen Ausflug zum Campingplatz Marinella zu machen…«

»Camping Marinella, *mamma mia*, wie die Zeit vergeht. Wir sind alt geworden, was?« Er lachte.

Du!, dachte Eva. Ich nicht.

»*Allora*, ich habe eine Idee! Ihr müsst alle mitkommen. Ich mache im Sommer fast jeden Samstag ein Barbecue bei mir im Garten, mit dem, was ich nicht verkaufe. Wäre doch schade, das alles wegzuschmeißen!« Er lachte zufrieden und hob einen großen weißen Plastiksack hoch, dann zeigte er auf Georg. »Versteht er, was ich sage? Ist das dein Mann?«

»Nein, der von Milena.«

»Ah! Angenehm. Sergio!« Er schüttelte Georg die Hand. Eva übersetzte Sergios Einladung.

»*That would be great!*«, bedankte Georg sich.

»Aber jetzt darf ich euch hinausbitten, ich muss die Kasse machen und den restlichen Fisch zusammenpacken, und sie wartet schon!« Sergio zeigte auf eine kleine dunkelhaarige Frau, die unterwürfig lächelnd einen Putzeimer vom Hinterzimmer in den Ladenraum schob.

»Ich komme gleich raus zu euch!«

»Könnte doch gar nicht besser laufen!«, sagte Georg leise. Die Ladentür schloss sich hinter ihnen mit triumphierendem Gebimmel. Sie standen auf dem Platz und blinzelten in die Sonne, die auf ihre unbedeckten Köpfe knallte.

»Er hat zweimal wiederholt, dass Milena ihm mit Emil ein *Geschenk* gemacht hat.«

»Wow.« Georg rieb sich die Stirn. »Das hat er wirklich gesagt?«

»*Mi ha fatto un regalo.* Einfache Sätze verstehe ich gerade noch.«

»Deswegen habe ich dich ja mitgenommen!« Georg wehrte ihren Faustschlag auf seinen Oberarm lachend ab.

»Also bleiben wir heute noch eine letzte Nacht im Palazzo, und morgen checken wir aus.« Eva schaute ihn fragend an.

»Na, zum Trullo müssen wir sowieso, oder? Wenn wir gleich etwas Handfestes über unseren *Signor* Fischhändler herausfinden, geht es weiter Richtung Apulien, wenn nicht, nehmen wir eine Probe und machen uns daran, die Liste weiter abzuhaken.« Eva blies die Wangen auf und ließ die Luft dann langsam wieder daraus entweichen. Bei Georg hörte sich alles so einfach an.

Helga stieg aus dem Wagen. »Was machen wir denn hier eigentlich noch?«, fragte sie, mithilfe ihrer Sonnenbrille wieder in ein feindliches Insekt verwandelt.

»Wir warten.«

In diesem Moment trat Sergio aus dem Laden, er hatte sich umgezogen und trug nun ein grün-weiß gestreiftes Hemd plus aufgedruckten Frotteebuchstaben und eine Sonnenbrille mit gelb getönten Gläsern.

»Mein Auto steht da vorne, ein Offroad, Typ Station Wagon, nichts Besonderes, wenn ihr ...«

»Sergio«, unterbrach Eva ihn auf Italienisch, »*parla piano!*, sprich langsam mit mir, ich verstehe dich sonst nicht!«

Und wie ein *tipo Station Wagon* aussieht, weiß ich sowieso nicht, fügte sie in Gedanken hinzu.

»Ah, du hast mich früher besser verstanden, oder?« Er zog die Oberlippe seitlich hoch. Klar, das war auch einfacher, dachte Eva. Ich habe kinderleichtes Englisch mit dir gesprochen, und du hast sowieso nur an das eine gedacht.

Sergio setzte noch einmal an, diesmal tatsächlich langsamer: »Ihr folgt mir einfach, ich habe ein Wochenendhaus mit Garten und Pool, das müsst ihr unbedingt sehen! Und mit meiner Frau – das bekomme ich schon hin. Sie ist wahrscheinlich misstrauisch, wenn ich euch, besser gesagt dich, Äwa, jetzt nach Jahren aus dem Hut zaubere. Haha, plötzlich ist eine alte Freundin da! Schon seltsam, oder?«

Mein Haus, mein Swimmingpool, mein Auto, dachte Eva. »Nur wenn das in Ordnung ist, wir wollen dir keinen Ärger machen!«

»Man kann es anstellen, wie man will als Mann: Die italienischen Frauen wittern überall Konkurrenz!« Er nahm ihre Hände und schaffte es, sie mit einer Bewegung seiner Arme einmal im Kreis zu drehen. »Wie gut, dass du wenigs-

137

tens nicht blond bist. Haha!« Sein freches Lachen hatte im Gegensatz zu seinem Kinn noch keinen Speck angesetzt. Eva spürte Georgs Blicke auf sich.

»Ja. Wie gut, dass ich wenigstens nicht blond bin«, wiederholte sie laut und befreite sich aus dem nach Seife riechenden Geschlinge seiner Arme. Georg hob fragend das Kinn.

»Wir folgen ihm, Picknicktime!«

Er lächelte zufrieden.

»Ich tue das nur für dich!«, knurrte Eva.

»Ich weiß, Honey!«

11

»Mit Fisch lässt sich in Italien anscheinend noch richtig Geld verdienen«, sagte Helga. »So ein Es-ju-wi kostet ja schon was, allerdings ist dieser nur von Toyota!«

Eva beobachtete Georgs Profil von der Rückbank aus, ungerührt folgte er Sergio. In seinen Augen fährt er das einzig richtige Auto, dachte sie, deswegen gibt es keinen Grund, einen vernichtenden Kommentar zu den Autos anderer Männer abzugeben, das ist eine seiner vielen angenehmen Seiten.

Eva versuchte sich die Szenerie vorzustellen, die sie erwartete. Wochenendhaus, Swimmingpool, Freunde; wahrscheinlich alles ziemlich protzig. Und, wenn sie Rückschlüsse aus Sergios betont jugendlichem Hemd und der albernen Brille zog, ohne den Hauch von gutem Geschmack. Sie musste unbedingt verhindern, dass Emil sich langweilte, Georg Sergio die Mundhöhle gewaltsam mit einem Spatel auskratzte oder ihm Haare vom Kopf riss und Helga sich beim Anblick des Pools sofort auszog.

Eva schnalzte mit der Zunge. Verdammt, sie war schon wieder dabei, in die Zukunft zu schauen, für alle zu planen und Hindernisse aus dem Weg zu räumen, die es vielleicht gar nicht gab.

Sie fuhren hinter Sergio das ansteigende, von dichten Hecken begrenzte Sträßchen hinauf, man sah keine Häuser, nur Autos, eine Limousine parkte hinter der nächsten.

»Hier sitzt also das Geld der Toskana«, flötete Helga von ihrem Vordersitz.

»Wir sind immer noch in den Marken, Mutter!«, erinnerte Georg.

»Mutter!«, wiederholte Helga empört, beließ es aber dabei.

Sergio verschwand zwischen den Hecken in einer Einfahrt, sie fuhren hinterher und parkten dicht hinter ihm auf einer Art Vorplatz. Eva guckte einmal in die Runde und erkannte, dass sie sich, was den Geschmack anging, getäuscht hatte. Das Wochenendhaus war ein wunderschönes Häuschen aus alten, unbehauenen Steinen, mit üppigen Lavendel- und Rosmarinbüschen davor.

Sergio öffnete Helga galant die Beifahrertür: »*Signora, camm wismi!*«, lachte er, bot ihr seinen Arm und führte sie am Haus vorbei in den Garten.

»Na los, kommt!«, sagte Georg. Sie liefen dem Pärchen wie eine vernachlässigte Reisegruppe hinterher.

Das Haus war klein, doch der leicht in eine Talsenke abfallende Garten dahinter riesig. Kiefern und Zypressen scharten sich um einen struppigen Rasen, auf dem ein Apfelbaum stand, darunter Rattanmöbel, die schon einige Sommer miterlebt haben mochten. Ein nierenförmiger Swimmingpool tarnte sich in einer Ecke mit vielen Schlingpflanzen als Teich, daneben war ein großes knallblaues Schwimmbecken aufgebaut, in dem mehrere Kinder tobten. Der Grill rauchte vor sich hin, gut angezogene Männer standen in Debatten vertieft herum, sie lachten, tranken Bier aus Flaschen und wirkten wie aus einem aufwendig produzierten Werbespot. Jemand werkelte mit der Grillzange, ein paar Frauen brachten Platten mit Essbarem herbei, andere saßen in pastellfarbenen Kleidchen mit farblich abgestimmten Sandaletten auf den Sesseln und Sofas.

Wohlhabende Italiener eben, dachte Eva, die sind immer passend angezogen.

»Meine Freunde«, stellte Sergio kurzerhand vor, »geht, nehmt euch etwas zu trinken und zu essen. *Signora*, da vorne können Sie sich setzen, ich komme gleich wieder, muss den Fisch fertig machen.« Er verschwand im Haus.

Georg hielt Eva am Arm fest. »*Allora?*« Eva nutzte die Gelegenheit und packte seinen anderen Arm. Sie mussten komisch aussehen, wie sie sich so aneinanderklammerten.

»Wie geht es jetzt weiter?«, fragte Eva. »Soll ich ihn direkt fragen, oder willst du Gläser klauen gehen?«

»Emil hat sich schon angefreundet, schau mal!«, sagte Georg. Eva sah, wie Emil von zwei jüngeren Kindern in die Mitte genommen wurde. Das mussten Sergios Zwillinge sein. Sie hatten beide unverkennbar seine aufstrebende, an der Spitze etwas platte Nase geerbt. Georg seufzte. »Seine Halbgeschwister? Was denkst du? Könnte doch sein?«

Eva zuckte mit den Schultern. »Das wissen wir noch nicht. Ich gehe rein und versuche ihn auszufragen. Und du passt auf Helga auf!« Helga stand bereits mit einem Glas Wein in der Hand am Grill, umringt von drei Männern, und lachte ihr teures Zahnlachen.

Im Haus war es dunkel, Eva durchquerte den Salon, sie registrierte breite Holzdielen, weiß gestrichene Stühle um einen herrlich altersschwach aussehenden Esstisch und ein gemütliches Sofa vor dem Kamin. Sie ging weiter, suchte die

Küche. Wasser rauschte, sie schaute durch die nächste Türöffnung, da stand Sergio und wusch Fisch. Eine junge Frau stand hinter ihm und nahm blitzschnell die Hände von seiner Gürtelschnalle, als sie Eva sah.

»*Ciao*«, sagte Sergio hastig, »wenn du einen Augenblick wartest, kannst du die Seebarben mit rausnehmen!«

Eva tat so, als habe sie ihn nicht verstanden. Sie lächelte, sagte, »*una bella casa!*«, und blieb nach diesem Kompliment für das Haus einfach stehen.

»Vielleicht kannst du das auch machen, eh, Barbara!?« Barbara verzog den Mund, verengte ihre schwarz umflorten Rehaugen, als sie Eva musterte, nahm aber dann den Teller und ging hinaus. Seine Ehefrau ist das schon mal nicht, dachte Eva. »Sollen die auf den Grill?!«

Sergio nickte, während er ein paar große Tintenfische mit einem schmatzenden Geräusch aus einer Tüte auf den nächsten Teller gleiten ließ. »Es gibt auch ein herrliches Rezept, wo man sie mit gekochtem, passiertem Kalbfleisch füllt und dann in einem *sugo* aus Tomaten und Kräutern gar ziehen lässt, meine Mutter macht das oft. Aber heute kommen sie aufs Feuer!«

Eva betrachtete die braun-weißen Körper. Mit ihren seelenlosen Augen und den kleinen ausgefransten Tentakeln, die leblos herabbaumelten, waren sie die perfekte Vorlage für jeden Alien-Film.

»Doch zuerst blanchiere ich sie, einen Moment in kochendes Wasser, verstehst du?«

»Wie geht es dir? Wie gefällt dir dein Leben?«, fragte Eva statt zu antworten und machte eine alles einschließende Rundumbewegung mit ihrer Hand: Haus, Garten, Freunde, inklusive eines jungen Mädchens, höchstens zweiundzwanzig, das ihm in seiner Küche am Gürtel herumnestelte.

»Ah, das ist die Äwa von früher, immer sofort in die Tiefe gehen. Warum seid ihr Deutschen eigentlich alle so ernst und philosophisch?«

Sind wir gar nicht, dachte Eva. Wenn du wüsstest, wie wenig philosophisch wir sind, allen voran ich. Ohne zu lächeln, wartete sie auf seine Antwort. Sergio nahm einen Alien-Körper nach dem anderen in die Hände und wusch ihn unter dem laufenden Wasser.

»Weißt du«, sagte er endlich, »ich bin zufrieden mit dem, was ist. Na ja, ich bin ruhiger geworden, habe jetzt Ehefrau und Kinder, die liebe ich natürlich – meine Kinder liebe ich ohne Ende. Ich war früher anders drauf, die Jahre sind nun mal vorbei, obwohl ich mich heute immer noch verrückt wie zweiundzwanzig fühle, hier drin.« Er tippte sich an die Stirn.

Wäre ich nicht draufgekommen, antwortete Eva im Stillen.

»Manchmal vermisse ich die alten Zeiten.«

»Warum?« Eva schaute ihn ungläubig an. *Sie* hatte sich in ihrer Pubertät schrecklich gefühlt und war froh, nicht mehr sechzehn oder siebzehn sein zu müssen.

»Ach, wir waren so frei, und es war immer so viel los. Wir haben Party gemacht, mit allen, jeder wusste, was der andere gerade trieb und so. Es gab da so Wettbewerbe im Sommer in Rimini und Riccione, wer die meisten Mädchen kriegen kann. *Il grande trombatore.* O Mann, wir haben sie echt gezählt, Nacht für Nacht. Und um drei stand ich dann auf dem Fischmarkt in Fano, hab für meinen Vater die Ware ersteigert. War das geil! Heute führe ich ein total anderes Leben.«

Trombatore? Es dämmerte ihr, was damit gemeint war. Bah, wie widerlich! Und wie stumpf, mit dieser Auszeichnung vor einer Frau auch noch anzugeben, als ob er beim Großen Preis von Monaco mitgemacht hätte.

»Und? Hast du gewonnen?«, fragte sie mit betont gelangweilter Stimme.

»Na ja, es war immer knapp, einmal war ich Zweiter, aber nie habe ich es bis ganz oben aufs Treppchen geschafft. Es gab ein Jahr, da hat der Sieger angeblich zweihundertachtundachtzig Frauen in der Saison abgeschleppt. Musste dir mal vorstellen! Aber die anderen hatten schließlich mehr Zeit, konnten mehrere Frauen in einer Nacht klarmachen, ich musste ja, wie gesagt, um drei auf dem Markt in Fano stehen.«

»Mensch, das tut mir wirklich leid!«

»Ich glaube, der mit den zweihundertachtundachtzig hat auch gemogelt!«, beteuerte Sergio ernsthaft. Eva verdrehte die Augen. »Wann hast du Milena das letzte Mal gesehen?«

»Ouuuh!« Er spülte die letzten Reste der schwarzen Tinte aus dem Spülbecken. »Das ist lange her.«

Eva wartete. Genauer will er anscheinend nicht werden mit seiner Zeitangabe, dachte sie nach einer halben Minute, also helfe ich ihm besser ein bisschen auf die Sprünge. »Beim Film, oder?«

Jäh wandte er ihr den Kopf zu. »Hat sie von mir erzählt!?«

»Nein! Sonst würde ich dich nicht fragen.«

»Woher weißt du dann, dass ich da war?«

»Von den Leuten, die dabei waren, zum Beispiel von Anna, der Maskenbildnerin.«

»Anna!«, sagte er abfällig. »Wer ist schon Anna? Bei Miläna, da spürte ich was, Gefühle, weißt du, echte Gefühle!«

Sentimenti! Sentimenti! Du hältst dein Schwanzkribbeln

für *sentimenti,* ohne zu wissen, was das wirklich ist! Also krieg dich wieder ein, sagte Eva in Gedanken zu ihm.

»Ich kann nicht an Miläna denken, ohne traurig zu werden, sie hat mir immer so gefallen. Eine tolle Frau. Eine wahre Frau. Ich war total in sie verknallt.«

Aha, dachte Eva wütend, das hast du, als wir zusammen waren, ganz gut verbergen können.

»Ich hatte auf Rai Uno von dem Film gehört, eine Menge italienischer Schauspieler waren ja auch dabei. Mein Traumberuf. Und dann sah ich sie! Beim Abendessen, Miläna im Fernsehen! In unserer Küche. Habe sie sofort erkannt! Ich habe alles stehen und liegen lassen und bin tatsächlich hingefahren, obwohl es meinem Vater schon nicht gut ging. Sie wird mich erkennen, habe ich gedacht. Und hatte Angst! Wenn sie mich nun nicht erkennt, wenn sie mich gar nicht zu ihr lassen. Ich hatte richtig Schiss vor diesen – diesen Filmfuzzis.« Er lachte und nahm endlich die gelbe Sonnenbrille ab.

»Und warum hast du dann in dem letzten Sommer, in dem wir in Pesaro waren, nicht sie …?« »Genommen« hörte sich bescheuert an. »Gewählt«, sagte Eva stattdessen. »Sie war ja immerhin auch schon fünfzehn.«

»Äwa! Nimmst du es mir übel, dass ich dein Erster war?«

»Allerdings! Und ein verdammt schlechter Erster noch dazu! Der sich zum Beispiel mit Präservativen einen Scheißdreck auskannte!« Eva rannte aus der Küche.

Im Garten entdeckte sie Georg, der es sich auf einem der Rattanstühle gemütlich gemacht hatte. Mit einem Bier in der Hand starrte er in Richtung Schwimmbassin. Helga stand noch immer am Grill, umringt von einigen Männern, die vorgaben, sich für die qualmenden Fleischstücke zu interessieren, ihr aber an den Lippen hingen und mit ihr lachten. Wie schaffte sie das nur? Die Typen waren alle höchstens vierzig!

»Sie spielen so schön zusammen …«

»Wer? Ach so. Gut für Emil, er langweilt sich mit uns.«

»Hast du etwas herausbekommen?«

»Er war immer in sie verknallt. Toll.« Eva lachte bemüht und bemerkte den Whiskeytumbler, der leer neben Georg im Gras lag. »Oh, gab es schon harte Sachen?«

»Ja.«

Georg vertrug eine Menge, er wusste, was er tat. Meistens jedenfalls. Eva hat ihn noch nie volltrunken in der Ecke liegen sehen, selbst in der schlimmsten Zeit nicht. Er hatte Emil. Das war sein Glück.

Helga kam zu ihnen herübergestelzt, ihre hohen Absätze versanken ein wenig im Gras. »Kinder«, rief sie begeistert, »was für ein herrlicher Abend, nicht wahr? Und immer noch so warm!« Sie streifte die Schuhe ab und kickte sie, ohne hinzuschauen, neben sich. »Ich werde jetzt auch mal ein wenig planschen gehen. Sind ja so nette Leute hier! Enrico zum Beispiel, der da vorne mit dem roten Poloshirt, besitzt einen Weinberg im Landesinneren. Er hat mir versprochen, mich einmal dorthin mitzunehmen.«

»Ja, aber wann denn?«, versuchte Eva einzuwenden. Doch Georg nickte nur. »Schön! Wie unterhältst du dich eigentlich mit ihnen, Helga? Auf Englisch?«

»Na sicher, und hier und da ein bisschen Italienisch, Französisch und mithilfe von Gesten, der Körper sagt ja auch so viel!«

»Genau«, brummte Georg und erhob sich, »mithilfe der Gesten meines Körpers werde ich mich jetzt auch unterhalten!«

»Soll ich mitkommen?«, fragte Eva.

»Wäre gut. Falls Gesten nicht reichen.« Gemeinsam gingen sie auf den Eingang des Häuschens zu.

»Wenn Helga wirklich noch den Weinberg anschauen will …«

»Ach, Eva! Das sagt sie doch nur so. Gar nicht drauf eingehen, die meisten von Helgas Schnapsideen erledigen sich von selbst, wenn man nicht den Fehler macht, sie ernst zu nehmen!«

Bevor sie das Haus betreten konnten, kam Sergio ihnen mit einer Platte voller ausgenommener Fische entgegen, neben ihm eine zierliche dunkelhaarige Frau, die er als Patrizia, *mia moglie,* vorstellte. Sie war jung, aber nicht so jung wie das Mädchen aus der Küche. Die beiden hatten gestritten, das sah man an der Art, wie sie vermieden, einander anzuschauen. Man tauschte Höflichkeiten aus und schüttelte Hände, Sergio machte Georg kurzerhand zu seinem Freund aus Kindertagen vom Campingplatz und ließ es sich nicht nehmen, seinen freien Arm um seine Schultern zu legen. »Ääh! *Giorgio!*«, sagte er. »Komm! Trinken wir auf vergangene Zeiten!«

Georg spielte mit, und das sogar sehr gut. »*Good old Sergio!*«, sagte er mit Inbrunst, und Eva wäre fast in die Knie gegangen, so wunderbar dämlich war sein Ton. Er könnte wirklich in jeder Seifenoper der Welt mitspielen.

Sie gingen zurück, erreichten mit der Fischplatte den Grill und stellten sich, nach allen Seiten freundlich lächelnd, um das gemauerte Viereck mit den glühenden Kohlen. In der Zwischenzeit hatte man hinter ihnen den Esstisch hinausgeschleppt und die Stühle dazu. Die Tafel war überladen mit Platten und Schüsseln, randvoll gefüllt mit selbst gemachten

Delikatessen. Georg trank ein Heineken, Eva stürzte ein kaltes Glas Weißwein hinunter, dann ein zweites.

Warum machte sie sich immer unnötigen Stress? Bis auf Georg waren alle zufrieden. Helga sprang im Wasser herum, aus der Entfernung konnte man sie für eine Dreißigjährige halten. Emil lief in der Badehose unter den Bäumen entlang und verfolgte ein kleines Mädchen, das offenbar unbedingt von ihm gefangen werden wollte.

»In zwei Minuten am Auto!«, raunte Georg Eva zu.

Warum so geheimnisvoll, hier versteht uns doch sowieso keiner, dachte sie und beugte sich zu ihm: »Ihn direkt zu fragen, ob er mit ihr ... du weißt schon was getan hat, macht wenig Sinn. Er wäre derart geschmeichelt, im Verdacht zu stehen, dass er nie eine ehrliche Antwort geben würde. Gerade wenn es ihm nicht gelungen sein sollte, wird er auf jeden Fall Ja sagen.«

»So schätze ich ihn ein – den Penner!«

Eva entfernte sich vom Grill und schlenderte mit ihrem Glas auf die verlassenen Rattanmöbel zu. Die pastellfarbenen Frauen saßen zwitschernd am großen Tisch. Sie kam sich albern vor. Die geheime Mission des Georg W. war zum Scheitern verurteilt. Plötzlich hörte sie die Melodie von Jannis' Lied in ihrem Kopf: *No matter where you are ...* Ach, Jannis, wenn du jetzt hier wärst, würdest du mich mit deinen kleinen Bemerkungen über die Leute wenigstens zum Lachen bringen. Eva lächelte, im Näherkommen entdeckte sie einen Kronleuchter im Apfelbaum, der an einer Eisenkette herunterhing und sogar an ein Stromkabel angeschlossen zu sein schien. Reiche, schöne, heile Welt. Mit einem Mann verheiratet zu sein, der auch mit knapp vierzig ausschließlich seine Geschlechtsorgane für sich denken ließ, konnte nur mit viel Geld aufgewogen werden.

Als sie sich wieder zum Grill umwandte, war Georg nicht mehr da, Sergio auch nicht. Verdammt, Georg, dachte Eva, während sie das Gelände nach ihnen absuchte, willst du ihn einfach so fragen? Oder prügelt ihr euch etwa schon? Eva trank den letzten Schluck Wein und stellte das Glas auf den Tisch. Erst als sie um das Haus herumging, entdeckte sie die beiden. Mit vor der Brust verschränkten Armen und jeweils einer Bierflasche in einer Hand standen sie in den Anblick von Sergios lächerlich hohem SUV versunken und schwiegen sich an.

Il grande trombatore. Der große Stecher. Eva schaute widerwillig auf das glanzlose Braun seiner Haare, welches das Sonnenlicht zu schlucken schien, ein untrügliches Zeichen für eine Tönung oder Schlimmeres. Nur an den Schläfen hätte er das Zeug sorgfältiger auftragen sollen, da schimmerte es grau.

Georg drehte sich zu ihr um: »Hey!« Er hob zweimal kurz hintereinander die Augenbrauen. »Frag ihn bitte, was sein Spruch mit Milena, Emil und dem Geschenk bedeuten sollte.«

Eva übersetzte.

»Na, was wohl? Dass sie mir und der ganzen Welt ein Geschenk mit ihrem Double, dem kleinen Emil, gemacht hat!« Sergio stieß einen tiefen Rülpser hervor. Wo ist mein Weinglas geblieben? Ich brauche noch mehr Alkohol, dachte Eva, bevor sie Georg Sergios Antwort mitteilte.

»Sergio! Was würde deine Frau sagen, wenn der große *trombatore* noch irgendwo ein Kind hätte?«

Nur ein Versuchsballon, noch tappte sie im Dunkeln.

»Habe ich ja nicht!«

»Woher weißt du das? Wenn du in den letzten Jahren so gut aufgepasst hast wie bei mir damals, könntest du doch noch das eine oder andere Kind gezeugt haben.«

Sergio schüttelte heftig den Kopf. »Nein!« Nun grinste er völlig überzeugt. Du hast wahrscheinlich verdammt oft nur Glück gehabt, du Idiot, dachte Eva und streckte ihre Hand aus. Automatisch gab er ihr seine leere Flasche. Wie früher bei seiner Mutti. Eva verbarg den Träger seiner DNA lässig hinter ihrem Rücken. Gib mir dein benutztes Taschentuch, spuck mir dein olles Kaugummi oder den Knorpel aus dem Kotelett in die Hand, *la mamma* nimmt es dir ab, *la mamma* bringt das in Ordnung.

»Wir sollten wieder in den Garten zurückgehen, Georg«, sagte sie, »die große Logikerin weiß jetzt, wie sie es anfangen muss. Außerdem ist sie blau.«

»Ihr Assistent auch.«

»Tolles Ermittlerteam, wir können uns gratulieren.«

Und zu Sergio auf Italienisch: »Okay, ich habe nur Spaß gemacht, lass uns schauen, wie weit der Fisch ist. Ich hasse verkohlten Tintenfisch vom Grill.«

Als Eva eine Stunde später vom Tisch aufstand, fühlte sie sich kaum mehr betrunken, dafür aber herrlich satt. Der grandiose Geschmack von Fisch und Petersilie, Olivenöl und Weißbrot würde hoffentlich noch lange auf ihrer Zunge und unter ihrem Gaumen haften. Sie sah, wie zufrieden Georg mal wieder sein ledernes Notizbuch tätschelte, in das er mit ihrer Hilfe ein paar Rezepte notiert hatte. Fischsuppe à la Rossini, *Pollo in Potacchio,* ein Huhn mit Zwiebeln und *peperoncini*, von dem nur noch abgenagte Knochen auf dem Tisch lagen, der berühmte Reiskuchen – eine reiche Ausbeute.

Barbara, das Bambi mit den dunkel geschminkten Augen, saß auf dem Rattansofa, die grün lackierten Zehennägel um die Kante des kleinen Tisches gekrallt. Sie tippte etwas in ihr Handy ein und blickte nicht auf, als Eva vorbeiging. Ihr Daumen schien ein zusätzliches Gelenk zu haben, so schnell und wendig bewegte er sich auf den Tasten.

»Barbara!«, rief eine weibliche Stimme vom Grill herüber. »Hol deinem Vater mal eben seine Pillen aus dem Auto!«

»*Vaffanculo!*«, murmelte die Gerufene und tippte ungerührt weiter. *Vaffanculo*, Sergio, dachte Eva, sie ist die Tochter deines Freundes, du kennst überhaupt keine Grenzen mehr.

Sie erwischte ihn im Haus, als er gerade aus dem Badezimmer kam. Er eilte hinaus, ganz eindeutig wollte er nicht mit ihr alleine sein, doch Eva hielt mit ihm Schritt. »Hier bei dir ist es wirklich wunderschön, Sergio!«, setzte sie an. »Emil liebt es und Helga auch, die beiden würden sich sofort für ein paar Tage einquartieren, da muss ich sie gar nicht erst fragen. Ich glaube, du weißt inzwischen, warum wir hier sind?«

»*No!?*« Er blieb stehen.

»Tja, wie soll ich anfangen? Er spricht nicht gern darüber, aber Georg hat Geldsorgen, auch in Deutschland ist die Krise schon lange angekommen.« Sie bemühte sich um einen ernsten Ton, dann lachte sie, als ob es ihr peinlich wäre. »Und sie geht auch nicht wieder ...«

Die Krise! Die kannte Sergio, er hatte ja selbst schon seinen Verkaufsstand an der Promenade in Pesaro schließen müssen. Die Leute kauften einfach nicht mehr so oft Fisch wie früher. Er blieb stehen, behielt dennoch seinen scheelen Blick.

»Ich muss auch aufpassen, es reicht gerade so zum Leben«, bekräftigte er.

»Es geht um Emil. Georg hat die ersten zehn Jahre rührend für ihn gesorgt, obwohl er nicht sein Vater ist. Da hat sich einiges angehäuft.«

Sergios Blick war verwirrt. »*Non è il padre, lui!?*«

Seine Augen schossen von Evas rechtem Auge zu ihrem linken und wieder zurück. Es machte sie wahnsinnig.

»Hast du nicht gerade im Laden gesagt, er ist der Vater?«

»Nein! Habe ich nicht. Aber es muss ja nicht alles sein, nur eine kleine – Beteiligung pro Jahr.« Eva war stolz auf ihre Idee und dass ihr in letzter Sekunde noch das Wort *partecipazione* eingefallen war. »Natürlich dürftest du Emil auch sehen. Wann immer du willst. Er könnte vielleicht sogar jeden Sommer herkommen. Das wird ihm gefallen!«

»Beteiligung? Jeden Sommer herkommen? Eva, ich verstehe nichts, gar nichts«, ächzte er. »Sprich langsamer. Wer ist denn der Vater?«

»Na, du!«

»*Io?*« Er lachte auf. »*Iii-ooo?!!*« Schrille Erleichterung hallte in seiner Stimme wider.

»Nicht?! Aber du warst doch da, das passt genau von der Zeit her …«

Er fiel ihr in die Arme und drückte seinen gefärbten Scheitel von oben auf ihr rechtes Schlüsselbein.

»*No!* Ein Missverständnis! Ich bitte dich! Ich habe doch Miläna nicht … doch nur besucht, besucht – verstehst du?« *Visitato!*

»Aber du hattest eine Woche Zeit!«

»Ja, genau, da kann viel geschehen.« Schon hatte er wieder seine Angeberstimme.

152

»Ich weiß, dass du alles nagelst, was ...« Nicht bei drei
auf den Bäumen ist – diesen uralten dummen Spruch anzu-
bringen wäre jetzt großartig, dachte Eva, aber so gut ist mein
Italienisch leider nicht. »... alles, was du kriegen kannst.
Wenn ich annehmen muss, dass du mir nicht die Wahrheit
sagst, werde ich mit deinem Freund Enrico mal über dessen
Tochter Barbara sprechen. Hübsches Mädchen!«

In seinen Augen stand jetzt nackte Panik. »Äwa! Ich habe
Anna gebumst, okay. Jetzt weißt du es. Mit Miläna habe ich
nichts zu tun gehabt. Ich schwöre!«

Eva glaubte ihm sofort, wollte ihn aber noch einen Moment weiterquälen. »Anna! *La truccatrice? Perché?*«

Natürlich war es müßig, einen *trombatore* nach dem Warum zu fragen. Eva tat es dennoch. Wollte ihn verstehen,
wollte die Männer besser verstehen, wollte diesem Rätsel-
spiel, an dem sie schon ihr Leben lang teilnahm, ein kleines
Puzzlestück hinzufügen, obwohl sie die Spielregeln doch
niemals durchschauen würde.

»Warum? Weil die Gelegenheit ... Weil ich es wollte?« Er
sah sie gehetzt an. »Dieser Georg glaubt das doch nicht im
Ernst mit Emil, oder? Du musst es ihm sagen! Ich kann das
ja auch beweisen. Mit 'nem Bluttest und so!«

Er war dumm. Und sie zu gutmütig, naiv oder freundlich, um ihm diese Erkenntnis mit Lust unter die Nase zu
reiben.

»Mach dir keine Sorgen, wir verschwinden gleich! Für
immer.« Eva liebte ihr theatralisches *per sempre*. Italienisch
war wirklich eine wunderschöne Sprache!

»Nein, warum denn jetzt schon? Es ist gerade übelst schön
hier!« Emil trottete schimpfend über den Rasen hinter
Georg her.

»Damit wir heute Abend nicht so spät im Hotel sind und morgen schön früh nach Perugia fahren können!«

»Was wollen wir denn in diesem Perrutscha schon wieder?«

Georg schaute zu Eva, er zog die Augenbrauen hoch und grinste.

»In dieser Stadt haben Mama und Eva studiert, Eva könnte uns zeigen, wo sie gewohnt haben. Die Idee kam mir gerade! Und ich glaube, wir werden in Perugia ein Hotel mit einem tollen Pool haben. Eva sucht uns heute Abend noch eins aus. Nicht wahr, Eva?«

Eva zuckte überrascht mit den Achseln. »Aber klar. Was ist mit Helga, kommt sie mit?«

»Sie überlegt noch! Ich habe ihr eine Minute gegeben, wenn die um ist, kann sie nach Forlì zurücktrampen.« Seine Stimme wurde leiser: »Und wir können uns auf seine Aussage verlassen, meinst du?«

»Mit bis zu 99,9-prozentiger Wahrscheinlichkeit!«

Eva verabschiedete sich von Sergios Freunden und drückte Patrizia zwei Küsschen auf die Wangen. »Vielen Dank, dass wir kommen durften, es war herrlich hier in eurem Garten! Und es hat Georg so glücklich gemacht, mal wieder die Plätze seiner Kindheit zu sehen und Sergio wiederzutreffen.«

»Wenn der Mann zufrieden ist, sind wir Frauen es auch, oder?«

»Genau!« Italienisch lügen für Anfänger.

Eva schüttelte Enrico die Hand. Sie sah, dass Sergio sie nicht aus den Augen ließ. »Ein schönes Mädchen, deine Tochter Barbara«, sagte Eva laut. »Pass gut auf sie auf, man weiß ja nie …!«

»Wenn sie erst in 'elgas Alter ist, bin ich aus dem Gröbsten raus, habe ich gedacht!«, antwortete er. »Aber weit gefehlt, nicht ungefährlich, die 'elga!« Sie lachten gemeinsam.

Obwohl sie sich schon verabschiedet hatten, kam Sergio mit einem weißen Tütchen aus dem Haus gelaufen.

»Hier, ein Schälchen mit *alici marinate,* das ist ein ganz spezieller Fischsalat, *molto speciale,* darf nur ich machen, habe extra eine Lizenz dafür.« Er reichte Helga die Tüte vorn in den Wagen. Dann bedeutete er Eva, ihr Fenster herunterzukurbeln.

Er beugte sich zu ihr. »Weißt du, das mit Anna war wirklich nicht so wichtig!«, sagte er langsam und vertraulich. Sein Italienisch war nun bestens zu verstehen. »Ich hätte viel lieber deine Schwester geknallt!«

Eva schwieg, guckte hinüber zu Emil, der sie mit seinen grünen Augen beobachtete, und lächelte ihn an. »Kannst fahren!«, sagte sie zu Georg, ohne Sergio noch einmal anzuschauen. Georg setzte zurück, fuhr durch die Einfahrt, schlug das Lenkrad links ein.

»Helga, gibst du mir mal die Tüte?«, fragte Eva mit der neutralsten Stimme, zu der sie in der Lage war. Sie nahm sie entgegen, holte den weißen Plastikbehälter heraus und ließ ihn am ausgestreckten Arm aus dem Fenster hängen, schon kamen sie langsam wieder an der Toreinfahrt vorbei. So hoch sie konnte, schleuderte Eva die Schachtel mit den speziell marinierten Sardellen durch die Luft. Ihre lähmende Angst vor einer Schwangerschaft, das schlechte Gewissen, weil sie sich damals nicht rechtzeitig um Milena gekümmert hatte, ihre jahrelange Verzweiflung über Milenas vermeidbaren Tod, ihre frische Wut über ihr unschönes erstes

Mal – all das flog in hohem Bogen auf Sergio zu und landete vor seinen Füßen. Der durchsichtige Plastikdeckel öffnete sich. Den Rest sah Eva nicht mehr.

»Auf die schönste Sache der Welt!«, murmelte sie.

12

Am nächsten Morgen zog Eva um acht Uhr schon ein paar
Bahnen im Pool, duschte ausgiebig in ihrem hübschen Badezimmer und lief danach angezogen, mit immer noch feuchten Haaren, durch den Garten. Die Bienen summten bereits
in den dicken Hortensienblüten, ein bisschen Tau war noch
auf manchen Blättern zu sehen, das Kiefernwäldchen roch
köstlich nach Harz, während sich die Schweinezucht immer noch olfaktorisch zurückhielt. Eva stand lange vor einem
riesigen Spinnennetz, dessen fein gesponnenes Gewebe sich
weiß wie Zuckerwatte zwischen den Zweigen eines gigantischen Rosmarinstrauchs ausbreitete. Ich möchte am liebsten hierbleiben, dachte sie, zwei Wochen lang nur genießen
und an nichts denken, nur jeden Morgen schauen, ob das
Spinnennetz noch da ist. Meine Güte, wie sentimental,
schauen, ob das Spinnennetz noch da ist! Wenn du ehrlich
bist, möchtest du doch nur mit Georg ins Bett und endlich
mal ganz viel Zeit haben. Mit ihm knutschen, mit ihm
schlafen, vögeln, Liebe machen, danach reden, lachen, verschlungen ineinander dösen, noch mal einschlafen, gemeinsam mit ihm aufwachen, wieder Liebe machen, ihn nah bei
dir haben, ihn ganz für dich alleine haben! Stimmt, gab sie
sich selbst zur Antwort, aber bitte ohne Mühe, Anstrengung, lange Erklärungen und schlechtes Gewissen. Wir sind

zusammen und lieben uns. Basta. Die einfachste Sache der Welt. Stattdessen scheint diese Reise nur darauf angelegt, dass ich mich um Georgs Probleme, Georgs Sohn, Georgs Mutter kümmere und an die Plätze meiner verdrängten Vergangenheit geführt werde. Sie hatte plötzlich Lust, das Spinnennetz zu zerstören, und ging schnell weiter zum Frühstück.

Beim Auschecken an der Rezeption wühlte Helga in den zahlreichen tiefen Taschen ihres indigoblau leuchtenden Gewandes, das aussah wie aus einem Tuareg-Schal geschneidert. Sie konnte ihre Brieftasche nicht finden.

»Guck noch mal in Ruhe nach«, sagte Georg mit einem Blick auf ihre prall gefüllte, oben auseinanderklaffende Reisetasche und das Beautycase. Immerhin, dachte Eva, den Rest hat sie für die zwei Tage im Auto gelassen.

»Vielleicht liegt dein Portemonnaie noch unter dem Bett in deinem Zimmer«, schlug Emil vor. Eva blickte neidisch auf Helga. Bei ihr war Emil immer so besorgt. Doch die schüttelte nur den Kopf. Vielleicht liegt es auch bei einem der Kellner? Eva verbot sich diesen gehässigen Gedanken sofort.

»Lasst mich nachdenken, wo ich es zuletzt hatte. Ich spüre, gleich wird es mir einfallen!« Mit diesen Worten wanderte Helga auf ihren bloßen, perfekt pedikürten Füßen langsam nach draußen.

Nachdem Georg Helgas Zimmer bezahlt hatte, half ihnen die dunkel gelockte Besitzerin, Signora D'Annunzio, mit dem Gepäck. Gemeinsam schleppten sie es hinaus auf den gekiesten Vorplatz, wo Georg das Auto zwischen Rosenstöcken und Oleander geparkt hatte. »Wohin werden Sie fahren?«

»Perugia!«

»Perugia, da müssen Sie ja nur auf die Autobahn Richtung Cesena und dann einfach auf die E45, die ist ab Monte Castello neu ausgebaut, in zwei Stunden sind Sie da!« Sie wünschte gute Fahrt.

»Danke«, sagte Eva zu ihr auf Italienisch, »aber wir müssen seine Mutter noch vorher zum Zug bringen.« Sie zeigte auf Georg.

»'elga, *certo!*«

'elga, 'elga. Meinen Namen kennt hier niemand, dachte Eva.

Gemeinsam machten sie sich auf in Richtung Pool, schon von Weitem sahen sie eine blaue Gestalt auf einer der Liegen sitzen und meditieren.

Georg griff sich an den Kopf. »Holt ihr sie, ich packe das Auto«, sagte er und kehrte um. Als Emil und Eva dicht vor Helga standen, schlug sie die Augen auf und lächelte.

»Meine Geldbörse ist irgendwo bei mir, ganz nah.«

»Sollten wir nicht doch noch mal gründlich in ihrem Zimmer suchen?«, fragte Eva Georg.

»Lass mal, das gehört zu ihrer Taktik, ich kenne sie!«

Ab Cesena fuhren sie auf die E45, am Himmel zeigten sich immer mehr Wolken, die Autobahn hatte einiges an Schlaglöchern zu bieten, es herrschte kaum Verkehr. Die bewaldeten Hügel wechselten sich mit Feldern ab, bald wurden die Wälder dichter und die Hügel höher, der Straßenbelag besser. Das Licht der Tunnel, in die sie in immer kürzeren Abständen fuhren, überzog das Innere des Autos mit einem matten Gelb. Im Wagen war es ruhig. Emil schaute aus dem Fenster, seine Haare rochen nach Chlor. Helga saß mit geradem Rücken und untergeschlagenen Beinen auf dem Vordersitz, ihr Kopf lehnte aufrecht an der Nackenstütze. Eva meinte, sie über dem Motorengeräusch leise schnarchen zu hören. Ihre klobige Gucci-Brieftasche lag gut sichtbar auf dem Armaturenbrett, Helga hatte sie kurz nach Forlì mit einem erstaunten »Da bist du ja!« zwischen den Sitzen hervorgezogen.

Georg drehte am Radio herum, der Empfang wurde durch die vielen Berge gestört, schließlich legte er eine CD ein. Klaviermusik, angenehm dahinfließend, beruhigend wie ein breiter Fluss.

»Noch neunzig Kilometer«, sagte er zu Eva. »In etwas mehr als einer Stunde müssten wir da sein. Wie sieht es mit einem Hotel für uns aus?«

»Ich habe gestern keins mehr gefunden, in dem noch drei Zimmer frei sind. Es bleibt bei *dreien,* oder?«

»Ja klar, du glaubst doch nicht, dass …«, mit einem kurzen Seitenblick vergewisserte er sich, dass Helga noch schlief, »dass die Dame hier heute noch weiterfährt!«

»Die sind entweder alle ausgebucht, zu weit draußen oder indiskutabel. Und nirgends gibt es Parkplätze. Irgendwann bin ich dann eingeschlafen.«

»Nimm einfach das beste Hotel, das dir einfällt.«

»Mir fällt da nichts mehr ein, unser Studium liegt schon achtzehn Jahre zurück. Wir haben damals in einer billigen Studentenbude gehaust und nicht nach teuren Hotels Ausschau gehalten.«

Eva starrte auf ihr Tablet, auf dem sich die Seite des zuletzt aufgerufenen Hotels weder vor- noch zurückblättern ließ. Der Internetempfang verabschiedete sich immer mal wieder. Doch schon bald wichen die Berge zurück, waren jetzt nur noch als Hügelketten rechts und links in einiger

Entfernung zu sehen. Die Sonne kam hinter den Wolken hervor und ließ die Felder der Ebene grün und weizengelb aufleuchten. *Kling!* machte es auf dem Sitz neben Eva. Sie hatten wieder ein Netz. Eine SMS von Jannis. Was wollte der denn? 1. Rom ist genial. 2. Die Mädchen sind hübsch. 3. Die Cafés sind cool. 4. Wünschte, du wärst hier. 5. Vergiss die Punkte 1 bis 3 und 5.

Sei nicht so nett zu mir, du kleiner Idiot, dachte sie, doch sie grinste noch eine ganze Weile aus dem Fenster hinaus. Sie wusste nicht, was sie fühlen sollte, außer einer großen Sehnsucht, mit Georg ebenso unbeschwert lachen zu können wie mit Jannis, vielleicht.

Sie griff nach Georgs Kladde, die aus der Tasche am Sitz vor ihr ragte, und blätterte ein wenig darin herum. Wenn Helga darin lesen durfte, warum nicht auch sie? Handgeschriebene Rezepte, Zeichnungen, ein paar aus Zeitschriften ausgeschnittene Fotos. Dazwischen plötzlich ein langer Text, erstaunt las Eva die ordentlich geschriebenen Zeilen:

Cádiz, 15. Januar
Der Schmerz und die Trauer fressen sich in meinen Körper. Er tut mir weh, verweigert sich und seine Aufgaben. Er will nicht essen, will nicht schlafen, entzündet sich überall.
Immer wieder dieselben Gedanken: Ich hoffe inständig, dass das fünf Jahre andauernde warme Bad der Mutterliebe Emil eine ausreichende Grundlage gegeben hat, um ihn in seinem weiteren Leben zu beschützen und zu stärken. Zu kurz, funkt eine Stimme in meinem Inneren dazwischen. Zu kurz. Du musst ab jetzt für Emil Vater und Mutter zugleich sein. Bekomme schon das mit dem Vatersein in meiner Verfassung kaum mehr hin.

Eva schaute in den Rückspiegel, doch Georg hielt seinen Blick unverwandt auf die Straße gerichtet. Sie hatte kein Recht, seine Aufzeichnungen zu lesen, obwohl er ihr auch schon einiges über die Zeit in Cádiz erzählt hatte. Sie las weiter:

Christa versucht, alle Interview-Anfragen von uns fern-zuhalten. Richtig gelingt ihr das nicht. Woher manche dieser sogenannten Journalisten unsere Nummer haben, ist mir ein Rätsel. Milena hat sie ihnen bestimmt nicht gegeben. Ich habe unsere geheime Telefonnummer ge-wechselt.

Hier in Cádiz ist alles weit weg, es gibt kein deutsches Fernsehen, keine Zeitungen mit Schlagzeilen, an denen ich vorbeischauen muss. Manchmal vergesse ich sekun-denlang, warum wir hier sind. In diesen seltenen, wun-dervollen Augenblicken, in denen mein Geist mich be-trügt, komme ich mir wie in einem Urlaub ohne Milena vor. Sie ist nicht da, aber das war sie ja in der Vergangen-heit auch oft nicht. Mit voller Wucht klatscht mir dann die Wahrheit wieder ins Gesicht. Sie wird nie wieder kommen. Niemals mehr. Aber ich liebe sie und ihren Kör-per doch noch immer! Ihr Körper, von dem ich nie genug bekommen kann, allein der laszive Schwung ihrer Hüf-ten, wenn sie geht … O Gott, ich schreibe in der Gegen-wart von ihr.
Ihre Hüften sind fort, sie hat sie mitgenommen! Wie auch ihre schlanken Oberschenkel, ihren ovalen Bauch-nabel, die schönsten Brüste der Welt, ihre kleinen Füße, ihre breiten Daumennägel, ihre spitzen Spock-Ohren, auf die sie auch noch stolz war … Ihr Körper, den ich mit

*ihrer Erlaubnis fast sechs Jahre lang schmecken und füh-
len durfte, den ich in- und auswendig kennengelernt
habe, ist fort. Nur ihr Geist ist noch da, der mich quält,
denn ich höre ihre Stimme so oft in mir lachen und antworten.*

*Hamburg, 12. Februar
Ich muss funktionieren, Emil vom Kindergarten abholen, im Supermarkt einkaufen, um für ihn etwas kochen
zu können. Sein Bett abziehen, seine Fußballhose waschen, damit die am nächsten Morgen wieder trocken ist.
Das ist wichtig. Um nicht in den höllischen Abgrund der
Sinnlosigkeit zu fallen, der jede Minute auf mich lauert,
halte ich mich an einer Fußballhose fest. Oder an den
Wandertagen im Kindergarten. Oder dem abendlichen
Kasperpuppenspielen und Vorlesen. Ich darf nicht heulen, ich darf nicht versteinert herumsitzen, ich muss doch
waschen, wandern, vorlesen!
Ich habe unseren normalen Tagesablauf für Emil auf-
rechterhalten, die Stunden ziehen noch langsamer vorbei,
wenn er nicht bei mir ist. Ich lehne die Angebote von
Freunden und von Eva ab, die ihn mir abnehmen wollen,
wie sie es nennen.*

Eva schluckte. Sie erinnerte sich noch gut an diese Monate,
in denen Georg Emil kaum für eine Stunde aus den Augen
ließ. Sie fühlte sich schlecht, schaffte es aber nicht, sich von
den Zeilen zu lösen:

*Schweren Herzens lasse ich ihn zum Spielen gehen, wenn
er sich verabreden will. Man merke ihm gar nichts an, be-
richten mir die Mütter und Väter manchmal.*

20. Februar
Emil reagiert ganz anders als ich. Es kann sein, dass er
vom Spielen bei einem Freund zurückgebracht wird und
sich beschwert: Hey, ich wollte noch nicht weg von Sa-
muel, wir hatten gerade die Brio-Bahn aufgebaut. Ich
habe so Hunger, können wir Pizza essen?
Er ist fröhlich! Er weint nicht oft. Kann das denn sein?
Er scheint einfach weiterzumachen.

22. Februar
Ich habe Emil in eine Trauergruppe für Kinder gebracht,
die tut ihm gut. Dort genießt er es, nichts Besonderes zu
sein, allen Kindern in der Gruppe ist dasselbe widerfah-
ren. Jemand ist gestorben. Die Mama, der Papa, Bruder
oder Schwester. Diese Selbstverständlichkeit allein reicht
ihm anscheinend schon, um sich dort wohlzufühlen.
Er darf im Vulkanraum wütend sein oder eine Kerze be-
kleben, in die Gruppe bringt er auch Fotos von Milena
mit und ihr Schlaf-T-Shirt, das er zwischen Matratze und
Bettrahmen auf ihrer Seite des Bettes gefunden hat und als
seinen größten Schatz hütet. Sie haben ihn in der Gruppe
ermutigt, eine Kiste anzulegen, in der alle Sachen von Milena liegen, die wichtig für ihn sind. Fotos, aber auch eine
Haarspange, ihr Portemonnaie aus rotem Leder, Zettel
mit lustigen Figuren, die sie für ihn auf einem Flug nach
Spanien gemalt hat. Einen Lippenstift, dessen Spitze noch
von ihrem Mund geformt ist. Sie machte immer einen
Dachgiebel daraus. Ich kenne keine Frau, die das tut.
Man erklärte mir auch, warum Emil so reagiert. Sein
Trauermodus wird zwischendurch einfach abgeschaltet,
um seiner kleinen Seele Platz zum Leben zu lassen. Manchmal beneide ich ihn um diese Fähigkeit.

Ich selbst bleibe nie dort, unter den zurückgelassenen Partnern, den trauernden Müttern, den trauernden Vätern. Ich bin nicht bereit für Gruppendynamik und Bastelkram.

2. März
Ich war bei Waltraud, einer Psychologin. Zweimal, dreimal. Dann hatte ich genug. Was bringt das? Es leuchtet mir nicht ein. Milena bringt es jedenfalls nicht zurück. Ich hasse dieses Psychogeplapper. Alles ist bedeutungslos, am liebsten würde ich nur noch im Bett bleiben, aber ich muss weitermachen, irgendeiner Tätigkeit nachgehen, Hauptsache, nicht grübeln, nicht überlegen.

Eva seufzte und blätterte vorsichtig um. Doch auf der nächsten Seite war nur das Rezept von »Hühnchen mit Feigen« notiert.

13

Perugia schaute von seinem Berg aus auf sie herab. Die orangerötlichen Dachziegel vermischten sich mit ockergelben Backsteinen, dazwischen sah man Zypressen, Pinien und einige Kirchtürme – spitz und schlank wie Bleistifte oder breiter mit luftigen Aussparungen, in denen mächtige Glocken hingen.

Nichts hat sich geändert, dachte Eva, bis auf ein paar Kräne, die früher an anderer Stelle gestanden haben. Sie musste an ihre Ankunft im Juli vor achtzehn Jahren denken. Von Hamburg aus waren sie insgesamt zweiundzwanzig Stunden mit der Bahn gefahren. In München hatten sie fast den Transalpino-Nachtzug verpasst, weil Milena unbedingt noch ihren damaligen Freund anrufen musste und auf dem Bahnhof keine funktionierende Telefonzelle fand. Wenige Wochen zuvor hatte sie mit einem sehr lässigen Notendurchschnitt von drei Komma zwei ihr Abitur bestanden und als Lysistrata im Abschlussstück der Theatergruppe brilliert. Ihr Freund, die männliche Hauptrolle, war im Frühjahr in Wien an einer Schauspielschule angenommen worden. Milena war verliebt und wollte sich unbedingt auch in Wien bewerben. Zwei Wochen später machte sie von einer italienischen Telefonzelle aus Schluss mit ihm.

Südlich von Florenz hatte es damals zu regnen begonnen. Als sie ausstiegen, rutschte Milena mit ihren Clogs eine nasse Stufe hinunter und verdrehte sich den Knöchel. Es regnete immer noch heftig und hörte für die nächsten drei Tage auch nicht wieder auf. Umbria, das grüne Herz Italiens, spätestens zu diesem Zeitpunkt verstand Eva, warum die Italiener der Provinz diesen Beinamen gegeben hatten.

Die Fenster des orangefarbenen Omnibusses waren von innen beschlagen gewesen, langsam hatte der Bus sich in großen Runden den Berg hinaufgequält, auf dem Perugia sich ausbreitete. Eva hasste das Gefühl, blind zu sein, die Feuchtigkeit stieg von den Bäumen, den Straßen und aus den Parks auf und hüllte alles in einen dunstigen Schleier aus feinsten Wassertröpfchen. Sie keuchten mit ihren Koffern die steilen Gassen hinauf, von denen ihnen das Wasser in Sturzbächen entgegenfloss. Milena hinkte erbärmlich, und die Hanfsohlen von Evas Espadrilles waren schon am Bahnhof völlig durchnässt gewesen, sie lief wie auf nassem Stroh. Das Zimmer hatte sie schriftlich bei der Zimmervermittlung von zu Hause aus angemietet. Es war dunkel, klamm und teuer und befand sich am anderen Ende der Stadt, weit entfernt von der Fremdenuniversität. Eva hatte sich bemüht, alles gut zu organisieren, und hatte doch alles falsch gemacht. Milena dagegen hatte nichts organisiert, sie lag mit immer weiter anschwellendem Knöchel auf ihrem durchgelegenen, schmalen Bett, fror unter der dünnen Decke und träumte von Pellkartoffeln mit Mayonnaise. Aber sie machte Eva keine Vorwürfe.

»Ah, wir haben wieder ein Netz!«, unterbrach Georg ihre Gedanken, denn auch sein Handy stieß nun kleine Geräusche aus.

Eva tippte hastig auf ihrem Tablet herum. Anstatt an vergangene Zeiten zu denken, sollte sie sich lieber schnell um eine Bleibe kümmern, möglichst direkt im Zentrum. Es war Sonntag. Es war Sommer. Die Stadt würde voller Studenten und Touristen sein. Im Hotel Fortuna gab es keine drei Zimmer mehr. Nur noch ein Doppel, ein Einzel. Oder wie wäre es mit dem Hotel Europa? Das sah sehr nett aus und lag in einer angeblich ruhigen Seitenstraße des Corso Vannucci. Mist, nur noch zwei Doppel. Aber mit Helga in einem Zimmer? In einem Doppelbett womöglich? Niemals! Dann lieber in der Jugendherberge in einem Achter-Schlafsaal. Eva suchte weiter.

»Hier gibt es eins in der Innenstadt, mit Pool und kostenlosem Parkplatz und genau den Zimmern, die wir brauchen. Das sind die letzten.«

»Wir sind ja nun auch recht spontan unterwegs, Kinder!«, meldete sich Helga mit erholter Stimme von ihrem Schläfchen zurück. »Gestern Morgen überlegtet ihr, noch einige Nächte im Palazzo zu bleiben, dann wiederum hieß es, ihr fahrt doch gleich nach Apulien und würdet mich in Forlì in den Zug setzen; jetzt sind wir mitten im Land, ja schon fast in Rom! Da kann ich ebenso gut noch eine Nacht bei euch bleiben. Nicht wahr?«

»Darüber haben wir noch gar nicht richtig nachgedacht, Mutter!«

»Soll ich das nun buchen? Es ist natürlich ein bisschen teurer! Hundertfünfzig Euro im Doppel? Hundertzwanzig das Einzelzimmer?«, fragte Eva.

»Ja, na gut«, sagte Georg. »Geld ist mir gerade scheißegal.«

»Wie groß ist der Pool? Darf ich mal sehen?«, fragte Emil höflich. Eva zeigte ihm das wunderschön ausgeleuchtete türkisblaue Becken, das in einem alten Gewölbe zwischen mehreren gemauerten Bögen eingelassen war.

»Bleiben wir eine Nacht?«

»Zwei!«

»Ich zahle diesmal«, krähte Helga gegen die Windschutzscheibe. »Italien ist ein ehrliches Land, und meine Geldtransaktion müsste auch funktioniert haben!«

»Hotel Bruffoni Palace«, las Emil, »komisch, wir wohnen immer in Palästen.«

»Ganz mein Ding«, sagte Helga.

»Booah! Das Hotel ist superalt!«, rief Emil aus, als sie die weite Halle betraten. Ein großer Teppich mit eingewebtem Wappen breitete sich vor ihnen aus, rosa Barocksesselchen standen um kurzbeinige Tischchen, Kandelaber hingen herab, um die hohen Fensterbögen waren auf komplizierte Weise schwere Vorhangstoffe drapiert.

Allein Helga schaute nicht staunend umher, sie wusste, wie eine Dame von Welt ein Fünf-Sterne-Hotel betritt.

Kaum lag Eva auf dem rot-gold überzogenen Bett, als das elfenbeinfarbene Telefon klingelte. »Hallo! Wir sind in 314!«, sagte Emil ernst.

»Ist euer Zimmer auch so toll wie meins?« Eva ließ ihren Blick über die sattgelben Stofftapeten, die roten Brokatvorhänge und den zierlichen Barockschreibtisch schweifen.

»Ja.« Er legte auf.

Hier bin ich also nach achtzehn Jahren wieder in Perugia, dachte Eva. Diesmal allerdings in einem Luxushotel. Mit meinen Erinnerungen hat das nichts zu tun, absolut nichts! Sie fühlte sich erleichtert und irgendwie doch betrogen.

Eine halbe Minute später klopfte es. Sie stand auf, um die

Tür zu öffnen. In der Jugendherberge wäre es vielleicht ruhiger gewesen.

»Papa sagt, wir haben kein Zimmer, wir haben eine Suite!«

Emil ging auf das Telefon zu und hob den Hörer ab. Der arme Junge langweilt sich so, dass er sogar mit seiner Tante kommuniziert, dachte Eva und streckte sich wieder auf dem Bett aus.

»Du hast ein Königinnenbett. Da passt nur eine Königin rein, dick in die Mitte!«

»Danke!« Für das dick in die Mitte.

»Kann ich mir mal was bestellen?«

»Was denn?«

»Ach, irgendwas, das macht so Spaß!«

»Das darfst du heute Abend bestimmt. Hast du dir schon das Schwimmbad angeschaut?«

»Ja. Mit Papa.« Er legte den Hörer wieder auf. »Das ist im Keller, aber da muss man leise sein, weil die Leute in weißen Bademänteln herumliegen und Wellen-Ness machen wollen, das geht nur, wenn keiner rumspringt und Wellen macht, deswegen heißt das so, glaube ich.«

»Aha.« Eva hatte Mühe, sich ein Grinsen zu verkneifen. »Und? Bist du sonst schon ein bisschen herumgelaufen?«

»Papa sagt, ich soll das nicht alleine.«

»Warum denn nicht?« Aber Eva bereute ihre Frage sofort. Georg war einfach überängstlich, er gab es ja offen zu. Auf Schritt und Tritt witterte er Gefahren für Emil. Natürlich bestand die Möglichkeit, dass ein böser Mensch ihn auf einem der Flure ins Zimmer zog, missbrauchte, entführte oder sogar tötete. Er konnte an jedem heraushängenden Stromkabel einen Schlag bekommen, in der Drehtür zu

Tode gequetscht werden, sich an jedweder Stelle im Hotel Arme, Beine oder gleich das Genick brechen. Doch warum sollte das geschehen?

Eva wusste nur, dass es Milena und ihr als Kinder gefallen hätte, über die dicken roten Teppichböden der verschiedenen Stockwerke zu rasen, mit dem goldenen Spiegellift hoch- und runterzufahren, die Dachterrasse zu erkunden und in den kleinen Barocksesseln unten in der Halle zu hocken und »feine Dame« zu spielen. Emil war alleine. Kein Bruder zum Toben, keine Schwester zum Bevormunden in Sicht. Er tat ihr leid.

Emil zuckte mit den Achseln und schob die Vorhänge beiseite. »Hey, aus deinem Fenster kann ich die Leute unten entlangspazieren sehen. Wo laufen die hin? Da vorne geht es doch gar nicht weiter.«

»Das Hotel liegt ja ziemlich am Ende des Corso Vanucci, an der Brüstung kann man stehen bleiben und weit nach Umbrien hineinschauen.«

»Warum will man denn weit nach *Umbrien* hineinschauen?!« Er sprach Umbrien aus, als ob es etwas höchst Widerwärtiges bezeichne. »Ha, da ist ein Kind! Aber es sitzt in einem Rollstuhl. Sitzt alleine in einem Rollstuhl und schaut überhaupt nicht nach *Umbrien*.«

In diesem Moment klopfte es an der Tür.

»Oh, vielleicht ist das der Junge mit der Uniform, der unser Gepäck hochgebracht hat. Was muss man sagen? Was muss man sagen, wenn es klopft, Eva? Hast du Geld, kann ich ihm noch mal Trinkgeld geben?« Emil sprang vor dem Bett auf und ab. Eva lachte. Warum war er nicht öfter so erfrischend rücksichtslos?

»Man sagt *avanti*.«

»*Avanti!*« Emil öffnete die Tür, Georg stand davor.

»Gehen wir ein bisschen durch die Stadt und suchen ein Restaurant oder irgendetwas Essbares auf die Hand?«

»In zwanzig Minuten unten in der Halle?«, fragte Eva, obwohl sie so müde war, dass sie am liebsten auf der feinen Brokatüberdecke des weichen Bettes liegen geblieben wäre.

Es war schon fast halb drei, als Eva aus dem Hotel trat. Sie war in Gedanken alle Restaurants, an die sie sich erinnern konnte, durchgegangen. Nichts für Georg und erst recht nichts für Helga, es sei denn, es gab das kleine Bartolomeo in der dunklen Gasse noch, die hinunter auf den Arco Etrusco zulief. Dort hatten nur drei wechselnde Gerichte auf der Karte gestanden, urig und deftig. Von der Decke hingen Töpfe herunter, die Tische waren klein und wackelig, die Sitzflächen der Stühle aus Sisal. Milenas Spruch über das Bartolomeo fiel Eva wieder ein: »Viel Pferdefleisch, viel Charme und null Eleganz.«

Wahrscheinlich ist heute ein Copyshop darin oder eine grell ausgeleuchtete Pizzabude, dachte sie. Und obwohl es schon längst nach zwei Uhr ist, werden die Tische der *trattorie, pizzerie* und *ristoranti* bestimmt von Touristen besetzt sein. Wir haben ja nichts reserviert.

Lass es! Eva musste sich zwingen, die Gedanken aus ihrem Hirn zu verscheuchen. Wir sind zu viert, davon drei Erwachsene, warum solltest ausgerechnet *du* dir den Kopf darüber zerbrechen, wo ein passendes Restaurant zu finden ist, nur weil du vor vielen Jahren mal für drei Monate in dieser Stadt gelebt hast?

Helga hatte sich stadtfein gemacht. Am Morgen noch im Tuareg-Outfit unterwegs, schwenkte sie nun ihre Handtasche am Griff wie ein kleines Mädchen sein Puppenköfferchen. Sie trug einen eng anliegenden Rock, hohe Schuhe und einen leichten Blazer. Alles in einem hellen Beigeton, der ihre gebräunte Haut und ihre hennaroten Haare warm schimmern ließ. Auch in der grellen Nachmittagssonne sah sie trotz ihrer Falten verdammt jung und unternehmungslustig aus. Eva straffte die Schultern und riss fröhlich die Augen auf, um wenigstens annähernd so aktiv und lebendig zu wirken. Ihre Blicke trafen sich. Ja, klar, Helga, ich habe wieder nur etwas Schwarzes an. Mein Diesmal-nicht-aus-Leinen-Kleid, das mir aber, wie du zugeben musst, sehr gut steht. Und das kleine schwarze Strickjäckchen, falls wir bis zum Abend unterwegs sind oder es im Schatten zu kalt werden sollte. Aber ausnahmsweise flache Schuhe; mit deinen hohen Hacken wird dir das Lachen noch vergehen, wenn wir erst einige der Treppen hoch- und runtergestiegen sind, die die Stadt auf ihrem Hügel durchkreuzen.

Helga lächelte, sagte aber nichts.

Sie schlenderten den Corso hinunter, über den gleich am Anfang ein Banner gespannt war: Festa del Borgo. Die meisten Geschäfte waren an diesem Sonntag geöffnet. Die ausgesparten Bögen in den Fassaden der prächtigen alten Häuser gaben perfekte Rahmen für die Schaufenster ab, hinter denen sich abwechselnd schicke Boutiquen und die Filialen der großen Ladenketten präsentierten: Benetton. Sisley. Esprit. Daneben alteingesessene Banken und ein paar Cafés. Gemeinsam mit ihnen trieben Touristenpärchen und Einheimische dahin, dazwischen trippelten Tauben auf den ehrwürdigen, von Kaugummiflecken verzierten Steinplatten.

»Ich habe mal versucht, im Internet etwas über diesen Reza Jafari und sein Kino herauszubekommen«, sagte Georg zu

Eva, als sie vor einem Schaufenster mit günstigen Schuhen stehen blieb, das Helga ignoriert hatte.

»Ach je, unser nächster Verdächtiger, der Choleriker. Und? Hast du ihn gefunden?«

»So wie es aussieht, gibt es gar keine Kinos mehr direkt in der Stadt. Aber so ganz habe ich das auf Italienisch nicht kapiert.« Eva riss ihre Aufmerksamkeit von den viel zu hohen gelben Pumps im Fenster los.

»Georg! Wollten wir nicht auch Emil in Ruhe zeigen, wo Milena und ich damals gewohnt haben, wo wir studiert haben? Damit auch *er* etwas von unserer Reise hat, damit *er* ein bisschen was vom Leben seiner Mutter kennenlernen kann? Oder sind wir nur hier, um Reza über Milena auszufragen?!«

Eva musste ihn gar nicht anschauen, um die Antwort zu wissen. Sie sah ihrem Spiegelbild in der Scheibe dabei zu, wie es gequält auflachte, und merkte, wie sie innerhalb von Sekunden ärgerlich wurde, ihm jedoch sofort wieder verzeihen wollte. Er war einfach besessen von dieser Suche.

»Kommt ihr? Ich habe solchen Hunger!«, rief Emil.

»Ja, ich komme!« Sie war froh, ein paar Schritte vorneweg laufen zu können.

Je näher sie dem Ende des Corso, Richtung Piazza IV Novembre, kamen, desto dichter wurde die Menschenmenge, die offenbar nur noch aus Reisegruppen mit Regenschirm schwenkenden Führern bestand. Noch immer vermied Eva es, wieder neben Georg zu gehen, sondern gesellte sich zu Emil und Helga. Schließlich wollte sie diese Reise wirklich nutzen, um Emil etwas von Milena zu erzählen.

»Hier in diesen Arkaden war eine Telefonzentrale, von da haben wir manchmal nach Hause telefoniert, es gab ja noch keine Handys.«

»Und es gab noch keine iPods und keine Musik zum Runterladen, sondern überall nur Radios und *turntable*, oder?«

»Was für Dinger?« Helga schaute Emil an, als ob er vor ihren Augen gerade etwas Giftiges hinuntergeschluckt hätte.

»Und dort, in diesem Benetton-Laden, der damals schon genau an derselben Stelle war, hat Milena mal eine kurze gelbe Hose geklaut«, flüsterte Eva Georg zu, den sie neben ihrem Ellbogen spürte. Ein Friedensangebot, das er grinsend annahm.

»Hier ist das Café Sandri, da müssen wir morgen unbedingt einen Espresso trinken. Es ist das älteste und schönste Café von Perugia.«

Emil presste seine Nase an das Fenster. Kleine Törtchen und Schokoladenkreationen im Werte von mehreren Tausend Kalorien lagen zum Verzehr bereit. »Darf ich eins?« Georg nahm Emils Kopf in die Hände und zog ihn seufzend ein wenig nach hinten. Bakterien. Keime. Wann wird er das endlich kapieren, sagte sein Blick.

»Jetzt gehen wir erst mal etwas Richtiges essen. Morgen zum Frühstück ins Sandri, okay?«, sagte Georg. Ich hätte ihm das jetzt erlaubt, um mich beliebt zu machen, dachte Eva. Aber als Vater muss man wahrscheinlich ab und zu eine unpopuläre Meinung vertreten.

Sie lief vorweg, drehte sich zwischendurch immer wieder um und ging dann ein paar Schritte rückwärts, während sie die Gruppe mit weiteren Informationen versorgte. Leider waren deren Mitglieder nicht sonderlich aufmerksam. Helga blieb an jeder Boutique stehen, besonders da, wo die Fensterrahmen vergoldet waren und man nur ein einziges edles Kleidungsstück auf einer Puppe ohne Kopf drapiert hatte.

Georg schien in Gedanken, er sah alles an und sah doch nichts, Emil blickte den wenigen Kindern nach, die an ihm vorbeigingen.

Eva suchte den Corso ab, hier musste doch irgendwo das Kino sein, in dem sie mit Milena diesen tollen Film mit Harrison Ford gesehen hatte. Gleich zweimal hintereinander. Dort vorn, zwischen einem Schuhladen und einer Bank? Nein, es war nicht mehr da.

Hinter der Piazza IV Novembre hatte es damals noch ein Kino gegeben. Größer. Schöner. Wenn überhaupt, übernahm ein berühmter Regisseur das beste Kino einer Stadt.

Eva merkte, dass sie trotz ihres Ärgers auf Georg lächelte. Perugia tat ihr gut, sie fühlte sich unglaublich wohl hier. Warum war sie nie auf die Idee gekommen, diese Stadt, in der man von jeder Ecke aus weit in die grünen Hügel Umbriens sehen konnte, in der das Atmen leichtfiel und die sie offenbar so liebte, zu besuchen? Um in der Cafeteria der *Università per Stranieri* einen Cappuccino zu trinken oder auf dem Corso Vannucci zu bummeln? Warum hatte sie die vielen schönen Erinnerungen, die hier geborgen waren, so tief in ihrem Gedächtnis vergraben?

»Eva, das da ist deins!«, rief Helga plötzlich. In der Vitrine eines Geschäfts war ein hellrotes Kleid um einen Torso gewickelt. Ziemlich kurz, luftig, leicht ausgestellter Rock, Spaghettiträger. »Geh doch rein und probier es einfach mal an!«

Eva runzelte die Stirn, sie trug nie etwas Rotes, sie wollte auch nichts Rotes. Obwohl ... dieses Rot war außergewöhnlich sanft und würde auch hervorragend zu ihren Haaren passen. Außerdem war der Schnitt gut.

176

»Der Schnitt ist richtig gut!«, murmelte Georg, der mit ihr stehen geblieben war.

»Ich soll das doch jetzt nicht im Ernst anprobieren?«, versuchte Eva abzulenken, doch Georgs Augen lachten und waren auf einmal wieder interessiert an dem, was sie sahen.

Zwölf Minuten später verließ Eva das Geschäft mit einer eleganten Papiertüte, auf deren Boden ihr schwarzes Kleid lag, abgestreift und vergessen wie eine Schlangenhaut. Georg hakte sich bei ihr unter: »*Signorina?* Heute Abend schon was vor?«

Emil starrte auf Evas Beine, als ob er sie zum ersten Mal sähe, und sagte: »Übelst schön.«

Helga zeigte nur ihr selbstgefälliges Habe-ich-doch-gesagt-Lächeln.

Vor dem Palazzo dei Priori ballten sich die Touristen, sie drängten sich hindurch und betraten die Piazza IV Novembre. Eva ging mit Emil zum Fontana Maggiore, auch er wie immer von Touristen umringt und fotografiert. »Der Brunnen ist sehr berühmt, weil er schon fast achthundert Jahre alt ist«, erklärte sie.

Emil umrundete ihn andächtig und kam dann wieder zu ihr. »Ein paar Tiere haben sie auch reingeschnitzt, einen Löwen und ein komisches Pferd mit Flügeln und einen Storch, der einem Bären was aus der Schnauze holt.«

Sie schauten sich gemeinsam die Fabelwesen an, dann überquerte Eva mit Emil den Platz und stieg einige der Stufen empor, die sich über die ganze Breite eines mächtigen Gebäudes erstreckten.

»Ist das eine Kirche?«

»Ja, das ist die Kathedrale San Lorenzo, aber die meisten sagen einfach nur *duomo*. Und dieser Platz ist ganz wichtig!

Moment!« Eva kletterte noch zwei Stufen höher und ließ sich auf einer glatt polierten Marmorstele nieder. »Hier haben wir immer gesessen. Also, deine Mama ganz oft!«

»Wow!« Emil setzte sich neben sie und stützte die Ellenbogen auf die Knie. »Genau an dieser Stelle?!«

»Exakt da, wo du jetzt sitzt!«

Georg machte mit seinem Handy ein Foto von ihnen. Eva sah Helga wieder zurück in den Corso treiben, die Schaufenster waren ihr offensichtlich Kultur genug.

»Wir saßen mit unseren griechischen und afrikanischen Freunden, den Arabern, Japanern und Amerikanern hier.« Ich allerdings nicht so oft wie Milena, denn ich musste ja in die Uni, fügte Eva für sich hinzu. »In Perugia treffen sich auch heute noch junge Leute aus ganz vielen Ländern zum Studieren.«

Junge Leute. Wenn man »junge Leute« sagt, ist man alt, dachte sie und erhob sich seufzend. Sie gingen weiter.

»Da vorne ist übrigens ein Kino – … war ein Kino.« Der Eingang des *Cinema Turreno* war vergittert, die Türen und Fenster mit Brettern vernagelt. Der Schriftzug und die Schaukästen hingen zwar noch, blätterten aber offenbar schon seit geraumer Zeit ihre Farbe in den umbrischen Wind. Georg sah sie an. Eva schüttelte den Kopf: kein Kino, kein Regisseur.

»Ich habe Hunger!«, sagte Emil zum dritten Mal. »Und Durst! Kann ich eine Cola?«

»Haben?«, antwortete Georg und gab gleich darauf die Antwort: »Nein! Du kannst Wasser bekommen.« Emil schüttelte den Kopf, er wollte kein Wasser. Hinter dem *duomo* gingen sie einen dunklen Gang hinunter, nach einigen Metern zwischen den oben zusammengewachsenen

Häusern kamen sie wieder ans Licht und schritten weiter unten durch den imposanten Arco Etrusko, der Emil aber nicht sonderlich beeindruckte.

»Schade, dass heute Sonntag ist, jetzt können wir die alte Aula nicht sehen, in der die meisten unserer Kurse stattfanden«, sagte Eva, als sie vor dem verschlossenen Portal der Fremdenuniversität standen. »Wir hatten einen lustigen Professor in *fonetica*. Das macht man, um die Sprachmelodie zu lernen. Er wählte einen Satz aus und sprach ihn uns vor. Dabei stieg er ab und zu auf ein Podest, um uns zu zeigen, wann wir mit der Stimme hochgehen sollen. Er ließ uns alle nebeneinander in den langen Bänken aufstehen, dann mussten wir uns hinsetzen und wieder aufstehen und wieder setzen.« Eva zeigte mit ihrer Hand an, wie oft sie aufgestanden waren. »Es war eher eine Turnstunde. Milena hat den kleinen *professor* Baldacci geliebt und er sie. Für ihn ist sie sogar vor elf aus dem Bett gekrochen.«

»Erzähl weiter!« Emil lachte. »Ich höre so gerne etwas von Mama!«

»Ich kann euch noch den Platz zeigen, wo sie abends Gläser eingesammelt hat, es ist gleich hier um die Ecke, da können wir vielleicht auch essen.« Doch das Gittertor der Terraza war verriegelt, das Lokal selbst anscheinend schon seit Jahren geschlossen.

»Hat sie dir von dem Geld was abgegeben, das sie beim Gläsersammeln verdient hat?«, fragte Emil.

»Nein, das war aber auch ziemlich wenig, sie hat dadurch nur unheimlich viele Leute kennengelernt. Und die kannten dann bald auch mich.«

»Also hat sie dir ihre Freunde abgegeben!«

Eva nickte erstaunt. »Stimmt, so habe ich das noch gar nicht gesehen.«

Perugia besteht aus Stufen, Treppen, Absätzen, Steigungen, erhöhten Plätzen, kleinen Gassen und Straßen. Es gibt abschüssige Straßen, steile oder sehr steile Straßen. Es gibt Gassen, die zu Treppen werden, und Straßen, die neben Treppen herlaufen. Es gibt hohe und flache Stufen und Stufen, die in Straßen übergehen. Es gibt Straßen, die so tun, als wären sie Straßen, und doch nach jedem Meter eine kleine Stufe bereithalten, und noch unendlich viele andere Variationen mehr.

Sie liefen sie alle an diesem Nachmittag. Als sie den Corso Garibaldi wieder betraten, schaute selbst Helga nicht mehr in die Schaufenster.

»Die verborgene Stadt unter der Rocca Paolina schauen wir uns morgen an, heute wird das zu viel«, sagte Eva zu Emil, der allerdings noch am frischsten von allen erschien.

Als sie gegen sieben im Hotel ankamen, sagte niemand mehr einen Ton, auch Helga nahm wortlos ihren Zimmerschlüssel entgegen. Im Fahrstuhl dröhnte die Stille in Evas Ohren. Hatte sie alle überfordert mit ihrem endlosen Streifzug durch die Zeit auf Milenas Spuren, die auch ihre eigenen waren?

»Wir ruhen uns ein bisschen aus, und dann gehen wir essen«, schlug Georg vor, als sie auf dem dicken Teppich im Flur standen. Emil schüttelte den Kopf.

»Hier gleich um die Ecke, nicht weit. Ich habe da einen Laden gesehen, traditionelle Küche, keine englische Speisekarte.« Emil senkte das Kinn auf die Brust.

»Nicht viel laufen! Versprochen!« Emil verschränkte die Arme und bewegte sich gar nicht mehr.

»Ich ruf dich an!«, sagte Georg seufzend zu Eva.

Anderthalb Stunden später hatte Eva geduscht und es sich auf ihrem Bett gemütlich gemacht. Wieder klingelte das Telefon, diesmal das goldene an ihrem Bett.

»Komm bitte mal rüber, und bring dein Tablet mit!«, flüsterte Georg durch den Hörer.

»Hier, schau dir die beiden an!« Er flüsterte immer noch, als er ihr die Tür von Suite 314 öffnete. Helga und Emil lagen nebeneinander auf dem *matrimoniale*, dem großen Ehebett. Emil hatte noch seine Klamotten an, sein Mund war mit Schokolade verschmiert, Helga war in einen fliederfarbenen Hausanzug gehüllt.

»Sie sagt, sie legt sich nur kurz hin, und pennt dann ein.« Helga lag auf dem Rücken, wie aufgebahrt, ihr Lidschatten schimmerte metallisch blau, ihr Mund lächelte im Schlaf, der Lippenstift war zu grell, dafür aber perfekt aufgetragen.

»Willst du sie nicht wecken?«

»Vergiss es. Wenn Helga einmal schläft, dann schläft sie, das war schon immer so. Die kriege ich jetzt nicht mehr wach. Und bei Emil ist es genauso, hat er anscheinend von ihr ge…« Er brach ab. Nein, geerbt hatte Emil von Helga nichts, gar nichts.

»Und nun?«

Georg atmete tief ein und wieder aus. »Nun gehen wir und suchen den Reza Pahlavi, nein, wie heißt der noch?«

»Reza Jafari.« Eva hob resigniert ihr Tablet. »Und du willst natürlich, dass ich herausbekomme, wo er steckt.«

»Würde uns vielleicht die eine oder andere Stufe und Steigung ersparen … Gib doch mal *cinema*, Reza Jafari und Perugia ein.«

»Habe ich schon gemacht.«

»Und!?«

»Ihm gehört das Freiluftkino im Frontone-Park. Da bin ich nie gewesen.«

»Aber du weißt natürlich, wie man hinkommt?«

»Warum natürlich? Ja, ich glaube, ich weiß, wo das ist.«

»Auto oder zu Fuß?«

»Vergiss das Auto in Perugia, der Park liegt ungefähr zehn Minuten von hier. Heute Abend läuft in der Reihe Oscar für den besten ausländischen Film ›Das Leben der Anderen‹.«

»Dann los!«, sagte Georg, doch er rührte sich nicht, sondern schaute nachdenklich von Helga zu Emil und wieder zurück.

»Du überlegst, ob du sie hier alleine lassen kannst?«

»Ich schreibe ihnen einen Zettel und nehme das Handy mit.«

»Dann ziehe ich mir schnell etwas Richtiges an, und wir treffen uns in der Lobby.« Georg schaute auf die weißen Hotelpuschen an Evas Füßen und grinste. »Okay, bis gleich!«

Der Frontone-Park lag irgendwo südöstlich unter ihnen, diesmal hatte Eva den Ehrgeiz, nicht auf die Wegbeschreibung von Google Maps zu schauen, sondern den Weg selbst zu finden. Außerdem hatte sie nach einigem Zögern doch die Schuhe mit den hohen Absätzen gewählt. Zum Teufel mit den Stufen, Georg liebte hohe Schuhe!

Sie liefen über die Piazza Italia, vorbei am Reiterdenkmal, hielten sich dann links, bis sie auf den Platz mit der Post kamen, von dem Eva schon damals nicht gewusst hatte, wie er hieß, und erwischten zwischen den Häusern den richtigen Weg Richtung Frontone-Park. Mit vielen anderen Menschen stiegen sie die flachen Stufen hinunter, die Geschäfte rechts und links schlossen gerade. Man sah elegant gekleidete Geschäftsinhaberinnen vor Glastüren hocken und auf Bodenhöhe abschließen. »*Ciao ciao, buona serata!*«, riefen sie von einer Straßenseite zur anderen. Metallgitter rasselten herunter. Die Touristen fielen jetzt nicht mehr so auf wie am Tage, die Gruppen saßen außerhalb Perugias in den großen Hotels, die Stadt wurde von den Einheimischen zurückerobert. In den Bars sah man sie am Tresen stehen, sie plauderten, gestikulierten, sie waren hier zu Hause.

Eva und Georg gingen weiter, Stufe um Stufe hinunter, waren jetzt am Fuße einer imposanten Kirche und hielten sich halb links. Corso Camillo Benso. Immer noch richtig. Der Bürgersteig war schmal, sie wanderten an kleinen Geschäften und Bars vorbei, an einer Schneiderei, einer Reinigung, einem Schuster. Sie gingen durch ein Stadttor, in einiger Entfernung sah man Baumwipfel und einen angeleuchteten spitzen Kirchturm in den Himmel ragen. Eine Säule mit zwei kämpfenden Figuren und einem verwelkten Kranz tauchte auf, dann lag der Giardino di Frontone vor ihnen.

»Wäre schön, einfach durch diesen Park zu bummeln und dann wieder ins Hotel zu gehen«, sagte Eva. »Ich bin total müde, ich brauche entweder ein Bett oder einen Kaffee.«

»Ich habe jetzt schon eine Riesenwut auf ihn.«

»Ach, Georg …« Er würde nie etwas anderes im Sinn haben, als diesen biologischen Vater zu finden, alles andere bemerkte er gar nicht – und schon gar nicht ihre Gegenwart.

»Wie können wir es diesmal anstellen? Willst du wieder den Spruch mit dem Unterhalt bringen?«, fragte er.

»Von wollen kann gar keine Rede sein!« Sie verschränkte die Arme vor der Brust und kam sich einen Moment lang wie Emil vor.

»Tut mir leid, Eva, tut mir echt leid, dich da mit reinzuziehen. Aber wenn der Typ kein Englisch spricht, muss ich dich noch einmal bitten, ihn zu fragen! Persisch kann ich nämlich nicht …«

»Und was frage ich ihn? Der Trick mit dem Unterhalt konnte nur bei Sergio funktionieren, der so maßlos in der Gegend herumge…«

Irgendeine Musik drang aus Georgs Jackentasche. Er zog sein Handy hastig daraus hervor, es gab einige perlende Harfenlaute von sich, die immer lauter wurden.

»Helga«, sagte er, ohne auf das Display zu schauen, »die Melodie hat *sie* für sich eingestellt.« Er ächzte genervt, doch er ging dran. »Ja? … Ja? … Warum das denn!? … Und dann?« Die Pausen zwischen seinen Fragen wurden länger. »Und jetzt? … Ja, aber …!? Hast du gefragt? … Das kann ich mir nicht vorstellen!«

Eva ging ein paar Schritte auf und ab, der Kies knirschte und ruinierte in diesem Moment wahrscheinlich ihre hohen Absätze mit vielen kleinen Kratzern. Was war los? Fand Helga die Fernbedienung für den Fernseher nicht? Wie konnte Georg nur so geduldig mit ihr sein? Schon seit München hockte sie ihnen auf der Pelle, und er schaffte es einfach nicht, sie loszuwerden. Eigentlich magst du doch Männer, die ihre Mütter gut behandeln, tadelte sie sich stumm.

Das mittlere der drei schmiedeeisernen Tore war einladend geöffnet, der Park schien groß zu sein, von einer Kinoleinwand war hier vorn zumindest nichts zu hören oder zu sehen.

»Okay. Ich komme sofort! Zehn Minuten.« Georg steckte das Handy ein und ging auf Eva zu. »Helga ist aufgewacht und hat spontan beschlossen, dass dies ein günstiger Zeitpunkt sei, unsere Zimmer zu bezahlen.«

»Warum das denn? Wir wissen doch gar nicht sicher, ob wir morgen weiterfahren.«

»Habe ich sie auch gefragt! Na, jedenfalls stand sie unten an der Rezeption, aber der Vorgang wurde abgebrochen, und nun befürchtet sie, dass jemand ihr Konto leer geräumt haben könnte, denn zu dem hat sie auch keinen Zugang mehr.«

»Das kann ich mir nicht vorstellen!«

»Habe ich ihr auch gesagt, hat aber nichts genützt, sie ist völlig außer sich. Ich gehe kurz zurück, checke das mit ihr und komme dann wieder. Oder willst du mitkommen?«

Eva schüttelte den Kopf. Sie hatte absolut keine Lust, den ganzen Weg hin- und wieder zurückzustöckeln und zwischendurch auch noch über Helgas vermeintlich geplünderte Konten zu reden.

»Nein, will ich nicht, aber beeil dich«, sagte sie. Eine Viertelstunde zum Hotel, all die Stufen wieder bergauf, fünfzehn Minuten, um Helga zu beruhigen, wenn das überhaupt reichte, eine Viertelstunde wieder zurück zum Park. Er würde eine knappe Stunde unterwegs sein. Hoffentlich gab es in diesem Freiluft-Kino etwas zu trinken. Sie sehnte sich nach einem schönen Espresso mit einem Löffel Zucker zum Wachwerden und einem Glas Wein zur Stimmungsaufhellung.

Allein ging sie über den breiten, nur spärlich beleuchteten Weg und versuchte selbst auf hohen Hacken den Gang einer furchtlosen, zielstrebigen Frau zu imitieren. Der Park öffnete sich nach beiden Seiten, weiße Figuren standen wie steinerne Gespenster auf ihren Sockeln, nun konnte sie auch Stimmen vernehmen und erkannte, dass das, was sich da am Ende der Bäume schwarz und undurchsichtig über die Breite des Weges spannte, die Rückseite der Leinwand sein musste.

Der Film hatte schon angefangen, sie hörte die typischen Synchronstimmen, zu weich, zu glatt, zu charmant. Italien besaß vermutlich zwei männliche und allerhöchstens eine weibliche Sprecherin, was zur Folge hatte, dass alle ausländischen Filme, ob nun im Kino oder im Fernsehen, gleich klangen.

Sie wagte sich auf die andere Seite der Leinwand, erwartete, dass die Augen des gesamten Publikums auf ihr ruhen würden, aber sie hatte sich getäuscht. Das Publikum saß auf braunen Plastikstühlen, die in langen Reihen auf dem Kies standen, eingefasst vom Halbkreis einer halbhohen Mauer, die wohl etwas von einem Amphitheater vermitteln sollte. Die Zuschauer blickten gebannt nach vorn auf die Leinwand, und Eva ging ein paar Meter weiter, um besser sehen zu können. Ulrich Mühe hockte in seiner grauen Jacke oben auf dem Dachboden und lauschte in seine Kopfhörer hinein. Über ihm konnte man den dunklen umbrischen Himmel sehen, viele Sterne leuchteten ganz nah, es war eine wunderschöne Nacht. Jemand sagte: »*Sicurezza dello stato, apra!*« Staatssicherheit, öffnen Sie! Auf Italienisch klangen die DDR-Beamten komisch. Eva ging an den Stuhlreihen entlang. Hinter einem Steinbogen standen keine Bäume mehr, nur ein kleines Holzhäuschen, erleuchtet von dem grauen Sparlicht zweier Glühbirnen, die vor einem Regal mit Flaschen von der Decke baumelten. Das war also die Bar. Ein paar Tische standen davor, Klappstühle, zwei Barhocker. Links neben dem Häuschen reihten sich in einiger Entfernung drei blaue Chemieklos. Niemand war zu sehen, kein persischer Schah, kein Regisseur. Um Zeit zu gewinnen, ging Eva bis zu der Mauer, die den Park nach hinten begrenzte. Der Eingang hatte getäuscht, er war doch nicht sehr groß, eher ein Garten als ein Park. Aus den Lautsprechern neben der Leinwand ertönte das hohle Knattern eines Trabis. Sie schaute durch die Maschengitter des rostigen Drahts, tief unter ihr legte sich die Straße in eine Kurve.

Als Eva zurückging, sah sie einen dünnen Mann rückwärts mit einer grünen Heineken-Bierkiste aus einer Tür kommen, die in eine schmale steinerne Wand zwischen zwei Zaunstücke eingelassen war. Er schleppte die Kiste die wenigen Meter hinüber zur Bar. Sein Gesicht konnte sie nicht sehen, die dunklen Haare waren zu einem Pferdeschwanz zusammengebunden, die leicht olivfarbene Haut seiner Hände und der starke Haarwuchs an seinen Handgelenken waren aber trotz des schummrigen Lichts gut zu erkennen. Er könnte es sein, dachte sie, Milenas Regisseur ohne Lizenz zum Drehen.

Eva wandte sich schnell in Richtung »Dixi«-Klos, die in Italien bestimmt nicht »Dixi« hießen, aber genau wie in Deutschland rochen. Auch hier gab es einen Zaun, der Park war also komplett eingezäunt, die Straße lief offenbar um ihn herum. War sie vorn am Tor noch auf einer Ebene, fiel sie jenseits der Mauer schnell ab, sodass der Giardino di Frontone oben wie auf einem breiter werdenden Tortenstück thronte. Doch wenn die Straße hinter dem Kino in ungefähr zehn Meter Tiefe vorbeilief, wohin führte dann die Tür, aus der der Typ gerade mit der Bierkiste gekommen war?

So langsam begann die Sache ihr Spaß zu machen. Bis Georg wieder da war, konnte sie auch ebenso gut dem Rätsel mit der Tür nachgehen.

Seine Augen durchbohrten sie schon von Weitem, als sie sich der Bar nun ein zweites Mal näherte. Dunkle Augenringe, fast lila, wie aufgemalt. Er war vermutlich mal ein gut aussehender Mann gewesen, bevor der Alkohol seine Züge verändert und die Wut eine tiefe Zornesfalte zwischen die knochig hervortretenden Wülste seiner Augenbrauen gegraben hatte. Sie machte einen Bogen, als ob sie ein wichtiges Ziel anstrebte, blieb dann jedoch auf seiner Höhe stehen. Sie starrten sich in die Augen. Eva nahm die Schultern zurück und presste die Kiefer zusammen, um seinem Blick standzuhalten.

»Du bist es, und du bist es doch nicht.« Sein Italienisch war sehr klar und gut zu verstehen, nur an der Klangmelodie hätte *professor* Baldacci einiges auszusetzen gehabt. »Hast ihren Liebreiz nicht, ihr Strahlen nicht, alles, was bei ihr in perfekter Harmonie steht, ist bei dir gewöhnlich!« Das Wort »gewöhnlich« klang auf Italienisch um einiges brutaler: *banale*. Ein unverschämter Typ, dachte Eva, wieso weiß der sofort, wer ich bin?!

»Du versuchst es, aber vergeblich!«, fuhr er fort.

»Ich versuche gar nichts!«

»Ah!« Er lächelte Eva mitleidig an. »Auch sie stand nicht zu ihrem Wort, zu ihren Taten. Ich habe es versucht mit ihr, aber sie hat mich permanent angelogen. Sie war eine Energieräuberin, also musste sie fort! Fort von mir, diese Deutsche!«

»Aha«, sagte sie leichthin, entschlossen, ihn nicht ernst zu nehmen. Energieräuberin klang besser als Samenräuberin. *»Potrei avere un caffè?«* Sie machte einen Schritt auf die Bar zu.

»Gibt keinen Kaffee, keine Lizenz – hier, das ist besser!«, antwortete er auf Italienisch. Er öffnete eine Flasche Heineken, stellte sie vor Eva hin, öffnete eine zweite. »Wenigstens eine schöne Stimme hat man dir mitgegeben.« Wieder dieser mitleidige Blick. Er setzte die Flasche an die Lippen und trank sie in zwei Zügen aus. Eva wartete. Mit der Flasche hätten sie schon mal seine DNA. Er setzte sie ab, nickte und schaute Eva erneut an. Alles an ihm war intensiv. Der Blick, die Mimik, die senkrechten Falten rechts und links der Nase, die neben seinen breiten Lippen endeten, ein dunkler Klaus Kinski, den Eva schon immer beängstigend gefunden hatte.

»*Salute!*«, sagte sie lächelnd. Kinski war tot, und dieser kleine Regisseur mit den Halbmonden unter den Augen konnte ihr nichts anhaben. Milena war ja angeblich gut mit ihm ausgekommen. Aber dass sie mit ihm sogar das Bett geteilt hatte ...? Unvorstellbar!

»Warum eine Energieräuberin?«

»Weil sie eine war! Nicht nur Energie. Auch Geld. Geschenke. Du bist ihre Schwester, ja? Na, dann weißt du doch, wie sie ist!«

»Wie sie war.«

»Ach je, ein persisches Sprichwort sagt, die Erinnerung ist wie ein Hund, der dich ins Bein beißt, sobald du ihm den Rücken kehrst.«

So ein blöder Spruch, dachte Eva. Überhaupt: Wie kann man Geschenke rauben? Und was bildet der sich eigentlich ein, Milena zu beleidigen? Niemand darf meine Schwester beleidigen, niemand darf schlecht über sie reden. Außer mir.

»Geld? Wie viel Geld? Und was für Geschenke?«

»Komm mit, ich zeige dir, was ich meine. Ich habe alles gesammelt. Beweismaterial. Und nicht nur gegen sie!«

Er führte Eva um das Häuschen herum, aha, da war sie wieder, die ominöse Tür. Sie stand halb offen, dahinter war Licht. Eva schaute seitlich daran vorbei, erst jetzt konnte sie sehen, dass sich die Mauer, in der die Tür eingelassen war, weit über die Straße spannte.

»Es ist ein Bogen«, beantwortete er ihre nicht gestellte Frage, »*un arco di pietra*, ein steinerner Torbogen – unten führt die Straße hindurch –, in den man von hier oben hineingehen kann. Darin liegt alles, was ich gegen sie gesammelt habe, mein Rechtsanwalt wartet nur darauf, Anklage zu erheben!«

Anklage? Gegen die tote Milena? Eva stieß einen verächtlichen Laut hervor. Der Typ war ja total durchgeknallt, vielleicht mit irgendwas zugedröhnt, litt an Verfolgungswahn …

»Und das bewahrst du hier auf!? Warum?« Sie lachte ungläubig.

»Zu Hause ist es nicht sicher. Der italienische Staat ist gegen mich, meine Wohnung ist schon ein paarmal durchsucht worden! Aber das Volk liebt mich. Ich durfte den ›Marsch der Tausend‹ für die Italiener drehen. Mir haben sie ihre Geschichte anvertraut, Garibaldi, das historische Italien, mir, einem Perser!«

Sie hörten Schritte knirschen, zwei junge Männer traten an den Tresen der Bar. »Reza, gibst du uns mal was zu trinken?«

»Komme gleich wieder!«, sagte er zu ihr und ging die drei Meter zur Bar hinüber. »Zwei Heineken!«, hörte Eva und gleich darauf das Zischen und metallene Klickern der Verschlüsse auf dem Tresen. Eins, zwei, drei, zählte sie, ein weiteres Bier also für ihn. Langsam drückte sie die Holztür weiter auf, sie war enorm dick. Der Torbogen war hier oben hohl. Man hatte einen Lagerraum darin eingerichtet, nicht sehr breit, zwei Meter höchstens, dafür aber endlos lang. Eine Menge der Kinoplastikstühle standen zu schiefen Türmen gestapelt rechts an der Wand, zwei Baumarktregale mit Getränkeflaschen, Kartons, Gläsern an der anderen. Die Bar schien keine großen Vorräte zu brauchen. In der Tiefe war der Raum leer. Mindestens sechs Meter lang spannte er sich über die Straße, das Ende lag im Dunkeln, es schien dort hinten keine Lampe zu geben. Ob es auf der anderen Seite auch eine Tür gab? Eva machte einen Schritt nach vorn. Wovon hatte er gesprochen, und was hatte er gesammelt? Beweise gegen Milena? Akten, Papiere? Zwischen diesem Gerümpel? Es war nichts davon zu sehen. Auf einmal spürte sie einen gewaltigen Stoß zwischen den Schulterblättern, ihr Kopf flog zurück, es knackte in ihrem Nacken, sie wurde nach vorn geschleudert, landete auf Händen und Knien. Was war …? Was sollte das denn …?! Die Tür fiel hinter ihr ins Schloss, es hallte in den Gang hinein, das Licht ging aus. Sie hörte den donnernden Herzschlag in ihrer Brust. Eine Weile blieb sie reglos hocken, versuchte ihre Augen an die Finsternis zu gewöhnen. Sie lag auf den Knien, brutal überrumpelt, eingeschlossen. Nicht zu fassen! Die immer vorsichtige, wachsame Eva mit dem großartigen Instinkt ließ sich einfach austricksen. Was zum Teufel wollte der Kerl von ihr? Warum sperrte er sie hier ein? Eva leuchtete mit dem Display ihres Handys herum, sah die Umrisse der Regale, die schiefen Stuhltürme, stand langsam auf und tastete sich bis zur Tür vor. Keine Türklinke, kein Lichtschalter an der Wand, nur rauer Putz. Sie lauschte. Von außen war nichts zu hören. Weder Synchronstimmen noch Musik, kein einziger Laut.

Sie wählte Georgs Nummer. *Suche* … meldete ihr Handy, sie hatte keinen Empfang. Die dicken Mauern des Bogens schluckten wahrscheinlich jegliche Wellen. Es dauerte mindestens noch eine halbe Stunde, bis er zurück sein konnte.

»Was kann ich tun? Was kann ich tun?«, wiederholte sie murmelnd und massierte dabei ihre Nackenwirbel. »Überlege! Überlege jetzt gut!« Verstecken, falls er wiederkommt? Die andere Tür suchen? Gibt es Fenster? Fenster in einem Bogen? Ein Fenster könnte man einschlagen, es gäbe Scherben, die auf die Straße fallen und andere Leute aufmerksam machen würden … Ich könnte das Handy heraushalten und Georg anrufen oder die Polizei, dachte Eva. Wenn ein Fenster existiert, dann ist es vermutlich ein historisches, das unter Denkmalschutz steht. Und das zum Telefonieren kaputt zu schlagen gibt vermutlich Ärger, aber das hier ist ein klarer Fall von Freiheitsberaubung. Momentan zumindest noch. Wenn er nicht noch anderes mit mir vorhat. Sie ballte die Fäuste, sicher, dass die Tür gleich aufgehen und er sich auf sie stürzen würde. Sie leuchtete auf den Boden, tastete sich bis zum Ende des Ganges vor. Keine Tür. Warum auch, in zehn Meter Höhe? Vorsichtig ging sie wieder zurück, suchte dabei mithilfe des schwachen Lichtscheins die Wände ab. Sie fand ein rundes Fenster, gegenüber noch eines, alle beide ordentlich vergittert, durch die Rauten der Eisenstäbe passte nicht einmal ihre zitternde Hand, die sie mit dem Handy danebenhielt. Es suchte und suchte, die kleine Spirale drehte sich unaufhörlich. Wie lange war sie hier drin schon gefangen? Drei Minuten?

Eva durchsuchte die Regale. »Bewaffne dich, du musst irgendetwas in der Hand haben, wenn er hereinkommt«, wisperte sie. »Du bist kein Opfer. Du wirst nicht als anonymisierte Akte bei irgendeiner italienischen Kollegin auf dem Schreibtisch liegen. Da hat er sich die Falsche ausgesucht.« Bei diesen Worten kamen ihr fast die Tränen. Sie schluckte hart und räusperte sich, sie würde sehr laut schreien müssen, um die Geräusche des Films zu übertönen. Neben den Regalen fand sie einen abgebrochenen Besenstiel. Besser als nichts. Nach ein paar Minuten, in denen sie den Holzstab mit ausgestreckten Armen mehrmals wie ein Schwert durch die Luft gezogen hatte, klemmte sie ihn unter die rechte Achselhöhle, holte im trüben Licht des Handydisplays eine Dose Cola aus dem Regal, riss sie auf und trank einen Schluck.

»Hilfe! Mach die verdammte Tür auf!!«, schrie sie dann. Nur zur Probe. Keine Reaktion von draußen.

»*Aiuto!!*« Nichts. Was für ein bizarres Gefühl, hier eingeschlossen zu sein, vielleicht war ihr Leben in Gefahr! Worüber hatte sie sich eigentlich vor zehn Minuten noch Sorgen gemacht? Kinderkram! Sie nahm einen Stuhl, stellte ihn mehrere Meter von der Tür entfernt ab, setzte sich darauf und wartete. Die Knie zitterten ihr immer noch, die Dunkelheit ließ ihren Kopf rauschen, und das Adrenalin in ihren Adern machte sie wach, hellwach und klar. Es roch nach Schimmel und nassem Karton. Was auch immer passierte, wenn sie hier lebend herauskam – und sie *würde* hier lebend herauskommen! –, dann würde sie Georg endlich sagen, was sie für ihn empfand. Keine Sekunde länger würde sie warten. Es war wichtig, was *jetzt* im Leben passierte. Nicht die Vergangenheit, nicht die Zukunft. Jetzt! Warum machte Georg sich das Leben so schwer? Was bedeutete schon Sex mit einem anderen? Milena hatte Georg schließlich geliebt. War in ihrer Zeitplanung eben etwas schiefgelaufen, ein, zwei Tage reichten da schon.

»Mit dem da draußen etwa, Milli? O Gott, wo auch immer du jetzt bist, gib mir ein Zeichen, dass das nicht stimmt. Nicht mit ihm, nicht mit diesem dünngrätigen Klaus Kinski, oder?«

Nein.

»Danke! Und noch was: Ich werde Georg sagen, dass ich

ihn liebe, dass ich richtig mit ihm zusammen sein will. Ich muss es ihm sagen. Soll er entscheiden, was er mit meiner Liebe anfängt, ich kann das keine Sekunde länger für mich behalten. Hast du etwas dagegen, Milli?«

Nein.

Eva lächelte, der Besenstiel fiel zu Boden. Sie liebte diese Zwiegespräche mit Milena, selbst das furchtbare Steintor wurde dadurch erträglicher.

»Noch einmal danke, Milli! Du weißt das bereits alles, wenn du uns zuschaust, aber Georg liebt Emil, und ich liebe Emil und ihn! Emil liebt uns beide! Wir sind ein Dreieck, bei dem nur noch eine einzige Verbindungslinie fehlt!«

Du redest mal wieder nur mit Ausrufezeichen, damit ich dir zuhöre.

Eva ignorierte diesen Einwand. »Richtig. Die von Georg zu mir. Aber Georg setzt seine Liebe für Emil gerade aufs Spiel, denn er weiß nicht einmal, was er sich damit antut. Was hat er von der Gewissheit, dass der kleine Perser da draußen Emils Vater ist? Es wäre doch völlig verrückt und unsinnig, ihn in sein Leben zu lassen. Für Emil? Emil braucht Georg, nicht irgendeinen versehentlichen Samenspender, dem er, Gott sei Dank, nicht einmal ähnlich sieht. Er ist so hübsch, Milli! Er ist dir so ähnlich, dass es wehtut.«

Ich sehe es jeden Tag.

»Georg hätte es nie erfahren dürfen, du hättest ihm das nicht antun dürfen. Ich habe ihn schon viel früher als du geliebt. Ein halbes Jahr!«

Das wusste ich damals nicht. Und du hast nie etwas gesagt. »Weil es dich nicht interessiert hätte.« Sie wollte nicht so streng klingen. »Geht es dir gut?«

Klar. Schön hier.

Evas Blick fiel auf ihr Handy, 21.55 Uhr. Vierzig Minuten waren vergangen, seit sie vor den Toren des *giardino* gestanden hatten. »Und du hast wirklich nichts dagegen, mich und Georg zusammen zu sehen?«

Stille. So still, dass sie die Kohlensäure der Cola in der Dose britzeln hören konnte.

Tja, dachte Eva, da gibt sie keine Antwort. »Milli, wir haben uns anfangs wirklich nur getröstet, und später war es einfach nur schön. Nachher kommt er sowieso immer auf dich zu sprechen. Ich schwöre! Ach, das weißt du ja.«

Sie trank die Coladose leer. Wenige Minuten später spürte sie, dass sie pinkeln musste – auch das noch. Sie schlug die Beine übereinander, zur Not konnte sie sich hinten in den Gang hocken. Lauf, Georg, beeil dich bitte!, betete sie. Nach weiteren zehn Minuten stand sie auf und hob den Besenstiel. Die Tür knackte wie auf ein geheimes Kommando. Evas Herz fing an zu rasen. Dunk, dunk, dunk, es klopfte bis in ihren Hals hoch. Jemand war an der Klinke. Eva holte aus, eine schwarz umrissene Gestalt hob sich gegen das helle Viereck des Hintergrunds ab, zu groß für den kleinen Perser.

»Du!!?«

»Hey, nicht zuschlagen, bitte!«

Sie ließ den Besenstiel fallen und warf sich in Georgs Arme. »Wo ist dieser Idiot?«

»Blutet. Flennt.«

Sie wollte ihn küssen für diese spröde Aussage. Er fragte nicht dumm, gab nicht ihr die Schuld, sondern hatte schon erledigt, was in einem solchen Fall in amerikanischen Filmen geschah. Dem Kerl eins in die Fresse hauen, die Frau befreien. Sie hasste körperliche Gewalt, woher kamen mit einem Mal also diese groben Worte und ihre Tränen?

»Geht es dir gut, hat er dir was getan, hast du dich verletzt?« Georg nahm sie in den Arm.

»Mein Nacken hat geknackt, aber irgendwie hat das etwas gelöst.« Eva schniefte und rollte ihren Kopf behutsam von rechts nach links. Alles gut, sie kuschelte sich in seinen Armen zusammen, wollte nur noch mit ihrem Gesicht an seinem Hals liegen, der so warm und weich war und so köstlich nach Männerhaut, frischer Wäsche und »Athos« roch, das er schon immer benutzte.

Er führte sie hinaus, die Lichter blendeten, hinter dem Tresen der Bar redeten zwei Männer auf Reza ein, der zusammengesunken auf einem Stuhl hockte. Als er sie sah, sprang er hoch, es kam zu einem kleinen Tumult, bevor er von den beiden wieder auf die Sitzfläche gedrückt wurde. Einer warf ein blutiges Taschentuch neben sich auf den Tresen, riss ein Stück von einer Küchenrolle ab und tupfte ihm damit im Gesicht herum.

»Warum hat er mich eingesperrt, verdammt noch mal?«

»Komm, wir gehen!«, sagte Georg nur und führte sie den Weg entlang.

»Wie ist das abgelaufen? Du hast ihn doch nicht einfach zusammengeschlagen, als du mich nicht gesehen hast, oder?«

»Nein.«

Eva blieb stehen. »Kannst du mir das bitte kurz erklären?« Auf der Leinwand hinter Georg rannte Martina Gedeck aus dem Haus. Gleich würde sie vor das Auto laufen. Eva wandte den Blick ab.

»Bitte!«

»Er wusste sofort, dass ich dich suche. Sagte auf Englisch, die Schwester von Katarina sei nicht mehr da. Sei gegangen.«

»Katarina?«

»Er war mal mit Katarina Weierskirchen zusammen und hat dich für ihre Schwester gehalten, die er offensichtlich nie persönlich kennengelernt hat.«

»*Die* Katarina Weierskirchen?! Was habe ich denn mit der …?«

»Nichts, außer dass du ihr anscheinend sehr ähnlich siehst. Die beiden waren mal verheiratet, und sie hat ihn wohl ziemlich ausgenommen.« Eva starrte Georg entgeistert an.

»Der Name Milena ist zwischen euch gar nicht gefallen, richtig?« Georgs Augenbrauen waren erwartungsvoll nach oben gezogen.

»Nein.« Eva schüttelte den Kopf, sie wusste nicht, ob sie lachen oder heulen sollte. Das durfte einfach nicht wahr sein! »Er hat mir sofort von ihrem Liebreiz erzählt, den ich nicht hätte, und ihrem Strahlen und von allem, was bei ihr perfekt war.«

»Und meinte damit gar nicht sie und auch nicht dich … Was für ein schräger Typ.«

»Mein Gott, ja.« Eva klammerte sich immer noch an Georgs Hals, wurde von ihm um die Taille gehalten, wie eine Frau, die kaum aus eigener Kraft auf den Beinen stehen konnte. Sie war nicht bereit, diese Haltung aufzugeben.

»Hast du ihn gefragt?«

Georg wusste sofort, was sie meinte. »Nein.«

»Also sind wir genauso schlau wie vorher. Nur dass ich jetzt weiß, wie es ist, voller Panik in einem kalten Torbogen im Dunkeln zu sitzen.«

»Es tut mir so leid! Ich bin nur froh, dass dir nichts passiert ist! Über das andere denken wir später nach, morgen ist auch noch ein Tag. Lass uns hier abhauen.«

Sie wankten davon. »Moment!«, sagte Eva nach ein paar Metern und wühlte in ihrer Handtasche, bis sie gefunden hatte, was sie suchte. Nur ungern verließ sie die Position an seiner Seite, aber noch einmal würde sie diesen Park nicht betreten, denn auf eine weitere Begegnung mit Reza Jafari legte sie keinen Wert. Mit dem Gefrierbeutel in der Hand ging sie zurück in Richtung Bar.

»Eva«, hörte sie Georg hinter sich. »Wenn du ihn schlagen willst, warte lieber, bis ich dir gezeigt habe, wie!«

»Keine Sorge!« Sie beschleunigte ihre Schritte. Mit der Hand im Beutel schnappte sie das blutige Taschentuch vom Tresen. Eine weitere Probe, die zu der Bierflasche aus Pesaro wandern würde. Reza hatte den Kopf nach hinten gekippt und starrte an die hölzerne Decke der armseligen Bar.

»Willkommen in der Banalität deines Lebens …«, murmelte sie leise auf Italienisch, sicher, dass er sie hören würde. Georg trat neben sie, Eva verschloss den Beutel mit einem Knoten und verstaute ihn in ihrer Handtasche. »Wieder einer abgehakt«, sagte sie. »Und jetzt gehen wir auf Putativvater *numero due* etwas trinken!«

14

»Guck weg!«

»Ich sehe doch gar nichts!«

»Guck trotzdem weg!«

»Ich schirme dich nur vor lüsternen Blicken ab!«

»Ich kann mich nicht konzentrieren, wenn du mich abschirmst.«

»Mach endlich! Es war deine Idee.«

»Aber wehe, du guckst!«

Nachdem sie gemeinsam kichernd in eine dunkle Ecke des Parks gepinkelt hatten, hatten sie es nicht mehr eilig. Sie ließen die Häuser und Straßen an sich vorüberziehen, erklommen unzählige Stufen und spazierten durch kleine Gassen. Schon längst hatte Eva die Orientierung verloren, aber was konnte schon passieren, sie mussten doch nur bergan, den Corso Vannucci würden sie immer wieder finden. »Hier?«

Sie betraten eine Bar, es ging zwei Stufen abwärts, dann standen sie in einem für Perugia so typischen Kellergewölbe. Hohe Decken, angenehm wenig Licht, an den Seiten ein paar Nischen mit Tischen. Dankbar kletterte Eva auf einen der Hocker, die gleich vor ihnen an der Bar standen.

Sie tranken. Einen eiskalten Wodka für Eva gegen den Schock, wie Georg sagte, und dann gleich noch einen in einem hohen Glas mit Kirschsaft. Whiskey ohne Eis für ihn. Der Barkeeper war freundlich und ließ sie in Ruhe, im Hintergrund spielte leise Saxofonmusik. Eva merkte, wie der Alkohol sich langsam in ihrem Blut ausbreitete und sie ruhiger werden ließ, gelassener, mutiger. Als Georg aufstand und sich hinter sie stellte, lehnte sie sich an ihn und fragte lachend: »Also, wie hast du das gemacht? Wolltest du mir nicht einen Trick aus deiner wilden Zeit als Türsteher beibringen?« Er legte die Hand auf ihre Schulter, bog die Finger unter ihr Schlüsselbein und drückte sanft zu; der Schmerz war zu spüren, schwach, aber jederzeit in der Lage, allein durch den Druck der Fingerspitzen um das Zehnfache verstärkt zu werden. »Mach dich ruhig lustig über mich!«

»Nein, nein. Sieht man dir ja auch gar nicht mehr an, deine Karriere …«

Was immer Georg auch angefangen hatte, er hatte es nicht zu Ende gebracht. Sie wusste, dass er nach der elften Klasse vom Gymnasium abgegangen und in eine Kochlehre gerutscht war, die er aber nach zweieinhalb Jahren, kurz vor der Handelskammerprüfung, abbrach. Er lernte Dekorateur, flog aber nach einem Jahr wegen zu vielen Kiffens raus, ein paar Monate lang wollte er sogar Gärtner werden, doch der Geruch der Gewächshäuser machte ihn schlapp und müde, und eines Morgens war er einfach nicht mehr hingegangen. Nach diesem verunglückten Start ins Berufsleben war er durch Hamburg gestromert, hatte angefangen zu boxen, war dann für ein halbes Jahr nach Israel gefahren und hatte sich dort in einer speziellen Art der Selbstverteidigung ausbilden lassen.

»Wie bist du eigentlich auf diese Idee mit Israel gekommen?«, fragte Eva und lehnte sich noch stärker an ihn.

»Weil ich den Gedanken toll fand, unbesiegbar zu sein. Wenigstens körperlich. Krav Maga, dieser militärische Nahkampf, hatte es mir angetan. Ich arbeitete ja schon im Hamburger Nachtleben, da war das ganz nützlich.« Er drückte wieder ein wenig fester zu.

»Verstehe, mit diesem Griff kann man jemanden bewegungsunfähig machen. Aber davon blutet man ja nicht.«

»Ich habe ihm eins auf die Lippe verpasst, weil er mir so ein unverschämtes ›*Che cazzo me ne frega*‹ zur Antwort gegeben hat, als ich höflich fragte, ob er nicht doch wisse, wo du hingegangen sein könntest. Ich weiß, was der Satz bedeutet, den hat Milena mir mal beigebracht.« Sie tranken mehr. Eva wechselte zu Espresso, begleitet von einem doppelten Baileys auf Eis. Einen kurzen Moment überlegte sie, ob sie das Tässchen mit dem von Helga so bewunderten Segafredo-Schriftzug in ihrer Handtasche verschwinden lassen sollte, entschied sich dann aber dagegen. Helgas kriminelle Energie sollte nicht noch unterstützt werden. Georg nahm einen weiteren Whiskey und Wasser.

Als sie die Bar schließlich verließen, waren noch einige Getränke auf dem Bon hinzugekommen. Eva merkte, wie schwerfällig sie auf ihren Beinen vorwärtskam, diese elend hohen Schuhe machten sie zu einem betrunkenen Storch.

»Die habe ich nur für dich angezogen!«, gestand sie Georg, der den Arm um ihre Schultern gelegt hatte.

»Ihr Frauen seid knallhart, ich bin jedes Mal wieder von eurer Leidensfähigkeit beeindruckt! Und alles nur, damit wir Kerle hinschauen. Wohin müssen wir?« Ineinander verhakt drehten sie sich einmal im Kreis.

»Shit. Keine Ahnung, wo der *giardino* liegt. Ist mir auch egal. Warum lachst du?«

»Ach, nichts.«

201

»Sag!«

»Dass dir irgendein Problem egal ist, ist wirklich selten. Der Frontone-Park liegt da unten rechts, glaube ich.«

»Dann müssen wir zurück und weiter hoch, den Corso finden. Ganz einfach!«

Sie gingen durch enge Gassen, die Restaurants und Kneipen waren bereits geschlossen, und sie begegneten auch niemandem auf der Straße, den sie nach dem Weg hätten fragen können.

»Diese Gassen haben etwas Mystisches, finde ich. Man spürt, dass die Steine mit Geschichte und Ereignissen vollgesogen sind«, sagte Georg.

»Genau das habe ich heute auch gedacht. Ziemlich viel Geschichte versammelt.« Am Ende einiger Stufen hielt ein schmaler Minilastwagen, jemand stieg aus, sammelte die weißen Müllsäcke ein, die vor jeder Tür lagen, und schmiss sie in hohem Bogen auf die Ladefläche.

»So viel zur Mystik«, sagte Georg. »Die kommen hier nicht durch, müssen alles zu Fuß machen.«

»Wie wir«, stöhnte Eva.

Hand in Hand liefen sie eine schmale Nebenstraße aufwärts, kamen durch gemauerte Bögen, trafen irgendwann wieder auf weiße Mülltüten vor jeder Tür. Waren sie hier nicht schon einmal entlanggegangen? Die Straße wurde zur Gasse, dann zur Treppe, es ging flache Stufen bergauf, die auf einem kleinen Absatz vor einer Mauer abrupt endeten. Sie schauten sich an, dann hinunter in die hügelige Ebene, die sich vor ihnen erstreckte.

»Hier geht es nicht weiter«, sagte Georg.

»In der Tat.«

»In welche Himmelsrichtung müssen wir denn? Wo geht die verdammte Sonne auf?« Sie stiegen wieder hinunter, die

Stufen erstreckten sich endlos. »Ich kann nicht mehr«, sagte Eva nach zwei Minuten, setzte sich auf eine der Stufen, streckte ihre Beine und die schmerzenden Füße von sich. »Ich bin müde, mir ist schlecht, und ich will jetzt in meinem verdammten Bett liegen! Sofort!«

»Ich finde diese Stadt wunderbar. Sie macht dich so echt, so unverstellt.«

»Bin ich denn sonst verstellt?«

Georg wiegte den Kopf hin und her. »Du benutzt ganz andere Wörter, seitdem wir hier sind, sagst direkt, was du denkst, lässt dich gehen, hast nicht dauernd irgendwelche Lösungsvorschläge parat. Ich mag es ja, dass du so organisiert bist, aber noch schöner ist es, wenn du so wie jetzt bist.«

Sagst direkt, was du denkst … Eva lachte innerlich auf. Nur wenn es um dich geht, traue ich mich das immer noch nicht. »Ich mag Perugia und die Leute hier auch, und weißt du, warum ich nie mehr hier war? Warum ich Perugia abgehakt und weggepackt habe? Es lag an Milena!« Nun fing sie ausgerechnet auch noch von Milena an. Warum?

»Schon in diesen drei Monaten wurde klar, dass Milena ihren eigenen Weg gehen würde, dass sie nicht mehr unter meinem Schutz stand, sie brauchte ihn nicht. Ich, ihre große Schwester, hatte ausgedient. Im Gegenteil, ich lief *ihr* hinterher, um einen von ihren Verehrern abzukriegen.« Und hatte so viel Sex mit verschiedenen Typen wie nie zuvor in meinem Leben, dachte sie. Mindestens vier. In drei Monaten! Ein Grinsen drängte ungewollt auf ihr Gesicht.

Georg setzte sich dicht neben Eva und legte seinen Arm um ihre Schultern. »Na und? Ist das so schlimm? Du hast sie immer beschützt, und hier hat sie *dir* mal geholfen.«

»Ich habe sie eben nicht beschützt! Es war meine Schuld, dass sie innerlich fast verblutet ist!«

»Wie kann man denn da von Schuld reden? Mehr Schuld, weniger Schuld, ihr wart junge Mädchen, es ist ein Unfall passiert. Jeder von uns hat doch in seiner Kindheit oder Jugend mal so etwas erlebt.«

Georg hob Evas Kinn mit einem Finger, um ihr ins Gesicht schauen zu können. Sie konnte nichts erwidern und hielt sich wie ein Kind die Hände vor die Augen.

»Hör auf, dir die Exklusivschuld an ihrem Tod zu geben, Eva! Du glaubst doch nicht im Ernst, dass deine Eltern mit Milena ins Krankenhaus gefahren wären, wenn sie ihr aufgeschürftes Knie gesehen hätten?! *Du* warst die Aufmerksame, wärst du so bräsig wie dein Vater gewesen, wäre sie still und leise in eurem Wohnwagen gestorben ...«

Eva schluchzte noch immer, konnte aber wieder reden: »Als es ihr besser ging, haben wir uns geschworen, nie wieder mit unseren Eltern in Urlaub zu fahren. ›Nie mehr Italien mit Annegret und Manfred!‹ Um den Schwur zu begießen, haben wir uns zwei Gläschen mit eklig warmem Martini aus dem Wohnzimmerschrank hinter die Binde gekippt. Wir würden alleine nach Italien reisen, um dort zu studieren, dort zu bleiben, dort für immer zu leben. Die letzten zwei Punkte haben sich nicht ganz erfüllt.«

Georg starrte auf die Stufen vor seinen Füßen. »Findest du es abartig, dass ich in einem meiner Schränke in meinem Arbeitszimmer einen Koffer mit ihren Kleidern aufbewahre?«

Eva hob den Kopf. Nun waren sie wieder bei Milenas Tod, wie so oft, doch von den Kleidern hatte sie nichts gewusst.

»Niemand weiß davon. Ich habe alles, was mir am meisten an ihr gefallen hat, dort hineingepackt. Zwei ihrer Premierenkleider mit den wahnsinnigen Ausschnitten, weißt du, das grüne und das rote. Ihre hübscheste Unterwäsche, das lange schwarze Jackett von Max Mara, in dem ich sie kennengelernt habe … Ich habe die Sachen einvakuumiert, mit dem Staubsauger. Sie sollen ewig halten, ihr Geruch soll für immer darin bewahrt werden. Wenn ich Milena zu sehr vermisse, hänge ich meine Nase über den geöffneten Plastiksack oder wühle darin herum, hole etwas davon hervor, schließe die Augen und bin bei ihr.«

Eva zog die Nase hoch. Wusste er noch, dass sie neben ihm saß?

»Ich heule dann manchmal vor Wut und frage mich, warum sie nicht weiterleben durfte. Milena hätte so gern weitergelebt, sie war beinahe süchtig nach Leben.« Ja, sie hat alles in die paar Jahre gepackt, dachte Eva. »Wie oft habe ich mir vorgestellt, die Zeit zurückzudrehen. Doch ich habe den Tod nicht kommen sehen, war unvorbereitet, unbewaffnet.«

»Ja, Scheiße! Ich weiß doch«, sagte Eva aus vollem Herzen. Wieder und wieder hatte Georg ihr den genauen Ablauf erzählt.

An besagtem Morgen um sechs, kurz vor Weihnachten, kurz vor Emils Geburtstag, war Milena im Bad zusammengebrochen. Schon am Nachmittag zuvor hatte sie sich übergeben, dann Durchfall bekommen. Sie lag im Bett, war käsig im Gesicht und ganz schwach, aber sie lachte noch und machte Witze, dass sie sich an der Brille festhalten müsse, um nicht ins Klo zu fallen.

Als Georg sie aus dem Bad rufen hörte, hatte er das Telefon schon dabei.

»Ich rufe jetzt den Notarzt«, hatte er zu ihr gesagt, »irgendwas stimmt da nicht! Die geben dir was oder hängen dich an den Tropf. Du bist dehydriert, glaube ich.«

Der Notarzt kam zusammen mit den Sanitätern, hängte Milena tatsächlich sogleich an einen mobilen Tropf und wollte sie zur Sicherheit mit in die Alsterklinik nehmen.

»Dann bist du in ein paar Tagen wieder fit«, beruhigte Georg sie, »für Emils Seeräuberparty und unsere Heiligabendparty.« Immer luden sie Heiligabend ein paar Freunde ein, spät, wenn deren Bescherung und Elternstress hinter ihnen lagen. Großartige, legendäre Feste, das erste, als Emil gerade geboren war. Wie schafft ihr das bloß mit dem kleinen Kind?, wurde Georg einmal gefragt, als Eva dabeistand.

Wir *schaffen* nichts, hatte Georg erwidert, wir sind einfach nur überglücklich und immer wieder erstaunt über dieses Wunder von Kind. Und uns.

Die Sanitäter legten Milena auf die Trage. Sie lächelte Georg an, drückte seine Hand. »Tut mir leid, dass du jetzt alles alleine machen musst«, flüsterte sie. Ob sie da schon geahnt hat, was mit ihr passieren würde?, hatte er sich später wohl an die tausend Mal gefragt.

»Ach was, du wirst schön mithelfen. Ohne deine Tomaten-Aprikosensuppe geht hier Weihnachten sowieso nichts«, scherzte er und sagte, dass er eben Heike Bescheid geben werde. Heike wohnte damals zwei Häuser weiter, studierte immer mal wieder etwas anderes und passte manchmal auf Emil auf. Georg drückte Milenas Hand. »Ich komme gleich mit dem Auto hinterher.«

Nur zwanzig Minuten später, Heike saß im Bademantel mit einem Becher Kaffee auf der Couch, traf er in der Klinik ein.

Da war Milena schon tot.

Eva hatte bis heute nicht richtig verstanden, warum sie ihr nicht doch noch helfen konnten. Angeblich totales

Organversagen. Die fehlende Milz war ihr zum Verhängnis geworden. Irgendwelche bösartigen Bakterien waren durch sie hindurchgerast, hatten alles in ihrem geschwächten Körper angegriffen, was sie bekommen konnten, nicht gestoppt durch dieses unscheinbare kleine Organ, das dennoch so wichtig ist.

Durch Georgs zahlreiche Monologe in ihrem Bett wusste sie, wie es dann weitergegangen war.

»Ich legte mich zu ihr, hielt sie umarmt, ihre Haut war noch weich, ihr Körper noch warm. Ich sprach mit ihr, erzählte ihr die schönsten Stellen aus dem Film unseres gemeinsamen Lebens. Verdammt, Milena, sagte ich irgendwann, ich glaube, es gibt nur schöne Stellen. Ich lachte und weinte. Der Schmerz haute mich ungedeckt zu Boden, er machte komische Sachen mit mir. Ich war sogar wütend auf meine tote Frau, weil sie mich verlassen hatte. Ich wusste, dass alles, was jetzt kam, ein plumper, unvollständiger Ersatz für mein Leben mit ihr sein würde. Und ich fand das richtig so, nur so war sichergestellt, dass ich sie nie vergessen würde.«

Auf der Treppe irgendwo in Perugias Innenstadt fiel kein Wort mehr. Was war mit ihnen, den Übriggebliebenen? Konnte er sich vorstellen, mit ihr zusammen zu sein? Eva suchte nach dem ersten Wort, dem ersten Satz, um Georg zu fragen, da sprach er plötzlich weiter: »Wenn ich das mit der Unfruchtbarkeit nicht herausgefunden hätte, würde ich jetzt vielleicht behaupten, es wäre alles gut so, wie es gekommen ist«, sagte er mehr zu sich als zu Eva. »Wir hatten neun Monate und fünf glückliche Jahre zusammen. Fast sechs Jahre echte Liebe bekommen und gegeben, wer kann das schon von sich sagen, dachte ich immer, sei dankbar dafür! Damit habe ich mich getröstet.«

Georg beugte sich zu Eva hinüber und blieb mit seinem Mund ganz nahe an ihrem. Ich werde ihn nicht küssen, dachte sie. Im selben Moment nahm er den Kopf ein Stück zurück.

»Heute denke ich, dass ich einen Fehler gemacht habe. Ich habe nicht richtig hingeschaut! Wer war diese Frau da in deiner Küche neben dem Kühlschrank, die sich mir vorgestellt hat?«

Eva horchte auf, dass er über die Episode am Kühlschrank redete, war neu.

›Ich bin Milena‹, sagte sie. ›Ich weiß‹, antwortete ich. Natürlich kannte ich sie aus Filmen und der Presse. Ich versuchte mir nichts anmerken zu lassen. ›Evas Schwester‹, setzte sie noch hinzu. Ich war überrascht: Die Promi-Milena war deine Schwester?! Du hattest sie vorher mit keinem Wort erwähnt. Ihre Nähe nahm mir die Luft zum Atmen, aus ihren Augen sprühten Unberechenbarkeit und Übermut, und gleichzeitig sah es aus, als würden sie ein großes Geheimnis verbergen. Eine Frau wie sie fuhr auf mich ab, was Besseres konnte meinem kleinen oberflächlichen Ego gar nicht passieren. War da nur aus diesem Grund diese gewaltige Anziehungskraft, habe ich sie nur als Spiegel für meine eigene Eitelkeit benutzt? Aber wie war sie, was hatte sie erlebt, mit welcher Art von Männern ist sie vor mir zusammen gewesen? Ich habe sie kaum danach gefragt.« Er schaute Eva tief in die Augen. »Wäre ich bei dir nicht viel besser, viel wahrhaftiger angekommen in meinem Leben?«

Ja, dachte Eva, bei mir, nur bei mir. Sie legte ihren Kopf auf seine Schulter, ganz nah an seinen Hals, und atmete seinen Geruch ein. Und dann waren seine Lippen auf den ihren, und er küsste sie.

»Weißt du, Eva, ich fühle mich so wohl bei dir, weil du keine Geheimnisse hast und weil du mich so nimmst, wie ich bin«, sagte er, als sie sich wieder voneinander gelöst hatten. »Das ist mir schon früher aufgefallen, als wir uns kennenlernten. Ich habe meine Freiheit und freue mich, wenn ich mit dir zusammen bin. Wir können so gut miteinander reden, ist das nicht die ... ideale Beziehung? Eine Traumbeziehung?«

Eva nickte, er war ziemlich betrunken. Keine Geheimnisse? Woher wusste er das? Klar, wollte sie sagen, solange es nach dir geht, ist das alles ganz traumhaft, doch da redete er schon weiter.

»Ich habe dir nie von dem Brief erzählt, den ich dir geschrieben habe. Aus Scham über mein Verhalten!«

Scham, dachte sie, was für ein seltsames Wort. »Einen Brief?!«

»Ja, kurz nachdem ich mit Milena zusammengekommen bin. Denn natürlich habe ich gemerkt, dass sich in den Wochen unseres Kennenlernens, damals, als du noch meine Nachbarin warst, etwas sehr Schönes zwischen uns angebahnt hat. Etwas Spannendes, sehr Langsames, wie ein Geschenk, bei dem man Lage für Lage auspackt und nicht wie sonst hektisch das Papier herunterreißt. Etwas hatte begonnen, wir haben es nur nie mehr angesprochen.«

»Stimmt. Davon war nämlich nichts mehr übrig, als du mit Milena aus Dänemark wieder zurück warst. Und weißt du, was das Schlimmste war?« Georg starrte auf seine Schuhe. Eva stieß ihn in die Rippen: »Ihr habt gar nicht so übertrieben rumgeturtelt, was einem bei anderen frisch verliebten Pärchen immer schrecklich auf die Nerven geht. Nein, am meisten weh tat es, dass ihr euch nach den paar Tagen bereits so selbstverständlich und unerschütterlich benommen habt wie Mann und Frau.«

Georg schwieg. Hatte er überhaupt zugehört, hatte er jemals zugehört, wenn sie ihm etwas erzählte?

»Ich habe den Brief nicht abgeschickt, weil ich es schlichtweg nicht konnte«, fuhr er fort. »Und jetzt schäme ich mich noch viel mehr. Ich habe dich ausgetauscht und vergessen, wegen einer Frau, die mir jahrelang vorspielt, das Kind von einem anderen wäre meins ... Ich bin so ein Idiot!«

Eva öffnete den Mund, sie hatte das Gefühl, als ob ihr dunkel schimmernder Panzer, den sie sich zugelegt hatte, innerhalb von Sekunden feine Risse bekam. Hatte er Milena nur von ihrem Thron runtergeholt, auf den er sie die letzten Jahre gesetzt hatte, oder sah er sie, Eva, plötzlich, wie sie wirklich war? Hatte er sie verstanden, erkannt?

»Ich hätte dich nehmen sollen, Eva!«

Sie nahm seinen Kopf in ihre Hände und küsste ihn.

15

Als Eva schließlich in ihrem Königinnenbett lag, konnte sie nicht schlafen. Der wahnsinnig lange Kuss, ihre Tränen, ihre verliebte Stammelei auf dem Nachhauseweg und sein »Ich hätte dich nehmen sollen, Eva!« gingen ihr wieder und wieder durch den Kopf und verursachten ein süßes und gleichzeitig beunruhigendes Gefühl in ihrem Bauch.

Sie hatte ihm alles erzählt, hatte ihm endlich die letzten elf Jahre erklären können. Sie hatte ihm sogar ihre Hoffnung gestanden, die damals in ihr aufkeimte, die lächerliche Hoffnung, mit ihm zusammen sein zu können. »Wir haben uns so toll ergänzt, hast du das nicht auch gefühlt!? Als wir in dieser Nacht auf Sperrmüllsuche waren und danach Wein bei dir in der Wohnung getrunken haben, oder zwei Tage später, das lustige Sofa-Aufbauen bei mir, ein Stockwerk tiefer. Ich habe auf die Geräusche gelauscht, die deine Schritte und dein Schlüssel im Hausflur machten, wenn du frühmorgens zu deinem Requisitenjob aufgebrochen bist oder spätabends davon zurückkehrtest und an meiner Tür vorbeigingst.« Keine Antwort, nur ein weiterer Kuss, der in diesem Moment die vergangenen Jahre aufwog. »Du hast dir deine Enttäuschung nie anmerken lassen! Wo hast du das all die Jahre nur hingepackt? Das muss ja unerträglich gewesen sein!« Er hatte sie vor ihre Tür gebracht, der dicke Hotelteppich schluckte jedes Geräusch. Dort vor dem Hotelzimmer hatte er sie lange umarmt, richtig fest an sich gepresst und noch einmal geküsst, aber keine Anstalten gemacht, mit in ihr Zimmer zu kommen. Er sei zu betrunken für irgendwelche Akrobatik und müsse sowieso schnell zu Emil, hatte er behauptet.

Sie hatte seine Frage nicht beantwortet, doch jetzt wühlte sie sich durch ihren Körper wie ein unerschütterlicher Bohrkopf und stieß dort auf ein schmerzhaftes Vakuum. Ja, wo hatte sie das hingepackt? In ihre Eifersucht auf Milena und deren kleine Familie, die sie blitzschnell wie von Zauberhand neben sich hatte wachsen und erblühen lassen, um Vater, Mutter, Kind zu spielen?

Milena besaß auf einmal alles, ohne Einbußen: Der Trullo in Apulien wurde vom einstigen Refugium nach stressigen Drehs zum Ferienhäuschen für die Familie mit Babybett, Buggy, Bobby Car. Die Arbeit machte Georg und sah dabei noch cool und glücklich aus, Milena brachte von den Drehs in Rom, Málaga oder Berlin wunderschöne Kinderklamotten mit und verfolgte ihre Karriere. Hinzu kam, dass die beiden anscheinend noch dauernd Sex hatten, obwohl andere Leute mit kleinen Kindern doch berichteten, dass das eigentlich unmöglich sei.

War diese Enttäuschung in ihre schuldbewusste, linkische Liebe für Emil einzementiert? Schuldbewusst, weil sie ihn, wenn Milena nicht da war, bemuttern wollte und es doch nicht richtig hinbekam. Er veränderte sich so rasant, sie sah ihn zwei, drei Wochen nicht, und schon hatte er wieder etwas Neues gelernt. Sie war unsicher in seiner Gegenwart, benahm sich seltsam. Sie war eben keine Mutter! Und nach Milenas Tod ging sowieso nichts mehr. DU. NAIN.

Ihr Inneres war leer in diesen Jahren, die Georg als die glücklichsten seines Lebens bezeichnete. Es wurde nur zusammengehalten von einem Korsett aus Disziplin, viel Arbeit, dem distanzierten Anhimmeln des Mannes, der nicht sie, sondern ihre Schwester gewählt hatte, und einer unbedeutenden Beziehung, aus der sie jederzeit für Georg den Absprung gewagt hätte.

Hartmuth war Lehrer, sah leider kein bisschen aus wie Harrison Ford und hatte stapelweise Sachbücher in Evas Wohnung geschleppt. Eva hatte Platz in ihrem Bücherregal geschaffen, Hartmuths drei schlimmste Sakkos entsorgt und sich irgendwie an ihn gewöhnt, wie an einen gemütlichen, aber nicht sehr hübschen Bademantel. Wenn man nach dem Duschen fror, war man glücklich, in ihn hineinschlüpfen zu können, egal, wie er aussah. Nach vier Jahren, kurz vor Milenas Tod, hatte er das Sachbuchregal eines Tages wieder leer geräumt und sich von ihr getrennt. Sie war erleichtert gewesen.

In was für ein erbärmliches Liebesleben bin ich da hineingerutscht, so unschlüssig, so unehrlich, dachte sie. Immer habe ich gehofft, dass irgendwann alles anders wird. Seit zehn Jahren warte ich auf Georg, und nun hat er endlich gesagt, dass er damals einen Fehler gemacht hat. Sie weinte ein paar Tränen in die feine Baumwolle des Kopfkissenbezugs, wusste nicht genau, ob nun vor Glück oder Trauer, und schlief ein.

Am nächsten Morgen wurde sie um neun Uhr dreizehn von einem Anruf geweckt.

»Papa geht es schlecht, aber er will trotzdem heute weg aus Perugia. Kommst du mit ins Wellen-Ness-Bad, Eva? Wenn wir jetzt nicht gehen, schaffen wir es nicht mehr!« Emils Stimme hallte in ihrem schmerzenden Hirn, das bis zur

Hälfte mit einer zähen Masse gefüllt zu sein schien. Er hatte sich direkt an sie gewandt, er hatte sie um etwas gebeten!

»Emil! Gut. Ja.« Ihre Hand mit dem Hörer zitterte. O Gott, so fing das bei Alkoholikern vermutlich auch an. »Gib mir bitte ein bisschen Zeit, okay? Wann fahren wir?« Der Geschmack in ihrem Mund war pappig und schrie nach einer Zahnbürste mit viel Zahnpasta.

»Ich weiß nicht«, flüsterte Emil, »Papa ist unter der Decke, man kann ihn nicht sehen. Wenn ich ihn jetzt frage, wird er sehr sauer.«

Nächster Anruf, zehn Minuten später. Georg mit einem tief gurgelnden, heiseren »Guten Morgen!«.

»Hallo!« Sie lachte und spürte gleichzeitig ein aufgeregtes, ängstliches Zucken in ihrer Brust. Alles war anders, alles würde anders, er konnte wahrscheinlich auch nur noch an ihre gegenseitigen Geständnisse denken.

»Kannst du mit Emil losgehen?« Seine Stimme klang nicht mehr tief, sondern nur noch schwach. »Also nur, wenn du in der Lage bist. Er möchte so gerne die Minimetro sehen.«

»Eben wollte er noch Wellen-Ness machen – jetzt die Minimetro.«

»Du warst es doch, die ihm gestern davon erzählt hat.«

Und du warst es, der gestern mit dem Küssen wieder angefangen hat, dachte sie.

»Das heißt doch nicht, dass *ich* sie ihm jetzt zeigen muss.« Die Perugia-Offenheit, von der Georg vergangene Nacht so geschwärmt hatte, sprach offenbar immer noch aus ihr. »Ich habe Kopfschmerzen!«

»Sorry, das sollte sich nicht so anhören. Ich habe auch Höllenkopfschmerzen, aber mir ist außerdem auch noch richtig schlecht. Was haben wir bloß alles getrunken, Eva?«

»Ich habe proportional zu meinem Körpergewicht mehr

getrunken als du, aber lass uns bitte nicht mehr über Alkohol reden! Wo ist denn Helga, könnte die nicht …?«

Er stöhnte. »Helga lässt sich im Keller massieren.«

»O Gott.« Als Oma ist sie ja ein völliger Ausfall, dachte Eva. »Ach übrigens, Georg! Bevor wir nach Rom fahren, solltest du den Kameramann anrufen.«

»Wer weiß, ob die Nummer auf der Stabliste noch stimmt.«

»Besser, das jetzt festzustellen als dort, oder? Der dreht bestimmt irgendwo.«

»Stimmt«, sagte Georg nachdenklich. »Kameramänner sind eigentlich nie zu Hause in ihrer Stadt.«

»Wann fahren wir? Brauchen wir da nicht auch ein Hotel …? Und was ist mit Elio, dem Schauspieler? Vielleicht sollten wir bei seiner Agentur anfragen.«

»Eva?«

»Ja?« Was jetzt wohl kam? Ich bin ein Idiot. Ich hätte dich nehmen sollen, klang in ihren Ohren.

»Ich. Mache. Das. Alles. Aber später, okay?«

»Sag Emil, ich hole ihn in einer Viertelstunde ab.«

Sie stand auf, duschte heiß, putzte sich währenddessen die Zähne, duschte kalt, nahm eine Kopfschmerztablette, verzichtete auf das Frühstück, da ihr Magen allein bei dem Gedanken an Kaffee oder Orangensaft rebellierte, und zog mit Emil los. Auf ihrem Kopf saß Helgas schwarzer Basthut, der irgendwie in ihre Tasche geraten war, ihre Augen versteckte sie hinter der Sonnenbrille. Reza Jafari musste sie nicht unbedingt gleich erkennen, wenn er ihnen zufällig begegnen sollte. Auch Emil, der schon vor ihrer Tür wartete, hatte seine Kappe auf. Zusammen gingen sie zur Minimetro-Station, die unterhalb der Rocca Paolina lag.

Die zehnköpfige Reisegruppe aus Neuseeland, die sich gemeinsam mit ihnen in die schmale silberne, innen feuerrot gestrichene Kabine drängte, hatte irgendwas mit viel Knoblauch gegessen und dünstete ihn nun um die Wette aus. Eva atmete flach durch den Mund. Emil stand vorn in der führerlosen kleinen Box und beobachtete ihre schwebende, fast geräuschlose Fahrt abwärts durch die Tunnelröhre. Ab und zu drehte er sich um und grinste ihr zu.

Ich hätte Georg zwingen sollen mitzukommen, dachte Eva. Ich will, dass er bei mir ist. Auch verkatert, auch mit Fahne. Wenn sie an ihn dachte, machte ihr Herz einen kleinen verliebten Sprung. Nach einer Haltestelle hatten sie die Röhre verlassen und waren nun wieder dem Tageslicht ausgeliefert, im Rückfenster der Kabine entfernte sich Perugias orangebraune Stadtansicht. Doch ihre Gedanken kreisten weiter, und sie nahm wieder ihr stummes Zwiegespräch mit Milena auf.

»Sind wir jetzt ein richtiges Paar, will er mich wirklich? Übernehme ich nun doch die Mutterrolle? Oder tue ich das alles nur für dich, Milena?«

Du gehst mit Emil los, das ist toll.

»Warum kann ich mein Leben nicht genießen, Milena? Ich weiß doch, wie schnell es vorbei sein kann. Warum ist für mich immer alles so kompliziert, und warum stelle ich mich so umständlich an?«

Weil du es dir unnötig schwer machen willst, du dumme Kuh! Es ist dein Leben, denk immer daran!

»Hey!« Eva wischte sich hinter den Brillengläsern über ihre nassen Augen, schniefte und wusste nicht, ob sie doch eher lachen sollte. »Gut, ab jetzt werde ich mich nur noch um mich kümmern. Kein Rom, kein Hotel, weder Konrad noch Elio, gar nichts! Milena, warum sind wir hier? Warum hast du das getan?«

Sie atmete tief ein. Die mit Knoblauch geschwängerte Luft zog in die allerletzten Verästelungen ihrer Lungen. Ihr war jetzt schlecht, genau wie Georg, nur dass der gemütlich in den Federn lag! Wahrscheinlich war er gestern Nacht so betrunken gewesen, dass er sich an nichts mehr erinnerte. Ihr Kopf hämmerte immer noch, und als ihr an der dritten Station Case bruciate kalter, klebriger Schweiß ausbrach, hätte sie Georg am liebsten mithilfe seines Kopfkissens erstickt.

»Lass das, gib die sofort her!«, brüllte Emil auf einmal. Eva schaute erschrocken auf. Sie sah, wie Emil einem alten Herrn seine Kappe aus der Hand riss und sich sorgfältig wieder auf den Kopf setzte. »Mach das nicht noch mal, du alter Blödknacker!«, schrie er zu ihm hoch und stampfte mit dem Fuß auf. Dann drehte er sich wieder zum Fenster. Eva bahnte sich einen Weg durch die Menschen zu ihm.

»Was war denn los, Emil?«, fragte sie leise, wollte ihm die Hand auf die Schulter legen, hielt sich aber zurück.

»Der hat mir meine Kappe vom Kopf genommen!«, murmelte Emil. »Und das hasse ich!«, rief er im nächsten Moment laut gegen die Scheibe.

»Okay! Das hat er jetzt verstanden, denke ich.« Sie drehte sich zu dem alten Herrn um. »It's his ...«, oje, wie sagte man das auf Englisch? Ihr Kopf war angefüllt mit italienischen Wörtern. »His very best ...«, versuchte sie es noch mal. Seine Lieblingskappe, mein Gott! Cappello favorito auf Italienisch.

»Sorry, I didn't want to scare him!«, sagte der Herr, der die achtzig schon überschritten haben musste. Er trug Turnschuhe an den Füßen. Eva mochte alte Leute mit Turnschuhen.

»It's okay!«

Nach drei Haltestellen hielt die Bahn an einem modernen Bahnhof, mitten im Nichts, und sie konnten die Gondel endlich verlassen.

Was fing man hier unten an, auf diesem großen Parkplatz?, fragte sich die Reisegruppe aufgeregt. War die *railway station* wenigstens in der Nähe? Eva zog Emil mit sich und überließ die verwirrten neuseeländischen Mützenklauer ihrem Schicksal.

Am nächsten Automaten lösten sie zwei weitere Tickets und fuhren den Berg wieder hoch, zurück in die Stadt. Inzwischen war es halb zwölf. Eva sehnte sich nach ihrem Bett und friedlicher Dunkelheit hinter geschlossenen Vorhängen.

Sie kamen an einer Metzgerei vorbei, an deren Außenfassade zahlreiche Schinken und dicke Wurstketten unter einem borstigen Wildschweinkopf baumelten. Sogar durchsichtige Schweinsblasen hingen dort. Emil blieb stehen. »Wie lecker das riecht!«

Evas Magen knurrte laut und verlangte heftig nach etwas Salzigem. »Wollen wir reingehen und ein Stück Schinken kaufen?« Sie wusste, dass der tierliebe Emil Fleisch über alles mochte. Wahrscheinlich hatte er sich noch keine Gedanken darüber gemacht, wo es herkam. Sie betraten den Laden, der würzige Duft hüllte sie sofort von allen Seiten ein, noch mehr Schinken, die Pfoten mit Stricken umwickelt, Würste in jeder erdenklichen Form, Einmachgläser mit Pasteten und eingelegten Pilzen umgaben sie. Im Schaufenster wurde ein ausgestopftes Ferkel von einem alten Flaschenzug in der Luft gehalten, es schien ihm zu gefallen, denn auf seinem Gesicht lag ein unbeschreibliches Lächeln. Ein flacher Korb mit Trüffeln stand auf einem Holzfass, die schwarzen Knollen waren noch ganz erdig. »Riech mal!«, forderte Eva Emil auf.

»Was ist das? Steine?«, fragte er, hängte aber gehorsam seine Nase über den Korb. »Puuh«, rief er, »ich fühle mich wie im Wald!«

Eva übersetzte dem älteren Besitzer hinter der Theke Emils Ausruf und ließ sich zwei rot gesprenkelte Knacker geben, die sie sofort aßen. Ein junger Mann in blütenweißen Kochklamotten kam aus dem Hinterzimmer, er war nicht sehr groß, sah aber mit der langen Schürze und den aufgekrempelten Ärmeln seiner Jacke kompetent und gleichzeitig attraktiv aus. Ein bisschen ähnelte er dem bekannten englischen Koch, von dem Eva jede Menge Kochbücher zu Hause hatte, aus denen sie aber nie kochte. »Wenn ihr reservieren wollt, heute Abend haben wir in unserer Osteria unser Buffet. Im La Lumera, gleich nebenan. Wir verwenden nur unsere eigenen Produkte, alles hausgemacht!« Eva nickte zögerlich, doch der Koch hatte sich schon Emil zugewandt. »Weißt du, was das ist?«, fragte er ihn auf Italienisch und hielt ihm auf der flachen Hand ein dreieckiges Stück Fleisch an einer Schnur unter die Nase. Es sah aus wie ein Stück Speck, an dem grünlicher Kräuterstaub haftete, der es leicht schimmelig wirken ließ.

Emil schaute Eva fragend an. »Das nennt man *barbozzo*, und das hier *budellacci!*«, gab der Koch die Antwort. Er ließ etwas durch die Luft sausen, das wie ein dicker Peitschenriemen aussah.

»Und was ist da drin?«, fragte Eva.

»*Barbozzo* ist eine gepökelte, lange gereifte Schweinebacke, *budellacci* sind geräucherte und gewürzte Kutteln. Probieren?!« Er lachte sie mit seinen warmen braunen Augen an und hielt ihr die sehr dünne Wurst hin. Eva übersetzte nicht, worum es sich handelte, als sie selbst abbiss und auch Emil kosten ließ.

»Budellatschi«, wiederholte Emil kauend, »ich glaube, die leckere Budellatschi würde Papa sofort fotografieren.«

»Wir kommen um acht, mit vier Leuten, wenn das möglich ist«, sagte Eva. Emil hatte recht, diesen Laden musste Georg unbedingt sehen, und wenn die Osteria nur halb so urig eingerichtet war wie der Verkaufsraum, würden sie einen wunderbaren Abend verbringen und viele von den hier ausgestellten Spezialitäten probieren können.

»Das freut mich, dass du noch mal wiederkommst! Ich werde es notieren«, sagte der Koch und reichte ihr die Hand.

»Wir werden uns wohl nicht sehen, denn du stehst ja in der Küche …«, gab Eva zu bedenken und merkte plötzlich, dass er mit ihr flirtete.

»Für die Frau mit der wunderschönen Stimme werde ich heute auch mal im Service vorbeischauen!«

»Oh!« Eva spürte, wie sie rot wurde. Diese jungen, charmanten Typen hatten es in letzter Zeit auf sie abgesehen. Was war los? Irgendetwas schien sie auszustrahlen. Jetzt aber raus hier. Sie bezahlte die beiden Knacker und die angebissene Kuttelwurst und verließ mit Emil den Laden.

»Eva, weißt du, warum ich heute die Kappe aufhabe und in diesem Urlaub nie verlieren darf?«, fragte Emil, während sie den Corso entlangliefen.

»Nein!« Eva blieb stehen.

»Ich habe hier die Fotos von meinen Chammis drin.«

»Lass sehen!« Tatsächlich klebten die Bilder der Chamäleons Sandy und Theo unter dem Schirm seiner Baseballkappe. »Findest du das doof?«, fragte er leise. Eva merkte, dass unbedingt ein Lachen aus ihr herauswollte, doch damit wäre sie für immer in der Todesschublade der Verachtung bei Emil gelandet.

»Nein! Überhaupt nicht. So sind sie immer bei dir.« Sie setzte ihm die Kappe wieder auf den Kopf. »Jetzt weiß ich auch, warum sie dir so wichtig ist und du so wütend über den alten Mann aus Neuseeland geworden bist. Und nun gehen wir ins Hotel und sagen Georg, dass wir heute Abend noch nicht nach Rom fahren können.« Bei diesem Satz war ihr überhaupt nicht mehr nach Lachen zumute. Wie würde es wohl sein, ihm nach der vergangenen Nacht wieder in die Augen zu schauen? War irgendetwas geklärt worden? Der Corso Vannucci kam ihr mit einem Mal schäbig vor, die Sätze, die Georg gesagt hatte, pathetisch. Sie war sicher, er würde sich kaum mehr an seine Worte erinnern.

Die Luft in der Suite war abgestanden, die Vorhänge noch immer zugezogen, es roch nach vergorenem Alkohol, Schlaf und Männerschweiß. Georg saß in Boxershorts auf der Bettkante und lächelte ihnen schwach entgegen. »Sorry.«

Gott sei Dank sieht er in diesem Schummerlicht und auf die Entfernung die Fältchen um meine Augen nicht, dachte Eva.

»Es war mega, Papa!«, rief Emil. »Die Bahn war der Hammer, die fuhr von alleine, ich habe vorne gestanden, und es war ein Gefühl, als ob ich sie lenken würde.«

»Du bist toll, Eva! Habe ich dir das schon gesagt?«

Plötzlich waren ihre Kopfschmerzen und ihre Zweifel verschwunden. Er sah so verletzlich und schön aus in seinem grauen T-Shirt, mit den strubbeligen Haaren und dem müden Grinseblick, sie hätte ihm in diesem Moment alles verziehen, alles. Warum konnte sie nicht einfach auf ihn zugehen, ihn küssen und seinen Kopf dabei mit beiden Händen festhalten wie gestern Nacht?

»Und wir müssen auch noch in die Perugina-Schokoladen-fabrik!«, rief Emil. Er schwenkte einen Flyer, den er von der Rezeption mit hochgebracht hatte. »Man kann zugucken, wie die Schokolade gemacht wird, und einen Haufen davon futtern!«

»Großartig«, sagte Georg, doch es klang nicht sehr über-zeugend. »Morgen mache ich alles, was ihr wollt!« Er schüt-telte den Kopf, sah sie immer noch an. Da war doch Schuld in seinem Blick und eine Menge an schlechtem Gewissen! Wahrscheinlich bereute er schon, was er gestern Nacht ge-sagt hatte.

»Mein Gott, bin ich fertig, ich vertrage anscheinend nichts mehr. Milena war immer fit, auch wenn sie noch so viel ge-trunken hatte. Wer saufen kann, kann auch arbeiten, hat sie nach unseren Partys immer behauptet. Ging als Letzte ins Bett, räumte vorher noch die Spülmaschine ein und stand morgens ohne zu zögern auf …« Er rieb sich unter dem T-Shirt über seinen flachen Bauch. »Lass uns diese Nacht noch bleiben, ich kann jetzt nicht fahren. Später ge-hen wir vielleicht noch essen, ja? Die herzhafte umbrische Küche ist genau das, was ich heute brauche.« Er rang sich ein Lachen ab.

Soll das jetzt immer so weitergehen mit dieser Berg- und Talfahrt?, dachte Eva.

»Wir haben schon ein Restaurant für dich ausgesucht, Papa, da hängen Wildschweinköpfe dran, und es gibt ver-gammelte Pilze, die wie Erdklumpen aussehen und total teuer sind! Der Koch hat Eva eingeladen, wo ist die Budel-lutschi-Wurst für Papa, Eva?«

»In meiner Handtasche.«

»Und morgen geht es nach Rom«, sagte Georg.

Eva wartete auf ein kleines Zeichen von ihm, ein Zwinkern,

das an gestern Abend erinnerte. Irgendetwas! Als nichts dergleichen geschah, grinste sie und nahm die Hände hoch. Wie du willst, ich habe damit nichts zu tun, sollte das bedeuten.

Eva dachte an das Taschentuch mit dem getrockneten Blut und an die Bierflasche, die ordentlich verwahrt in ihrem Koffer lagen. In ihrem Koffer, der in ihrem Hundertzwanzig-Euro-Zimmer stand, das sie jetzt zum Schlafen nutzen würde, am helllichten Tage, mit Schlafmaske und Ohrenstöpseln, schnurzegal, wie viele historische Sehenswürdigkeiten in Perugia noch zu entdecken waren.

»Ich leg mich hin. Weiß Helga, dass wir bleiben? Nicht, dass sie wieder Zimmer bezahlen geht.«

»Danke, dass ich noch etwas schlafen konnte! Lass dich doch auch wie Helga massieren, das Schwimmbecken da unten ist wirklich außergewöhnlich. Das Wasser ist angenehm warm, und man schwimmt über etruskische Mauerruinen, die mit einer dicken Glasscheibe abgedeckt sind. Ich würde dir eine Massage spendieren!«

»Danke, aber ich mag es gar nicht so, wenn mich jemand anfasst, den ich nicht kenne.«

Georg zog die Stirn in Falten. »Na ja, du musst ja nicht ...« Er gähnte. »Jetzt gehe ich erst mal frühstücken, dann versuche ich, diesen Kamerafritzen zu erreichen.«

»Du kannst aber nicht mehr auf der Dachterrasse frühstücken, Papa. Als ich mit Oma oben war, haben die schon alles abgeräumt, aber sie hat sich noch Orangen und Kiwis in die Tasche gesteckt, weil sie Vitamine braucht und die ja auch bezahlt hat. Hat sie gesagt.«

»Eva geht jetzt schlafen, und du, Emil, zeigst mir, wo die Dachterrasse ist, einen Kaffee bekomme ich da bestimmt.«

Emil hatte die in Papier eingeschlagene, dünne Kuttelwurst aus Evas Handtasche geholt und reichte sie Georg.

»Du hast Glück, Eva, deine Tasche riecht jetzt genauso lecker wie der Laden mit dem Wildschwein!«, sagte er strahlend.

16

Natürlich flirtete Helga so penetrant mit dem Koch, der auf den schönen Namen Raffaele hörte, dass er für Eva nur noch ein erschöpftes Lächeln hervorbrachte. Natürlich fotografierte Georg jeden von Raffaele empfohlenen typisch umbrischen Vorspeisenteller, der auf ihrem Tisch landete. Natürlich verriet ein deutscher Idiot am Nebentisch Emil, woraus seine geliebten Peitschenwürstchen bestanden, sodass er sie von sich schob und nur noch Brot aß. Auch von den Linsen, in denen man den Speck kaum sah, und dem kunstvoll angerichteten Dinkeltörtchen mit Gorgonzola und Radicchio auf Evas Teller wollte er nichts mehr. Zu einem *serpentone*, einem mit getrockneten Pflaumen, Feigen und Pinienkernen gefüllten Schlangenkuchen, ließ er sich dann aber doch überreden. Raffaele brachte ihn persönlich aus der Küche, obwohl sie nicht einmal beim *secondo piatto* angelangt waren.

Eva war dennoch glücklich. Georg hatte auf dem Weg zum Restaurant ihre Hand genommen und heimlich geküsst, er hatte sich beim Hineingehen an sie gedrängt, die winzige, unbeobachtete Sekunde genutzt, um sie zu schubsen und sich lachend an sie zu drücken, bevor sie an einem der rustikalen Tische Platz genommen hatten. Kaum hatte er jedoch seine sehr bäuerlich wirkende *minestrone di farro* probiert, war er mit dem Teller zu dem jungen Koch in die Küche verschwunden. Er konnte nicht anders, musste Rezepte erfragen und notieren, Fotos machen. Da saß sie nun mit einem schweigenden Kind und einer extravaganten älteren Dame. Doch Eva war glücklich, da blieb auch noch etwas für Helga übrig. Sie lächelte ihr zu. Helga lächelte über ihren Teller Gnocchi mit Kürbiscreme zurück.

»Du siehst ja schon ganz erfrischt aus!«, sagte sie. »So ein Luxushotel ist eben nicht teuer, wenn man den Erholungswert betrachtet. In einem Haus der unteren Kategorie ärgert man sich doch nur, und diesen Ärger muss man dann auf den eingesparten Preis draufschlagen.«

Eva nickte. Sie wollte in diesem Moment nicht an ihren Kontostand denken, der durch die Reise ziemlich sinken würde. »Was war eigentlich gestern mit deinem Konto?«, fiel ihr bei dem Thema wieder ein. Georg hatte nichts darüber gesagt, als er zurückkam, und sie hatte nicht gefragt, hatte Helgas Probleme über ihren eigenen vergessen. Manchmal machte sie sich um die ganze Welt Sorgen, dann wieder blendete sie andere Menschen komplett aus, fast schon asozial.

»Ach, ich wollte meine Umsätze aufrufen, aber ich kam gar nicht rein.«

Hatte Helga Umsätze? Was tat sie eigentlich den ganzen Tag außer in ihrem Blog schreiben?

»Zu viele Fehlversuche stand da. Daraufhin habe ich meine Kreditkarte ausprobieren wollen, unten im Hotel. Ging aber auch nicht.«

»Und was hat Georg dann …?«

»Er hat die etwas patzige Mitarbeiterin an der Rezeption zum Schweigen gebracht und meine Karten telefonisch gesperrt, wegen der Fehlversuche. Sicher ist sicher.« Sie trank

226

ihr Weinglas in einem Zug halb leer. »Zahlen kann ich auf dieser Reise nichts mehr …! Auch wenn ich's wollte.« Sie lachte ihr übertriebenes Zahnlachen. »Weißt du, Eva«, fuhr sie fort, »ich bin ja nur froh, dass der Georg dann doch noch Geld von Henry, seinem leiblichen Vater, bekommen hat. Ich habe während der Jahre keinen Pfennig gesehen, aber wenigstens im Nachhinein. Nun, ich hab's ihm gegönnt. Stell dir vor, Milena wäre auf ewig die gut verdienende Lady gewesen, die die Knete nach Hause bringt!«

»Na ja, Hauptsache, einer verdient, oder?«, schwächte Eva ab.

»Nein! Trugschluss, Eva, großer Trugschluss! Eine Frau darf schöner, klüger und meinetwegen auch berühmter sein als ihr Mann. Doch Männer, die nicht wenigstens gleich viel verdienen wie ihre Frauen, die fühlen sich kastriert, die werden unzufrieden!«

Da bestand bei deinen Männern keine Gefahr, dachte Eva, du hattest ja nie Geld.

»Verdammter Zaster«, fing Helga wieder an, als ob sie ihre Gedanken gelesen hätte. »Ich habe meinen Männern nie von meinem reichen Elternhaus erzählt. Oder von meinem Bruder, der meine Anteile für mich ›sicher aufbewahrte‹, wie er immer sagte. Obwohl«, sie streckte einen Zeigefinger in die Luft, »als meine beiden Ehemänner mit ihren Geschäften Bankrott machten, habe ich nicht für sie bürgen müssen. Weil sie nichts von meinem Reichtum wussten, haha! Sonst wäre ich heute längst pleite. Ich meine, so richtig pleite …« Sie kicherte und sah plötzlich wieder so verschmitzt und verdammt jung aus, dass Eva ganz heiß vor Neid wurde.

»Nein, diese Schenkung war für Georg ein Glück, gerade mal zwanzig war er da. Das Geld war bis auf ein paar

Tausend Mark in irgendwelchen Fonds angelegt, an die er in den nächsten Jahren nicht herankommen würde. Das war sehr schlau von Henry!«

Eva stimmte Helga zu, auch diese Geschichte hatte Georg ihr während einer ihrer Liebesnächte bis morgens um vier erzählt: »So viel Geld, von meinem leiblichen Vater, den ich bis dahin erst zweimal gesehen hatte, ohne zu wissen, dass er mein Vater ist! Er starb zwei Wochen nach unserer letzten Begegnung an Krebs, ich weiß nicht mal, an was für einem. Irgendetwas wollte er wohl an mir wiedergutmachen.«

Helga nickte und tupfte sich mit ihrer Serviette den Mund ab.

»Mit dem Geld im Rücken hatte er nicht das Gefühl, von seiner sehr gut verdienenden Frau abhängig zu sein, der er ja, trotz Kind, die Karriere ermöglicht hat. Nicht wahr, Emil?« Helga tätschelte seine Hand. »Und nimm doch mal die Kappe ab, wir sind in einem Restaurant!« Emil schüttelte den Kopf. Eva nickte ihm zu. Lass sie ruhig auf, die Chammis sind wichtiger als deine Oma. Sie nahm einen kleinen Happen von ihrer Dinkeltorte, die köstlich schmeckte.

Helga verzog keine Miene. »Emil-Schatz, vergiss das mit der Kappe, holst du uns ein bisschen Brot vom Buffet, bist du so lieb? Aber nimm die Brotzange, nicht die Finger!« Emil legte seine Kuchengabel, mit der er versonnen in seinem Schlangenkuchen herumgepickert hatte, hin, nahm den leeren Brotkorb und zockelte los zum Buffet, auf dem auch *bruschette* mit Olivenpaste und eine Auswahl verschiedener Wurstsorten angerichtet waren.

Schnell beugte sich Helga zu Eva hinüber: »Wenn Georg mal jemand Neues kennenlernen sollte, muss sie ja nicht unbedingt wieder Geld haben, sondern könnte sich stattdessen mal um ihn kümmern.« Eva starrte ihr in die Augen, ihre waren genauso graublau und hell wie die von Georg, betont von einem reptiliengrünen Lidschatten. Ahnt sie etwas von Georg und mir?, fragte sie sich.

»Ich habe deine Schwester geliebt, Eva, und das weißt du!« Helga legte theatralisch die Hand auf ihr tief gebräuntes Dekolleté. »Aber sie war immer die Hauptperson, alles drehte sich um sie, im wahrsten Sinne des Wortes. Sie drehte hier, sie drehte dort, und Georg hat ihr fünf Jahre lang das Kind hinterhergetragen. So war es doch.« Sie lächelte Emil zu, der sich mit dem gefüllten Brotkorb zwischen den Tischen hindurchschlängelte. »Und deswegen war das mit der Erbschaft doppelt wichtig für ihn!«

»Der Mann am anderen Tisch hat gerade gesagt, dass in der Wurst echte Leber von echten Tieren drin ist. Und *faraona* bedeutet Perlhuhn, und dass die ganz winzig klein sind und man manchmal noch kleinere Vögel, die Wachteln heißen, in sie hineinstopft! Ab heute esse ich kein Fleisch von Tieren mehr! Nur noch Salami.«

»Mach das, wie du denkst, mein Schatz. Keiner zwingt dich«, sagte Helga zerstreut.

»Hat er denn eine Neue?«, fragte Eva leise, damit Emil sie nicht hörte.

»Ach, na ja, mir erzählt er ja nichts. Aber der Name dieser Nachbarin aus dem zweiten Stock, dieser Jenny, der fiel in letzter Zeit ziemlich häufig. Ich glaube, sie gefällt ihm. Sie ist dunkel, klein und fraulich. Dafür schwärmt er nun mal.« Helga nickte ihren Worten hinterher und nahm einen tiefen Schluck aus ihrem Weinglas, dem einzigen Alkohol auf dem Tisch heute Abend. Ein Stich der Eifersucht fuhr Eva zwischen die Rippen. Jenny, die Nachbarin. Diesmal ging es etwas schneller mit der Nachbarin als vor elf Jahren, wahrscheinlich hatte er schon längst eine Affäre mit ihr und war gestern Abend nur von der Sehnsucht nach ein bisschen Knutschen gepackt worden. Sie stocherte mit der Gabel in den Dinkelkörnern auf ihrem Teller.

»Schmeckt es dir nicht?!« Georg beugte sich über ihre Schulter und legte seine Kamera auf den Tisch. »*Tortino di farro*, ein altes Rezept. Und die grünen Linsen, die müsst ihr unbedingt probieren, die wachsen auf einer Hochebene hier in der Nähe, die besten, zartesten in ganz Italien! Ich weiß, ich bin unhöflich, aber dieses Restaurant ist eine Offenbarung, alleine die ganzen alten Sachen hier an der Wand.« Er zeigte auf die schwarz angelaufenen Pfannen, Trichter und Töpfe, die über ihnen hingen. »Und in der Küche sind sie total nett! Jetzt kann ich in Ruhe essen.«

»Hat dir keiner was geschenkt? Holzlöffel, Hauklötze, Forken oder Messer?«, fragte Eva.

»Nein, aber ich habe denen gesagt, ich schicke dich gleich noch mal vorbei. Dann raff bitte zusammen, was du kriegen kannst, ja?!« Er setzte sich neben sie und streichelte mit seiner kräftigen Hand über ihren Oberschenkel, der notdürftig von dem neuen roten Kleid verdeckt war. Lass sie liegen, lass sie liegen, bat Eva inständig. Doch Georg musste ja sein Besteck nehmen. Musste sein Wasserglas nehmen, musste seine Stoffserviette auseinanderfalten.

»Als was hast du mich angekündigt?« Eva sah, wie Helgas Ohren über den Tisch krochen, während sie scheinbar unbeteiligt ihre Kürbiscremesoße mit einem Stück Brot aufstippte.

»Ja, das wollte der *cuoco* Raffaele auch von mir wissen, wer die *bella Signora* da draußen sei.«

»Und?«

»*Fidanzata* habe ich gesagt. Schwägerin. Stimmt doch, oder?«

»Nein, *fidanzata* heißt Verlobte. Die Schwägerin wäre *la cognata*.«

»Ach, auch egal, oder?« Er grinste sie an, griff nach der Wasserflasche und schaute ihr tief in die Augen. »Noch ein Wasser, *cognata?*«

»Gern.«

Helga schob ihren Teller von sich und holte eine Packung Zigaretten aus ihrer Handtasche.

»Du darfst hier nicht rauchen, Helga!«, sagte Georg.

»Ach was? Auch nicht draußen vor der Tür?«

»Emil, sitz gerade und nimm bitte die Kappe ab, ich sehe dich gar nicht!«

»Nein. Das geht nicht. Ich gehe aufs Klo!«

»Soll ich mitkommen?«

»Papa!«

»Schon gut. Aber wasch dir danach ordentlich die Hände!«

»Er ist heute Mittag in der Gondel übrigens ziemlich wütend geworden«, sagte Eva, als Emil verschwunden war. »Wegen einer Kleinigkeit. Er hätte den freundlichen alten Mann, der seine Kappe anschauen wollte, am liebsten getreten … Ich habe ihn noch nie so gesehen.«

»In der Schule hat er das auch manchmal, höre ich von den Lehrern, oder beim Fußball. Er explodiert förmlich! Das macht er zu Hause nie.«

»Er schont dich, Georg, das ist bei trauernden Kindern ganz normal. Irgendwo muss es ja hin. Auch bei Emil!«

»Ach, Mutter, nach all den Jahren? Und überhaupt? Was weißt *du* denn schon davon?«

»Mehr, als du denkst, Georgie! Es gibt schließlich Fachliteratur.«

Georg seufzte und tastete unter dem Tisch nach Evas Hand. Sie nickte, und in ihrer Brust wurde es warm. So könnte es aussehen, ihr künftiges Leben.

Am nächsten Morgen, während sie auf der Dachterrasse zusammen frühstückten und den fantastischen Blick genossen, las Emil so lange aus dem italienischen Flyer der Perugina-Schokoladenfabrik vor, bis Eva, Georg und selbst Helga über ihren Cappuccinotassen zu lachen anfingen. »Überredet, Emil, wir fahren hin«, sagte Eva.

»Das Fabrikgelände liegt außerdem schon fast auf dem halben Weg nach Rom«, stellte Georg fest. Eva rief bei der angegebenen Nummer an und reservierte vier Plätze bei der deutschsprachigen Führung durch das Museum und die Produktionshallen um 11.15 Uhr.

Die Führung begann in den großen fensterlosen Räumen des Firmenmuseums, die mit glänzendem Parkett und geschickt angebrachten Strahlern ausgestattet waren. Groß aufgezogene Schwarz-Weiß-Fotos der Firmengründung waren zu sehen, Vitrinen mit alten Maschinen und noch älteren Pralinenschachteln, auf Bildschirmen liefen kleine Filmchen mit viel Werbung für den neuen Besitzer Nestlé und die Peruginer Schokoladentage. Zwei Stunden später standen sie mit Tüten voller Prospekten, Schokolädchen und Pralinen wieder auf dem Fabrikparkplatz.

Die Autobahn nach Rom war voll, doch die Stimmung besser als je zuvor bei ihren Fahrten.

»Weißt du, was ich am besten an der Schokoladenfabrik fand?«, fragte Emil Eva, während er in der großen Papiertüte aus dem Schokoladen-Shop kramte.

»Nein. Sag mal!«

»Die Schokoladentäfelchen, für die man nicht bezahlen musste. Guck, die hat Oma alle eingesteckt und mir gegeben.« Er sortierte die kleinen Schokoladentafeln aus der Tüte nach ihren Farben.

Helga drehte sich geschmeidig zur Rückbank um. »Ach, dieser Geruch nach Schokolade war einfach köstlich, mmmh, so satt und herbsüß nach Kakao. Na ja, ich bin eben ein sinnlicher Mensch.«

Im Gegensatz zu uns, oder was soll das heißen?, dachte Eva.

Emil zählte auf den 174 Kilometern die Autobahnbrücken, sie hielten an zwei Rastplätzen, weil Helga plötzlich Schmerzen in der Seite hatte und sich strecken musste, und an einem Autogrill, wo sie getrocknete Steinpilze und gehobelte Trüffel in einem Glas kaufte. »Das habe ich gestern bei der netten Plauderei mit Raffaele ganz vergessen …« Dann ging es weiter.

»Was hast du in Rom eigentlich genau vor, Helga?«, fragte Georg, der sich durch den langen Stau vor der Mautstation nicht aus der Ruhe bringen ließ.

»Ich bin heute Abend verabredet, in einem kleinen Restaurant, am Kolosseum. Mein Verleger – oder der, der es werden soll – kommt dorthin.« Sie ließ ein paar glucksende Laute hören. »Endlich der Lohn für die Plackerei!«

Georg stieß einen Schwall Luft aus. »Und bis dahin? Ich meine, in welchem Hotel wirst du logieren?« Er betonte das letzte Wort kein bisschen.

»Da habe ich mich bis jetzt noch nicht entscheiden können.«

»Aha«, sagte Georg nur, und Eva bewunderte ihn erneut für seine Ruhe.

»In welchem sind *wir* denn, Papa?«, fragte Emil. »Wieder in einem Palazzo?«

»Nein! Ich habe einen Freund von Mama angerufen, er heißt Konrad Wehrli und ist Kameramann. Wir werden entweder bei ihm wohnen oder in der Wohnung von seinem Kumpel, das wusste er noch nicht so genau.« Eva bemerkte plötzlich Georgs blaue Augen im Rückspiegel, nur die Augen, wie beim »Tatort«-Vorspann, aber nicht so grimmig und gefährlich, sondern eher fragend, prüfend.

»Er ist also tatsächlich in Rom?«

Um den Augen zu entkommen, schnallte Eva sich ab und beugte sich weit durch die beiden Vordersitze.

»Sieht ganz so aus. Und du hast vergessen, dir darum Sorgen zu machen, das ist doch auch mal was …«, sagte er leise.

»Stimmt.« Sie zog sich wieder auf ihren Platz zurück, doch dann fiel ihr noch etwas ein: »Wir besuchen ihn einfach?« Georg verstand, was sie meinte. »Haben wir doch in Pesaro auch so gemacht. Gleiche Idee, oder?« Helga schaute konzentriert aus dem Seitenfenster, doch Eva war sicher, dass sie aufmerksam zuhörte.

»Er kann uns bestimmt eine Menge über Milena erzählen.« Georg tippte während des Fahrens etwas in das Navi ein.

Vielleicht mehr, als du hören möchtest, dachte Eva und schnallte sich wieder an.

Die Stadt umschlang sie mit einer Woge von Autos, die sie packte und davontragen wollte, doch die strenge Stimme der Navifrau, *jetzt rechts abbiegen!*, lenkte sie unbeirrt über die mehrspurigen Einfallstraßen. Langsam schoben sie sich in Richtung Stadtkern.

»In welchem Viertel wohnt dieser Konrad?«, fragte sie nach vorn.

»Wieso, kennst du dich in Rom aus?«

»Nein, überhaupt nicht.«

Georg lachte. »Zwischen dem Esquilino-Viertel und Monti, in der Nähe der Piazza Vittorio Emanuele. Helga, wie sind denn nun deine Pläne?«

»Ach, wenn ihr nichts dagegen habt, komme ich erst mal mit. Vielleicht rufe ich von dort in Ruhe im San Anselmo an, in dem war ich bei meiner letzten Hochzeitsreise. Mit Ludwig!« Der Ton, mit dem sie den Namen ausstieß, verhieß nichts Gutes.

»Ich fahr jetzt direkt zu seiner Adresse, Konrad erwartet uns.«

Die Via Angelo Poliziano lag friedlich in der Nachmittagssonne. Autos parkten dicht an dicht, hinter einer hohen Mauer sah Eva die Baumkronen eines Gartens. Die kleinen Läden waren alle geöffnet. Eine *pasticceria*, ein Café, eine Reinigung. Alte Frauen, die auf der Straße miteinander plauderten, ein Hund, der neben einem Wasserspender saß, aus dem es unaufhörlich plätscherte. Sogar einen freien Parkplatz gab es. Eva schaute sich um, eine ganz normale Straße, auch das war Rom, sie war gespannt, ob es ihr gelänge, sich an den berühmten Brunnen und Treppen vorbeizuschmuggeln. Zu viele Touristen, wie in Perugia an der Fontana Maggiore, bereiteten ihr Kopfschmerzen.

»Guck mal, die Tür ist bewaffnet wie ein Ritter«, sagte Emil und zeigte auf die goldenen Dornen, mit denen der untere Teil der Tür beschlagen war.

»Eine sehr edle Ritterburg!«, sagte Georg.

»*Chi è?*«, fragte jemand aus der Sprechanlage.

»Äh, wir sind's! Konrad?«

Keine Antwort. Mehrere Sekunden vergingen, ohne dass jemand etwas sagte.

»Georg Wassermann«, setzte Georg noch einmal an. »Ich hatte angerufen. Wir möchten zu Konrad Wehrli.«

Stille.

»Wir stehen hier unten!«, rief Emil auf Zehenspitzen in die Öffnung der ebenfalls vergoldeten Sprechanlage. Georg lachte und legte den Arm um ihn.

»Versteht er überhaupt Deutsch?«, fragte Helga.

»Na klar, er kommt aus Bern, ich habe gestern minutenlang am Telefon mit ihm gesprochen.«

Da meldete sich die Stimme erneut von oben: »*Corrado non c'è!*«

»Er sagt, Konrad sei nicht da«, übersetzte Eva leise.

»Ääh …«, fiel Georg nur ein. »Das ist ja – dumm.«

»*Dov'è?*«, soufflierte Eva.

»Doowè?«, wiederholte Georg und setzte noch ein »*Where is he?*« hinzu. Eva schaute Georg an. Na toll, sie standen in Rom auf der Straße, hatten kein Hotel, und ihr Gastgeber war abwesend.

»*È a Olliwuud, lui!*«

»In Hollywood?«, murmelte Helga. »Wer's glaubt!«

»Was machen wir jetzt?«, fragte Eva.

»Aah, *scherzo*, war nur ein Witz, kommt rauf!«, krächzte es aus dem kleinen Lautsprecher, gleichzeitig summte der Öffner. Georg grinste erleichtert und stieß die schwere Haustür auf. Vor ihnen lag eine kleine Halle, an deren Ende sich eine hohe Wand aus gelbem Glas mit Jugendstilmustern befand. Durch die offen stehende Tür, die darin eingefügt war, sah man in einen Hinterhof mit Palmen und Bananenstauden. Schick, dachte Eva, und sicher nicht billig. Die Stufen des Treppenhauses waren aus Marmor und umschlossen einen filigran geschmiedeten Aufzugkäfig.

»Da passt ja höchstens einer von uns rein, lasst uns zu Fuß gehen«, bestimmte Georg.

Im zweiten Stock stand eine Wohnungstür offen.

»*Eccolo*, ha, da habe ich euch aber es bitzli hochgenommen!« Ein stattlicher Mann mit hoher Stirn, auf der eine Sonnenbrille parkte, rötlichen Haaren und rötlich braun geschecktem Bart stand lachend mit ausgebreiteten Armen in der Türöffnung.

»Es bitzli?«, murmelte Emil. »Was meint der denn damit?«

Eva zuckte mit den Schultern. »Keine Ahnung, ein bisschen?«

»Grüezi miteinand, nur herein!« Er begrüßte sie alle per Handschlag, nur vor Emil machte er eine Verbeugung. »*Emilio mio*, härzlich willkomme!«

Eva spürte förmlich, wie Georg die Luft anhielt. Seine Augen blitzten sie an, nur den Bruchteil einer Sekunde. Wieder lachte Konrad schallend, wobei sein Kopf auf erschreckende Art in Bewegung geriet. Er ruckte und zuckte auf seinem Hals, während sein rechtes Auge sich zusammenkniff und sein Mund ein paar seltsame Grimassen schnitt.

»Nur keine Angscht, das passiert, wenn ich aus dem Häuschen bin«, sagte er, nachdem der Anfall vorbei war. »Tourette. Ganz leicht, ich habe Schwein gehabt, sonst könnte ich meine Arbeit gar nicht machen.« Er bemühte sich, mit ihnen Hochdeutsch zu sprechen, dennoch brachte seine Kehle die G- und Ch-Laute in gewohnter Schweizer Manier hervor.

»Danke, dass wir dich einfach so überfallen durften«, sagte Georg.

»Ja natürlich, natürlich, ein Zufall, dass ich gerade daheim bin. Unser letztes Treffen isch leider nur kurz und traurig gewesen, ja klar, ja klar, da reden wir jetzt nicht davon, einverstanden?«

»Sehr einverstanden!«, sagte Georg und umarmte den großen Mann.

»Wovon redet er?«, wisperte Helga ihr zu.

»Von der Beerdigung«, flüsterte Eva ebenso leise zurück.

»Ich kann mich gar nicht an ihn erinnern.«

»Ich auch kaum, Georg hat mich drauf gebracht. Es waren ja auch so viele Leute da, und dann der Ärger mit der Presse, ich habe kaum jemanden wahrgenommen.«

Eva schaute auf und sah, dass Emil Konrad anstarrte, der wiederum nicht minder neugierig sie anstarrte. Versuchte er in ihrem Gesicht Milena zu finden? Und? Fand er das, was er suchte? Natürlich nicht.

»Sie sind Regisseur oder irgendwas beim Film, ja?«, fragte Helga, während sie die zahllosen, im Flur aufgehängten Fotos betrachtete. Auf den meisten war Konrad selbst mit irgendwelchen Prominenten zu sehen. Sophia Loren. Sean Connery. Roberto Benigni. Sting.

»Ich bin lichtsetzender Kameramann.« Er lachte und zuckte, doch diesmal weniger heftig als beim ersten Mal.

»Schaut«, sagte er, »scho' habe ich mich an euch gewöhnt. Wir duzen uns, gälled? Sonst fühle ich mich so alt. Haha! Außer, die *Signora* ...?«

»Nein, nein!«, rief Helga. »Ich bin eigentlich noch so eine von denen, die immer alle duzen, aber in Rom bin ich geschäftlich und damit etwas förmlicher unterwegs. Versuche, mich schon mal drauf einzugrooven ...«

»Schon guet«, sagte Konrad, vermutlich ohne verstanden zu haben. »Gehen wir doch in die Stube.« Mit großen

Schritten eilte er voraus und verschwand dort, wo der Flur einen Knick machte.

»Sogar Romy Schneider«, murmelte Helga, diesmal mit wesentlich mehr Bewunderung in der Stimme, und trat näher an ein Foto heran.

»Nee, Oma«, sagte Emil, nachdem er einen Blick darauf geworfen hatte, »das ist doch meine Mama!« Dann lief er hinter Konrad und Georg her.

»Bitte lass dieses ewige Oma endlich …«, protestierte Helga. Eva schaute über Helgas Schulter. Milena, sehr jung und ernst, stand in einem altmodischen Hosenanzug in der offenen Tür eines Wohnwagens und blickte in die Ferne. Ihr volles Haar war streng aus dem Gesicht gekämmt, das aus diesem Winkel wahrhaftig dem Romy Schneiders ähnelte. Sie wirkte entrückt, doch auch von innen strahlend. Konrad saß vor ihr auf dem Kopfsteinpflaster in einem Regiestuhl und schaute wie ein verliebter Bär zu ihr empor. Im Weitergehen bemerkte Eva die leeren Flächen, die sich zwischen den Rahmen ausbreiteten, die Halterungen der Aufhängungen ragten hier und da aus der Wand. Die Bildergalerie sah geplündert aus, einige Fotos fehlten offensichtlich.

Wie auch der Flur war der Salon sehr groß, ein flacher Sofawurm wand sich durch den Raum, links sah man einen alten Kamin, es gab reichlich moderne Gemälde an den Wänden, aber auch hier fielen Eva die Lücken ins Auge, hellere Flecken an den betreffenden Stellen. Dies ist kein Tatort, ermahnte sie sich, wann verzichtet dein Gehirn endlich freiwillig darauf, unnütze Informationen über die Orte zu sammeln, an denen du dich zufällig aufhältst?

Ein bisschen bunter Kram lockerte die karge Einrichtung auf: kleine Plastiktische aus den Siebzigern, drei runde Lampen, die an Bowlingkugeln erinnerten und an ihren stoffumhüllten Kabeln knapp über dem Boden baumelten. Es war modern, leer, ganz nach ihrem Geschmack.

»Das ist aber eine tolle Wohnung, und das mitten in Rom, wunderschön!«, sagte sie zu Konrad.

»Die hat meine Frau eingerichtet! Sie ist Innenarchitäktin.«

»Oh! Deswegen …«

»Und wo ist die jetzt?«, fragte Emil, mit einem Mal gar nicht mehr schüchtern.

»Die ist fort. Sie hat mich verlassen.« Er grinste Emil an. Eva schüttelte unmerklich den Kopf und sah zu Georg. Die fehlenden Bilder im Flur hatte die Exfrau wahrscheinlich genau wie die Gemälde mitgenommen.

»Tja, man kann halt käni zwinge …«, rief der Kameramann etwas zu laut. »Wollt ihr einen Espresso oder etwas anderes? Es ist ja schon fascht fünf, da kann man ja schon Wein trinken, oder?«

»Nein danke!«, sagten Georg und Eva wie aus einem Mund. Alle lachten, es klang verlegen.

»Sitzed doch ab.« Konrads Hände zeigten auf die Sofalandschaft, wieder zuckte sein Gesicht. Selbst Emil bemühte sich, nicht allzu neugierig hinzuschauen.

»Ihr seid also da, um ein bisschen was von Rom zu sehen und etwas über deine Mutter zu erfahren? Was, mein Emilio?« Sie nahmen Platz auf dem Sofa. Nur Konrad blieb mit rudernden Armen stehen, nach einigem Überlegen setzte er sich doch.

»Das Auto steht unten, vollgeladen mit unserem Gepäck. Ist das sicher hier?«, fragte Georg.

»Nein. Aber wenn was passiert, wissen wir wenigschtens, wer's genommen hat!« Er lachte. »*Scherzo!* Ich bringe euch gleich in euer Wohnig, ein Freund von mir wohnt hier um die Ecke, er vermietet die manchmal an Fründ und Fründesfründ, wenn er nicht in der Stadt ist. Und um die Ecke gibt's auch eine Garage, da kannst du das Auto parkieren. Wie lange wollt ihr bleiben? Zwei Nächte?« Georg nickte.

»Vier Personen?«

Eva und Georg nahmen Helga ins Visier, die in den Tiefen ihres hässlichen Gucci-Portemonnaies kramte. »Ach, da komme ich doch am besten mit«, sagte sie, ohne aufzuschauen. »Kann hier sowieso nirgends einchecken ohne Karte …«

Eva unterdrückte ein Seufzen. Die Frau klebte besser als das Spezialklebeband, mit dem im LKA die Textilproben genommen wurden.

»Kein Problem!« Konrad schien bis auf ein nervöses Augenzwinkern wieder ruhig. »Emil, ja Emil, ja Emiiiel!«, rief er plötzlich, die Stimme vor Begeisterung kippend. War das nun Tourette oder normal durchgedreht?

Emil schob sich die Kappe mit den angeklebten Chamäleonbildern tiefer in die Stirn. Eva legte ihm einen Arm um die Schultern und zog ihn kurz an sich. »Sitzed doch ab, hat der gesagt«, kicherte er ihr ins Ohr.

»Ich bin ja nicht nur Kameramann, sondern ich fotografiere auch. Willst du mit meiner Kamera ein paar Föteli von uns schießen? Und kann ich ein paar Porträts von dir machen?«

Emil prustete los, kam aber aus seiner Mützendeckung hervor. Georg tauschte wieder einen Blick mit Eva. Geschickt macht er das, schien er sagen zu wollen. Eva zog die Augenbrauen hoch und nickte. Sie kam sich vor wie ein Teil eines Ermittlerteams in irgendeiner albernen CSI-Serie.

Konrad setzte sich neben Emil und erklärte ihm die Kamera, wobei er gleich einige Fotos von ihm schoss. »Ist ganz einfach. Da! Leg los!« Er drückte Emil die Kamera in die

Hand. Dann sprang er auf und klatschte in die Hände. »Aber ihr *müsst* doch etwas trinken!«

»Na gut«, sagte Georg, »ein Espresso mit viel Zucker wäre jetzt großartig für mich!«

Eva erhob sich nach einem kurzen Blick zu Georg ebenfalls. »Ich helfe dir!« Sie folgte Konrad in die Küche. CSI oder nicht, dachte sie, Georg und ich haben uns schon immer wortlos verständigen können.

Auch hier sprach aus allen Ecken die Innenarchitektin, ein Küchenblock in der Mitte des Raumes, natürlich, ohne Block geht es heute nicht mehr, ging Eva durch den Kopf. An der Decke hingen zu Spots umgebaute alte Fotolampen. Alles war so blank und wohlgeordnet, als ob hier niemals gekocht würde. Aber wahrscheinlich kam fünfmal in der Woche die Putzfrau. Konrad drückte ein paar Knöpfe an der modernen Kaffeemaschine, dann kam er auf Eva zu, groß, haarig und rot, sogar auf seinen Unterarmen kräuselte es sich großzügig. Gab es irgendeinen Mann mit roten Haaren, der gut aussah? Eva fiel keiner ein.

»'tschuldigung, Eva? Eva stimmt doch? Wir haben uns damals vor fünf Jahren gar nicht vorgestellt. Ich bin in den zwei Tagen in Deutschland auch nicht gut beieinander gewesen, Milenas Tod hat mich sehr getroffen. Sehr!« Schon zuckte er wieder, seine linke Schulter schien sich an sein Ohr kuscheln zu wollen.

»Ich habe dann im Jahr nachhär Mona, meine Frau, kennengelernt, sie hat mich aus dieser Krise rausgeholt. Doch nun? Es ist paradox, aber kaum ist sie gegangen, stehst du da! Das muss doch etwas bedeuten, dass Milenas Schwester hier bei mir in der Küche steht …!«

Eva gab sich Mühe, seinen Gedankensprüngen zu folgen.

»Kaum ist sie gegangen …? Ach so, Mona. Das tut mir leid.«

Konrad winkte ihr Beileid mit einer Handbewegung beiseite. »Du bisch genauso schön wie deine Schwester. Ich spüre da eine ganz starke Anziehung zwischen uns.« Er stand viel zu dicht vor ihr. Manche Menschen bemerken einfach nicht, wann sie jemanden bedrängen, dachte Eva.

»Darf ich dir einen Kuss geben?«

»Nein!«, rief Eva und trat einen Schritt zurück. »Hast du bei ihr doch auch nicht gedurft, oder?«

Er grinste hinter seinem roten Bart. »Wer weiß das scho'?«

Mist, falsche Frage, welcher Mann würde freiwillig und ohne Umschweife zugeben, von einer Frau abgewiesen worden zu sein? Keiner. Konrad zuckte wieder heftiger, sein eingebautes Barometer für starke Emotionen. Die Frage war nur, welche?

»War sie denn eigentlich auch mit Elio befreundet? Der wohnt doch auch in Rom, hast du seine Nummer?«

Wieder kam er ihr näher: »Er wohnt in Rom, aber ich habe seine Nummer nicht. Ich möchte auch nicht auf ihn angesprochen werden. Punkt.« Sein Punkt hörte sich so kehlig an, als ob er sich gleich übergeben wollte.

Eva wich noch weiter zurück und stieß mit Emil zusammen, der in diesem Moment in die Küche gelaufen kam.

»Dein Handy klingelt schon die ganze Zeit, hier.« Er gab es ihr und rannte wieder davon. Normalerweise hätte sie abgewinkt und den Anruf weggedrückt, doch ihr guter Freund André bewies mal wieder ein wunderbares Timing.

»Das ist jemand vom Job, ich muss da mal drangehen, entschuldige bitte!« Sie schenkte Konrad ihr schönstes Lächeln, wandte sich um und drückte auf das grüne Feld. »Herr André!«, rief sie erfreut.

»Und, wie läuft die Reise? Hast du ihn schon vernascht und festgenagelt?«

»Nein, ich kann das im Moment auch schlecht näher beschreiben«, antwortete sie und wanderte aus der Küche durch den Flur. »Wir haben immer noch Emil und Georgs Mutter dabei!«

»Ach je, meine Süße, das ist hart! Habt ihr wenigstens schon Proben sichern können?«

»Zwei.«

»Keine Kompromisse, denk dran!«

Sie versprach es und lachte über eine kleine lustige Begebenheit aus seinem Labor. Er imitierte den Leipziger Dialekt dabei hervorragend. Während sie zuhörte, betrachtete sie noch einmal alle Fotos an der Wand, drückte dann gedankenlos eine Türklinke hinunter – war hier vielleicht die Toilette? – und schaute in den Raum, der sich vor ihr auftat. Ein Arbeitszimmer, Steinboden mit einem alten Perserteppich, an den Wänden Regale mit Hunderten von DVDs und alten Videokassetten, vor dem Fenster ein Schreibtisch mit Laptop. In einem Regal direkt neben der Tür standen Bücher und Bildbände, teilweise durch großformatige, ungerahmte Leinwände verdeckt, die mit dem Rücken zum Betrachter dagegenlehnten. Eva zog mit zwei Fingern die erste Leinwand zu sich und schaute von oben darauf. Kunst, in Rot und Gelb, irgendetwas Abstraktes. Sie klappte das zweite Bild um, auch wieder Farbe, diesmal in Rot und Grün. Nun kam ein dünnes Stück Aluminium, das zwischen den Rahmen hervorstand, mindestens ein Meter mal eins fünfzig, auf der Rückseite war ein Schwarz-Weiß-Foto aufgezogen. Eva legte den Kopf schief, um es ansehen zu können. Milenas Gesicht und ein Teil von ihrem Oberkörper – übergroß. Sie schaute dem Betrachter nicht in die Augen,

244

sondern blickte von oben auf ihn herab und gleichzeitig in die Ferne, das schaffte nur sie. Eva hielt den Anblick nicht aus und ließ das Foto wieder gegen die Leinwände fallen. »Tschüs, André, wenn hier etwas Spektakuläres passiert, erfährst du es als Erster!«

Sie ging in die Knie und prüfte die restlichen Leinwände. Sie hatte richtig vermutet: Dazwischen steckten die Glasrahmen der Flurbilder. Sie schob zwei Leinwände auseinander – Milena mit einer Kaffeetasse an den Lippen, Milena in einem Trenchcoat auf einem roten Teppich, Milena in ihrer Rolle als Boxerin im Ring. Sie zählte die gerahmten Fotos. Zehn Stück.

Konrad liebt Milena immer noch, dachte sie, als sie den Weg in den großen Salon zurückging. Er hat sich eine Gedenkstätte eingerichtet, aus der seine Frau am Ende geflohen ist.

17

Nachdem Georg das Auto in einer nahen Garage »parkiert« hatte, führte Konrad sie in die Wohnung, die eine Straße weiter – im vierten Stock ohne Aufzug – lag. Sie war wesentlich bescheidener als seine, hatte zwei Schlafzimmer und eine Couch im Salon, die man ausziehen konnte. Wohnte hier wirklich jemand? Alles war sehr sauber, leer und etwas unpersönlich, sogar die Blumenkästen auf dem Balkon waren mit nichts außer steinharter Erde gefüllt, doch Eva gefielen die kargen Steinböden und die weißen Überzüge, die der Besitzer über Betten und Sofas geworfen hatte, und in einer Anwandlung von Opferbereitschaft erklärte sie sich einverstanden, im Wohnzimmer zu kampieren.

Konrad musste gehen, sie verabredeten sich zum *aperitivo* in einem Lokal, das am Largo Leopardi lag.

»Das Panella, da machen sie fantastisches Brot, Gebäck, Kuchen und alles Mögliche. Wir können dort etwas trinken und dann gleich nebenan zu Abend speisen. Ihr geht an meinem Haus vorbei, kommt auf die Via Merulana, links hoch, bis ihr an einen winzigen Park gelangt, eingezäunt wie ein Tigerkäfig. Das findet ihr!« Im Flur wandte er sich noch einmal Eva zu, die drei Haustürschlüssel von ihm in Empfang genommen hatte und nun in ihren Händen drehte.

»Machst du dich heute Abend ein bisschen hübsch?«

Irritiert schaute sie an sich herunter.

»Die Haare schön streng zurück? Noch ein bisschen strenger als jetzt mit dem Zopf. Dann siehst du ihr so ähnlich, bitte!«

Eva merkte, dass sie sich kaum noch beherrschen konnte. Entweder sie schrie ihn gleich an, oder sie lachte laut los! »Lass dich überraschen, wozu ich fähig bin!«, antwortete sie stattdessen. Sie machte die Tür hinter ihm zu und ging in das winzige Bad. Dort setzte sie sich auf den Rand der Sitzbadewanne und schaute sich grinsend und ungewohnt zufrieden mit sich selbst in dem kleinen Rasierspiegel an, der über dem Bidet hing. Da warst du ausnahmsweise einmal schlagfertig, dachte sie und starrte weiter in den Spiegel, bis Helga an die Tür klopfte.

»Ich will nicht drängeln, aber ich muss mich etwas restaurieren, der Termin heute ist wihiichtiihig.« Das letzte Wort zog sie in einem Singsang in die Länge.

Ausgehen! Anziehen! Mehr schminken als sonst! Eva öffnete ihren Koffer, schnüffelte an ihren schwarzen T-Shirts und beschloss, sobald wie möglich ein paar Sachen zu waschen. Sie waren in Rom, also musste es für heute Abend wieder das rote Kleid sein. Die Römerinnen waren bestimmt nicht in Jeans und T-Shirt unterwegs.

Eine halbe Stunde später scheuchte Helga sie alle aus der Wohnung. »Geht, geht, macht euch keine Sorgen um mich, ich bereite mich nur ein wenig vor. Zur Not weiß ich ja, wo ihr seid!«

Falls du Geld brauchst, dachte Eva, aber sie merkte, dass sie dabei lächelte. Sie bummelten mit Emil die Straße hinunter und landeten nach nicht einmal zweihundert Metern in dem Park, der ihnen von Konrad beschrieben worden war.

»Parco di Colle Oppio«, las Eva neben dem Tor. »Dort hinten muss gleich das Kolosseum liegen.« Das Kolosseum war okay, an dem kam man einfach nicht vorbei in Rom. Es war sieben Uhr, noch sehr warm, ein leichter Wind fuhr durch die hohen Kiefern, Palmen und Zedern.

»Ich glaube, ich kann schon ein Stück davon sehen!«, rief Emil und näherte sich in gebückter Haltung und mit schnalzender Zunge einem jungen Hund, der in einiger Entfernung vor ihm herumtollte.

»Du hast sicher irgendetwas mitgehen lassen! Und ich frage mich, was!«, sagte Georg.

»Nein! Du?« So viel zum wortlosen Verständnis zwischen uns, dachte Eva.

»Ich war bei Konrad im Bad, da lagen zwar grässlich viele rote Haare im Abfluss, aber ich habe aufgepasst, als du mir neulich den Sachverhalt erklärt hast: Die ausgefallenen sind nicht wirklich gut zu gebrauchen!«

»Stimmt. Die sind für uns wertlos.«

»Ich hatte überlegt, seine Espressotasse mitzunehmen, aber das habe ich dann nicht mehr geschafft. Der war dauernd um mich herum! Kam immer so nahe ...« Sein Kussangebot unterschlug sie lieber.

»Er ist komisch«, bestätigte Georg.

»Er hat aus seiner Wohnung das reinste Milena-Museum gemacht. Sind dir die ganzen Lücken im Flur aufgefallen?«

Georg schüttelte den Kopf. »Welche Lücken?«

»Nicht!? Da hingen ursprünglich Fotos von Milena, mindestens zehn Stück. Und im Wohnzimmer vermutlich ein ganz großes. Kein Wunder, dass seine Frau ihn verlassen hat, wer will denn dauernd auf die Bilder seiner Vorgängerin

glotzen? Und dass er Emil mit seinen Eheproblemen belästigen musste, fand ich auch ziemlich daneben.«

Doch Georg hatte sich anscheinend nur ein Wort gemerkt:
»Vorgängerin!? Hat er irgendwas in dieser Hinsicht gesagt?«

»Nein. Er tat geheimnisvoll. Ich weiß nicht, was er für
Milena gewesen sein könnte. Er jedenfalls ist immer noch
ein Fan von ihr. Und was für einer!«

»Den sie hoffentlich niemals erhört hat!«, murmelte
Georg.

Sie schlenderten Emil hinterher, der sich schweren Herzens von dem Hund verabschiedet hatte und nun den Weg
hinunterlief. Die Bögen des Kolosseums waren von Strahlern angeleuchtet, die es in der Dämmerung wie ein aus der
Steinzeit gelandetes Ufo wirken ließen.

»Heute Abend wird uns schon irgendwas mit seiner
DNA in die Hände fallen. Eine Gabel, ein Glas, eine schmut-
zige Serviette. Der arme verlassene Bär.« Georg lachte schnau-
bend. »Bei manchen Paaren denke ich, warum sind die bloß
zusammen? Und bei anderen fällt mir sofort irgendein Begriff ein: Bewunderung. Upgrading. Abhängigkeit. Selten
einmal: Liebe.«

»Was war es bei euch?«, fragte Eva leichthin. Sie wollte
nicht kompliziert und anstrengend für ihn sein, doch sie
fühlte sich mit einem Mal frei. Milena hatte Georg betrogen,
er bereute seine Ehe mit ihr. Hatte er das nicht in Perugia auf
den Stufen gesagt? Alles auf Anfang, die Karten waren neu
gemischt.

»Bei uns? In einem Wort? Na ja, bis vor ein paar Wochen
dachte ich: Erfüllung. Jeder hat in dem anderen das gefunden, was er suchte. Als ob der kleine Junge in mir bei seiner
geliebten Kindergartenfreundin angekommen wäre, die aber

plötzlich erwachsen ist. Einerseits wahnsinnig vertraut und gleichzeitig auch wahnsinnig sexy. So ein Gefühl ungefähr. Aber jetzt?« Er kniff die Augen zusammen, rieb sich mit beiden Händen über das Gesicht, als ob er sich waschen würde, und schaute sie dann an: »Berechnung und Eitelkeit? Berechnung bei ihr, Eitelkeit bei mir?«

Und bei uns, was wäre es bei uns?, wollte Eva fragen, doch sie brachte kein Wort hervor. Sie sehnte sich nach der Antwort und hatte gleichzeitig Angst davor. Nichts war einfach und eindeutig zwischen ihnen, war es noch nie gewesen. »Und deswegen bin ich auf dieser seltsamen Suche, nur deswegen treffen wir uns heute mit dem rothaarigen Bären. Ich will Gewissheit haben, was ich den Rest meines Lebens über die Jahre mit Milena denken soll.«

»Es wird in jedem Fall wehtun«, sagte Eva und nahm seine Hand.

»Anzunehmen.« Er drückte ihre Finger sanft zusammen.

»Wir müssen auch noch Elio finden, diesen Schauspieler. Sorry, dass ich dich daran erinnere. Der ist übrigens ziemlich bekannt geworden in den letzten Jahren, über eine Million Ergebnisse, wenn man im Internet seinen Namen eingibt.«

»Und gibt es auch eine Pension in Ostuni mit dem Namen Rubinio, die er seiner Mutter angeblich geschenkt haben soll?«

»Kein Eintrag.«

»Tja, dann weiß ich auch nicht, wo wir seine Nummer herkriegen. Seine Agentur wird sie uns nicht geben. Hast du Konrad mal gefragt?«

»Der will mit ihm nichts zu tun haben. Reagierte ganz beleidigt. Irgendwas ist da vorgefallen.«

Der Himmel färbte sich über den hohen Mauern des Kolosseums dunkelblau, Menschen mit kleinen Rucksäcken und umgehängten Kameras liefen um sie herum, es roch nach Sommer, Stadt und Schweiß, und Eva hielt endlich wieder Georgs Hand. Seit dem Abend im La Lumera in Perugia hatte er sie nicht mehr berührt. Doch bevor Emil sich zu ihnen umdrehen konnte, ließ er auch jetzt schnell wieder los. Sie gingen aus dem Park hinaus und überquerten eine große Straße, auf der sich die Autos in langen Schlangen vorbeischoben.

»Krass! Es ist riesig!«, jubelte Emil. »Können wir reingehen?«

»Es hat schon zu. Morgen vielleicht!«, sagte Georg.

Sie machten einen Schlenker um den Konstantinbogen herum, fanden sich dann unter Hunderten von Touristen wieder, die sich mit ihnen über den breiten Bürgersteig der Via dei Fori Imperiali wälzten. Alle paar Meter verharrte ein Tutanchamun im Goldkostüm oder ein silbern angesprühter Zylindermann bewegungslos in der Menge, vor sich jeweils ein Kästchen für Münzen. Junge Männer in der Ausrüstung der Legionäre ließen sich mit ihren roten Umhängen und silbernen Helmen für Geld mit den Touristen fotografieren.

»Die sehen aus wie bei Asterix und Obelix«, sagte Emil, »aber sie haben nicht die richtigen Sandalen!« Er schlug einen Bogen um einen Legionär, der ihm die Hand geben wollte.

An der Trajanssäule vorbei gingen sie über die Piazza Foro Traiano, Eva bekam schon Kopfschmerzen, doch da bog Georg in eine kleine Straße ein, und plötzlich war die schiebende Masse der Touristen verschwunden.

»Ich glaube, das ist das Viertel, wo die ganzen Künstler ihre Ateliers haben«, sagte er und zog Eva auf die Seite, um einem fahrenden Blumenhändler Platz zu machen. Leider ließ er ihre Hand wieder los, weil er ein verrostetes Grillöfchen aus Blech näher anschauen musste, das neben einem Mülleimer stand.

»Für den Balkon?!« Er hob es hoch. »Ist doch witzig, oder? Vier Würstchen passen da drauf. Hier: Man kann ein richtiges kleines Feuerchen darin machen!«

»Papa, was hast du da?« Emil kam zurück. »Hast du das im Müll gefunden?«, fragte er streng. »Mir sagst du immer, ich darf so was nicht anfassen!«

»Ich tue ihn ja schon weg.« Georg stellte das Öfchen wieder hin und klopfte sich den Rost von den Händen. »Weißt du noch, unser Grillplatz am Trullo?«, fragte er leise. »Und die eiserne Schale zum Feuermachen? Das war immer schön!«

»Die Schale! Die habe ich ganz vergessen!« Sie fasste ihn kurz am Arm. »Ich kann mir das alles kaum mehr vorstellen. Mimmo habe ich zwar sofort angerufen, als du mich gefragt hast, ob ich mitkomme, allerdings ist das schon wieder eine Weile her. Ich hoffe, er hat sich um den Trullo gekümmert, wie ich ihm gesagt habe. Meinst du, ich sollte ihn noch einmal dran erinnern, dass wir kommen?«

»Wäre vielleicht besser. Wie ich den kenne, hat der das doch schon wieder vergessen.«

»Ist das nicht zu deutsch und nörgelig?«

»Nein! Warum denn? Wir waren fünf Jahre nicht da! Er hat doch noch die Schlüssel, oder?«

Eva nickte. »Ja sicher, für alles, auch für das hintere Tor, dort musste er ja all die Jahre mit den Wagen rein, für die Ernte und um die Bäume zu beschneiden. Wie es inzwischen da wohl aussieht?«

»Wahrscheinlich ziemlich zugewachsen. Die Oleander hinten an der Außendusche müssten riesig sein und mittlerweile einen ordentlichen Sichtschutz geben. Weißt du was? Ich freue mich darauf. Ich habe das Gefühl, endlich aufzuräumen, wenn wir den Trullo und das Grundstück verkaufen. Wie ein völlig zugerümpelter Kellerraum, in den man sich jahrelang nicht hinuntertraut. Hat man es dann hinter sich, fühlt man sich erleichtert und wahnsinnig zufrieden.«

»Wir müssen einen Makler beauftragen.«

»Und du hast dir bestimmt auch schon Gedanken gemacht, welchen.«

»Nein. Aber vielleicht wäre es schlauer, von mehreren den Wert schätzen zu lassen statt nur von einem einzigen.«

»Gute Idee.« Sie gingen eine Weile schweigend nebeneinander bergan, kleine Läden mit Antiquitäten, Kleidern und Schmuck säumten die Straße. Vor manchen Bars standen Tische, an denen ab und an sogar ein paar Einheimische saßen.

»Ich frage mich, ob die Sachen in den Plastikkisten noch zu irgendwas zu gebrauchen sind«, fing Eva wieder an.

»Die Spiele und die CDs bestimmt.«

»Alles, was nur ein bisschen dreckig war, wuchs immer weiter, weißt du noch? Deine Machete mit dem Holzgriff? Total verschimmelt. Und die Lederschuhe in der Kiste zwischen dem anderen Zeug? Baah, wir mussten alles wegschmeißen.«

»Irgendwann hatten wir den Dreh raus. Zwischen die Laken, Decken und Handtücher hat Milena immer kleine Netze mit Duftkugeln gesteckt.«

Seine Stimme erstarb. Eva wusste, er dachte an Milenas Hände, die diese Sachen eingepackt hatten, bevor sie den

Trullo im Sommer vor fünf Jahren das letzte Mal in ihrem Leben winterfest gemacht hatte.

»O Gott. Und das Spielzeug von Emil, die Autos und der ganze Plastikkinderkram. Da war er noch so klein. Vielleicht ist der Vergleich mit dem Kellerraum doch nicht so gelungen ...« Auch Eva wurde ganz anders, wenn sie an die Kisten dachte. »Vielleicht sollten wir lieber alles unbesehen verkaufen.«

»Nein, das kann ich Emil nicht antun!«

Eva stöhnte leise. Was tat er Emil bereits an mit seiner egoistischen Suche? Er beraubte sich gerade selbst der Vaterrolle, des guten Gefühls der Verantwortung, der vorbehaltslosen Liebe und schien es gar nicht zu merken.

»Willst du Emil etwa mitnehmen? Für uns wird das schon hart genug!«

»Aber wo sollen wir ihn sonst lassen? Im Hotel, etwa alleine am Pool?«

»Was ist mit Helga? Bleibt sie in Rom?«

»Helga bleibt in Rom! Die haben wir nun wirklich lange genug ertragen.«

»Lass uns das mit dem Grundstück so schnell wie möglich erledigen«, bat Eva.

»Okay, versprochen! Sag Mimmo bitte, er soll Luft in die Trulli lassen und alles nach draußen in die Sonne stellen. Je besser es aussieht, desto mehr können wir verlangen.«

»Papa, ich habe so einen Durst, ich kann nicht mehr weitergehen!«

»Komm – ein kalter Drink kann jetzt nicht schaden!« Georg legte den Arm um Eva, gemeinsam steuerten sie einen frei werdenden Tisch an. Vater, Mutter, Kind, dachte Eva, geklaut, gelogen, falsch.

Es war tatsächlich ein Käfig, der den dreieckigen Largo Giacomo Leopardi beherrschte, einen Park, eingezäunt wie eine abgesperrte Manege. Vor dem Panella standen die Leute in schwarzen Trauben um die Stehtische, es roch köstlich nach Brot und Knoblauch, orange leuchteten die bauchigen Aperol-Spritz-Gläser in ihren Händen. Sitzend oder stehend wurde gekaut, geredet und gelacht, vereinzelte Buggys wurden mit der freien Hand hin und her geschoben, um die Kleinen darin zum Einschlafen zu bewegen. Emil schaute begehrlich auf die Schüsseln mit hellgelben Chips, die ein Kellner auf einem Tablett durch die Menge trug.

Da war Konrad auch schon, er ruckte und zuckte ihnen entgegen, ohne dass ihm das besonders unangenehm zu sein schien.

»*Gruezi*, meine Lieben!«

»Lass uns am besten gleich nach nebenan gehen, ich kann jetzt nichts trinken, ohne zu essen!«, bat Eva. »Und Emil fällt auch gleich um!«

Emil grinste. »Genau!«

»Kein Problem«, sagte Konrad und schaute enttäuscht auf Evas Haar, das sie offen trug. Dennoch legte er den Arm um ihre Schultern und führte sie in das Restaurant nebenan. Er hatte den besten Platz, gleich im linken Erker des hell ausgeleuchteten, sehr hohen Gastraums, reservieren lassen. Kellner kamen herbeigelaufen und rückten Teller und Gläser zurecht.

Konrad schob den Stuhl für Eva zurück. »Hier, setz dich neben mich! In Rom muss man Artischocken essen, *alla giudia*, frittiert. Habe schon eine kleine Vorspeisenauswahl geordert, wenn ihr nichts dagegen habt.«

»*No, no, benissimo.*« Georg griff nach der Karte, die auf dem Tisch lag, und diskutierte sie gemeinsam mit Konrad.

»Die *arista con mele e prugne* ist ein Gedicht! Schweinerücken mit Äpfeln und Pflaumen.«

»Oder *coda alla vaccinara*.«

»Was heißt das?«

»Ochsenschwanz. Ragout vom Ochsenschwanz.« Emil verzog das Gesicht und nahm auf Evas Anraten einen Risotto. Sie aßen die braun und vertrocknet aussehenden, aber sehr köstlichen frittierten Artischocken auf jüdische Art, sie redeten, sie tranken. Eva wagte sich an ein Glas Weißwein – der erste Alkohol seit dem Exzess in Perugia.

Thema am Tisch war das Essen und natürlich Milena. Konrad hatte unzählige Geschichten von ihr im Kopf, die er alle gern loswerden wollte. Eva beobachtete den aufgekratzten Kameramann, sie betrachtete Georg, der Konrad zwar zuhörte, aber währenddessen wieder aufstand und Teller fotografierte. Sie fragte sich, wann er endlich wieder ihre Beine streicheln oder ihre Hand nehmen würde.

Sie seufzte mehrmals und spielte mit Emil auf der Papiertischdecke Galgenraten. Emil hatte mit Georgs Hilfe das Wort »Breakdancewettbewerbsteilnehmer« aufgeschrieben, und Evas halber Strichmännchenkörper baumelte schon vom Galgen, als Helga das Lokal betrat und sich suchend umschaute.

Georg schüttelte den Kopf. »Keine zwei Stunden, und sie ist wieder da ...«, murmelte er, machte sich dann aber glücklich über sein *saltimbocca alla romana* her. Helga steuerte auf sie zu, Konrad sprang auf und schob ihr einen Stuhl unter, auf dem sie sich mit einer anmutigen Drehung der Hüfte niederließ. »Kinder, *buon appetito*, das ist ja ein himmlisch schönes Plätzchen hier!« Ihre gute Laune war gespielt, so gut kannte Eva sie jetzt schon, um das sofort zu erkennen. Auch Georg wusste Bescheid.

»Was ist los, Helga, war dein Treffen nicht erfolgreich?«

Konrad hatte das unbenutzte Weinglas von Emils Platz genommen und ihr, ohne zu fragen, aus der Weißweinflasche eingeschenkt, die in einem am Tisch hängenden Kühler stand. Helga zeigte mit dem Zeigefinger auf ihn: »Guter Mann!« Dann holte sie tief Luft, trank und fing an zu erzählen. »Ralf Steinmetz heißt der Verleger, mit dem ich verabredet war, auch ein guter Mann, genau wie du, Konrad!«

Eva hörte ihr aufmerksam zu. So langsam begriff sie, wie Helga es schaffte, der Mittelpunkt jeder Runde zu werden, wenn sie es darauf anlegte. Sie machte Komplimente! Sie schmeichelte, und zwar sehr direkt, sie hörte zu – oder tat zumindest so.

»Nettes Lokal, aufmerksamer Ralf, aber wer sitzt mit am Tisch? Wen hat er mitgebracht?! Seine Frau!«

»Du willst, dass er ein Buch aus deinem Blog macht und verlegt, Helga. Oder willst du mehr von ihm?«

»Ha! Was für eine indiskrete Frage, typisch mein Sohn, aber ich bitte euch, ein geschäftliches Essen, da ist doch kein Platz für privaten Anhang!« Eva schaute hinüber auf Helgas großzügiges Dekolleté, das an diesem Abend eindeutig geschäftlichen Zwecken zuzuordnen war.

»Und der Anhang sah gut aus und war dreißig Jahre jünger als er?«, fragte Georg, während er über sein *saltimbocca* hinweg den Teller mit den frittierten Kürbisblüten zu umarmen schien.

»Ist ein G in dem Wort?«, fragte Eva schnell, um dann wieder Helga lauschen zu können.

»Nein!«, sagte Emil und malte genüsslich ein Bein an das Strichmännchen.

»Nein«, sagte auch Helga, »es war eine Person, die ich kannte! Und die wollte doch auch glatt mitkommen. Hierhin.« Sie kräuselte ihre korallenroten Lippen, das Weinglas hatte schon einen fleckigen Rand aus verschmierten Kussmündern. Helga hat es mal wieder geschafft, dachte Eva, alle Augen sind auf sie gerichtet. »Also jetzt haltet euch fest, Zufälle gibt es im Leben ... Der liebe Ralf Steinmetz, übrigens auch sehr kräftig ...«, sie strich Konrad kurz über den Ellbogen, »ist nämlich mit einer Deutschen verheiratet, einer Deutschen, die ich vor achtunddreißig Jahren in Paris kennengelernt habe. Meine ehemalige Freundin Brigitte Kuhlenbeck! Sitzt da mit am Tisch! Ist es zu fassen?« Nein. Eva beobachtete, wie Helga ihren Ausschnitt mit der Hand bedeckte und ihre Erregung mit einem weiteren Schluck Wein zu besänftigen versuchte.

»Eva, mach weiter«, mahnte Emil neben ihr.

»Ist ein W in dem Wort?«

»Sogar zweimal.«

»Ist ein O in dem Wort?«

»Nein!« Er strahlte. »Gleich hängst du ganz!«

»Und was war an Brigitte Kuhlenbeck so furchtbar? Erzähl mal.« Georg lehnte sich zurück und zwinkerte Eva zu. Eva lächelte erfreut, bevor sie sich innerlich anfauchte: Jetzt reicht dir schon ein einziges Zwinkern von ihm!

»Ach, eigentlich gar nichts«, Helgas Stimme beherrschte wieder den Tisch, »sie hat ja damals sogar manchmal auf dich aufgepasst, aber ich fand sie so, so, *je ne sais pas*, so aufdringlich. Grenzüberschreitend. Ja genau. Sie merkte nicht, wann das Private am Tisch nichts zu suchen hatte.«

»Wie alt war ich da? Zwei, drei?«

»Ja, das kommt hin, das war unsere Zeit da unten.« Helgas Mund lächelte, aber ihre Augen nicht. »Themenwechsel! Konrad! Hast du eigentlich auch einen Spitznamen? Und was ist dein nächstes Projekt?«, rief sie viel zu überschwänglich.

»Aber ja!« Konrad begann von dem niedlichen Namen zu erzählen, den seine Mutter ihm damals gegeben hatte: Koni, wer hätte das gedacht. Georg verwickelte den Kellner auf Englisch in eine Diskussion, ob er vielleicht der Küche einen Besuch abstatten dürfe.

Eva kämpfte plötzlich mit den Tränen, sie fühlte sich einsam und verlassen, sie war die einzige Person hier am Tisch, die es nicht schaffte, sich nur auf sich selbst zu konzentrieren.

»Du hängst, Eva!«, sagte Emil strahlend. »Jetzt bist du mit einem Wort dran. Aber schön schwer!«

Kinder lassen einen nicht zum Nachdenken kommen, wahrscheinlich schafft man sich alleine aus diesem Grund welche an, dachte sie. Guter Trick. Tief durchatmend wandte sie sich ihm zu und begann ein neues Wort auf die Papiertischdecke zu schreiben, das sie aber gleich wieder durchstrich: Narzisstischepersönlichkeitsstörung.

18

»Milena war einfach genial. Einmal hat sie … Emil, hör zu, jetzt kommt was von deiner Mama!« Sie waren bei der zweiten Flasche Wein, Konrad war schon leicht betrunken. »Also, uufpasse: Wir drehten ›Gino und die Frauen‹, einer der erfolgreichsten Filme in Italien übrigens, dadurch ist sie hier so bekannt geworden. *La sirena tedesca* hat sie in den Zeitungen gheiße. Einmal haben wir Fahraufnahmen gemacht, ein Chaos, säg ich öi. Das Auto steht also auf einem Tieflader, Kamera vor der Windschutzscheibe, nur ein kleines Team auf der Ladefläche vom Truck, wo zieht, Regie, Ton, Script und ich davor, mee passed nöd druff, es ist eng, es ist November und oben in der Toskana ungewöhnlich kalt, die beiden Darsteller im Auto sollen sich streiten. Milena spricht ihren Text, sie kann immer ihren Text, aber der andere Hauptdarsteller, übrigens damals der junge Mario Tizio, hat einen Hänger nach dem anderen. Milena spielt großartig, er versieched's. Noch einmal. Sie fanged a, d'Milena isch genial, ihre Mimik zum Niederknien, die Kamera liebt sie, ich glaube ihr alles, was sie sagt – de Mario weiß nach dem ersten Satz wieder nicht weiter. Die Regie bricht ab, gibt über de Walki im Wagen Bescheid. Noch mal, ›Und bitte!‹, noch ein Take, Abbruch, wieder ein Take, Abbruch. Er kann es einfach nicht. D'Milena bliibt fründli, aber ich merke, der Regisseur, der geniale Giuseppe Canotto, isch nach äm zwanzigste Mal kurz davor, d'Mario z'haue. Da greift d'Milena beim nächsten Take zu einem Trick, sie sagt auch den Text von Mario, legt ihm die Sätze wie Fragen in den Mund, er muss nu na nicken und nicht mehr viel spielen, verwirrt genug ist er ja. Dann gibt sie ihm ein Kuss, mitten auf den Mund, gleich darauf spöizt sie ihm is Gsicht! Großartig! Wir waren baff. ›Gekauft!‹, schreit Giuseppe. ›Nächste Einstellung!‹ So war sie! Eine Göttin. Und noch däzue begabt!« Er hob sein Glas. »Auf deine Mami, liebä Emil, diese wunderbare, wunderbare Frau!«

Emil schaute mit glasigen Augen von seinem Kopfkissen hoch, das Georg ihm aus seiner Jacke zusammengedreht hatte. Er lag auf drei aneinandergeschobenen Stühlen, kurz davor einzuschlafen.

»Ich glaube, sie hat mir davon erzählt«, sagte Georg. »War das in der Nähe von Pisa, draußen bei Mucigliani?«

»Nein!« Konrad schüttelte vehement den Kopf. »In Mucigliani war das Landhaus, die Fahrt war woandersch. Ganz woandersch! Kanntet ihr euch da schon?« Selbst Emil würde die jämmerlich unterdrückte Eifersucht in seiner Stimme bemerken, wenn er nicht schon eingeschlafen wäre.

»Nein, aber wir sind später einmal zusammen dort gewesen.« Georg nahm Emils dünne Sweatshirt-Jacke von der Stuhllehne und breitete sie behutsam über seinem schlafenden Sohn aus. »Mit Emil. Ein kleiner Familienausflug zu den Drehorten von ›Gino und die Frauen‹.«

Helga lächelte vor sich hin und schaute betont auffällig im Lokal umher, dessen Tische sich schon geleert hatten. Sie hörte nicht mehr zu, doch Eva konnte es ihr nicht verdenken.

Seit über einer Stunde schwärmte Konrad nun schon von ihrer Schwester, sie hatten Tiramisu und *panna cotta* gegessen und Espresso getrunken, doch er war noch lange nicht fertig. Während er ihr ebenmäßiges Gesicht, ihren wandlungsfähigen Ausdruck, ihre Leichtigkeit, Kühnheit, Klugheit pries, waren sie bei Ramazzotti und Grappa angekommen.

»Einmal«, begann Konrad mit einem Seitenblick auf Emil, »jetzt wo er schläft, kann ich es ja erzählen …!«

»Ich gehe mal ins *bagno*.« Helga erhob sich leicht und elegant wie eine Katze. Eva sah sie durch den Raum schweben, dann aber an dem Tisch stehen bleiben, zu dem sie schon den ganzen Abend hinübergeschaut hatte. Ein älterer Herr, dezent gebräunt und mit einem schmalen weißen Oberlippenbart, saß dort neben seiner wesentlich jüngeren, sehr kurvigen Freundin. Definitiv keine Italiener, auch keine Deutschen. Der Mann trug ein teures, gut sitzendes Hemd, seine Augen waren sehr lebhaft, irgendwie frech. Vielleicht war das neben ihm ja doch nur seine Tochter.

Helga wechselte ein paar Worte mit den beiden, lachte ihr Zahnlachen und tänzelte weiter, Richtung Toiletten. Eva kritzelte mit gesenktem Kopf auf dem Tisch herum und faltete dann einen Seehund aus ihrer Papierserviette, genötigt, Konrads weitschweifigen Ausführungen weiter zuzuhören.

»… sie hatte also diese Szene mit dem Geliebten, ein Kreis von Schienen war um das Bett gebaut, Milena hat außer einem fleischfarbenen Tanga nichts an. Im Vertrag war zwar die Klausel gestanden, nur bis zu ihrem verlängerten Rücken, und daran musst du dich ja als Kameramann halten, aber manchmal verrutscht der Bildausschnitt eben … Milena hat da nie Theater gemacht. Da giits ganz anderi, anstrengend, säg ich dir, sehr anstrengend, zum Beispiel diese andere Deutsche, die, wo viel in Italien dreht, Katarina Weierskirchen, die tuet huereblööd, klebt hier und da ab, und dort bitte auch noch, das reinste Poschtipäckli beim Nacktdreh, unfassbar!« Emil schlug die Augen auf: »Poschtipäckli!« Er lächelte und schlief sofort wieder ein.

Konrad warf einen Blick auf ihn und fragte Georg flüsternd: »Ist das okay für dich, wenn ich solche Dinge erzähle?«

»Sicher. Mehr davon. Solange Emil das morgen am Frühstückstisch nicht wiederholt ...« Georg grinste angestrengt und goss Konrad noch einen Grappa aus der Flasche nach, die der Kellner netterweise gleich auf dem Tisch hatte stehen lassen. Wahrscheinlich will er ihn verleiten, von seiner kleinen Affäre mit Milena zu erzählen, dachte Eva. Aus der dann – oje, ein gerissenes Kondom – der kleine Emil entstanden war. Sie sah ihre hübsche, zarte Schwester unter dem rot behaarten Rücken. Vor Ekel zog es ihr die Mundwinkel hinunter, sie merkte es aber noch gerade rechtzeitig, bevor Konrad ihr nach beendeter Geschichte zuprostete: »Sie war *forte! Forte e bella!*«

Ja, so war sie. Stark und wunderschön. Eva spürte Milenas Energie, hörte ihr Lachen. Doch im Gegensatz zu Konrad wurde sie dadurch nicht euphorischer, sondern trauriger. Heute Nachmittag hatte ihr aus dem kleinen Rasierspiegel eine starke und schöne Frau entgegengeschaut, aber seit Konrad seine Milena-Memoiren vor ihnen ausbreitete, braute sich etwas Düsteres in ihr zusammen. Nicht so hübsch, nicht so schlagfertig, nicht so erfolgreich, kein Geheimnis in den Augen, sagte eine Stimme in ihr. DU. NAIN.

»Und sie war ja unghüür lieb und kontaktfröidig. Einmal …« So, und nun kamen weitere Storys, wie lieb und wie kontaktfreudig Milena war … Eva rutschte auf ihrem Stuhl herum, es war bereits halb eins, die Kellner polierten Gläser und warfen ihnen auffordernde Blicke zu, doch Konrad sah nicht so aus, als ob er bald das Feld räumen würde. Sie schaute neidisch zu Helga, die in der Zwischenzeit ganz nahe neben dem weißhaarigen Dandy Platz genommen hatte. Die amüsierte sich wenigstens. Eva war zwar noch nicht müde, aber die Aussicht, hier weiter zu sitzen und Konrads Erzählungen zu lauschen, war nicht gerade berauschend. Sollte sie zurück in die Wohnung gehen? Wie auf ein geheimes Stichwort kam Helga an den Tisch und holte ihre Handtasche.

»Ich gehe mit Donald noch in einen Nachtclub!« Sie plinkerte ihnen übertrieben zu. »Seine Tochter will ins Hotel, und ihr seht auch aus, als ob ihr Schlaf braucht! Einen Hausschlüssel habe ich ja. Bis morgen! Ach ja, und danke für den Wein, Konrad!« Sie wandte sich um.

»Warte, ich komme mit, wenn ich darf!«, rief Eva. Georg schaute sie verwundert an.

»Aber gerne, Schätzchen, solange du mir nicht als Anstandsdame mitgeschickt wirst.«

Georg hob die Hände: »Nein, nein, ich habe nichts damit zu tun! Einen Schlüssel habe ich auch, alles bestens!«

»Gut, *andiamo!*«, drängte Helga.

Eva beugte sich zu Georg hinunter, als ob sie ihn auf die Wange küssen wollte. »Denk dran, wir haben noch nichts von ihm!«, sagte sie leise.

»Okay, das lade ich gleich noch runter«, antwortete er unbefangen und klopfte ihr leicht auf die Schulter, »damit wir das später nicht noch machen müssen.«

Aber Konrad hörte gar nicht hin, er stand auf und verabschiedete sich von Helga mit einem Küsschen. Es war, als ob ein Rehkitz von einem schwankenden Bären umarmt würde.

»Wir sehen uns alle morgen, beim Frühstück!«

19

Sie gingen ein paar Stufen hinunter und tauchten in einen Nebel aus Musik, Stimmen, Gläserklirren und Gelächter. Das Licht im Club war schummerig rötlich, wie es sich gehörte, es gab eine kleine Bühne, auf der sich die Strahler der Scheinwerfer überkreuzten, die tiefen Sofas waren mit weißem Leder überzogen und tief. Helga fasste nach Evas Hand und stolzierte mit ihr ganz selbstverständlich durch die verstreut stehenden Menschen, als ob sie die lang erwarteten VIP-Gäste des Abends wären. Eva, zwei Köpfe größer als die zierliche Helga, grinste nach rechts und links, und obwohl sie wusste, dass es nicht stimmte, hatte sie das Gefühl, als starrten alle sie an. Immerhin waren die Dame, von der sie gerade gezogen wurde, und der schicke Donald nicht einmal die Ältesten in diesem Laden. Ein paar noch betagtere Herrschaften saßen und standen zusammen mit ihren wesentlich jüngeren weiblichen Begleitungen. Wahre Liebe eben, dachte Eva.

Auf einem der Ledersofas hinten an der Wand fanden sie Platz, dankbar ließ Eva ihren Rücken an der glatten Lehne hinunterrutschen, froh, der allgemeinen Aufmerksamkeit fürs Erste entkommen zu sein.

»Was willst du trinken?«, rief Helga. »Wir nehmen Champagner, trinkst du ein Gläschen mit?« Eva nickte stumm. »Man muss auch mal Abstand voneinander haben, seit wie vielen Tagen kleben wir jetzt schon zusammen? Das ist nicht gut für die Gruppe!«

Eva nickte wieder. »Jetzt, wo du es sagst!«, rief sie in Helgas Ohr. Ich bin froh, weg von diesem Tisch zu sein, hätte sie am liebsten gerufen, von diesem Tisch, an dem Milena in den letzten Stunden mit gesessen hat, weg von Konrads lobpreisendem Gebrabbel, weg von den Augen deines Sohnes, die aufleuchteten, sobald ihr Name fiel. Ich saß dabei wie eine Bittstellerin, aber natürlich stumm. Bitte nimm meine Hand, bitte streichle mein Bein, bitte rede mit mir, bitte lächle mich an, bitte schau mich überhaupt an! Nichts von alldem hat er getan.

Ein Kellner brachte einen silbernen Kühler, ein zweiter, der sein Zwillingsbruder hätte sein können, trug ein Tablett mit drei Gläsern und schenkte ihnen ein. Sie musste plötzlich an ihren letzten festen Freund Hartmuth denken. In den ersten Wochen ihrer Beziehung hatte er dauernd Champagner mitgebracht, er war sehr großzügig gewesen, ja fast schon verschwenderisch. Das hatte allerdings schnell abgenommen. »Am Anfang bin ich immer nett«, hatte er lachend behauptet, als sie sich kennenlernten. Frauen sollten viel aufmerksamer darauf hören, was Männer als Erstes über sich sagen, dachte Eva wütend. Wie sie sich sehen, was sie über sich denken. Man glaubt, sie übertreiben, sie stapeln hoch oder tief, man lacht über diese Unglaublichkeiten und winkt ab, aber meistens ist es tatsächlich die Wahrheit.

Der Champagner schäumte eiskalt und hinterließ einen leicht metallischen Geschmack in ihrer Kehle. Er kostete hundertzwanzig Euro pro Flasche. Sie hatte nachgeschaut.

Den Engländer schien das nicht zu beunruhigen, er schäkerte entspannt mit Helga, seine Hand auf ihrem Knie. Eva legte die Karte unauffällig weg und ließ den Blick durch den Raum schweifen. Die italienischen Männer trugen Hemd und Anzughose, unnachahmlich lässig und elegant, wenn einen die Goldkettchen nicht störten. Auch Schnäuzer schienen wieder modern zu sein. Die älteren Amerikaner waren an ihren gewöhnlichen, beuligen Jeans und Turnschuhen zu erkennen, die Deutschen, wie der Midlife-Crisis-Kandidat dort drüben zum Beispiel, am schlechten Haarschnitt.

Niemand fing ihren Blick auf, niemand beachtete sie. Sie dachte an Georg. Ich hätte *dich* nehmen sollen, Eva, hatte er gesagt. Nicht, ich nehme dich, oder ich will dich, oder ich liebe dich! Wenn ich jetzt anfange zu heulen, ist das mein gutes Recht, ging ihr durch den Kopf. Aber sie konnte nicht heulen. In einem Spiegel schräg gegenüber entdeckte sie eine Frau, die einen verkniffenen Gesichtsausdruck zur Schau trug und ihr sehr ähnlich sah. Schnell wandte Eva sich ab und kramte nach ihrem Handy. Vielleicht hatte Georg ihr ja etwas geschrieben? Allerdings war Georg nicht gerade ein begeisterter SMS-Schreiber, und richtig, es war auch keine Nachricht von ihm da. Nur eine von Jannis, vor über zwei Stunden geschrieben, um zehn nach zehn. Hallo Madamchen, in welcher Stadt seid ihr gerade? Immer noch auf der Suche? Liegst du schon im Bett und schonst die alten Knochen? 3 Fragen von Jannis aus Rom.

Sie straffte sich augenblicklich in ihrer Sofaecke, die Frau im Spiegel lächelte und sah schon viel besser aus. Ha, Jannis aus Rom, das wollen wir doch mal sehen, wer hier alte Knochen hat. Feiere gerade im Club, Moment, wie hieß der Laden? Supperclub Pompadour, stand auf der Serviette unter der Schale mit den Nüsschen, na, das klang doch wenigstens nach was. Noch mal von vorn. Bin auch in Rom! Feiere gerade im Supperclub Pompadour, Schampus auf dem Tisch und in the house, yeah. Zu angeberisch, zu albern? Scheißegal. Dass sie mit Helga und einem über sechzigjährigen, wenn auch gut erhaltenen englischen Daddy hier saß, war eine Information, die Jannis nichts anging.

Sie vermisste plötzlich sein Lachen und ersetzte das »Feiere« durch »Chille«. Klang noch cooler, wenn auch überhaupt nicht nach ihr.

Wie war das bei Jannis? Was hatte *er* als Erstes von sich preisgegeben?, überlegte Eva. Bei der Hochzeit am Trullo, am frühen Morgen, als er sie zum ersten Mal sah, hatten sich seine Augen eine kleine, kaum wahrnehmbare Spur weiter geöffnet. Er war vom Laster gesprungen, hatte sie begrüßt und sie dann sofort gefragt, ob sie mithelfen könne, den Kies auseinanderzuharken. Marke *Riso*, extrafeine Steinchen, zweimal gewaschen, daher kaum staubend. Die Überraschung für Milena sollte fertig sein, bevor sie erwachte, sie war im fünften Monat schwanger und schlief gern lange. Was für eine Idee, ein Laster Kies für die Auffahrt als Hochzeitsgeschenk!

Er harkte dicht neben ihr, würdigte mit ein paar Sätzen ihre Ausdauer, bis sie Blasen an den Handflächen bekam. Sie sah wieder seinen Oberkörper im Licht der aufgehenden Sonne, seine Muskeln, die sich unter der Haut bewegten. Er stand bis zu den Knöcheln im Kies, der schubweise von der Ladefläche des Lasters rieselte. Sie hatte für alle Zitronenlimonade gemixt, aus echten Zitronen natürlich. Sie spürte den säuerlich frischen Geschmack plötzlich auf der Zunge.

Er war damals zweiundzwanzig gewesen, verdammt jung, aber enorm selbstbewusst, er hatte ein bisschen von sich erzählt, von seiner Ausbildung zum Friseur und der Arbeit als

Maskenbildner, fragte sie nach ihrer Doktorarbeit, half überall mit, war den ganzen Tag irgendwie um sie herum. Mittags bauten sie zusammen die angelieferten Tische auf und verkleideten sie mit weißen Papiertischdecken. Die Jungs vom Restaurant brachten das Essen und Säcke mit gestoßenem Eis.

»Das ist doch gar nicht dein Zuständigkeitsbereich hier«, beschwichtigte Jannis den nervös herumrennenden Georg und klopfte ihm auf die Schulter. »Bei euch in der Ausstattung ist ja sonst alles nur Fake. Truthähne, die auf der Rückseite hohl sind; steinharte, mit Glanzspray überzogene Brotlaibe, Eiswürfel immer nur aus Plastik, hier bisschen Deko angetackert, dort was abgeklebt, aber heute nicht, mein Lieber! Heute muss es nicht nur gut aussehen, sondern auch schmecken! Misch dich also nicht ein, ich bitte dich!«

Eva hörte Jannis gern zu. Seit Georg mit Milena zusammen war, benahm sie sich lächerlich in seiner Gegenwart. Sie wollte Georg nicht anschauen, war aber unfähig, den Blick von ihm zu lassen, sie wollte nicht hören, was er sagte, und versuchte dennoch, jedes Wort von ihm mitzubekommen. Sie ertrug es nicht, seine Begeisterung und Zärtlichkeit für Milenas rundlich werdenden Bauch zu beobachten, wollte aber nichts davon verpassen. Wie einen schmerzenden Zahn, den man einfach nicht in Ruhe lassen kann, sondern mit der Zunge immer wieder prüfend anstupst, legte sie es darauf an, sich wehzutun.

Jannis lenkte sie ab von ihrem diffusen Dauerschmerz mit der Überschrift Georg, er brachte sie zum Lachen und roch gut, selbst verschwitzt. Sie duschten nacheinander an der Außendusche, sie im Badeanzug, er nackt. Er versteckte seinen Körper nicht gerade vor ihr, fragte, während er sich ein Handtuch um die Hüften schlang, wie lange sie noch an ihrer Doktorarbeit sitzen werde, und im gleichen Atemzug, ob sie einen Freund habe.

»Noch drei Monate, wenn alles gut geht, dann ist meine Abhandlung über Y-chromosomale Haplotypen und mitochondriale DNA-Analyse zur genealogischen Rekonstruktion einer matrilokalen Bevölkerungsstichprobe fertig.«

»Wow«, lachte er, »was für ein Thema! Ich verstehe kein Wort.«

»Und was die zweite Frage angeht, da bin gerade etwas unentschlossen«, sagte sie geheimnisvoll. »Und bei dir?« Es klang neugierig, aber es interessierte sie eigentlich nicht sehr.

»Ach. Schwierig. Die, die mich wollen, will ich nicht. Die, die ich will, nehmen mich gerne mal als Mann für die Übergangszeit. Ich tröste, habe Verständnis, bin da, und dann werde ich ausgetauscht, für den Richtigen.« Er zuckte mit den Schultern. »Drei Exfreundinnen haben sofort den Typ geheiratet, mit dem sie nach mir zusammen waren. Die hatten es irgendwie eilig. Na ja«, er lächelte, »sie waren auch alle etwas älter. Ich verstehe zwar nicht, was ich falsch mache, aber ich habe mich fast schon dran gewöhnt.«

Ich tröste, ich bin da, und dann werde ich ausgetauscht, ein Mann für die Übergangszeit. Schon kam eine neue SMS von ihm. Eva merkte, wie sich ihre Mundwinkel erwartungsvoll nach oben zogen, bevor sie sie öffnete.

Madame Chillig, ich habe morgen frei und hole dich in einer Viertelstunde vorm Pompadour ab, zu einer nächtlichen Runde durch Rom. Es sei denn, ich störe?!

Ich warte draußen auf dich, tippte sie immer noch lächelnd zurück, will die sieben brasilianischen Capoeiratänzer an meinem Tisch nicht vor den Kopf stoßen.

Während der nächsten fünfzehn Minuten trank sie ihren Champagner aus und nahm gleichzeitig bei Helga Nachhilfe in Sachen Flirten. Georgs Mutter war aufgestanden und stand jetzt mit drei weiteren Männern am Rande der kleinen Tanzfläche, sie lachte, sie trank, sie sprühte Funken. Ab und zu legte Donald ihr den Arm um die Taille, um sein Revier zu markieren, doch auch ihm schien es zu gefallen, Helga im Zentrum der Aufmerksamkeit zu sehen.

Eva schob sich in den Kreis der Bewunderer. »Ich ziehe noch ein bisschen mit Jannis weiter«, sagte sie Helga ins Ohr, die sofort nach ihrer Hand griff.

»Mit Jannis? Dem Hübschen aus Forlì? Ist er in Rom?« Eva zog bejahend die Augenbrauen hoch und nickte. »Gut, Liebes, pass auf dich auf!«, sagte Helga mit warmer Stimme. »Er soll dich nach Hause bringen – oder nimm ein Taxi!« Wie klein Helga war, dennoch schien sie irgendwie alle zu überragen. Dieses gewisse Etwas von Helga hätte sie später auch gern einmal, wenn sie älter war. Sie beugte sich noch weiter hinunter und hauchte ihr einen Kuss neben das Ohr. Helga küsste wesentlich theatralischer zurück. »Ist sie nicht *bella*? Meine *daughter-in-law*, na ja, oder so ähnlich?« Eva löste sich lachend von ihr. Verschwesterung, Versöhnung, Verschwägerung mit Helga – hätte man ihr das vor einigen Tagen erzählt, hätte sie denjenigen für verrückt erklärt!

»*You're the only normal person in here!*«, sagte Donald mit lachendem Blick auf Helga und gab ihr die Hand. Das ist kein Kompliment, dachte Eva und bedankte sich für den Champagner.

20

Jannis kam mit einem Roller vorgefahren, er trug keinen Helm, seine Haare waren vom Fahrtwind zurückgeweht. Er stieg ab und ließ den schmächtigen Jungen vom Sozius nach vorn rutschen. »*Ciao, Giovanni, a dopodomani*«, rief er ihm hinterher, als er knatternd davondüste.

»Da bin ich! Eva!? Was ist passiert, warum bist du allein in diesem Rentner-Club unterwegs, wo ist Georg? Du bist … Wow, du bist der Hammer! *Una bomba!*«

Eva zuckte zusammen, manchmal redete er wirklich, als ob er erst sechzehn wäre. Sie merkte, wie ihre Stirn Falten warf, doch dann glättete sie sich wieder. Er sah gut aus, trug Jeans und ein einfaches weißes T-Shirt unter einer eng anliegenden Jacke.

»Du bist tatsächlich in Rom!«, fuhr er fort. »Und dieses heiße rote Kleid, das du da anhast! Einfach nur …«

»Megageil?« Ihre Stimme klang genervt.

»Hey, eben warst du noch besser drauf. Na schön, wie sagte man das bei euch früher: Du siehst seeehr guuut aus heute Abend! Besser?«

Sie lachte und warf sich in seine Arme. »Drück mich mal ganz ganz fest bitte.«

Gehorsam drückte er sie an sich, hob sie dabei wie immer ein Stückchen hoch, ließ sie hinunter, hielt sie aber weiterhin umarmt. Eva schaute an seiner Schulter vorbei. Überall sah man eng umschlungene, bummelnde Paare, sie musste also keine Bedenken haben aufzufallen. Sie lehnte ihren Kopf gegen seine Brust.

»Ist alles in Ordnung?« Seine Besorgnis klang echt. »Willst du mir etwas erzählen?«

»Es gibt rein gar nichts zu erzählen, und ich werde dich damit auch nicht belästigen, okay?«

»Oha, so schlimm? Dann sage ich auch nichts, komm! Ich weiß doch, wie man dich aufmuntert.« Er nahm ihre Hand, sie gingen ein paar Schritte, doch mit einem Mal zog er sie an sich und küsste sie. Eva lachte während des Küssens auf, auch das passte ins Programm der Ablenkung – und zu Rom. Alles passte zu Rom: ihr Kleid, ihre ungewohnt offenen Haare, die ihre nackten Schultern streichelten, die warme Nacht, die gelben, von den Laternen auf das Kopfsteinpflaster gemalten Lichtkreise. »Was machen wir hier?«, murmelte sie, als sie sich voneinander lösten.

»Wir küssen uns.« Er küsste sie noch einmal. Was strahlte sie um Himmels willen aus, dass die Männer sich in allen Städten Italiens auf sie stürzten? Sie grinste. Jannis merkte es.

»Lachen oder küssen, beides gleichzeitig geht nicht, Madamchen.« Sie schmiegte sich an ihn. Mach irgendwas mit mir, dachte sie. Hauptsache, ich muss nicht an Georg denken.

»Zur Spanischen Treppe oder zum Trevibrunnen willst du ja hoffentlich nicht, oder? Da ist es jetzt rammelvoll.«

»Bloß nicht. Das Gedränge am Kolosseum heute Nachmittag hat mir gereicht. Aber wo ist eigentlich der Tiber? Ich habe in Rom noch keinen vernünftigen Fluss gesehen!«

»Dann bringe ich dich jetzt auf den Aventin, einen der sieben Hügel, dort hat man die beste Aussicht über die Stadt und sieht auch den Tiber«, sagte Jannis.

»Herrlich! Ich mag das, wenn du entscheidest«, kicherte Eva und stellte erstaunt fest, dass sie ihren Satz sogar ernst meinte. Jannis winkte ein Taxi heran und hielt ihr die Tür auf.

»Du musst durch das Schlüsselloch schauen!« Er zeigte auf die Menschenschlange, die trotz nächtlicher Stunde vor einer Mauer wartete, in die ein schweres Holztor eingelassen war. »Man sieht etwas ganz Besonderes von Rom, aber ich sage dir nicht, was.«

»Na gut!« Eva lachte und stellte sich ans Ende der Schlange, die Menschen um sie herum störten sie plötzlich überhaupt nicht mehr. Sie fand Rom einfach wunderbar, die warme Luft und den Duft nach Jasmin darin, sie war auf einmal so glücklich und etwas beschwipster, als sie angenommen hatte. Als sie an der Reihe waren, presste Eva ihr Auge an das Loch in der massiven Tür.

»Das ist ja toll!«, entfuhr es ihr. Winzig klein, doch scharf und klar wie unter einer Lupe, lag die angeleuchtete Kuppel des Petersdoms vor ihr. Nach vier Sekunden machte sie Platz für die Wartenden hinter ihr.

»Und jetzt weiter zum Orangengarten nebenan«, sagte Jannis. »Wir haben die *settimana bianca* in Rom. Da sind viele Parks und Museen auch nachts geöffnet.«

Die Tore standen offen, sie gingen über die breiten Kieswege, vorbei an zwei uniformierten Wärtern, der Statue eines händeringenden Engels und mehreren Orangenbäumen, bis zu der Mauer, die den Garten begrenzte.

»Wenn man an den knutschenden Pärchen vorbeischauen könnte, hätte man einen herrlichen Blick über die Stadt«, sagte Jannis, »komm, wir drängeln uns dazwischen!«

Sie stellte sich an die Mauer, Jannis war hinter ihr, lehnte sich ganz leicht an sie, schob ihr Haar beiseite und küsste sie in den Nacken. Eva zog die Schultern hoch und fühlte, wie ihr eine Gänsehaut über den Rücken lief. Eine Weile schauten sie hinab auf den schlammig dahinfließenden Tiber und die Lichter der Stadt, bevor sie langsam zurückgingen.

Vor zwei großen Orangenbäumen setzte Jannis sich plötzlich auf eine frei gewordene Bank und zog Eva auf seinen linken Oberschenkel. »Wollen wir nicht weitergehen?«, fragte sie und machte Anstalten, sich wieder zu erheben.

»Nein, ich will dich küssen!«, protestierte Jannis. »Das war so schön eben vor dem Pompadour.«

Sie lächelte und legte ihre Arme auf seine Schultern, seine Hände waren auf ihrem Hinterkopf, lagen ganz leicht einfach nur da, dann schoben sie ihren Kopf nach vorn, und er küsste sie. Woher nahm er diese Sicherheit? Sie seufzte unhörbar. Ich sitze knutschend in einem Orangengarten und fühle mich so wohl wie lange nicht, denn er küsst wie vor zehn Jahren: immer noch verdammt gut! Und ich küsse auch verdammt gut, weil er mich dazu bringt.

»Setz dich auf mich!«, flüsterte Jannis in ihr Ohr und zog sie noch näher an sich. Sie blieb, wo sie war.

»Warum denn nicht? Ich will dich richtig spüren. So sehr!«

»Was ist mit denen?« Eva zeigte mit dem Kopf auf die miteinander verschmolzenen Paare, die dicht an dicht auf der Mauer hinter ihnen hockten.

»Die sind mit was anderem beschäftigt, die sitzen genau so, wie wir sitzen könnten, wenn Madamchen sich nicht so zieren würde!«

»Kein Wunder, dass hier normalerweise nachts nicht geöffnet ist. Ohne die Wärter würden alle sofort hemmungslos übereinander herfallen!«, sagte Eva kopfschüttelnd.

»Ich über dich auf jeden Fall!«, raunte Jannis mit heiserer Stimme in ihr Ohr. Sie setzte sich auf seinen Schoß wie ein kleines Kind, die Beine hinter seinem Rücken verknotet. Seine langen Arme hielten sie fest, sein Gesicht lag zwischen ihren Brüsten. Er schnupperte an ihr, sog ihren Geruch tief ein. Eva musste sich zusammenreißen, um nicht irgendwelche eindeutigen Geräusche von sich zu geben. Schon als Jannis vom Roller gestiegen war, hatte sich ein sehr eindeutiges Bild vor ihre Augen geschoben: sein nackter Oberkörper, sein fester Hintern, die langen Beine und natürlich der männliche Rest, den sie an der Außendusche gesehen hatte, allerdings in anderem Zustand.

»Wenn wir jetzt woanders wären, würdest du mit mir…?«, versuchte er es noch mal. Eva nahm seinen Kopf von ihren Brüsten und lächelte.

»Natürlich!«

»Du machst mich fertig, aber bleib so!« Er schlang seine Arme noch fester um sie.

»Jetzt sollten wir lieber damit aufhören …«

»Kannst du mit diesen Schuhen noch laufen?«, fragte er, als sie den Hügel wieder hinuntergingen.

»Ja, die sind erstaunlich bequem, obwohl sie nicht so aussehen. Aber ich habe schon wieder Hunger!«

»Das könnte ein bisschen schwierig werden. Ich glaube, wenn wir in eine Bar wollen, müssen wir die Straße weiter runtergehen«, sagte Jannis. Er gab ihr die Hand: »Taxi oder laufen?«

»Laufen!«

Sie liefen und liefen, blieben nur ab und zu stehen, um zu knutschen und ihre Hände über den Körper des anderen wandern zu lassen. Dann gingen sie weiter. Die Häuser rückten wieder näher, wurden höher. Immer weniger Autos fuhren vorbei.

»Ich habe schon längst den Überblick verloren«, lachte Eva, »an jeder Ecke begegnet einem in Rom irgendetwas, hier ein hübscher, uralter Brunnen, da ein bedeutend aussehender Triumphbogen, der sicher irgendwem geweiht ist. Und überall diese riesigen Platanen, Pinien, Zypressen und Palmen. Wunderschön!«

»Ich habe mich auch verliebt«, sagte Jannis, und nach einer bedeutsamen Pause fügte er »in diese Stadt« hinzu.

»Wo sind wir hier?«

»In der Nähe von San Giovanni, glaube ich.«

Plötzlich waren wieder mehr Menschen auf der Straße, sie betraten eine Bar, die noch offen war, die Uhr über dem Tresen zeigte kurz vor zwei. Im Stehen teilten sie ein letztes Pizzastück, das wahrscheinlich schon recht lange in der Vitrine lag. Jannis trank Espresso, und weil es Eva plötzlich egal war, dass ein Italiener das niemals um diese Uhrzeit tun würde und man sie dadurch sofort als Touristin erkannte, bestellte sie einen Cappuccino. Sie löffelte den Milchschaum mit viel Zucker wie ein leckeres Dessert.

»Ach, jetzt geht's mir besser. Und nun noch einen Ramazzotti!« Der *barista* hatte verstanden, schon stand das Glas vor Eva auf dem Tresen.

Jannis grinste. »Du bist eine tolle Frau, Eva!«

»Danke!«, sagte sie nur. »Und danke auch, dass du mich nicht belehrt hast, was man in Rom essen muss, und gleich irgendwelche Delikatessen aufzählst. Artischocken auf jüdische Art, frittiertes Kaninchen, typisch römische *minestrone* mit typisch römischen Saubohnen drin oder was immer. Ich kann es nicht mehr hören.«

»Georg?«

»Er ist besessen von Nahrungsmitteln und wie man sie arrangieren und fotografieren kann. Er erklärt mir was von einer spektakulären Komposition, und ich sehe hinten links nur eine olle Gardine, oder er spricht von einem genialen Untergrund für die Terrine mit Zwiebelsuppe, was sich dann als Brett mit vielen Kerben aus einem Baugerüst erweist.« Sie war unfair, und sie hatte nicht über Georg sprechen wollen, aber es war nun mal die Wahrheit. »Ein verbogener Kaffeelöffel, ein zerkrümeltes rotes Pfefferkorn, ein Rosmarinzweiglein am Tellerrand kann ihn zu Tränen rühren. Und dann jedes Mal im Restaurant der Gang in die Küche und Palaver, Palaver ... Entschuldige, dass ich so genervt von ihm bin.«

Jannis schüttelte den Kopf: »Er nimmt seinen Job nicht nur ernst, er ist mit Leidenschaft dabei, so wie ich, so wie du. Das ist das Beste, was einem passieren kann. Wissen wir doch alle. Mund auf!« Er steckte ihr ein Stück Teig mit vereinzelt daran haftenden Spuren von Spinat in den Mund.

Jannis verteidigt Georg auch noch, wie süß, dachte Eva kauend.

»Oder ist es die Vatersuche, die dich nervt?«

Nein, eigentlich noch etwas ganz anderes ... Eva wischte mit einer Hand durch die Luft. »Scheiß auf die Vatersuche, lass uns von etwas anderem reden, wenn wir schon reden müssen! Wie ist dein Job, wie kommst du mit den Italienern klar, und was machst du eigentlich genau in *Cinecittà*?«

Jannis holte tief Luft, während sein Blick sie durchbohrte, seine Augen glitzerten im grellen Neonlicht der Bar.

»Ich baue Prinzen. Verzauberte Prinzen, also Frösche!«

Eva lachte schallend, ein wahrhaft passendes Thema.

»Es geht um Märchenfrösche aus Silikon. Tibor hat mich

an einen römischen Kollegen ausgeliehen, weil wir die kleinen Viecher schon zusammen vor einem Jahr für eine deutsche TV-Produktion entwickelt haben. Wir brauchen mehrere davon: ein Modell mit elektronischem Innenleben, das heißt, er muss sprechen können, mit den Augen rollen und den Mund verziehen. Wir müssen einen haben, der im Wasser schön schleimig aussieht, und einen, der so richtig doll an die Wand geklatscht werden kann.«

»Unterliegst du keiner Schweigepflicht?«

»Ja klar«, lachte Jannis, »du rennst bestimmt morgen los und verkaufst dein aus mir herausgepresstes Wissen meistbietend an einen Spion, der es dann wiederum nach Amerika verkauft. Der Frosch wird auf jeden Fall cool. Und Angela Merkel ein bisschen ähnlich sehen.«

Eva kippte den letzten Schluck Likör hinunter und ließ die Eiswürfel dann klimpernd ins Glas zurückrutschen.

»Für mich keinen Märchenprinzen bitte«, seufzte sie in ihr leeres Glas. »Ich nehme nur noch echte Männer.« Sie zahlte für beide und drehte sich zu Jannis um, der vor dem Regal mit den Weinflaschen stand.

»Und ich nehme noch eine Flasche Rotwein! Dann zeige ich dir die älteste, protzigste Papstkathedrale, die es in Rom gibt.«

Am Fuße der riesigen Kirche blieben sie stehen. Über den fünf schnörkellosen Bögen und Säulen der griechisch anmutenden Hauptfassade winkten fünfzehn Statuen gnädig vom Dach auf sie herab. Der abfallende Platz davor wurde von vielen Laternen erhellt.

»Basilica di San Giovanni in Laterano. Ich habe die Touris nach Hause geschickt, damit du dir alles in Ruhe anschauen kannst! Zu viel versprochen?«

»Nein«, sagte Eva, »es ist fantastisch!«

»Hier, darauf trinken wir!«

»Wie die Penner«, lachte sie, nahm einen Schluck und gab die Flasche an Jannis zurück.

»Die wären froh, so etwas Gutes zu bekommen.«

»Für die paar Tage, die du erst hier bist, kennst du dich aber gut aus!«

»Ich hatte eine private Sightseeingtour, Daria wohnt gleich um die Ecke.«

»Aha, eine Frau!« Eva war nicht die Spur eifersüchtig, ein völlig unbekanntes Gefühl. Umso mehr Spaß machte es, ihrer Stimme diesen gewissen Klang zu geben, so zu tun, als ob.

»Eine Kollegin aus der Abteilung, total nett.«

»Und, läuft da was?«

»Sie ist ein kleines Mädchen mit drei Kilo Piercings im Gesicht, da stehe ich nicht drauf.«

»Ich weiß, du stehst auf große Mädchen.«

»Ich würde sie als Frauen bezeichnen. Frauen, die wissen, was sie wollen.«

»Sind das die, die den ersten Mann nach einer Übergangsbeziehung mit dir heiraten?«

»Du Biest, du merkst dir alles, ich werde dir nichts mehr erzählen!« Eva grinste. Mit Jannis war alles unbeschwert, locker und, obwohl sie sich kaum kannten, doch gleichzeitig auch vertraut. Sie fühlte sich leicht mit ihm, wie nie zuvor mit einem Mann. Und er war absolut nicht die Trostnummer, die sie nach Milenas Heirat mit dem lahmen Hartmuth eingegangen war.

Eva trank wieder von dem Chianti. Ein runder Abschluss nach dem Weißwein, dem Champagner und dem Ramazzotti, dachte sie. Und dieses Zeug steigt ziemlich in den

Kopf. Sie wollte Jannis etwas Liebes sagen, er war so *dolce*, und seine Küsse schmeckten viel besser als der Rotwein. Sie warf einen abschließenden Blick auf den gigantischen Platz vor der Kathedrale, bevor sie Jannis folgte. Sie liefen auf eine Reihe gigantischer Torbögen zu, die sich weit über die Straße spannten.

»Du bist auf jeden Fall keine Trostnummer, das lass dir aber mal gesagt sein«, rief Eva und umarmte ihn von hinten. Es schwappte gefährlich in der Flasche.

»Ich bin keine was?!«

»Ach nichts. Vergiss es.«

»Sag doch. Was für eine Nummer? Wenn du dich auf Deutsch nicht traust, dann auf Italienisch!« Er nahm ihre Hand und schlenkerte sie spielerisch herum.

»Wieso kannst du eigentlich nach diesen paar Tagen schon so gut Italienisch? Du sprichst Ungarisch, Englisch, Deutsch, Französisch, hat Georg gesagt. Oder ist das gelogen?«

»Geschickt abgelenkt, Madamchen! Ungarisch spreche ich wegen meiner Mutter. Was meinst du, warum ich bei Tibor arbeiten darf? Sie kommt aus Táborfalva, einem Dorf gleich neben seinem, nördlich von Budapest.«

Er sprach es Budapescht aus. Eva wusste, dass sie das ab jetzt auch tun würde. Und dabei wirst du immer mit leichter Wehmut an diese Nacht in Rom denken, ging ihr durch den Kopf.

»Lass uns hier noch ein Stück hinuntergehen, kannst du noch? Ich habe eine Idee …« Jannis umfasste ihre Taille. Eva nickte. Sie konnte noch, und sie wollte noch, sie wollte die ganze Nacht neben ihm herlaufen und Wein trinken.

»Eigentlich heiße ich ja János, das wurde dann zu Jani, und in Deutschland zu Jannis.«

»János! Jani!«, wiederholte Eva entzückt.

»Ja, lach ruhig über mich! Wie auch immer: Die Ungarn lieben sich und sind sehr solidarisch miteinander, umso mehr, wenn sie sich im Ausland treffen. Mein Vater ist Deutscher und hat von Anfang an ausschließlich Deutsch mit mir gesprochen. Geboren bin ich aber in Brüssel, dort bin ich auch in die *école maternelle* und in die erste Grundschulklasse gegangen. Danach haben wir einige Jahre in Dublin gewohnt. Das Italienische kommt mir einfach vor; das, was ich so zum Überleben brauche, kann ich schon. Mit Englisch kommt man hier nicht weiter, mit Fachwissen schon.«

»Wow. Du bist ja ein absoluter Mix.«

»Ein etwas heimatloser Mix, ja. Früher, wenn ich im Sommer meine Großeltern in Táborfalva besuchte, fragten mich die Nachbarskinder manchmal: ›Bist du eigentlich Ungar? Du sprichst irgendwie komisch, so altmodisch.‹ Ich wusste nie, was ich antworten sollte. Ich habe zwar einen deutschen Pass, aber keine Nationalität, die ich für mich beanspruche.« Er wich einem Laternenmast aus, ließ ihre Hand dabei aber nicht los.

»Sag doch mal was auf Ungarisch!«

»Was denn?«

»Irgendwas. ›Wo sind meine Hausschuhe?‹«

Er sagte es. Es klang lustig. Viel ö und ü dabei. »Was heißt davon jetzt ›Hausschuhe‹? ›Hatschizipök‹?«

»Genau, *házi cipök.*«

»Und was heißt ›danke‹?«

»*Köszönöm.*«

Eva nickte zufrieden. »Das Wichtigste weiß ich nun schon mal.«

»Definitiv.«

Sie gingen weiter die breite Straße hinunter, rosa blühende Bäume streckten ihre Äste weit über den Bürgersteig und milderten den Eindruck, den die überquellenden Müllcontainer und die schwarzen Mülltüten zwischen ihnen boten.

»Ich bin neidisch, mit diesen vielen Sprachen kannst du ja leben, wo willst. Was wäre dein Traum, wo würdest du am liebsten leben oder in Zukunft arbeiten?«

»Am liebsten in einer Werkstatt, von der ich abends nach Hause gehen kann. In meine Wohnung, zu der Frau, die ich liebe.« Er zuckte mit den Schultern, schaute Eva nur kurz an, nahm die Flasche und trank. »Niemand, den ich kenne, zieht noch für irgendwen irgendwohin. Alle haben ihre Karriere im Sinn, auch die Frauen, gerade die Frauen, und quälen sich mit desolaten Fernbeziehungen oder trennen sich sofort, wenn einer woanders arbeiten muss. Da habe ich keine Lust mehr drauf, auf so viel Halbherzigkeit.«

Eva nickte. Georgs Halbherzigkeit war in den letzten Tagen zu ihrem ständigen Begleiter geworden.

»Nicht, dass du denkst, Frauen sollen dahin gehen, wo ihre Typen sind, nur weil sie Frauen sind, das denke ich überhaupt nicht. Aber ich finde es schade, dass anscheinend niemand mehr etwas einfach nur aus Liebe tut. Alle scheinen davon überzeugt zu sein, dass sie bei Bedarf immer wieder jemanden finden, mit dem sie zusammen sein können. Dabei ist Liebe doch etwas so Einmaliges!« Er guckte Eva erwartungsvoll an. Sie seufzte und schaute in Roms erstaunlich dunklen Nachthimmel. In Hamburg war der Himmel viel heller von all den vielen Lichtern der Stadt.

»Für den Richtigen, Jannis, für den Richtigen machen Frauen alles!«, sagte sie.

Er lächelte sie an und schloss dann einen Moment lang die Augen. »Echt? Bleiben in einer Stadt? Kommen zurück in eine Stadt? Besuchen jemanden, der zufällig gerade in einer Stadt einen Job hat?«

»Und vieles mehr!«

Sie küssten sich und gingen weiter. Jannis dirigierte sie in eine kleine Nebenstraße.

»Was ich dir übrigens schon immer sagen wollte: Ich konnte damals wirklich nicht kommen. Zu Milenas Beerdigung, meine ich. Die Máma, also meine ungarische Großmutter, ist im Beichtstuhl einfach eingeschlafen und nicht wieder aufgewacht. Ist noch schnell ihre Sünden losgeworden und dann – auf! Wir waren alle dort. Ich habe zwar noch einen Flug nach Hamburg gebucht, aber da war dieses Schneechaos …«

»Ich weiß, in Deutschland auch. Georg wollte mit Emil nach Spanien, um dem Trubel, der losbrach, zu entfliehen. Sie sind nicht weggekommen, haben es erst nach ein paar Tagen geschafft.«

Eva fühlte, wie ihre Augen sich nun doch mit Tränen füllten, ganz ohne ihr Zutun, als ob ein Schalter umgelegt würde. Sie blieb stehen und legte ihren Kopf an seine Brust, damit er ihr Gesicht nicht sah.

Milena hatte die Presse immer gut im Griff gehabt, sie lieferte ihnen ab und an eine kleine nette Geschichte, ohne etwas wirklich Privates preiszugeben. Sie war ein gern gesehener Gast in Talkshows und auf Filmfesten, auf Galas oder Preisverleihungen. Doch es gab keine Homestorys, nichts über die Familie, den Mann, das Kind. Und die Presse akzeptierte es.

Nach ihrem plötzlichen Tod war dieses Agreement aufgehoben, es wurde in großen Schlagzeilen über Drogen und Alkohol spekuliert, mit einem kaum sichtbaren Fragezeichen am Ende der Zeile. Die Boulevardpresse kramte Milenas Zusammenbruch im Jahre 1999 am Set von »Julia« wieder heraus, ließ die damalige Diagnose »Pfeiffersches Drüsenfieber« aber gemeinerweise weg. Georg war der gebrochene Mann, der seit Jahren im Hintergrund ihres Glitzerlebens stand, Emil die arme Halbwaise. Sie hatten Fotos von ihm vor seinem Kindergarten geschossen – *seiner Mutter wie aus dem Gesicht geschnitten*, lautete die Unterschrift –, sich dann später entschuldigt und das Bild, notdürftig verpixelt, gleich noch einmal gezeigt. Einzig Evas Eltern gaben zahlreiche Interviews, sogar demselben Boulevardblatt. Seitdem hatte Eva kein Wort mehr mit ihnen gesprochen.

»Du warst einer der wenigen, die einen persönlichen Brief geschrieben haben. Die meisten von ihren angeblichen Freunden haben sich in Blättern wie *Bunte* und *Gala* geäußert, wie betroffen sie sind und welch liebste, engste Freundin Milena doch war. Das waren Selbstdarstellungen in Form von Trauerkolumnen. Abartig.«

Sie hielten vor einem Lokal, aus dem laute Musik kam.

»Tanzen?«

»Bitte!«, erwiderte Eva. Hand in Hand betraten sie den Rose Club.

Als sie zwei Stunden später wieder auf dem Bürgersteig standen, war ein rosa Streifen am Himmel zu sehen.

»Ich bringe dich nach Hause.« Eva hätte normalerweise vielleicht abgelehnt, aber sie musste an Helga und ihre Warnung denken. Ob sie die Gelegenheit für einen One-Night-Stand nutzte? Donald hatte nicht abgeneigt gewirkt. Hatte man mit zweiundsechzig noch One-Night-Stands? Wer, wenn nicht Helga?

»Wo musst du hin?«, fragte Jannis.

»Äh, auweia, ich habe zu viel getrunken, ich weiß den Namen der Straße nicht mehr.« Sie überlegte. Wie hieß noch mal der Park, durch den sie zu Beginn des Abends mit Emil und Georg gegangen war?

»Man konnte das Kolosseum sehen, von einem Park in der Nähe!« Jannis zückte sein Handy und suchte bei Google Maps.

»Oder das Panella, da waren wir heute Abend nebenan im Restaurant. Von da aus finde ich die Wohnung.«

»Okay, das Panella habe ich«, sagte Jannis einen Moment später. »Largo Leopardi. Aber was wollen wir da überhaupt? Komm doch mit zu mir!« Er kam mit seinem Mund ganz nah an ihr Ohr: »Ich würde so gerne mit dir schlafen, bitte, lass uns gehen!«

Eva erschauderte, das Flüstern gefiel ihr. Bedauernd schüttelte sie den Kopf. *»Mi dispiace, amore! I'm sorry!«*, flüsterte sie zurück. Und etwas lauter: »Was heißt das auf Ungarisch?«

»Tja, das werde ich dir erst verraten, wenn du auf meinem Kopfkissen liegst.« Er steckte das Handy in die Hosentasche und hielt ihr Gesicht in beiden Händen. »Du machst mich so an, Eva, du bist so schön, innen und außen. Und du gefällst mir heute noch viel besser als damals bei der Hochzeit. Und da fand ich dich auch schon unfassbar toll …«

»Das kommt, weil ich dauerbetrunken durch Italien reise.«

Er sah sie mit einem zärtlichen Ausdruck in den Augen an: »Ich würde dich gerne wiedersehen. Ich würde gerne viel mehr Zeit mit dir verbringen …«

»Ich auch mit dir!« Sie küsste ihn. Spätestens übermorgen wäre sie auf dem Weg nach Apulien, um Grundstück und Trullo zu verkaufen. Mit Georg.

»Die U-Bahn fährt ab halb sechs schon wieder, oder laufen wir?«

»Bitte nicht, meine Füße wollen nicht mehr.«

»Deine Beine sehen aber megageil aus in den Schuhen! Oh, *scusa*.« Er schlug sich die Hand vor den Mund.

»Ist schon okay.«

Die Wände der Haltestelle Re di Roma waren aus Beton gegossen, man sah die Muster der Holzverschalung noch, Rohre zogen sich an der Decke entlang, es sah aus wie in einem Kellergewölbe. »*Prossimo treno tra 2 minuti*«, stand auf der Anzeige, da fuhr die Bahn auch schon ein. Eva ließ sich auf einen der orangen Sitze fallen.

»Ich mache ein Foto von uns, damit ich was zur Erinnerung habe, bis du wiederkommst!« Jannis setzte sich neben sie und hielt sein Handy mit ausgestrecktem Arm in Position.

»Du kommst doch wieder?«

»Natürlich!«, sagte Eva und setzte ihr Fotografiergesicht auf. Dicht an ihrer Schläfe spürte sie Jannis' warme Haut. Augen auf, nicht blinzeln und bloß keine Entenschnute. Fertig. Er zeigte es ihr, sie sah gut aus, besser als in der Realität, er sowieso, verdammt fotogen.

»Dubissüß!« Sie nuschelte schon vor lauter Müdigkeit. Oder war es der Wein? Oder der fruchtig-grüne Drink, den sie beim Tanzen noch in sich hineingeschüttet hatte?

»Ich weiß! Du aber auch!«

Er schaute ihr tief in die Augen. Eva drehte ihr Ticket in den Händen, ohne den Blick zu senken. »Wie viele Stationen fahren wir noch?«

»Äh, noch zwei. Piazza Vittorio Emanuele müssen wir raus.«

»Gut, ich beeil mich.« Sie begann aus dem Ticket einen

Schmetterling zu falten, ein schwieriges Projekt, die Koordination ihrer Finger klappte zu dieser frühen Stunde nicht mehr so recht, und außerdem war das Stück Papier einfach zu klein. Die Metro fuhr in die nächste Station ein, es klickte nah vor ihrem Gesicht, sie schaute auf, ihre Augen verengten sich strafend, bevor sie lachte: »*Basta!* Ich sehe furchtbar aus!«

»Du siehst nie furchtbar aus, das war das letzte Foto, ich schwöre! Der Rest dieser Nacht ist sowieso in meinem Kopf! Für immer.«

»Hier, du Romantiker.« Sie reichte ihm den winzigen Schmetterling, nicht viel größer als sein Daumennagel. »Bisschen schlampig, aber besser geht's gerade nicht.«

Jannis nahm das zarte Gebilde mit offener Hand in Empfang. »Danke, er bekommt einen Ehrenplatz in meinem Herzen!«

»Spinner!«, lachte sie. Hand in Hand gingen sie durch lange düstere Flure mit schwarzem Gummibelag auf dem Boden und verließen die Station. Die Arkaden an der Piazza Vittorio Emanuele boten einigen Obdachlosen Schutz, die auf dem Mosaikboden lagen. Sie waren schon wach und schauten mit verquollenen, vom Alkohol gezeichneten Gesichtern zu ihnen auf. Sie gingen eine Querstraße hinunter, Eva erkannte den kleinen Park im Tigerkäfig wieder, dahinter die Via Merulana. Plötzlich winkelte Jannis den rechten Arm an, er unterstützte den Ellbogen mit der linken Hand, machte einen Sprung wie ein Basketballer und warf den Schmetterling in hohem Bogen in die Luft. Er landete auf einem Sims, weit oben an einem Kiosk, vor dessen heruntergezogenen Rollos schon verschnürte Zeitungspakete lagen.

»Jahrelang im Basketballteam der Sandford Park School in Dublin gewesen.«

»Glückwunsch! Habe ich dich gerade Romantiker genannt? Warum schmeißt du ihn weg? Ich denke, er bekommt einen Ehrenplatz in deinem Herzen.«

»Den hat er auch, aber er muss doch fliegen können. Und ich weiß trotzdem immer, wo er ist!« Eva lachte und stieß ihn in die Seite, er wehrte sie ab, nutzte aber die Chance und küsste sie noch einmal.

Vor der Haustür verabschiedeten sie sich. Es war heller geworden, doch Eva dachte nicht darüber nach, ob Jannis die Fältchen um ihre Augen in dem unbarmherzigen Licht noch stärker auffielen.

»Ein allerletztes Mal!«, verlangte er und umschloss ihre Wangen mit beiden Händen. Seine Lippen waren wunderbar weich. »Komm doch mit«, sagte er und drängte sich an sie. Sie strich ihm die Haare aus der Stirn.

»Süßer«, flüsterte sie. Meine Güte, sie hatte bisher noch nie einen Mann »Süßer« genannt, aber es passte so schön, und sie liebte ihn, sie liebte ihn auf eine sehr angenehme Weise, nicht besitzergreifend, eifersüchtig oder ängstlich, sondern ohne Bedenken und völlig frei.

»Aber du kommst doch wieder?«

»Ja, sobald ich in Apulien die Sache mit Milenas Grundstück geregelt habe.«

»Ich kann auch zu dir kommen, wenn ich mal freihabe, aber das wird in den nächsten Wochen wohl kaum der Fall sein …«

»Dann komme ich eben, du wirst sehen!« Nach einem letzten langen Kuss verschwand sie im Haus.

21

Eva zog die Pumps aus und schlich auf Zehenspitzen durch den Flur. Als sie den Salon betrat, blendete die Morgensonne ihre Augen, die plötzlich juckten, als ob sie feinen Sand unter den Lidern hätte. Sie taumelte ein kleines bisschen gegen den Türrahmen und beglückwünschte sich zu der Idee, das Sofa schon als Bett hergerichtet zu haben, bevor sie zum Essen gegangen waren. Sie öffnete das Fenster, griff in die Lamellen der schweren Holzläden und klappte sie zu, dann ging sie zum Sofa und schlug die Bettdecke zurück. Warum kann ich meine ach so freien Gefühle für Jannis nicht auch auf Georg übertragen?, fragte sie sich. Ich sollte Männer nicht so ernst nehmen! Sie umarmte das Kissen, wie gern würde sie jetzt zu Georg gehen und sich neben ihn legen, sich ganz fest an seinen warmen Körper pressen, seine haarigen Männerbeine und seine wenig behaarte Brust spüren, Haut an Haut liegen, ihm hautnah sein.

Die gemeinen Sätze, mit denen sie ihn vor Jannis zu Beginn des Abends bloßgestellt hatte, taten ihr längst leid. Sie konnte sich ein Leben ohne Georg nicht vorstellen. Wie hatte Jannis das genannt? Etwas einfach aus Liebe tun. Keine Kompromisse.

Sie zog sich aus, schlüpfte in ihren karierten Schlafanzug,

verstöpselte die Ohren und zog die Schlafmaske auf ihre Stirn. Decke bis zur Nase, Maske in Position, schon war sie eingeschlafen.

Sie erwachte erst am Nachmittag, die Sonne stand schon tief und war um die Hausecke gekrochen, der Raum lag im Halbdunkel. Um sie herum war es ruhig, die anderen waren wahrscheinlich unterwegs, um das Kolosseum nun auch von innen zu besichtigen oder auf der Spanischen Treppe herumzulungern. Das war es, was man bei einem Besuch in Rom machte, und nicht am helllichten Tag im Bett liegen und die Zeit vergeuden. Sie horchte in sich hinein. Nichts. Georg, Emil und Helga würden schon irgendetwas unternehmen und auch ohne ihre Dolmetscherin zurechtkommen. Georg würde sicher auch regeln, wie viel Geld Konrad für die Wohnung bekam, und entscheiden, wann sie nach Ostuni starteten. Morgen wahrscheinlich. Und sich auch um ein Hotel kümmern. *Easy. Semplice.* Wunderbar, nicht für alles verantwortlich zu sein! Was hieß »einfach« auf Ungarisch? *Házi cipök* bedeutete jedenfalls Hausschuhe. Eva lachte in die leere Wohnung und streckte sich. Sie musste an Jannis' Küsse denken und an seine Hände, die sich mitten auf Roms Straßen unter ihr Kleid gewagt hatten. O Gott, hatte sie ihn vor der Haustür wirklich »Süßer« genannt? Fast hätten sie es in diesem Park getrieben. Sie grinste. Der kleine Jannis, nach all den Jahren, wer hätte das gedacht? Er brachte sie zum Lachen, war charmant und konnte fantastisch küssen. Sie hatte ihm etwas über Entscheidungen für den »richtigen Mann« erzählt und versprochen, wieder nach Rom zu kommen. Im Anschluss an Apulien? Da wäre kaum noch Zeit, das würde sie absagen müssen.

Vorsichtig prüfte sie den Zustand ihres Kopfes. Ein leichter Kater, ein unschönes Drücken gegen die Stirn, wenn sie sich bewegte, aber nicht mit dem Durchhänger in Perugia zu vergleichen. »Was für eine Nacht!« Eva angelte mit einer Hand nach ihrem Handy auf dem flachen Couchtischchen und schaltete es an. Jannis hatte ihr noch am Morgen die Bilder aus der U-Bahn geschickt. Ein schönes Paar geben wir ab, dachte sie, leider sehe ich mir überhaupt nicht ähnlich, so glatt, so glücklich, wie mit Fotoshop bearbeitet. *Fake*, alles nur *Fake*.

Das zweite Foto zeigte sie von oben beim Falten des Schmetterlings; konzentriert, gebeugter Kopf, die Fingerspitzen dicht vor dem Gesicht. Auf diesem Bild war sie nur an ihrem Haar zu erkennen. An irgendetwas erinnerte sie die Haltung, wo hatte sie schon mal so versunken gesessen? Ihr Kopf sträubte sich gegen zu intensives Nachdenken, sie kam nicht darauf. Sie besah sich noch mal das erste Foto. Wir sehen mega aus, schrieb sie Jannis zurück, *bacione!* Dicker Kuss. Nach einem kurzen Zögern löschte sie den *bacione*.

Wieder versank sie in diffuse Träume, eine Knutscherei mit Jannis, der dann irgendwann zu Georg wurde. Der andere Jannis beobachtete sie dabei, es war ihr schrecklich unangenehm.

Es klingelte neben ihr, erschreckt fuhr sie zusammen und schaute auf das Display. Nur Georg, der wissen wollte, ob sie endlich ausgeschlafen sei und in eine Trattoria in der Nähe der Piazza Navona kommen wolle. Nur Georg! Die Nacht mit Jannis hatte in ihrem Kopf eindeutig zuzuordnende Spuren hinterlassen.

»Du kannst den Bus nehmen, der 186er fährt gleich an der Via Merulana und braucht circa eine Viertelstunde.«

»Bin in fünfundvierzig Minuten da. Reicht das?«

»Okay, ich merke schon, das Leben einer Clubgängerin ist hart. Wir sitzen in der Trattoria Sale & Miele in der Via, Moment, in der Via di Santa Maria dell'Anima. Das ist eine Parallelstraße, na ja Parallelgasse, zur Piazza. Ruf an, wenn du uns nicht findest!«

Zwanzig Minuten später trat Eva vor die Haustür und wandte sich nach rechts, die nächste Straße links, hier wohnte Konrad, und dort vorn lag auch schon die Via Merulana mit ihrem grünen Platanendach. Langsam kannte sie sich aus im Viertel. Direkt gegenüber der Bushaltestelle befand sich der nun geöffnete Zeitungskiosk, sie musste an ihren kleinen Papierschmetterling dort oben denken, der von der Sonne beschienen wurde. Irgendwann würde es regnen und das Papier nass werden, wieder trocknen, und wenn kein starker Wind käme, würde er den Sommer überleben, die Blätter der Platanen würden ihn bedecken, und am Ende würde er zu einem ausgebleichten, bis zur Unkenntlichkeit zerfaserten Etwas geworden sein, an dem keine Spuren mehr nachgewiesen werden konnten. Ihre DNA zum Beispiel. DNA! Das Foto, das Jannis von ihr gemacht hatte, erinnerte sie an den Typen aus der U-Bahn! Natürlich! Der saß genauso konzentriert und in sich gekehrt da, darauf bedacht, nicht erkannt zu werden und seine Angst und Anspannung unter Kontrolle zu halten. Vielleicht war es der Ehemann von Nina K. Vielleicht hatte man seinen genetischen Abdruck nicht aus dem Müll isolieren können, weil das Ticket gar nicht im Müll gelandet war. Er hatte es irgendwo anders hingeworfen! Ganz bewusst, wenn sie Glück hatten.

Sie wählte Silkes Nummer im Büro, 17.10 Uhr, ein Wunder, wenn sie noch da wäre, aber versuchen musste sie es. Nimm ab, nimm ab, nimm ... »LKA 34, Zündel?«

»Silke! Eva hier, ich rufe aus Italien an.«

»Ich weiß. Ist es schön?«

Eva hatte keine Zeit für die Analyse von Fragezeichen und Untertönen. »Du bist noch nicht weg?!«

»Allerdings nicht! Ulla macht uns ja hier die Hölle heiß, sie will unbedingt Erfolge vorweisen, wo nichts vorzuweisen ist ...«

»Gar nichts?«

»Nein, wir konnten den Hauptverdächtigen immer noch nicht mit seiner DNA festsetzen, ansonsten keine andere Spur bis jetzt. Sie lässt uns seit Tagen gegenchecken und doppelprüfen, jetzt sollen wir auch die Gegenprobe machen, alles noch mal nachasservieren ...!«

»Ist ja ziemlicher Quatsch. Was soll dabei groß rauskommen?«

Silke gab einen knurrenden Laut der Zustimmung von sich. »Ha! Wem sagst du das? Ich wär jetzt auch lieber woanders.«

Eigentlich mochte Eva ihre Kollegin, allein ihr Muttergetue konnte einem auf die Nerven gehen, als ob weibliche Menschen ohne Kinder keine Probleme hätten.

»Dann fahr nach Hause! Mir ist da was eingefallen«, sagte Eva schnell, doch nicht schnell genug.

»Du bist echt super, Eva, lässt uns allein hier ackern, wir sind nur noch zu zweit, die Roggenbuck ist auch zu Hause, Sommergrippe oder so was.«

»Du steigst doch immer Wandsbek-Gartenstadt um und fährst mit der U2 Richtung Berliner Tor?«

»Äh, bitte?!«

»Er hat es vielleicht gar nicht in den Müll geschmissen, Silke, mir kam da gerade eine Idee!«

»Wie, er hat es vielleicht gar nicht in den Müll geschmissen? Jetzt spinnst du völlig, oder? Wer? Wo bist du überhaupt?«

Silke war theatralisch, aber nicht nachtragend. Eva holte tief Luft und versuchte langsamer zu sprechen: »Das Ticket von dem Typ aus der Videoaufzeichnung, der mit viel Glück der Ehemann von Nina K. sein könnte, das haben wir doch nicht gefunden, richtig?«

»Ehemann Nina K.«, wiederholte Silke, als ob sie sich etwas notierte. »Ticket. Fragezeichen.«

»Hast du das?«

»Ich habe zu Ulla gesagt, warum der ganze Aufwand, vielleicht hat er es noch in seiner Hosentasche, dann sind wir machtlos.«

»Ich weiß nicht, warum, aber ich glaube, er hat es nach oben geworfen, irgendwo drauf. Er ist in Barmbek eingestiegen, du kommst zwar jetzt aus der anderen Richtung, aber überprüf doch bitte mal, ob es da an der Haltestelle Wandsbek-Gartenstadt etwas gibt, einen Automaten, ein Sims, irgendwas, wo man ein zusammengefaltetes, von Angstschweiß aufgeweichtes Ticket hochschnipsen kann. Dasselbe machst du natürlich auch an der Habichtstraße. Und hol dir den Assistenten aus der SpuSi, Ulli, der ist verrückt genug, auf Leitern zu klettern.«

»Ulli ist schmerzfrei, er ist neulich sogar unter ein Haus gerobbt in so einen fiesen Zwischenboden, da liefen lauter Tiere rum, von denen du jetzt nichts wissen willst.«

»Igitt.«

»Aber eins noch, Eva: Der Mord an Nina K. ist jetzt elf Tage her!«

»War es sehr windig bei euch?«

»In Hamburg ist es immer windig, auf S-Bahnhöfen auch. Du bist hier geboren, müsstest das eigentlich wissen.«

»Wenn es überdacht ist, woran ich denke, haben wir eine Chance!«

»Ich weiß zwar nicht, woran du denkst, aber ich bin skeptisch.«

»Mach es einfach, bitte! Ich sag auch nachher nicht, dass die Idee von mir kam.«

»Ja, aber …« Silke war eine typische Ja-aber-Frau. Die besten Ideen, Möglichkeiten und Gedanken sabotierte sie mit diesen zwei Wörtern.

»Was denn?«

»… die Zwillinge haben heute bis um sieben Aikido-Training.«

»Die Zwillinge werden mal zehn Minuten warten können und sich demnächst über ihre erfolgreiche Mutter freuen. Schon mal bei so einer Verleihung dabei gewesen?«

»Nein.« Silke liebte es, sich bei offiziellen Veranstaltungen zu zeigen.

»Aber ich. Du wirst das Gefühl dort oben auf der Bühne lieben. Und du kannst dein blaues Kleid tragen, das kurze, in dem kommen deine Beine mega… äh, gut zur Geltung, und blau ist der perfekte Untergrund für einen Orden.«

Noch nie hatte jemand aus der Abteilung einen Orden bekommen, was für einen Orden überhaupt? Es gab keine Oscar-Verleihung für erfolgreiche Polizeimitarbeiter, das Höchste war einmal eine Einladung zu Kaffee und Schmalzgebäck beim Polizeipräsidenten gewesen, als sie den Fall mit den drei entführten Prostituierten so schnell gelöst hatten. Aber das wusste Silke ja nicht, die war erst zwei Jahre dabei.

Silke lachte. »Du weißt, wie man mich kriegen kann, ich bin zwar Mutter von Zwillingen, aber immer noch eitel, ich

gebe es zu. Das ist aber weit weniger schlimm, als ein kar-
rieregeiles kinderloses Monster wie du zu sein!«

»Ich gebe gerne ab, Silke! Sowohl Arbeit als auch Ruhm.
Kein Problem. Ruf mich an, wenn ihr was gefunden habt!«

»Bestimmt nicht!«

Sie lachten beide und legten auf.

Die Trattoria Sale & Miele lag im Schatten der Gasse, die Tische waren mit kariertem Stoff bedeckt und standen auf
einem flachen Podest. Georg erhob sich, als er Eva sah.
»Na, amüsiert? Wo warst du denn die ganze Nacht?!« Er
umarmte sie und presste dabei seine Schläfe an ihre, küsste
sogar kurz ihr Haar.

»Mit Jannis? Unterwegs?« Den triumphierenden Unterton in ihrer Stimme hatte sie nicht beabsichtigt. »Hallo,
Emil!« Eva setzte sich schwungvoll, doch zuvor gab sie Helga
noch ein Wangenküsschen auf den begrenzten Platz, den die
riesige Sonnenbrille in ihrem Gesicht freiließ. Solidarität unter Clubgängerinnen. Georg schaute zwischen ihnen hin und
her. »Na, das scheint ja sehr aufregend gewesen zu sein!«

Eva grinste und sagte nichts. Auch Helga rührte versonnen in ihrem Pfefferminztee und schwieg.

»Also, kleine Lagebesprechung!« Georg schüttelte den
Kopf, Eva meinte einen ärgerlichen Unterton in seiner
Stimme wahrzunehmen. »Die schlechte Nachricht: Superstar Elio ist anscheinend nicht in der Stadt, ich habe den
mal gegoogelt, der dreht angeblich zurzeit in Milano.«

»Welcher Superstar?«, fragte Helga müde.

»Ein Schauspielerkollege von Milena, den wir treffen
wollten. Wäre für Emil vielleicht ganz interessant gewesen … Also werden wir morgen wohl nach Apulien aufbre-
chen. Aber jetzt die gute Nachricht: Ich habe ein Hotel mit

Pool in Ostuni gefunden und schon drei Zimmer reserviert. Es liegt direkt zwischen Ostuni und dem Trullo. Und: Wir werden heute Abend Konrad noch mal treffen.«

»Ooch, den. Den finde ich blöd«, stöhnte Emil.

»Warum?«, fragten Georg und Eva wie aus einem Mund.

»Weil der mich immer so anschaut, als ob ich was sagen müsste. Wie in der Schule bei Herr Behrend.«

»Herrn Behrend!«, korrigierte Georg.

»Herrn Behrend guckt auch immer so, wenn niemand sich meldet, weil wir das mit dem Subjektiv und Objekt nicht verstanden haben.« Eva lachte. Georg nicht.

»Hast du etwas von ihm … Hast du die Sachen von Konrad bekommen?«, fragte Eva betont beiläufig.

Georg schaltete schnell: »Die Fotos? Nein, deswegen müssen wir ihn ja noch mal treffen. Und das wird nicht so langweilig wie gestern im Restaurant, das verspreche ich dir, Emil!«

Emil stöhnte noch einmal.

»Da fragt der Donald mich, ob ich bei ihm in Rom bleiben möchte, er hat hier eine Wohnung, ist aber die meiste Zeit des Jahres auf Malta.« Helga sprach vor sich hin, als ob die restlichen Personen am Tisch nicht anwesend wären. Eva antwortete ihr dennoch:

»Na und, warum nicht? Ich fand ihn sehr charmant, und er sah gut aus!«

Helga wiegte zweifelnd den Kopf. »Bin ich ein Spielhäschen, das sich für ihn im Hotel einquartiert? Nein.«

Das Lachen gluckerte in Eva hoch, eigentlich konnte man dauernd über Helga lachen, wenn man sie nicht zu ernst nahm, sondern wie eine durchgeknallte Freundin betrachtete. Der Unterhaltungswert des yogazähen Spielhäschens aus gegerbtem Leder war ihr bis gestern gar nicht aufgefallen.

Wieder schaute Georg zwischen ihnen hin und her, diesmal ohne eine Miene zu verziehen:

»Hat Mimmo sich gemeldet?«

»Soll er was tun für seinen Spaß, soll er mir hinterherkommen. Was nichts kostet, ist auch nichts wert«, murmelte Helga auf ihren Tee herab.

Evas Gesicht tat weh vom unterdrückten Grinsen. Also kein One-Night-Stand zwischen über Sechzigjährigen, im Gegenteil, Helga machte sich rar. Georg drückte das Kinn gegen die Brust, wie immer, wenn er seinen Ärger über Helga nicht zeigen wollte. Eva drehte sich zu ihm:

»Mimmo meldet sich doch nie zurück, wenn ich ihm auf die Mailbox quatsche. Wahrscheinlich ist ihm nicht bekannt, dass es auf seinem Handy so eine Einrichtung überhaupt gibt. Ich habe ihn das letzte Mal vor ungefähr vier Wochen gesprochen.«

»Mimmo hat viel mehr Haare auf der Brust als du, Papa, und er hat eine kleine Zigarre im Mund, die stinkt so was von.« Emil stützte seinen Kopf in die Hand, als ob er ihm zu schwer geworden wäre.

»*Daran* erinnerst du dich noch!?«

»Ich habe den Rauch der Zigarre immer noch hier drin! Der wollte mich umbringen. Dabei war ich ein kleines Kind!« Er klopfte sich auf die Brust.

»Vorher wolltest du dich aber noch mit Kellerasseln vergiften«, lachte Georg, »die hast du gefangen, und wir mussten ständig aufpassen. Du warst so schnell, ehe wir hinschauen konnten, hattest du sie im Mund. Du hast sie ›die Aaseln‹ genannt, Keller-Aaseln.«

»Bääh. Ist ja eklig, Papa.«

»Meine Güte, und die Stinkewürmer!« Georg lachte. »Warum komme ich gerade jetzt auf die?«

Eva nickte. Die Stinkewürmer verbargen sich in den Steinritzen der Wände, sie krochen ab und zu auf dem Boden oder unter den Trullokuppeln herum. Harmlose glänzend braune Kreaturen, die aber eine üble Gestankswolke ausstießen, wenn sie sich bedroht fühlten. Noch Stunden später war die Luft verpestet, Handfeger und Besen, mit denen man sie eilig nach draußen beförderte, ebenfalls.

»Ich will die Aaseln wiedersehen und Mimmo, und die Stinkewürmer will ich sehen. Fahren wir da morgen hin?«

Georg seufzte und tauschte mit Eva einen Blick aus. Sie schüttelte langsam den Kopf. Hatten sie nicht verabredet, alleine zum Grundstück zu fahren? Es nur kurz zu inspizieren und es dann von einem oder mehreren Maklern schätzen zu lassen? Die Begegnung mit der Vergangenheit dort unten so gering wie möglich zu halten? Er nickte ihr beruhigend zu, wieder ganz der Georg, den sie liebte, auf den sie sich verlassen konnte.

»Mal sehen, Emil, morgen Nachmittag sind wir schon im Hotel, ist zwar nicht die Super-Luxus-Klasse, die du bevorzugst, aber die haben einen runden Pool!« Er sah Eva wieder an. »Vorher müssen wir Konrad nur noch ...« Er zögerte.

»... mit einem Barcode versehen und in das System einpflegen«, beendete Eva den Satz, diesmal sicher, dass niemand außer Georg sie verstehen würde.

Georg zahlte, und sie schlenderten noch einmal kurz über die Piazza Navona, die Eva ja noch nicht kannte.

»Es gibt drei Brunnen hier«, erklärte Georg und nahm überraschend ihre Hand. »Willst du einen davon sehen?« Eva zuckte die Achseln und musste seine Hand loslassen, weil sich eine Großfamilie zwischen sie drängte. »Ich glaube, ich verzichte«, rief sie ihm über das Verdeck eines Kinderwagens zu, während sie Emil und Helga im Blick behielt, um sie nicht zu verlieren. Alle Brunnen waren von Menschenmassen umstellt, nur der schmale Obelisk ragte gut sichtbar heraus. Sie drängelten sich durch die vielen Maler, die ihre kitschigen Bilder und Skizzen ausgestellt hatten, durch Andenken-, Taschen- und Getränkestände. Luftballonverkäufer stellten sich ihnen höflich lächelnd in den Weg. *No, grazie!* Eva schaute nach oben. Weniger Touristen und ein paar mehr Römer würden Rom guttun, dachte sie, während sie die Fassade einer Kirche bewunderte, deren Namen sie nicht kannte.

»Du hast es gestern also nicht geschafft«, sagte sie zu Georg.

»Ich war damit beschäftigt, alles über Milena aufzusaugen, was ich noch nicht von ihr wusste. Irgendwann dachte ich, stopp mal, der beschreibt mir absichtlich eine fremde Frau, dichtet ihr ganz bewusst die seltsamsten Charakterzüge an, nur um mir das Gefühl zu geben, sie nie gekannt zu haben!«

Sie wurden mit einem Strom von Touristen vom Platz und durch eine für Autos gesperrte Straße geschwemmt.

»Wir haben sie alle nur auf unsere ganz eigene Weise gekannt.« Eva wusste nicht, woher dieser salbungsvoll klingende Satz kam. »Ich als Schwester, du als ihr Ehemann, er als verliebter Kameramann, der sie nur durch seinen Sucher sehen durfte.«

»Das hoffe ich!« Georg machte einen Satz nach vorn und hielt Emil fest, der fast von einem durch die Menge preschenden Rollerfahrer umgemangelt worden wäre. »Das ist eine Fußgängerzone hier!«, schrie er ihm hinterher. Eva wischte sich einen dünnen Schweißfilm von der Stirn.

»Wartet mal eben, hier ist eine ruhige Ecke, ich rufe ihn an und sage, wir kommen kurz vorbei, um die Miete zu bezahlen.« Emil machte sich von Georg los, rannte ein paar Meter vor und blieb stehen.

»Kommt ihr jetzt endlich, damit wir unsere Münzen in den *richtigen* Brunnen werfen können?«

»Man könnte meinen, er ist schon in der Pubertät«, sagte Helga, die sich unbemerkt von der Vitrine eines Ledergeschäfts gelöst hatte und plötzlich an ihrer Seite auftauchte. Eva und Georg warteten, bis Helgas Aufmerksamkeit vom nächsten Schmuckladen beansprucht wurde, bevor sie weitersprachen.

»Wir gehen hin und reißen ihm ein Haar aus seinem roten Bart, er wird zucken, aber das fällt ja niemandem auf, oder wie?« Eva sah Georg zweifelnd an.

»Als sie uns endlich aus diesem Laden rausgeschmissen haben und ich den schlafenden Emil schon auf dem Arm hatte, habe ich noch sein Grappaglas in die Jackentasche gesteckt. Das ist mir dann aber im Treppenhaus auf die Stufen geknallt.«

»Ach, du warst das. Ich bin heute Morgen über die Scherben gestiegen …«

»Und hast sie nicht mitgenommen?«

»Ich wusste doch nicht, dass du deine Beweismittel im Flur verstreust, ich habe sie noch nicht einmal mit dem Fuß zusammengekehrt.«

»Cool, du kümmerst dich nicht mehr um deine Umwelt. Der Abend mit Jannis hat dir gutgetan.«

Eva verkniff sich eine Antwort und ein Grinsen. Georg war eifersüchtig!

»Die *Nacht* mit Jannis, meine ich. War's denn wenigstens schön?«

»Ach, was du gleich immer denkst ... Wir haben uns Rom angeschaut, das war toll, man sieht nachts viel mehr von der Stadt, weil es einfach nicht so verdammt voll ist.« Eva lachte, doch das schlechte Gewissen breitete sich in ihr aus wie die Testflüssigkeit in einer der Speichelnachweis-Kassetten in ihrem Labor. Was hatte sie da mit Jannis bloß vorgehabt? Noch immer zog ein wohliger Schauer durch ihre Brust, wenn sie an ihn dachte, aber sie hatte zu viel von allem getan. Zu viel getrunken, zu viel geredet, ihm zu viel versprochen.

»Siehst du die Lücken?«, raunte Eva Georg zu, als sie zwei Stunden später bei Konrad im Salon standen.

»Hätte mir als ehemaligem Requisiteur doch eigentlich sofort auffallen müssen«, gab er zurück und schaute Konrad hinterher, der in die Küche gegangen war, um ihnen auf ihren Wunsch hin einen Espresso zu machen.

»Aber nur, wenn du auch einen trinkst«, hatte Eva mit Schmeichelstimme gesagt, irgendwie mussten sie ja an seine DNA kommen.

»Wenn man Helga mal braucht, ist sie nicht da«, murmelte Georg, »ich hätte die Bilder gerne gesehen.«

»Wozu Helga?«

»Um ihn abzulenken«, sagte Georg leise und legte seine Hand auf Emils Kopf, der vertieft in das Pling-Plong eines Gameboy-Spiels auf dem Sofa saß.

»Sie musste Donald noch mal sehen. Und das, was du von ihr willst, kann ich doch auch tun. Gleich wenn du aus dem Salon kommst, links, schräg gegenüber der Küche ist das Arbeitszimmer. Da standen sie vorgestern noch zwischen irgendwelchen Ölbildern an ein Regal gelehnt.«

Sie tranken den Espresso, Georg legte zweihundertfünfzig Euro für die Übernachtungen inklusive Endreinigung auf den Tisch, ein Freundschaftspreis, betonte Konrad und lamentierte über den Wahnsinn, in Rom zu leben. Eva hörte ihm nicht zu, sie konzentrierte sich vielmehr auf das Licht, in dem die Wände in diesem Moment warm aufleuchteten. Selbst in dieser ruhigen Wohngegend in der Nähe des Parks auf dem Colle Oppio konnte man Rom und seine Armada von Autos hören, vereint zu einem einzigen, unterschwellig brummenden Motor.

Eva bat um ein Glas Wasser, vielleicht trank Konrad ja auch eins. Ein Glas ließ sich unauffälliger entwenden als eine Espressotasse. Georg fragte nach der Toilette, Emil versuchte noch immer das nächste Level auf seinem Game-boy zu erreichen. Eva begleitete Konrad in die Küche, damit er in den nächsten fünf Minuten nicht etwa auf die Idee käme, in sein Arbeitszimmer zu gehen.

Wer war dieser Konrad, was hatte er in ihrer Schwester gesehen, was mit ihr geteilt?, fragte sie sich, während sie seinen breiten Rücken unter dem currygelben Poloshirt anstarrte. Alle Männer von Rom trugen dieses Jahr Currygelb, doch kaum einem stand die Farbe. Sie wollte das Bild von Milena noch einmal zusammensetzen, wollte es ganz allein für sich neu gestalten, nicht bei anderen etwas richtigstellen oder geraderücken, selbst bei Georg nicht. Die Vorstellung von ihrer Schwester, die sie schon lange vor ihrem Tod nicht mehr hinterfragt hatte, musste dringend erneuert werden.

»Hast du eigentlich Kinder, Konrad?«

»Nein, glaubs nööd, aber als Mann weißt du das ja nie ...«

Stimmt. Eva trommelte mit den Fingern auf das Ceranfeld. Reden war reine Zeitvergeudung, sie mussten sich dem

Thema anders nähern. Ein ausgerissenes Haar musste her, ein vollgeschnäuztes Taschentuch, zur Not auch die Sonnenbrille, die er wie immer auf der hohen Stirn trug. Die DNA an den Bügeln würde André in seinem Labor zur Auswertung reichen.

»Ich habe hier in Rom oft an Milena denken müssen. An eure Freundschaft, an die vielen Dinge, die ich von ihr nicht weiß.« Konrad biss von einem Hörnchen ab, das halb gegessen aus einer Zellophanverpackung hing, und legte es wieder neben den Herd auf die spiegelnde Marmorfläche. Eva musste sich zurückhalten, um es nicht sofort an sich zu nehmen. »Was wäre dein Adjektiv für sie, wenn du nur eins zur Verfügung hättest? Wie war sie für dich?«

»Ein Wort nur? Ha!« Er kaute. »Reserviert.«

»Oh!«

Er lachte. »Daes häsch vermuetli nöd hüüfig ghöört über sie?«

»Allerdings nicht.«

»Ich meine, sie war offen und charismatisch, faszinierend und begehrenswert, und dennoch hatte man bei ihr immer das Gefühl, dass sie etwas ganz Gheimnisvolls im Verborgense bhalte hätt.« Er schüttelte sich und zuckte.

Das sind jetzt seine Gefühle für sie, die den sonst so gut unterdrückten Tourette toben lassen, dachte Eva. Sie hörte Georg auf dem Flur reden, anscheinend war seine Recherche im Arbeitszimmer beendet und er telefonierte.

»Darf ich mir das hier klauen?«, sagte sie mit einem Grinsen und griff gespielt zögernd nach der Verpackung mit dem angebissenen Hörnchen. »Ich habe so einen Hunger!«

»Aber ja! Aber das habe ich doch schon … Was bin ich für ein miserabler Gastgeber, du kannst doch auch ein eigenes bekommen! Viel anderes ist allerdings nicht da.«

Schon riss er den Küchenschrank auf, doch sie war längst im Flur.

»Danke! Das reicht mir.«

Georg sah das Hörnchen in ihrer Hand und zwinkerte ihr zu.

»Ist die Toilette jetzt frei?«, rief sie in Richtung Küche, damit Konrad es hörte.

»Das kann ich unmöglich einhalten!«, sagte Georg in sein Handy und rollte mit den Augen. »Mitte Juli, frühestens, ich bin mindestens noch eine Woche in Italien.«

Eva übergab ihm das kleine Paket im Vorbeigehen wie einen Staffelstab. »Meine Handtasche liegt neben Emil auf dem Sofa«, wisperte sie und verschwand in der geräumigen Gästetoilette.

Als sie wieder herauskam, fand sie Georg im Salon. »Ich melde mich, okay, bis dann, *ciao ciao*«, sagte er soeben und rieb sich über die Stirn, als ob er Kopfschmerzen hätte. »Die Leute von Foodproof schon wieder. Jetzt wollen sie die Strecke mit dem Ziegenkäse-Special auf einmal vorziehen. Dann müssen sie sich einen anderen Stylisten suchen.« Er legte das Handy weg. »Wo sind sie?«, fragte er.

»Wer? Konrad und Emil? Keine Ahnung. Ich komme gerade von der Toilette. Hast du es gut verpackt?«

»Was?«

»Das Teilchen, von dem er abgebissen hat! Unsere herrlich einfach zu isolierende DNA«, flüsterte Eva dramatisch.

»Ja, ja. Wo ist Emil?!« Seine Stimme war belegt, sämtliche Horrorfilme aus seinem Kopf schwangen darin mit.

»In der Küche? Irgendwo müssen sie ja sein. Hat er nicht gerade noch hier gespielt?« Der Gameboy lag grau und stumm auf dem Sofa.

Sie gingen hinüber, doch die Küche war leer.

»Vielleicht zeigt er ihm irgendwas in einem anderen Raum.«

Sie schauten sich an. Diesmal kein CSI, sondern reines Misstrauen. »Emil?!«, brüllte Georg. Keine Antwort.

»Konrad?!«

»Du hast telefoniert, Konrad war in der Küche, Emil saß im Salon, ich bin auf die Toilette gegangen, und du bist wieder zurück in den Salon …?«

»Ich habe beim Telefonieren noch ein bisschen vor den Bildern im Flur herumgestanden, vorne, an der Wohnungstür.«

»Und sie sind nicht an dir vorbeigegangen, also müssen sie ja noch hier sein.« Eva holte tief Luft. »Eeh-mieeel!!«, rief sie singend wie Helga am Tag zuvor durch die Badezimmertür, es sollte unbekümmert klingen.

»Er hat Nacktfotos von ihr gemacht, Eva!«, zischte Georg.

»Oh, *shit*. So was hatte ich irgendwie befürchtet.«

»Habe sie auf seinem Schreibtisch gefunden, nicht gerade gut versteckt. Sehr künstlerische allerdings.«

»Was soll das heißen?«

»Dass er sie nicht dazu gezwungen hat, dass er sie damit nicht erpressen konnte, dass sie ihn tatsächlich mochte …?« Er lief jetzt durch den Flur, öffnete alle Türen, schaute hinein, brüllte: »Emil? Konrad?« Ein Schlafzimmer, ein Gästezimmer, eine Abstellkammer, ein komplett leeres Zimmer, die Wohnung war groß, doch schließlich hatten sie alle Räume durch.

»Die sind *doch* rausgegangen! Vielleicht gibt es noch einen anderen Ausgang.«

Georg bedeckte seine Augen mit einer Hand und mas-

308

sierte sich die Schläfen. »Fünf Minuten, das waren höchsten fünf, ach, drei, allerhöchstens. Wo ist das Schwein mit ihm hin?«

»Jetzt mal langsam!« Eva versuchte ihr Gehirn anzuschalten. »Kein zweiter Ausgang, zur Haustür sind sie nicht raus, sagst du, was ist mit dem Balkon? Vielleicht spielen sie Verstecken mit uns?«

»Wohl kaum …«

Eva lief zurück in den Salon und durch die Flügeltür hinaus, aber natürlich hockten Emil und Konrad nicht eng an die Mauer gepresst auf dem schmalen, an das Haus geklebten Stück Stein, dessen Geländer mit hängenden Weihrauchpflanzen aus zwei Balkonkästen überwuchert war.

Obwohl die Vorstellung schrecklich war, schaute sie hinunter auf die Straße. Kein Emil unter ihr auf dem Pflaster. Sie sah auf die dunkelgrüne Tonne hinunter, die vor dem Haus gegenüber stand. Sie war ungefähr so groß wie eine Litfaßsäule und auch so hoch. Plötzlich öffnete sie sich, heraus trat ein Mann, der sich noch dezent am Hosenstall fummelte und dabei zufällig nach oben, direkt in ihre Augen starrte. Wie ertappt schaute er weg, schloss dann die Tür hinter sich und lief die Straße hinunter.

»Eine Tür!«, rief sie, als sie Georg versteinert im Flur neben der Toilette traf. »Es muss eine Tür geben, die wir nicht als solche erkennen!« In Georgs Gesicht waren zwei Falten zwischen den Augen aufgetaucht, die sie lange nicht mehr gesehen hatte. Seine schlimmsten Albträume mussten sich so anfühlen, sie stieß ihn an und lief noch mal Richtung Schlafzimmer, in das sie gerade schon hineingeschaut hatten. »Du nimmst das Arbeitszimmer«, kommandierte sie, aber Georg rannte schon an ihr vorbei in den hinteren Teil der Wohnung.

309

Im Schlafzimmer stand ein großes Doppelbett auf grau-braunem Teppichboden, akkurat bedeckt von einer Tages-decke in demselben Graubraun, weiße Kissen darauf, eine mit weißem Stoff überzogene Bank vor dem Bett, ansons-ten war der Raum bis auf einen eingebauten Kleiderschrank mit matten Glasschiebetüren leer. Sie suchte die Wände ab. Da! Neben dem Bett verborgen, im dezenten Muster der Tapete, sah man ganz schwach die vertikalen Linien einer Tür. Sie stürzte darauf zu und öffnete sie. Nichts, nur ein dunkles Kabuff als Vorraum und dann eine wesentlich sta-bilere Tür, mit rotem Leder gepolstert, von Nietnägeln fest-gehalten.

»Georg!«, rief sie. Sekunden später war er dicht hinter ihr. »Ich bringe ihn um!«

»Ich helfe dir dabei!« Als sie die zweite Tür öffneten, wa-ren sie kurz von der hellen Leinwand geblendet, dann sahen und hörten sie sie: Milena.

22

»Weißt du eigentlich, warum Apulien Apulien heißt?«, fragte Emil.

»Keine Ahnung!« Eva war das erste Mal seit Tagen ausgeschlafen, in ihrem Kopf hämmerte kein Kater, und die letzte SMS von Jannis in ihrem Handy hatte nur zwei Worte, ließ sie aber erleichtert lächeln. Ti odio! Dahinter ein Smiley. Ich hasse dich. Sie sah sein blondes Haar vor sich, das ihm in die Stirn hing, seine tiefblauen Augen und natürlich seine Lippen, immer bereit zu lachen und zu küssen. »Du Schöne«, hatte er am Telefon gesagt, »ich muss dich unbedingt noch sehen! Bevor ihr fahrt!«

»Wir sind schon unterwegs …«, hatte sie ihm kleinlaut gestanden, und dass sie ihn eigentlich nur angerufen habe, weil sie etwas über Elio habe wissen wollen. Mit »Ich melde mich. Kuss zurück« hatte sie das Gespräch schließlich beendet.

Vor ihr auf dem Fahrersitz saß Georg. Seit der Nacht mit Jannis gab er sich mehr Mühe, ihr zu gefallen. Es kam ihr wenigstens so vor.

»Es heißt Apulien, weil man da ampuliegen kann!« Emil warf sich zurück an die Rückenlehne und wollte sich vor Lachen ausschütten.

»Am Pool liegen, super. Wer hat sich das denn ausgedacht?«

»Ich! Am Trullo darf ich sofort in den Trichter, oder, Papa?«

»Wir fahren zunächst mal ins Hotel, da gibt es ja auch einen Pool, dann sehen wir weiter«, antwortete Georg. »Vielleicht ist auch gar kein Wasser im Trichter.«

Eva versuchte Georgs Blick im Rückspiegel zu erwischen. Hatten sie nicht besprochen, Emil gar nicht mit zum Trullo zu nehmen? Doch Georg schaute stur auf die Straße.

»Was ist denn der Trichter, mein Gott?«, fragte Helga, die seit Rom in meditatives Schweigen verfallen war.

Ach, Helga, dachte Eva, du bist uns erhalten geblieben! Sie war darüber gar nicht so unglücklich. Helgas arrogant-lässige Sichtweise auf das Leben würde mir fehlen, hatte sie zu Georg gesagt, als der ihr die spontane Entscheidung seiner Mutter zehn Minuten vor der Abfahrt aus Rom mitteilte.

»Den Trichter hat Milena bauen lassen«, erklärte Eva und beugte sich zu Helga nach vorn. Natürlich thronte die Dame wieder im Lotussitz vorn neben Georg, aber das gönnte sie ihr mittlerweile.

»Sie wollte ein Natursteinbecken anlegen, ein gepflegter, quadratischer Pool sollte in den Felsen gehauen werden, das war ihr Traum.«

»Ich wollte das ja nicht«, warf Georg ein, »ich brauchte keinen Pool, mir hätten unsere Außendusche und das Planschbecken gereicht. Ich hatte Angst um Emil.«

»Und Mimmo warnte uns auch gleich, es sei eine höllische Arbeit und furchtbar laut, und vielleicht sollte man das Becken besser im Herbst aus dem Felsen stemmen, wenn wir nicht da seien.«

»Aber Milena hatte sich ihren Pool für diesen Sommer in den Kopf gesetzt. Wir zäunen ihn ein, solange Emil klein ist, beruhigte sie mich.«

Eva zögerte. Allein durch das Erzählen kamen die Erinnerungen wieder hoch, bunt und unvergesslich. Sie konnte die klare Luft, die die Tramontana über die Berge Albaniens brachte, förmlich riechen. Wie würde es ohne Milli da unten sein?

»Mimmo wurde von ihr mit einer übertriebenen Summe überredet«, fuhr sie weiter fort, »was aber nicht nötig gewesen wäre, er war ihr sowieso hörig. Sie hätte sich auch eine Moschee neben den Trulli wünschen können oder eine Raketenabschussrampe, die hätte er ihr auch gebaut ...«

»Und dann kam eines Morgens der Bagger!«, sagte Georg mit Unheil verkündender Stimme.

»Er war rot und eigentlich total winzig, weißt du noch? Hatte dafür aber einen Presslufthammer an der Spitze, der wie ein dicker silberner Stift aussah. Nach den ersten fünf Minuten war klar, Mimmo hatte den Sachverhalt ausnahmsweise einmal nicht verzerrt dargestellt. Wir haben in Windeseile unsere Badesachen zusammengerafft, um von dem wahnsinnigen Krach wegzukommen.«

»Emil futterte noch schnell ein paar Aaseln ...« Georg blinzelte Emil zu, dessen Ohren ausnahmsweise nicht mit Kopfhörern versiegelt waren. »Wir wollten gerade ins Auto steigen, mit dir zum Strand abhauen und frühestens abends um sieben wiederkommen, als sich plötzlich unter dem Bagger die Erde öffnete!«

»Das ganze Ding kippte in einen höhlenartigen Trichter und hing völlig verkantet darin. Das sei die Murgia, kommentierte Mimmo, spuckte dann aber immerhin seinen Stumpen aus.«

»Was ist die Murdschia denn?«, fragte Emil.

»Eine Schicht aus Kalkgestein, die auf der Höhe bei Bari anfängt und sich durch ganz Apulien zieht«, erklärte Eva.

»Verdammt hart, aber auch mit vielen Einschlüssen und Höhlen darin. Wir haben auf dem Bauch liegend in den Abgrund geschaut, der sich dunkel und scheinbar bodenlos vor uns auftat. ›Vielleicht haben wir eine weitere Grotte entdeckt, wie die berühmte Höhle in Castellana‹, lachte Mimmo, schon wieder mit einer neuen Zigarre im Mund.

›Bloß nicht!‹, hat Milena gesagt. ›Dann kommen sofort die ganzen Touristen, und wir müssen drei Parkplätze, zehn Andenkenläden, sieben Bars und mindestens fünf Pommesbuden auf unserem Grundstück eröffnen.‹«

Georg fuhr seit ein paar Kilometern hinter einem alten Fiat Cinquecento her, der mit höchstens sechzig Stundenkilometern vor ihnen herzockelte.

»Oh, schade, warum habt ihr das nicht gemacht, dann hätte ich immer Pommes essen können!« Emil lächelte verträumt, und Eva hätte ihn am liebsten geküsst, so schön sah er in diesem Moment aus.

»Eine Stunde später kam Tommaso mit seinem Wasserlaster, einer Seilwinde und ein paar Kumpels vorbei. Mithilfe von Mimmos Jeep haben sie den Bagger wieder herausbekommen.« Endlich überholte er den Cinquecento.

»Als wir abends wiederkamen, war der Bagger schon raus aus dem Loch und der Rest der Höhlendecke eingedrückt. Die Höhle war dann doch recht klein, aber die Deckenschicht war nur dreißig Zentimeter dick gewesen, wir sind die ganze Zeit drübergelaufen, ohne es zu wissen.«

»Auf diese Weise wurde aus dem ersehnten Natursteinbecken eine unregelmäßig ausgebuchtete Vertiefung im felsigen Boden, am tiefsten Punkt drei Meter, oben breit, unten schmal, wie ein Trichter. Mimmos Maurer glättete die buckeligen Wände mit Beton und goss ein paar Stufen in eine Holzverschalung, damit man auch wieder rauskommt.

Tommaso kam dreimal mit dem Wasserlaster und ließ dreitausend Liter in die ehemalige Höhle fließen.« Eva seufzte tief, bevor sie weiterreden konnte.

»Doch Milena weigerte sich. ›Ich kann nicht in dieses unheimliche schwarze Loch springen, niemals!‹, sagte sie. Also wurde das Wasser wieder abgepumpt, dann hat einer von Mimmos Cousins die Wände angemalt. Und so wurde aus dem unheimlichen schwarzen Loch ein nicht mehr ganz so unheimliches hellblaues Loch, das man heute sogar mit Google Earth sehen kann! Ein kleiner Klecks im braungrünen apulischen Nichts. Der Trichter. Jetzt weißt du, warum.«

»Irgendwie ist sie trotzdem nie gerne darin geschwommen, obwohl es ein so schönes Babyblau war«, sagte Georg leise.

Irgendwie? Eva wusste, warum Milli nicht gern in dem mühsam errichteten Natursteinbecken schwamm. Was sie zutiefst beunruhigte, war der Abfluss. Wenn Mimmo oder einer seiner Gärtnergehilfen das Wasser wechseln wollte, wurde es mit einem Schlauch zum Pflanzengießen abgelassen. Für den Rest, der sich dann unten im Becken sammelte, musste er nur mit einer langen Stange eine Art Stöpsel ziehen, mit dem das Becken unten abgedichtet war, und sofort leerte sich der Trichter in Sekundenschnelle. Wohin floss das Wasser? In das Nichts eines weiteren riesigen Lochs? In eine endlos ausgehöhlte, unterirdische Landschaft? Liefen sie über einen durchlöcherten Käse, konnte unter ihnen irgendwann einmal alles zusammenbrechen?

Eva schaute auf und merkte, dass Georgs Augen sie im Rückspiegel anblickten. »Woran denkst du?«

»Sie denkt daran, dass es noch total weit ist und wir uns

alle langweilen«, sagte Emil. »Darf ich denn nun alleine in den Trichter, Papa?«

»Ich habe gesagt, wir schauen mal!«

»Immer hast du Angst!«

»Kinder, ich weiß ja nicht«, meldete sich Helga, »aber ich bin froh, dass ich mich nun doch entschieden habe, euch zu helfen. Wer weiß, in was für einem Zustand das Haus und die Trullos sind.«

»Es heißt Trulli, Mutter!«, erwiderte Georg.

Eva versuchte, sich nicht aufzuregen. Jetzt wollte er Helga also nicht bei Emil im Hotel lassen, sondern auch noch auf das Grundstück und in die Trulli mitschleppen.

»Mimmo wird sich schon gekümmert haben«, sagte Georg. Um nicht über ihren Ärger nachzudenken und darüber, warum Mimmo in den letzten Tagen nicht erreichbar gewesen war, schrieb Eva Jannis auf seine Zwei-Wort-SMS eine Drei-Wort-SMS zurück. »Du mich auch!« Sie lächelte, als die Nachricht mit einem zischenden Geräusch nach Rom gesendet wurde.

»Vielleicht ist auch gar kein Wasser im Trichter«, murrte Emil.

»Warum fahren wir eigentlich hier oben lang?«, erkundigte sich Helga. »Donald meinte, über Neapel wäre es viel näher.«

Georg trommelte mit den Fingern auf das Lenkrad. »Das sind nur ein paar Kilometer Unterschied. Konrad hat mir erzählt, dass die Tangente um Neapel zurzeit eine einzige Baustelle sei, die Autobahn durch die Abruzzen dagegen immer recht frei. Und bis jetzt hat er recht, der gute Konrad!«

»Der gute Konrad? Gestern Abend hörte sich das aber

noch anders an.« Helga zog ihre nackten Füße unter sich auf das Polster und richtete sich noch gerader auf. »Also erzähl doch noch mal, ich habe das am Handy nur halbwegs mitbekommen, weil ich mit Donald diskutieren musste. Mein Gott, war der plötzlich anhänglich. *Anyway*: Ihr sucht die beiden stundenlang, und der Kerl sitzt mit Emil in diesem …?«

»… in dem coolsten Kino der Welt, Oma!«

»Und ich bin ihm fast an die Gurgel gegangen!«, seufzte Georg.

»Das war gar nicht stundenlang, als ihr mich gesucht habt, nur kurz, viel zu kurz. Er hat mir nämlich einen Film von Mama gezeigt, den sonst keiner sehen kann, Oma!«

»Helga bitte, mein Schatz, nur Helga!«

»Nur Mama war in dem Film, so kleine Stücke hintereinander, wo mal was Lustiges beim Drehen passiert ist und dann, wo sie weint, alles hintereinander, und wo sie jemanden küssen muss, auch hintereinander. Das war krass. Und dann mussten wir gehen.«

»Auch nicht seine Idee, hat er aus ›Cinema Paradiso‹ geklaut, von Tornatore«, brummte Georg.

»Warst du deswegen sauer, weil Mama andere Männer geküsst hat, Papa? Ich fand das auch komisch, aber Konrad hat gemeint, beim Film kann man nicht sagen, nee, das mache ich jetzt nicht, den finde ich doof.«

»Nein, das weiß ich ja. Ich war sauer, weil er nicht gesagt hat, wo er mit dir hingeht! Du musst immer Bescheid sagen, Emil!«

»Er wollte euch ja holen, aber ich habe ihn so viel über Mama gefragt. Das war doch okay, oder?«

»Wollte er etwa auch etwas über Mama von *dir* wissen?!«, fuhr Georg Emil an.

»Das war okay, Emil, völlig okay, dass du ihn etwas über deine Mama gefragt hast!«, mischte Eva sich ein.

»Ich weiß ja auch nicht mehr so viel!«

»Genau.« Sie beugte sich vor, damit Georg sie hörte. »Dein Papa hat sich nur Sorgen gemacht, weil er nicht wusste, wo du bist, und wenn man sich Sorgen macht und vielleicht sogar Angst um den anderen hat, wird man manchmal etwas ungerecht!«

»Dass der dich nicht verklagt hat, ist ja ein Wunder«, sagte Helga. »Schweizer klagen ja gerne mal. Mein Exmann Bruno, also der erste, war auch Schweizer, der …«

»Wegen der kleinen Schramme am Hals? Ach was! Wir sind als gute Freunde auseinandergegangen.«

»Wie lange dauert es noch?«

»Lange.«

»Aber kann ich dann sofort in den Trichter? Es ist so warm!«

»Ich weiß nicht, ob wir heute noch zum Trullo fahren, aber ich stell die Klimaanlage höher.«

»Aber nicht zu hoch, da frieren mir ja die Gräten ein, und ich bekomme Migräne …«

»Wieso sagst du Gräten, Oma? Das sagt keiner, den ich kenne.«

Eva hörte dem Gedankenaustausch von Helga, Georg und Emil noch eine Weile zu, dann zog sie ein paar von den quadratischen Werbezetteln der Perugina-Schokoladenfabrik aus ihrer Handtasche und brachte Emil bei, wie man eine Schachtel mit einem Deckel bastelt. Er hatte vieles von Milena, jedoch nicht ihre Ungeduld geerbt. Schritt für Schritt falzte und faltete er ihre Anweisungen nach.

»Darf ich jetzt was hören?«, fragte er höflich, nachdem

die Schachtel vorn von Helga und Georg bewundert worden war.

»Natürlich!«

Evas Gedanken schweiften ab zu Milena. Ihre Schwester war mutig gewesen, wenn es darum ging, einer realen Gefahr gegenüberzutreten. Auf der anderen Seite entwickelte sie manchmal beängstigende Fantasien, die sie bereitwillig weitererzählte. Als Kind, aber auch noch als Erwachsene.

Es war im August, neun Monate zuvor erst hatten sie die Ruinen der Trulli besichtigt, nun waren sie fertiggestellt. Es gab noch längst keinen Emil, und am Horizont zeichnete sich noch nicht das kleinste Anzeichen eines Georg ab.

Nach drei Serienjahren als »Julia« hatte Milena gerade ihren ersten Fernsehfilm abgedreht, die Angebote für Kinofilme häuften sich auf dem Schreibtisch ihrer Agentin Christa, die sich binnen eines Jahres das ersehnte Beetle-Cabriolet würde kaufen können.

Ihre Schwester hatte gerade einmal keinen Freund, worüber sie absolut nicht unglücklich war.

»Den Trullo müssen wir allein einweihen, nur wir beide, ich könnte niemand anders darin ertragen als dich«, hatte Milli ihr geschmeichelt und sie zu einem Kurzurlaub in die neu renovierten Zwergenmützenhäuschen überredet. So misstrauisch Eva gegenüber Mimmo gewesen war, der kleine Mann mit dem angewachsenen Zigarrenstumpen hatte eine wahre Meisterleistung vollbracht.

Die drei einzeln auf dem niedrigen Felsplateau stehenden Trulli waren zu einer Einheit zusammengewachsen. Den größten hatte er mit einem Anbau versehen, der sich dort, wo einmal der Eingang gewesen war, nahtlos an die

Rundungen des alten Baus schmiegte. Unter der hohen Trullokuppel, in die er ein kleines Fensterchen eingelassen hatte, war ein Schlafzimmer entstanden, daneben ein Bad mit einer Dusche, die mitten aus den Steinen zu kommen schien. Im Inneren des Hauses konnte man an einem gemauerten Bogen sehen, wo der Trullo anfing, doch auch der leere Anbau wirkte nicht neu und steril, sondern wie frisch durchgeputzt und fast schon gemütlich. In dem rechteckigen hohen Raum gab es eine komplette Küche mit Herd, Kühlschrank und Spülmaschine, Platz für einen großen Esstisch und für ein Sofa vor dem Kamin, den Mimmo mit einem antiken Holzbalken über dem Rauchfang geschmückt hatte. Überhaupt hatte er kleine Details eingebaut, die Eva und Milena entzückten. Einige kleine Nischen in der Wand, für Vasen oder auch nur eine schöne Muschel, ein langes Steinsims über der Küchenzeile, zwei kürzere neben der Tür am Eingang. Auf dem Boden waren große abgetretene Steine aus einem über hundert Jahre alten Haus verlegt, die Mimmo Milena für einen Freundschaftsaufpreis überlassen hatte.

Die beiden enger zusammenstehenden Trulli waren verbunden worden, Mimmo hatte ein Badezimmer gebaut, das jeweils durch eine Tür von beiden Seiten erreicht werden konnte. Schloss man diese Tür, hatte man den Eindruck der perfekten Abgeschiedenheit einer Mönchszelle. Hier hatte er größere Nischen in die Wände eingelassen, die man als Bücherregal nutzen konnte. Doch für mehr als ein großes Bett, eine Kleiderstange und einen Ofen boten die zwölf Quadratmeter des runden Raums keinen Platz. Nur durch die Tür nach draußen und zwei Schießscharten ähnelnden Fenster fiel Licht herein. Im Sommer blieb es kühl darin, im Winter gemütlich warm.

Aus dem unebenen, felsigen Terrain vor und zwischen den Trulli hatte Mimmo mithilfe von sandfarbenen Steinquadern einen wunderschönen kleinen Hof geschaffen. An der offenen Stelle zwischen dem großen Trullo und den jetzt miteinander verwachsenen Zwillingstrulli hatte er eine Windschutzmauer gebaut und davor eine kleine Freiluftküche errichtet. Eine gemauerte Zeile mit Strom, Wasseranschluss und abschließbarer Tür für die Gasflasche machten das Ganze perfekt.

Die erste Nacht verbrachten sie in einem winzigen Bed& Breakfast in Ostuni. Im teuersten und übrigens einzigen Ausstattungsladen hatten sie am nächsten Tag drei schlichte, ein Meter vierzig breite Bettgestelle ausgesucht, einfache Regale, Tische und Stühle und einige Gartenmöbel für die Veranda unter der Pergola.

Zur Erholung legten sie sich in die beiden aus Deutschland mitgebrachten Hängematten, die zwischen den Olivenbäumen im Wind schaukelten. Einer von Mimmos zahlreichen Verwandten brachte die Möbel und baute die Betten zusammen, gemeinsam mit ihm und seinem Lieferwagen fuhren sie noch einmal los, um Matratzen zu besorgen.

Den Rest kauften sie auf dem Markt in Ostuni: Bettzeug und Handtücher, Töpfe, Pfannen und Besteck. An einem windigen Morgen brachen sie nach Grottaglie auf und kamen mit einem Kofferraum voll mit buntem Keramikgeschirr zurück.

Sie beschlossen, die Zwillingstrulli zu taufen, um sie besser auseinanderhalten zu können. Der eine und der andere, der rechte und der linke, Hinz und Kunz, wie sollten sie heißen? Schließlich schrieb Milena mit einem Edding UNO neben die Tür des linken und ALTRO neben die des rechten

Trullo. »*Basta*«, sagte sie. »So stimmt's, die erste Idee ist meistens die beste.«

Am letzten Abend lagen sie zusammen im Haus. »Haus«, das war der Name, den der Anbau nun offiziell trug. Vom Bett im Trulloschlafzimmer konnte man durch die Türöffnung bis draußen auf die Veranda sehen, die Fenster standen auf, die Tür auch, nur die dicke schwarze Gittertür für die Nacht war schon davor.

»Gut, dass Mimmo nicht alles total verputzt hat, ich liebe diese groben Steine. Aber ein bisschen wie Knast ist das schon, mit den Gitterstäben überall, oder?«, hatte Milena gefragt. »Geht ja nicht anders, und mit den Fliegengittern fällt es kaum auf«, hatte Eva geantwortet. »Ist eben sehr einsam hier, im Sommer müsstest du sonst alle Fenster von außen mit den Läden verriegeln und verrammeln, wenn du mal zum Strand fährst, und im Winter brechen sie dir alles auf.«

»Wenn überhaupt, brechen sie *uns* alles auf. Es gehört auch dir, du stehst mit im Kaufvertrag.«

Eva ging nicht darauf ein, es war ihr peinlich, dass sie Milena von diesem herrlichen Platz abgeraten hatte, also weigerte sie sich beharrlich, sich als Mitbesitzerin des Grundstücks zu betrachten.

»Wie lange brauchen die vom Sicherheitsdienst, bis sie hier sind?«, fragte sie.

»Acht Minuten angeblich, da müssen sie aber schon fahren wie die Gesengten. Sollen wir es ausprobieren?« Milena war aufgesprungen und hatte mit dem Knopf des Senders gespielt.

»Ich brauche den eigentlich nicht, die Stille hier macht mir keine Angst!«, hatte sie behauptet, sich wieder auf das Bett gelegt und minutenlang verträumt in die hohe Trullokuppel geschaut. Gemeinsam lauschten sie dem lauten Zirpen der Grillen, das die Stille ringsum nur noch mehr hervorhob.

»Weißt du, was ich manchmal denke?«, sagte sie plötzlich. Sie hatte sich zu ihr umgedreht, den Ellenbogen aufgestützt, nun ganz wach und euphorisch, wie so oft. »Manchmal denke ich, das hier ist eine mystische Zone, als ob sich hier eine Energie sammelt. Du weißt, ich glaub ja sonst nicht wirklich an so Dinge ...«

»Nein«, hatte Eva gelacht, »überhaupt nicht! Wenn du nicht daran glaubst, Milli, wer denn dann?«

Aber Milena war in ihrem Element: »Es könnte doch sein, dass es unter unserem Grundstück noch eine andere Welt gibt, bevölkert von einer Menschenrasse, nur ein Drittel so groß wie wir. Die leben dort in Höhlen und hören uns durch feine Kanäle bis an die Erdoberfläche zu. Sie sind harmlos, aber man sollte sie besser nicht stören!«

Eva hatte gelacht: »Oh, Milli! Das hast du aus dem Kinderbuch mit dem kleinen König, der immer so wütend wird, wie hieß der noch mal? Vor dem hattest du als kleines Mädchen schon mächtig die Buxen voll!«

Eva stöhnte unhörbar, deswegen wollte Milena nicht im Trichter schwimmen, sie hatte das Gefühl, den kleinen Menschen ihre Höhle weggenommen zu haben.

Als sie dann später zusammen vor den Gästetrulli in der hereinbrechenden Dunkelheit saßen, ging mit einem Mal der Mond vor ihnen auf, so nah und orangefarben, wie sie ihn beide noch nie zuvor gesehen hatten.

»Guck dir das an!«, hatte Milena geflüstert, während der

riesige Ball sich über die Kronen der Olivenbäume schob.
»Hier sind wir dem Universum ganz nah, der Orangenmond zieht uns in seinen Bann, gibt uns Energie!« Sie hatte
ihre Hand genommen und festgehalten. »Eva, gib es endlich zu, hier kann man doch nur glücklich sein!«

O Gott, dachte Eva, wenn wir doch schon alles verkauft
hätten!

23

Die A25 stieß vor Pescara auf die A14, die grünen Schilder stellten sie vor die Wahl: nach Ancona oder Bari. Georg ordnete sich in den Abzweig Richtung Süden ein. Kurz darauf sahen sie endlich wieder das Meer.

»Da sind wir ganz gut Zickzack gefahren«, sagte er. »Von der Adria rüber bis fast zum ... äh, wie heißt das Meer vor Rom? Ist das einfach nur das Mittelmeer?«

»Tyrrhenisches Meer«, sagte Emil von hinten.

»Mit was für Wissen sie euch heute in der Schule vollstopfen, Emil!« Helga schnalzte vorwurfsvoll mit der Zunge. Emil grinste und hielt Eva eine Wissens-CD vor die Nase, »Meere unserer Welt«.

»München, Forlì, Pesaro, dann einmal quer rüber nach Rom und wieder zurück auf die andere Seite. Über zweitausendfünfhundert Kilometer.«

Aber auch noch dreihundert Kilometer bis Bari und von dort bis Ostuni knappe neunzig. Georg hatte jetzt keine Muße mehr, hinter betagten Cinquecentos herzukriechen, er gab Gas und überschritt die zulässigen hundertzehn Stundenkilometer, wo immer es möglich war. Die A14 zog sich an der Küste dahin, sie kamen gut voran, passierten zweieinhalb Stunden später Bari, seine hässlichen Hochhaustürme, Industriehallen und Autofriedhöfe. Hier mussten sie

die Autobahn verlassen, vorher aber noch an einer Mautstation zweiunddreißig Euro zahlen.

Die Strada Superiore 16 war ein bisschen schmaler, unterschied sich sonst aber kaum von der Autobahn. Auch
hier kein Oleander mehr, stellte Eva fest, er schien auf allen
Autobahnen des Landes ausgerottet. Noch achtzig Kilometer, noch siebzig. Richtung Brindisi stand jetzt auf den
Schildern.

Als sie die ersten zu Steinstümpfen abgeschliffenen Trulli
wiedersah, verteilt zwischen einzelnen Olivenbäumen, verloren auf der riesigen Fläche rotbrauner Erde, wurde Eva
plötzlich ganz aufgeregt, sogar ihr Herzschlag beschleunigte sich.

Hier, kurz vor Polignano a Mare, fängt für mich das
wahre Apulien an, das Trulloland, ging ihr durch den Kopf.
Vielleicht weil diese Trulli dicht am Meer schon so alt sind
und der Himmel ab dieser Stelle immer klarer, reiner und so
apulisch wie sonst nirgendwo wirkt.

»Die Luft ist so verdammt sauber, ich bekomme immer erst mal Husten, wenn ich hier unten bin«, hatte Milena behauptet. »Meine Lunge ist so viel Sauerstoff nicht
gewöhnt!«

Eva zählte an den Fingern ab, wie oft sie schon nach Bari
geflogen war, um vom Flughafen die neunzig Kilometer nach
Ostuni mit einem Leihwagen zurückzulegen. Das erste Mal,
um Milena die Trulli auszureden, das zweite Mal, um das
von Mimmos Baukunst Geschaffene aufrichtig zu bewun-
dern und einzurichten.

In den drei Jahren vor der Hochzeit waren sie mindestens
zweimal im Jahr zusammen unten gewesen. Kleine Fluch-
ten zwischen Milenas Drehs, meistens hatte sie drei Dreh-

bücher zum Prüfen und eins zum Lernen dabei. Vier, fünf Tage, eine Woche; ein ganz anderes Leben unter dem blauen Himmel, in brennend klarer Luft und selbst gewählter Einsamkeit.

»Ich finde das schön, so alleine mit dir, nur dann kann ich wirklich relaxen«, hatte Milena ihr anvertraut. »Mit Männern ist das immer so schwierig, vor allem im Sommer, wenn man den ganzen Tag nur nackt rumläuft. Ich glaube, du weißt, was ich meine.« Sie hatte ihr lautes Lachen gelacht und es heiser ausklingen lassen.

Was Milena mit ihren wechselnden Freunden und Geliebten in den Trulli tat, konnte Eva meistens nur an den Schäden ablesen, die sie hinterließen. Eine kaputte Pumpe, da Micha den Gartenschlauch nicht abgestellt hatte und tausend Liter Wasser über Nacht unbemerkt unter die Oleander flossen, bis die Zisterne leer und die Pumpe trocken gelaufen war. Steve fuhr ein Leihauto gegen den Torpfosten und brach eine gute Ecke davon raus, und irgendein Idiot, dessen Name Eva vergessen hatte, fackelte einen der Olivenbäume zur Hälfte ab, als er trotz Milenas Warnung bei wehendem Schirokko ein Feuer darunter entfachte.

Milena war in alle verknallt, bezahlte die Schäden und schmiss die Männer dann recht schnell wieder aus ihrem Leben.

Mit Eva erholte sie sich, obwohl es dauernd etwas zu tun gab. Im Frühjahr putzten sie gründlich, ließen alles in der Sonne auslüften, schmirgelten nach und nach die schwarzen Fensterläden, Gitterstäbe und Türen ab und strichen sie in einem wunderschönen blassen Blau. In einem Jahr weißelten sie sogar die Manschetten unter den Kugeln der Trullomützen nach. Sie hatten die Läden nach hübschen Sachen für die Trulli durchstöbert, handgeflochtene Körbe, antike Spiegel und alte Einmachgläser, die man als Windlichter verwenden konnte, gefunden und jedes Mal noch mehr von den fest verschließbaren Plastikkisten gekauft, in denen sie alles, was nicht einstauben sollte, verpackten.

Im Herbst, wenn die Tage in Apulien noch sonnig und golden, die Nächte aber schon feucht und merklich kühler waren, hatten sie gepflanzt. Die rote Erde, die man rundherum sah, war trügerisch. Kaum hatten sie es geschafft, ein dreißig Zentimeter tiefes Loch zu graben, stießen sie auf weißen Felsen.

Mimmo half ihnen, geeignete Plätze zum Pflanzen zu finden. Unter den Olivenbäumen müsse die Erde freibleiben, bestimmte er, sonst könne man im Dezember nicht vernünftig ernten und den Boden mit der *motozappa*, dem Motorpflug, umgraben. Aber selbst, als Milena in einer Ecke heimlich etwas Rosmarin anpflanzen wollte, war sie schnell auf den verdammten Felsen gestoßen.

Mimmo ging mit ihnen über das Grundstück. Wie ein Wünschelrutengänger erspürte er, wo der Fels zurückwich und der roten Erde Platz machte. Unterhalb des Plateaus ließ er einen seiner Cousins tiefe Löcher für die Pinien und zwei Lorbeerbäumchen in den Boden graben und legte fest, wo der Oleander gute Überlebenschancen hatte. Hier könnte es gelingen. Oder da. An der Rückseite der Zwillingstrulli, neben der Außendusche, war der optimale Platz.

Die Oleanderstauden wurden zusammen mit dünnstämmigen Piniensetzlingen aus der Gärtnerei gebracht, Mimmo kam mit zwei Büschen, deren Namen er nicht kannte, die aber schnell wachsen sollten. Auf dem verwilderten Nachbargrundstück buddelten sie fleischig grüne Agaven aus, setzten sie in Tontöpfe und stellten sie rechts und links neben die Eingangstür. Vom Wegesrand konnte man die abgefallenen, ohrenförmigen Blätter der Kaktusfeigen aufsammeln, die hier überall wuchsen. »Legt sie hinter die Küchenmauer, dort ist guter Boden«, empfahl Mimmo, »sie bilden Wurzeln und wachsen schnell, in zwei, drei Jahren schauen sie schon darüber.«

»Wir erschaffen hier etwas mit unseren Händen«, sagte Milena, »das ist viel befriedigender, als das Gesicht in die Kamera zu halten. In ein paar Jahren wird das hier ein zugewuchertes Paradies sein!«

Eva stimmte ihr zu, auch ihr hatte die anstrengende Arbeit in der klaren herbstlichen Luft gutgetan.

Die rote Erde klebte an allem, was sie anhatten. Ein großer Teil ihrer Garderobe blieb nach dem ersten Herbst in den Plastikkisten zwischen Gummistiefeln und Arbeitshandschuhen zurück. »Gartenklamotten« hatte Eva daraufgeschrieben. Im nächsten Frühjahr hatte sie alles wegschmeißen müssen, die Sachen waren mit Stockflecken übersät, das Waschleder der Handschuhe schimmelig.

Ob wirklich alles zugewachsen war, wie Milena vorausgesagt hatte? Oder der Oleander an der Dusche in den vergangenen heißen Sommern nicht vielleicht eingegangen? Mimmo hatte ihn in den letzten Jahren bestimmt nicht regelmäßig gegossen. Ob er die Olivenbäume geschnitten hatte?

Ein einziges Mal, ein halbes Jahr nach Milenas Tod, hatte sie ihn angerufen. Milena ist tot, *morta,* sie hatte bei dem Wort sofort wieder angefangen zu weinen.

»Das ist schrecklich! Wir haben sie alle sehr geliebt hier!«, hatte Mimmo in ihr wortloses Weinen gesagt. Obwohl sie sich Mimmo nicht beim Zeitunglesen vorstellen konnte, hatte er davon gewusst. »Die Mandeldiebin« war schließlich auch in Italien ein Riesenerfolg gewesen. So erfolgreich, dass einige Paparazzi auf dem Grundstück lauerten. Als Emil geboren war, hatte Milena einen teuren, drei Meter hohen Zaun bauen lassen, der sich um das Land und die vierzig Olivenbäume schloss.

»Du machen dir keine Sorgen«, hatte Mimmo noch ins Handy gerufen, mit ihr als Ausländerin sprach er gern im Infinitiv, »ich kümmere mich um alles!«

Und nun lag Ostuni auf dem Hügel vor ihnen. »Schau mal, Mama, Ostuni sieht aus wie eine Torte!«, hatte der kleine Emil gerufen, als sie vor fünf Jahren von der Straße am Meer abgebogen und auf die weiße Stadt zugefahren waren. Das letzte Mal mit Milena, ihr letzter Sommer. Es war schon dunkel gewesen, und die Stadt schien wirklich in eine Sahnetorte mit Wunderkerzen darauf verwandelt worden zu sein. Eva wusste, dass auch Georg in diesem Moment daran dachte und wahrscheinlich genau wie sie inbrünstig darum betete, dass niemand Emils Satz zitierte. Sie seufzte und versuchte ein letztes Mal, Mimmo zu erreichen, aber vergeblich. Diese Nummer ist zurzeit nicht erreichbar, sagte die Frauenstimme von TIM. Na dann eben nicht, *vaffanculo!*, vielleicht hatte er seine Nummer geändert und vergessen, ihr Bescheid zu sagen.

Sie fuhren wieder durch Olivenhaine, rechts und links säumten uralte Bäume mit verdrehten, knotigen Stämmen die Straße, teilweise ausgehöhlt und geborsten, sodass man sich wundern musste, wie sie sich überhaupt aufrecht halten konnten. Bei manchen wurden die knorrigen Äste von behelfsmäßigen Krücken aus ehemals weißen Ziegelsteinen gestützt, auch sie schon mehrere Jahrzehnte alt. Es dämmerte. Hinter den weißen glatten Mauern der Stadt verglühte langsam das kräftige Abendrot, das sich seit Fasano über den Himmel gewölbt hatte.

Dann, als habe irgendjemand einen Schalter umgelegt, gingen mit einem Schlag die Lichter der Straßenbeleuchtung an, erst war es nur ein leichtes Glimmen, doch während sie immer näher kamen erstrahlte Ostuni vor ihren Augen.

»Booaah! Habt ihr das gesehen?«, rief Emil. »Die Stadt ist gerade wie 'ne Riesensparlampe angegangen! Zing!« Eva lächelte. Was Georg in diesen Minuten wohl durch den Kopf gehen mochte?

»Apropos Riesensparlampe. Wer hat eigentlich den Strom in den letzten Jahren bezahlt?«, fragte Helga. »Nicht dass die das Licht völlig abgedreht haben.«

»Mimmo wollte das übernehmen, gebt ihr mir später zurück, hat er gesagt.« Eva versuchte mit ihrem Handy ein Foto zu machen. Die Lichter der Stadt waren verwischt, die Konturen der weißen Häuser unscharf, doch sie löschte das Bild nicht, es wirkte beinahe mystisch. Sie sah, dass sie eine neue Nachricht hatte. Von Silke aus dem LKA. Hier geht alles seinen Gang. Ruf mich morgen an! Das klang nicht wirklich vielversprechend. Andererseits, hätte sie nichts gefunden, würde sie doch nicht schreiben, dass Eva sie anrufen sollte, oder?

»Stromrechnungen von fünf Jahren?«, fragte Helga alarmiert. »Na, hoffentlich hat er das auch wahr gemacht, sonst haben wir ein Problem. Man sieht ja kaum noch was.«

Eva gab Helga im Stillen recht, mit der Energiegesellschaft Enel war nicht zu spaßen. War der Strom erst einmal wegen einer unbezahlten Rechnung abgestellt, dauerte es ziemlich lange, bis man wieder welchen geliefert bekam. Sie stellte sich den dicken Stapel kleiner weißer Einzahlungsschnipsel vor, den Mimmos Tochter Katia ihr in die Hand drücken würde.

Etwas nervös suchte sie nach dem schweren Schlüsselbund, den sie schon seit ihrer Abfahrt in Hamburg in der Handtasche spazieren trug. Die Schlüssel für die Türen und Gitter der Trulli waren ungewöhnlich geformt, sie hatten lange schmale Stäbe, um durch die dicken Eisentüren zu kommen, und doppelte, sehr flache Bärte. Die bunten Schildchen hatte sie für Milena darangehängt, es machte sie wahnsinnig, mit welcher Ruhe ihre Schwester sonst immer alle Schlüssel durchprobierte: Tor vorn, Tor hinten, Haus, UNO, ALTRO, Zisterne und einige mehr.

»Aber wir gehen doch erst ins Hotel?«, fragte sie.

»Ich habe keine Lust, morgen mit kaltem Wasser zu putzen!«, insistierte Helga.

»Mutter!« Georg bremste scharf, weil direkt vor ihm ein Hund über die Landstraße lief, über die halbhohe Mauer sprang und im Olivenhain verschwand. »Vielleicht solltest du morgen gar nicht mitkommen, sondern besser im Hotel bleiben!«

»Ich wollte mir das Anwesen schon noch einmal anschauen, ist ja bereits zehn Jahre her. Außerdem dachte ich, mein Benehmen bei der Hochzeitsfeier wäre mir inzwischen verziehen.«

Georg brummte etwas, was sowohl Ja als auch Nein heißen konnte.

Die Hochzeitsfeier. Immer wenn die Sprache darauf kam, landete man zwangsläufig beim *Mauer-Fall*, er wurde in kursiven Lettern ausgesprochen, doch selten wurde dabei gelacht. Der Vorfall hatte alle Beteiligten geschockt hinterlassen und sich tief in das kollektive Gedächtnis gebrannt.

Schon eine Woche vor dem eigentlichen Termin waren sie zusammen nach Italien geflogen, Milena hatte Eva angefleht, ihr bei den Vorbereitungen zu helfen. »Das soll dein Hochzeitsgeschenk für mich sein, das wünsche ich mir mehr als alles andere!« Und Eva willigte ein, fing sofort an zu recherchieren und zu telefonieren: Welche Hotels kamen für die Übernachtungen der Gäste infrage? Welches Restaurant würde ihnen ein komplettes Buffet nach draußen in die Einsamkeit liefern können? Brauchten sie eine Band oder einen DJ? Niemals wäre sie auf die Idee gekommen, ihrer schwangeren Schwester diesen Wunsch abzuschlagen.

Drei Tage vor dem großen Fest trudelten die Freunde von Georg und Milena ein, sie schliefen in den von Eva empfohlenen Hotels in Ostuni oder campten unter den Olivenbäumen. An den Abenden saßen sie zu zehnt um den großen Tisch im Hof, sie grillten Doraden und aßen *spaghetti aglio olio* oder irgendetwas, das jemand gekocht hatte. Ein kleines Feuer brannte in der riesigen gusseisernen Schale, die Georg einem Schmied in Martina Franca abgekauft hatte. Es wurde Gitarre gespielt und gesungen. »Ich fühle mich wie auf Klassenfahrt in der Zehnten«, sagte Milena, »nur besser. Und schwangerer.«

Am Morgen der Feier kam Jannis mit dem Kieslaster angefahren, am Mittag musste Helga vom Bahnhof in Ostuni abgeholt werden. Sie bezog ALTRO, den rechten der beiden Trulli, der für sie reserviert war, während Eva in UNO untergebracht war. Milenas Schriftzug auf den Steinen war kaum mehr zu sehen, doch an die Namen hatte sich jeder gewöhnt. Am Nachmittag, als alle beim Aufbau für die Party halfen, ließ Helga sich von Georgs Freund Sebastian, einem Innenarchitekten mit trainierter, rasierter Brust, das Grundstück zeigen. Sebastian hatte schon drei Bier in der Hitze getrunken, gemeinsam verschwanden sie zwischen Olivenbäumen und Kaktusfeigen. Mit verwischtem Lippenstift und schief sitzendem Kleidergürtel kam Helga eine Stunde später über die roten Erdschollen zurückgestakst, auffällige fünf Minuten später erschien Sebastian. Alle sahen es, nur seine Frau Meike nicht, die den vier Monate alten Robert-Noah in ihrem Tragetuch seit seiner Geburt dauerstillte.

Bei Einbruch der Dunkelheit begann die Party, die Nacht war für September in Apulien außergewöhnlich warm. Dreißig Freunde waren aus Deutschland eingeflogen, manchen hatte Milena den Flug bezahlt, manchen das Zimmer, manchen beides. Geld war ihr nicht wichtig, Hauptsache, alle, die sie liebte, waren gekommen.

Die beiden Kellner vom Ristorante Vecchia Ostuni waren jung und gut geschult, DJ Boris war ein Freund von Milena und Perfektionist, er hatte drei Stunden für den Aufbau seiner Anlage gebraucht. Salvatore, der Mann für die Drinks, flirtete mit jedem, egal ob Mann oder Frau, nahm seine Aufgabe aber ebenfalls sehr ernst. Eva nahm einen ersten Mojito mit frischer Minze aus dem Hausgärtchen von ihm entgegen und stürzte ihn hinunter. Sie hatte die Party vorbereitet wie eine professionelle Hochzeitsplanerin aus L.A. oder New York, nun entließ sie sich guten Gewissens selbst aus ihrem Schwester-Dienst. Den Rest musste Milena schon selber machen, oder ihre Freunde, denn auch die hatte Milena gut im Griff.

»Das ist zwar nicht irgendeine Party, sondern unsere Hochzeitsfeier, aber ich will keine Spiele und keine Reden«, hatte sie gleich allen klargemacht. Drei ihrer Freundinnen schmollten daraufhin ein bisschen, packten ihre lustig gedruckte Vorschau auf »Bräutigam füttern« und »Regenschirmtanz« aber wieder ein.

Eva aß, Eva trank, Eva tanzte. Eva stieß mit Milli auf die geniale Idee an, ihren Eltern nichts von den Hochzeitsfeierlichkeiten mitzuteilen. *Nie mehr Italien mit Annegret und Manfred!* Ihr alter Schwur hatte gehalten.

Zur standesamtlichen Trauung im Hamburger Rathaus waren die beiden natürlich eingeladen worden, doch Annegret gab nachher zu, sie hätte sich mehr Trubel gewünscht. »Nicht mal die *BILD*-Zeitung ist da«, flüsterte sie enttäuscht, als nur ein paar Passanten stehen blieben, sich anstießen und »Das ist doch ... Ist sie das nicht?« tuschelten. Milena hatte das Aufgebot mit Billigung der Standesbeamtin unter falschem Namen bestellt, sodass sie fast gänzlich unerkannt heiraten konnten.

Gegen zwei wurde Eva endlich betrunken, aber auch unglücklich, die ausgestreckte Hand von Jannis kam ihr vor wie eine Rettungsleine, an der sie sich von Bord ihres in Trauer versinkenden Hirns schwingen konnte.

Sie holten sich zwei eiskalte Bier aus einem zur Kühlbox umfunktionierten Holzfass und gingen ohne ein Wort über die aufgebrochene rote Erde davon. Eva stolperte und knickte mit ihren hohen Schuhen um, doch bevor sie fallen konnte, hielt Jannis sie fest und küsste sie. Eva war es egal, sie war zunächst nur froh, dass jemand sie festhielt, registrierte nach einer Weile aber, dass ihr seine Küsse gefielen und dass sie dazu nicht in ihn verliebt sein musste. Die Luft war lau, die Grillen sägten, auf der Party wurde *It's raining Men!* gespielt. »Ich dachte, dieser DJ Bobo hätte Ahnung«, murmelte Jannis, und Eva stimmte ihm darin zu, dass dieser Song einfach nur grauenhaft war und für immer verboten gehörte. Sie bat ihn, immer weiter mit ihr zu gehen, einen Zaun gab es damals noch nicht, die Grundstücke waren nur durch lose aufeinandergeschichtete Steinmauern voneinander getrennt. Der Mond lag als leuchtende Riesensichel auf dem Rücken, die Silhouetten der Olivenbäume ragten schwarz und bedrohlich in den Nachthimmel, doch an Jannis' Hand hatte sie keine Angst. Sie gingen, tranken Bier, beobachteten eine Eule, die vor ihnen geruhsam mit weiten Schwingen davonflog, und küssten sich alle paar Meter. Die Musik entfernte sich. Sie fanden eine Spitzhacke auf der Erde, Jannis grub für Eva einen Feigenbaumableger für ihren Balkon in Hamburg aus und kam dabei ziemlich ins Schwitzen. Mit Bäumchen, Hacke und Bierflasche in den Händen führte er sie zu einem unbewohnten Häuschen, das er am Tag zuvor entdeckt hatte. Es sah aus wie ein Trullo, nur ohne Kuppel, und war vor Jahren einmal weiß gestrichen worden, an der Seite führte ein schmales Steintreppchen hinauf. Eva erklärte ihm, dass diese kleinen Bauten Lámia hießen, und kletterte hinter ihm die Stufen hoch. Oben auf dem flachen Dach, das in der Mitte einen recht hohen Buckel hatte, lag eine Isomatte. Zwei dicke Steine hinderten sie daran, vom Wind weggeweht zu werden.

Er habe hier heute schon gesessen, erklärte Jannis, ein cooler Platz, von dem man herrlich weit ins Tal schauen könne, bis nach Ostuni hinüber. Der Stein strahlte noch immer die Hitze der Sonne aus, sie legten sich aneinandergeschmiegt auf die Matte, den Buckel bequem im Rücken. Evas Kopf ruhte auf Jannis' Brust, der Feigenbaumableger lag neben ihnen. Sie tranken das Bier aus, küssten sich, fummelten ein bisschen aneinander rum und unterhielten sich über die Notwendigkeit von One-Night-Stands. Sie stellten lachend fest, dass es keine gab, und schauten minutenlang schweigend hinauf in den Himmel.

»Hast du die Sichel des Mondes jemals so groß gesehen?«, fragte Jannis irgendwann. Eva verneinte. Er beugte sich über sie:

»Das ist eine magische Nacht. Mit dir.«

»Lass uns nicht reden, bitte.«

»Das ist aber noch nicht der Sonnenaufgang«, sagte Jannis, als sie gegen halb vier vom entfernten Flackern eines blauen Lichts aufgeschreckt wurden.

»Sieht eher nach der Landung von Außerirdischen aus«, bestätigte Eva und musste kurz an Milenas Höhlenmännchen denken, mit denen sie sie im Laufe der letzten Jahre immer wieder aufgezogen hatte. Vielleicht war *It's raining Men* der Tropfen gewesen, der das Fass der kleinen Wesen endgültig zum Überlaufen gebracht hatte.

Sie standen auf. Von ihrem erhöhten Ausguck konnten sie sehen, wie ein Auto die schmalen Wege durch die Olivenhaine zum Grundstück fuhr, gefolgt von einer *ambulanza* mit Blaulicht, aber immerhin ohne Sirene. »Da ist was passiert!«, sagte Eva. Hauptsache, nicht Milli, nicht dem Kind, nicht Georg, dachte sie und wunderte sich kurz über die Reihenfolge. Sie machten sich eilig auf den Weg zurück.

Schon bald konnte man erfahren, dass Helga und Sebastian sich während der Feier auf ein ganz ähnliches Gemäuer wie Jannis und Eva verzogen hatten, allerdings in entgegengesetzter Himmelsrichtung. Außerdem hatten sie es auch nicht beim Beieinanderliegen belassen. Das Dach ihrer Lámia war mit einer zwanzig Zentimeter hohen, aber sehr breiten Mauer umgeben. Nach einem gemeinsamen Sturz aus gut drei Meter Höhe war Helga auf Sebastian, dem treulosen Innenarchitekten, gelandet. Über die Position, die sie vor dem Sturz innehatten, wollte keiner der Anwesenden Vermutungen anstellen; das Lachen war ihnen vergangen.

Helga hatte eine schwere Gehirnerschütterung und eine ausgekugelte Schulter davongetragen, Sebastian ebenfalls eine Gehirnerschütterung und drei angebrochene Halswirbel. Er musste eine Stunde ohne Hosen unter der kurzzeitig bewusstlosen, desorientierten Helga ausharren, bis ein versprengter Partygast sie zufällig fand. Danach lag er zwei Monate im Krankenhaus von Ostuni in einem Stützkorsett aus Stahl, das mit sieben Schrauben an seinem Kopf befestigt war.

Sonja, die ein paar Semester Medizin studiert hatte, bevor sie Grafikerin wurde, hatte Sebastian wahrscheinlich vor der Querschnittslähmung bewahrt, indem sie betrunkenen und nicht betrunkenen Gästen verbot, ihn auch nur das kleinste bisschen zu bewegen, und den übermüdet und verknautscht aussehenden Sanitätern die Halskrausen aus der Hand nahm, um sie den beiden selbst anzulegen.

Milena hatte sich schon hingelegt, sie weinte vor Schreck, als sie von dem Sturz mit den schrecklichen Folgen hörte, eilte im Nachthemd über das Nachbargrundstück zu der Unfallstelle und fasste sich dabei immer wieder an den Bauch.

Eva, die das beste Italienisch sprach, übersetzte die Fragen der Sanitäter und fuhr mit Sonja hinter dem Krankentransporter ins Krankenhaus. Dass sie ziemlich viel Alkohol im Blut hatte, vergaß sie in der Aufregung. Zurück blieben die geschockten Gäste und eine immer noch schluchzende Milena in den Armen eines wütenden Georg, der sich seiner Mutter einmal mehr schämte.

Die ausgelassene Stimmung der Hochzeitsfeier war dahin, man sprach ab diesem Zeitpunkt kaum mehr über das bezaubernde Fest, sondern nur noch von seinem Ende, vom *Mauer-Fall*.

Sebastian verzichtete ausdrücklich auf Helgas Besuch. Auf den seiner Frau wartete er vergeblich. Meike reichte eine Woche später die Scheidung ein.

Sie fuhren den Berg hoch, Ostuni grüßte mit vielen Antennen und Wassertanks von seinen Dächern, hinten auf einer weiteren Erhebung konnte man die Kuppel der Basilika sehen. Sie waren wieder da! Eva spürte ein bekanntes Kribbeln in der Nasenspitze, dann füllten sich ihre Augen mit Tränen. Das gehörte alles ihr, Ostuni gehörte nur ihr und Milli!

Doch sie wusste, sie weinte nicht wegen ein paar Antennen und Wassertanks. Die Stationen ihrer Reise, all die Begegnungen mit Milenas Exmännern, Liebhabern, Fans, Befruchtern oder was auch immer, waren vergleichsweise harmlos gewesen. Schon in Hamburg hatte sie geahnt, dass erst hier die Begegnung mit den Erinnerungen an ihre Schwester etwas in ihr auslösen würde, wovor sie sich seit Milenas Tod gefürchtet hatte.

24

Ganz selbstverständlich, ohne das Navi oder Eva fragen zu müssen, lenkte Georg den Wagen an der westlichen Flanke und den Ausläufern Ostunis vorbei. Bevor er auf die Landstraße Richtung Cisternino fuhr, hielt er an ihrem altbekannten Supermarkt, der zwar anders hieß als früher, doch die uralten Einkaufswagen und der Mann mit dem Hinkebein an der Gemüsewaage waren noch dieselben. Sie packten drei Wasserflaschen, ein paar Schokoriegel, einen Liter Milch und Knuspermüsli in den schäbigen Einkaufswagen. Helga stellte zwei Flaschen Rotwein dazu. »So sind wir nicht auf die teure Minibar angewiesen!«

»Den Rest kaufen wir morgen«, sagte Georg, »ich will jetzt endlich ankommen!«

»Ich auch. Darf ich noch in den …?« Georgs Blick ließ Emil verstummen.

Eva hatte die Scheibe heruntergelassen und ließ den Wind über ihre nackten Arme streifen. Alles war so vertraut: die Kurven der Straße mit ihren seitlichen Mauern aus grauen Steinen, die Olivenbäume in jedem erdenklichen Alter und Zustand, das stark verrostete Schild mit der dicken Spaghetti-Frau darauf und die Reklame für die Boutique *Aprile* an der Via Pola, die es seit Jahren nicht mehr gab.

Niedrige Schilderpfeile wiesen an den abzweigenden Sträßchen auf die *contrade* hin: Contrada Badessa, Contrada Piatone, so hießen die Bezirke, in die das spärlich bewohnte Land um Ostuni eingeteilt war, auf dem es früher nur Olivenhaine, Mandelbäume, vereinzelte Häuser und jede Menge unbewohnter Trulli gegeben hatte. In den letzten Jahren waren ein paar versteckte Villen, Pools und Luxushotels hinzugekommen.

Hotel Città Bianca, schon von Weitem sah man das beleuchtete Schild direkt an der Straße. Georg verlangsamte seine Fahrt.

»Jetzt ins Hotel oder erst kurz zum Trullo?«

Eva hielt die Luft an vor Empörung. Nein, nein, nein, das war so nicht verabredet! »Erst ins …«, konnte sie gerade noch sagen, da wurde sie schon von Emil und Helga überstimmt. »Trullooo!!«

Okay, wenn Georg meinte, dass Emil mit dabei sein sollte, sie würde sich nicht aufregen. Es war *sein* Sohn, egal was er darüber dachte, es war *seine* Frau, es war die Mutter *seines* Sohnes, die dort als Erinnerung herumgeisterte. Sie zuckte mit den Achseln, vielleicht war es gut, heute schon hinzufahren, sodass sie wussten, was morgen noch getan werden musste, bevor sie das Grundstück mit allem, was sich darauf befand, einem Makler anboten.

Ein paar neu bebaute Grundstücke gab es, einige seit ewigen Zeiten verfallene Trulli waren wieder errichtet worden, und dann, nach sechs kurvigen Kilometern, passierten sie endlich das Hundeheim.

»Das Hundeheim! Das kenne ich noch, die Hunde waren immer so laut!«, rief Emil.

»Genau!«, sagte Eva. »Wenn der Wind richtig stand, hörte man sie nachts auch bei uns am Trullo.«

La Zampa, die Pfote, stand über einem mit grünen Netzen und grauen Betonplatten abgeschirmten Zwingergelände, wo die verwilderten Hundebanden eingesperrt waren, die noch vor ein paar Jahren die *contrade* unsicher gemacht hatten. Nun bellten sie sich hinter hohen Mauern heiser und wurden von Freiwilligen versorgt. Ab und zu legte jemand ein paar Dosen Futter vor das Tor.

Georg bog rechts ab. Die Straße wurde immer schmaler, bald bestand die Teerdecke nur noch aus Löchern, und irgendwann war sie ganz verschwunden, stattdessen gab es reichlich groben Schotter, feine Steine und weißen Staub, der hinter ihnen im Licht der Rücklampen aufwirbelte. Georg bog links ab, dann wieder rechts, nun ging es hinauf, der Weg war noch ausgewaschener und mit mehr Löchern versehen als damals. Georg versuchte geschickt auszuweichen, um die Reifen, Stoßdämpfer und den Auspuff vor den schlimmsten Kuhlen zu schützen. Die Mauer des Grundstücks tauchte auf, der Efeu, mit dem sie bewachsen war, hing schlapp herunter. Schon waren sie am Tor, und Georg hielt an. Niemand sagte etwas. Eva stieg aus, den Schlüsselbund bereits in der Hand, seit sie das Hundeheim passiert hatten.

Sie schloss auf und zog das Tor zur Seite. Es verhakte sich in einigen Zweigen, rollte dann aber weiter, Georg fuhr an ihr vorbei.

Oje, Eva stöhnte auf, man sah es sofort: Mimmo war nicht hier gewesen, offenbar sehr, sehr lange nicht. Was war los mit ihm? Vor ein paar Wochen hatte sie ihm doch angekündigt, sie kämen Mitte, Ende Juni. »Ja, ja, ich übernehme das, ich kümmere mich drum, du machen dir keine Sorgen!«

Diese Anhäufung von Versprechungen hätte sie hellhörig machen müssen.

Die zehn Meter lange Einfahrt, an dessen Ende Georg das Auto parkte, war nicht mehr weiß, sondern braun. Abgestorbene Olivenblätter, braun und spindelförmig, lagen in mehreren Schichten darauf, der feine Kies, Marke *Riso* extrafein, war kaum mehr zu erahnen. Die beiden Tontöpfe an der Tür waren auseinandergebrochen, die Agaven hatten sie mit ihren Wurzeln gesprengt und waren dann in der Sonne vertrocknet. Auch eine Art, sich selbst umzubringen, dachte Eva. Ihr Blick ging zu der Trullomütze, die sich links mit dem Anbau verband. Zwischen den Olivenzweigen suchte sie nach der Kugel auf der Spitze. Sie fehlte. Hinuntergefallen? Geklaut? Nichts war hier mehr so, wie es einmal war. Eva spürte einen Klumpen im Magen und schloss im Licht von Georgs Scheinwerfern die hellblaue Eisentür auf, die die eigentliche Haustür schützte. Ein kurzer Blick auf die Fenster, hier schien alles in Ordnung, keine Spuren von Einbrechern, die schon mal gern aus Wut die eisernen Läden verbeulten, weil sie nicht hineinkamen.

»Komm, wir schauen uns kurz draußen um, bevor wir reingehen«, sagte Georg hinter ihr. Sie drehte sich um und ließ sich in seine Arme fallen, es war ihr egal, ob Helga oder auch Emil sie dabei sah. »Ach Georg!« Sie hörte sich tief schluchzen, die Tränen kamen ganz einfach, sie liefen und wollten nicht aufhören. Er zog sie fest an sich, streichelte ihre Schulter. Er wusste, dass sie ihre Schwester vermisste, er wusste, dass sie ein schlechtes Gewissen hatte, er wusste alles.

»Schscht. Ist ja gut, alles wird gut!« Eva schluckte salzige Tränen, mehr fiel ihm nicht ein? Nichts war gut, verdammt! Warum flüsterte er ihr diese Erwachsenenlüge ins Ohr? Auf diesem Grundstück, hinter diesen Türen gab es nichts mehr, was wieder gut werden konnte, weil es längst vorbei war. Es gab nur noch ihre Erinnerungen und die Vergangenheit, es war keine Fortsetzung möglich, die allerletzte Folge war lange abgedreht.

»'tschuldigung!« Sie machte sich los und wischte sich unter der Nase entlang, innerlich plötzlich ganz kalt und wütend. Mit großen Schritten lief sie weg von ihm, rannte den kleinen steinernen Weg entlang, der sich um die Vorderfront des Hauses und um den Trullo zog, und bog um die Ecke des Anbaus. Der Verfall passte bestens zu ihrer Stimmung, die Balken der Pergola waren von der Sonne ausgebleicht, aber nicht zerstört. Ohne die Bastmatten, die sie im Sommer immer daraufgenagelt hatten, sahen sie nackt und verletzlich aus.

Zum Trichter brauchte sie gar nicht erst zu gehen, sie wusste, ein dreckiges Loch würde sie erwarten, kein Wasser drin, nur Blätter, Erde, Müllfetzen, die weit über den roten Olivenacker geweht worden waren, bevor sie dort unten endeten. Emil stand schon davor, sie sah nur seinen Rücken. Helga neben ihm.

Eva wandte sich ab, die Olivenbäume rings um das Felsplateau waren nicht geschnitten worden, dünne Äste wuchsen wie Weidenruten aus den dickeren hinaus, kleine Triebe schossen an den Stämmen hoch. Von diesen Bäumen konnte man nicht mehr ernten, sie verpulverten all ihre Kraft für Triebe und Blätter anstatt für gute Oliven. Auf dem ganzen Grundstück, so weit ihre Augen bei der nun einbrechenden Dunkelheit schauen konnten, stand das Unkraut hüfthoch und zundertrocken, eine echte Brandgefahr. Das hast du uns doch immer gepredigt, Mimmo! Sie konnten dafür eine hohe Strafe kassieren, wenn jemand gemein sein wollte und sie anzeigte.

Trullo UNO und ALTRO sahen von außen recht gut aus, die Kugeln saßen an ihrem Platz auf der Spitze, auch die Freiluftküche und die gemauerte Bank hatten keinen Schaden genommen. Wie Mimmo vorausgesagt hatte, ragten die grünen Ohren der Kaktusfeige inzwischen weit über die Windfangmauer, sie trugen sogar kleine orange Früchte.

»Das Gitter vom Grill ist weg«, sagte Georg. Sie zuckte mit den Achseln, ließ das alte Laub unter ihren Füßen aufwirbeln und umrundete den rechten der Zwillingstrulli. Der Oleander hatte keinen Schaden genommen, er überragte Eva um einen Meter. Doch wo war ihre schöne Außendusche? In der Trullowand sah sie im schwindenden Tageslicht nur ein Loch, jemand hatte das Rohr samt Duschkopf abmontiert wie auch die teuren Designer-Handtuchhaken, die von Georg mühsam mit jeweils zwei langen Schrauben im Stein verankert worden waren.

»Die Feststeller für die Fensterläden fehlen auch, am ganzen Haus, selbst die Wäscheleine zwischen den Bäumen dort vorne ist zerschnitten«, verkündete Georg, der sie hinter dem Trullo fand. Es klang fast zufrieden.

»Wer macht so was?«

»Die Jäger. Die stiefeln im Winter übers Land, schießen Hasen und Vögel und klauen alles, was sie mitschleppen können. Wenn die Mauern nicht höher als sechzig Zentimeter sind, dürfen sie das sogar. Das Jagen, meine ich.«

»Unsere Mauern sind aber drei Meter hoch, Milena hat nach den Paparazzi-Fotos ein Schweinegeld für den Zaun und die Erhöhung der Mauer bezahlt. Wie sind die hier reingekommen?«

»Vorne übers Tor geklettert, hinten übers zweite Tor geklettert? Komm, wir sehen uns mal an, wie es drinnen aussieht.«

»Gibt es denn Strom?«

»Bis jetzt nicht, der Schalter für die Außenbeleuchtung ist jedenfalls tot. Vielleicht hat Mimmo die Sicherung rausgedreht.«

»Der hat hier gar nichts gedreht, weder rein noch raus«, sagte Eva dumpf. Sie sah, wie Helga Emil einen Arm um die Schultern gelegt hatte, noch immer standen sie bewegungslos vor dem Trichter. Wie vor einem Grab, schoss es ihr durch den Kopf, dann ging sie zurück zur Haustür. Weiter, dachte sie, tiefer hinein in die Erinnerung, schnell, schnell, irgendwann sind wir fertig damit und können wieder gehen.

Der Gestank war gar nicht so schlimm, hatte sich dafür aber überall ausgebreitet. Das Tier, das Georg schließlich in der Rückenlehne des Schlafsofas fand, war so ausgetrocknet und zusammengeschnurrt, dass es selbst kaum stärker roch. Es hatte nur recht viele Haare verloren und sich eine Höhle in die Polsterung geknabbert.

Emil beugte sich vor: »Was ist das?«

»Das war mal ein Marder«, sagte Georg, »der hier gewohnt hat und glücklich war, seine Marderkacke verteilen zu können.«

Eva schaute sich um, froh, dass das Licht wenigstens funktionierte. Überall, wirklich überall, auf dem Tisch, auf dem Herd, in jeder Mauernische lagen die Würstchen, grau und ausgedörrt wie sein Erzeuger. »Fass nichts an, Emil! Hast du gehört!?«

»Ja, Papa!« Emil stöhnte genervt.

»Irgendwas muss er anfangs noch zu fressen gefunden haben. Aber wie ist er reingekommen? Durch ein Rohr? Und warum ist er nicht wieder gegangen, als es nichts mehr für ihn gab?«, fragte Eva. Sie drehte den Wasserhahn über dem Spülbecken an, es floss, aber es stank faulig.

»Jedenfalls ist es ziemlich ekelhaft. In die Matratze im Schlafzimmer hat er auch eine Grube gefressen, da liegt der ganze Boden voll mit kleinen Schaumstoffstücken, habt ihr das gesehen? Überall seine Haare, seine Zahnabdrücke, sein Kot.« Das war Helga. »Was machen wir, meine Lieben? Fahren wir ins Hotel?«

Sie schwiegen. Emil schaute von einem zum anderen. Helga drückte auf den Lichtschaltern neben der Tür zur Pergola herum.

»Der arme Marder!« Emil kniete vor dem Sofa nieder.

»Geh nicht zu nah ran, bitte! Wer weiß, was der hatte … Jetzt schauen wir erst noch, wie es in UNO und ALTRO aussieht, dann fahren wir wieder«, sagte Georg.

Sie gingen hinüber. Helga hatte offensichtlich den Schalter für die kleine Lampe neben dem Trichter gefunden, der Lichtkegel legte sich weich über die stark gewachsenen Pinien, die in die Breite gegangenen Büsche und die etwas mickrig gebliebenen Lorbeerbäume.

Eva schloss UNO auf, sie machte einen Schritt vorwärts und wäre mit ihren hohen Sandalen fast lang hingeschlagen. Wasser! Auf dem Fußboden stand eine riesige Pfütze, bis unter das Bettgestell. Die Matratze, die sie hochkant auf das Bett gestellt hatten, leuchtete unter ihrem Plastiküberzug grün und blau gefleckt, in dem kaum zwölf Quadratmeter großen Raum roch es wie in einer Tüte mit schimmeligem Brot. Eva watete durch die eiskalte Lache ins Bad.

»Schimmel!«, rief Georg. »Raus, raus, Emil, schnell!«

Die anderen verließen rückwärts den Trullo, sie hörte Georg draußen vor ALTRO mit den Schlüsseln hantieren.

Das Bad war halbwegs in Ordnung, wenn man dem Dreck auf Waschbecken und Toilette, den vielen Spinnweben, vier toten Stinkewürmern und zahlreichen leblosen Kellerasseln keine Beachtung schenkte. Sie ging durch die zweite Tür und betrat ALTRO, Georg öffnete gerade das hellblaue Eisengitter hinter der Eingangstür. Hier sah es besser aus. Kein Wasser, kein Schimmel, doch alles war von einer sandigen Schicht überzogen, die Plastikhülle der Matratze schimmerte gelblich.

»Der Sand ist über die Jahre aus der Kuppel gerieselt, weil Mimmo sie damals nicht verputzt hat«, erklärte Eva Helga. Milena hat den Anblick der einzelnen Steine immer besonders schön gefunden, fügte sie im Stillen hinzu.

»Warum darf ich nicht rein!?«, hörte man Emil von draußen.

Der Ofen hatte Rost angesetzt, obendrauf lag ein toter Gecko.

»Richtig nett schaut's hier aus«, bemerkte Helga, nachdem sie einen Blick ins Bad geworfen hatte, »ich gehe mal den Rotwein öffnen auf den Schreck, einen Korkenzieher habe ich drüben schon gesehen. Alkohol desinfiziert.«

Eva guckte Helga hinterher. War sie megacool, wie Jannis es genannt hätte, oder doch bloß egoistisch?

»Die ›Aaseln‹ fegen wir morgen raus! Das lässt sich alles ganz leicht beheben.« Georg rieb sich mit den Händen durchs Gesicht, ein Zeichen, dass er nicht weiterwusste.

»Lass Emil doch kurz rein, hier ist kein Schimmel«, sagte Eva zu Georg. Sofort steckte Emil neugierig seinen Kopf durch die Tür.

»Was sagst du dazu?«, fragte Georg ihn. »Nicht so schön, oder?« Sie schauten sich an. Ein stummes Dreieck.

Keiner will den ersten vernichtenden Satz sprechen, dachte Eva, als ob wir Milena dadurch schaden, selbst Emil spürt das. Emil zuckte mit den Schultern, die Enttäuschung des wasserlosen, zugemüllten Trichters stand ihm deutlich ins Gesicht geschrieben.

Helga erwartete sie mit drei vollen Rotweingläschen auf der obersten der beiden flachen Stufen, die vom Felsplateau hinunter zum Trichter und zum Olivenhain führten. Für Emil hatte sie eine Schüssel Milch mit Müsli vorbereitet, auf die er sich gierig stürzte. »Erst Hände waschen, Emil!«

»Womit denn?!«

»Nimm das Mineralwasser aus dem Auto. Warte, ich komme mit und helfe dir!«

Eva setzte sich zu Helga auf die Stufe. Als Georg mit Emil wiederkam, stießen sie an und tranken. Helga stieß einen kleinen Seufzer aus. Außer dem Rauschen des aufkommenden Windes in den Blättern der Olivenbäume, der Grille, die irgendwo in der Nähe des Trichters zirpte, und Emils leisem Mampfen hörte man nichts. Zwei Fledermäuse zischten ab und zu in lautlosem Sturzflug durch den Lichtkreis. Plötzlich kamen die Sätze, kollerten ungeordnet, wie große Steine, aus ihren Mündern:

»Es ist irgendwie traurig, das zu sehen.«

»Verdammt viel kaputt.«

»Und so viel geklaut.«

349

»So dreckig.«

»Was fünf Jahre so ausmachen.«

»Und kein Wasser.«

»Doch, in UNO! Auf dem Boden.«

»In der Küche kommt es aus dem Hahn, aber es stinkt!«

»Das arme tote Tierchen.«

»Und zwar bestialisch.«

»Niemand hat es begraben.«

»Wie ekelhaft.«

Danach verfielen sie für ein paar Minuten wieder in dumpfes Schweigen.

»Was ist denn nun mit diesem Mimmo? Habt ihr ihm nicht schon von Hamburg aus sagen können, wann wir kommen?«

Sie sagt »ihr«, meint aber mich allein, dachte Eva. »Doch! Ich konnte ihm nur nicht genau sagen, wann.«

Helga zog die Augenbrauen ungläubig hoch.

»Wir hatten eben vorher noch ein paar andere Ziele!« Georg schaute in sein Weinglas, als ob dort alle Städte aufgelistet wären. Forlì, Pesaro, Perugia, Rom.

»Du, Georg. Du allein. Es waren deine Ziele.« Eva merkte, wie ihr Herz wieder anfing, schneller zu klopfen. Diesmal vor Ärger.

»Na, ob ihr die Trullos so loskriegt, Kinder ... und ich habe noch immer nicht ganz durchschaut, nach welchen Kriterien wir da durchs Land geeiert sind.«

»Geeiert, Oma?!«

»Nenn mich bitte Helga, ja, Schätzchen? Wir haben ja noch nicht mal den hübschen Schauspielerkollegen getroffen. Den hätte ich wirklich zu gerne einmal kennengelernt!«

Emil lief hinüber zum Trichter.

»Wegen des hübschen Schauspielerkollegen habe ich

extra noch mal Jannis anrufen müssen.« Warum rechtfertige ich mich eigentlich?, dachte Eva.

»Na, war doch auch schön, ihn noch mal zu hören, oder?«

»Wir hatten uns schon verabschiedet, danke für deine Fürsorge, Georg! Jannis hat überall herumgefragt, durch ihn wissen wir wenigstens, dass Elio bis übermorgen in Milano dreht und dann irgendwo unterwegs ist.«

»Also auf ins Hotel.« Helga trank ihr Glas mit einem Schluck leer. »Ich wollte mich ja nicht sofort beklagen, aber ich fühle mich hier wie in einer Leichenhalle bei all den Toten!«

Eva schnappte nach Luft. Sie hatte gedacht, sie würde Helga kennen und seit Rom ein bisschen besser verstehen, doch ihr Mangel an Sensibilität versetzte ihr wieder einmal einen Schlag in ihren ohnehin schon flauen Magen.

»Helga!«, rief sie und war selbst erschrocken über die Lautstärke ihrer Stimme. »Kannst du deine Gedanken auch mal für dich behalten!? Ich möchte sie nämlich nicht dauernd hören müssen!«

»Du willst ins Hotel, Mutter? Bitte!«, setzte Georg hinzu. »Niemand hält dich auf, wir hätten dich schon gleich in Forlì lassen sollen!« Er drehte sich zu Eva: »Und du? Danke, dass du mir in den Rücken fällst. Ich habe dich gefragt, und du hast gesagt, du hilfst mir.«

»Ich helfe dir, und wie ich dir helfe! Was tue ich denn sonst anderes?«

»Läufst mit Jannis durch Rom? Und lässt mich mit Konrad allein?«

»Oaaah ... Nee, ne? Jetzt wirst du ungerecht! Ich glaub, ich spinne.« Sie zwang sich, etwas leiser zu sprechen. »Das Ganze war eine blöde Idee, Georg, gib es endlich zu! Was haben wir? Eine Bierflasche, ein blutiges Taschentuch, ein

351

angebissenes Hörnchen. Aber es wird nichts dabei rauskommen, das garantiere ich dir.«

Helga zuckte mit den Schultern. »Ich verstehe zwar kein Wort, aber das ist ja eine tolle Stimmung hier …«

»Stimmung? Stimmungen sind da, um sie mit Krawumm zu zerstören, Mutter, das dürfte dir doch bekannt vorkommen, das kennst du ja noch vom letzten Mal.«

»Reden wir jetzt wieder von der Hochzeit?«

»Allerdings!«

»Warum reitest du eigentlich immer noch auf der alten Geschichte rum, Georg?«

»Weil du dich nie, nie, nie dafür entschuldigt hast, Helga! Nie!« Georg war aufgesprungen.

»Nicht!?«

»Nein, verdammt!«

»Oh, das tut mir leid.«

»Emil!«, rief Eva.

Auch die beiden Streitenden sahen sofort zu Emil hinüber, der nah am Trichter stand und sich jetzt vorbeugte. Georg stand auf. »Pass auf, dass du …«, setzte er an, doch weiter kam er nicht. Emil hob die Arme seitlich und drehte sie hektisch wie Windmühlenflügel, als ob er gleich hineinkippen würde.

»Emil!«, schrie Georg und rannte los. Doch bevor er bei ihm ankam, machte Emil einen kleinen Schritt zurück und grinste.

»Warum tust du das?!«, rief Georg, der knapp vor ihm zum Stehen gekommen war. »Damit macht man keinen Spaß, verdammt noch mal, das Ding ist tief!«

»Ich wollte, dass ihr aufhört.« Plötzlich verschwand sein Grinsen, seine Unterlippe zitterte, seine Augen, die er starr auf die Trullispitzen hinter ihnen gerichtet hielt, füllten sich mit Tränen. Alle schwiegen betroffen. »Ich finde es nämlich richtig schön hier.« Seine Stimme brach, er schniefte. »Du sagst doch immer, ich muss mich besser erinnern können, und daran erinnere ich mich noch, wie ich mit Mama mal unter dem Moskitonetz draußen geschlafen habe. Und du warst auch dabei. Wir alle, da drüben, unter der Pergola.«

»Emil!« Georg kniete sich hin und umarmte ihn, sein Kopf lag an seiner Schulter, es sah aus, als müsse Emil ihn trösten, nicht umgekehrt.

»Können wir das heute noch mal machen? Wenn wir den Marder begraben haben? Bitte!«

»Emil, hier ist es nicht sauber, es könnten Krankheiten ...«

»Bitte!«

Sie arbeiteten schweigend. Zunächst schleppten Eva und Georg das Sofa hinaus auf die Einfahrt, dann inspizierte Eva die ersten Plastikkisten, suchte Laken, Decken und Kopfkissen heraus. Helga fegte das vertrocknete Laub und die verschrumpelten Oliven der letzten Jahre unter der Pergola zusammen und arbeitete sich weiter vor auf den Hof.

Georg trug mit Emil die unversehrte Matratze aus ALTRO und schleppte mit Eva das Bettgestell auf die gefegte Veranda, nachdem er die Balken auf ihre Festigkeit geprüft hatte. Auch aus dem Haus holten sie Gestell und Matratze; mit zusammengepresstem Mund, aber ohne ein Wort darüber zu verlieren, legten sie die angefressene, behaarte Seite nach unten.

Nachdem das Nachtlager stand, half Emil Eva mit dem Bettzeug. Sie schnupperten sich durch die verschiedenen Kisten.

»Die Sachen, die hier drin waren, riechen am leckersten, *tè verde* steht da drauf.« Er drehte das kleine Netz mit den grünen Kügelchen in der Hand, das zwischen den Kopfkissen und Spannbettlaken gesteckt hatte.

»Das ist grüner Tee«, sagte Eva mit belegter Stimme, »also nicht in echt, nur die Duftrichtung.« Sie räusperte sich, ihre Augen waren verweint, aber das konnte Emil ruhig sehen. »Lavendel ist aber auch ganz okay. Riech mal!« Sie hielt ihm eine dünne Steppdecke vor die Nase, die auf einem Stapel Handtücher gelegen hatte. »Und schau doch mal in die Kiste dort, ich glaube, da könnten die Moskitonetze drin sein.«

»Sind die auch mit Beduftung?«

»Aber ja«, sagte Eva, und ein erstes kleines Lachen entschlüpfte ihr, »sonst würde das alles ziemlich muffig riechen.«

»Hier, Mamas Bademantel, der riecht auch nur noch nach *tè verde!* Ich zeig den mal Papa!« Er rannte davon.

Eva schnappte nach Luft. Emil war mit Milenas Tod schon immer ganz anders umgegangen. Er hatte seine Mutter im Krankenhaus gesehen, in einem leeren Raum, in den sie sie gebracht hatten. Er wollte sie anfassen und tat das auch, ohne zu fragen. Eva sah sein Gesicht noch vor sich, dieses echte Erstaunen, mit dem es ausdrückte, dass seine Mama sich nicht mehr wie Mama anfühlte.

»Sie ist weg unter der Haut!«, hatte er plötzlich gesagt. Sie konnte noch immer nicht an den Satz denken, ohne dass ihr die Tränen hinunterliefen. Ja, sie war weg unter der Haut. Hatte sie alle verlassen. Zurückgelassen.

Seine kleine Kinderseele hat ihren Tod ganz anders akzeptiert. Er hatte ihre Socken betrachtet, die ordentlich neben den wenigen anderen Sachen auf einem Stuhl lagen. Ihren Ehering, den sie nie abgelegt hatte, ihre lange Schlafanzughose. Warum haben sie ihr überhaupt Socken und Hose ausgezogen?, fragte Eva sich. Emil interessierten nur die Socken. Er hat gefragt, ob sie sie ihr wieder anziehen sollten, damit ihre Füße nicht kalt wurden.

Die Striche von Helgas büßendem Besen kamen zum offenen Fenster hinein.

Als sie alle vier schließlich unter den Moskitonetzen lagen und sich gegenseitig wie bei den Waltons eine gute Nacht gewünscht hatten – Gute Nacht, Emil! Gute Nacht, Eva! Gute Nacht, Helga! Gute Nacht, Georg! –, war es still.

Eva starrte in das weiße Zelt über sich, das sie schützend umschloss, zwischen den Balken der Pergola konnte man den nachtblauen Himmel sehen und ein paar Sterne. Helga lag stumm an den Rand der Matratze gedrückt, ihr Kopf wirkte auf dem Kissen sehr klein. Jetzt, am Ende der Reise, teile ich doch noch ein Bett mit ihr, unfassbar, dachte Eva.

Die Blätter der Bäume rauschten, irgendetwas knackte in den Büschen am Trichter. Ich muss Silke morgen anrufen, ging ihr durch den Kopf, und Mimmo, den alten Gauner. Tommaso muss neues Wasser bringen. Was Jannis jetzt wohl macht? Bei dem Bild von ihm, mit einem fremden Mädchen an der Mauer des Orangengartens, wälzte sie sich unruhig auf die andere Seite. Sie schnupperte am Kopfkissen. Grüner Tee. Gemischt mit reiner apulischer Luft, dem Duft der roten Erde und den nahen Rosmarinsträuchern. Als sie gerade dabei war wegzudämmern, hörte sie Emil nebenan auf der anderen Matratze glücklich seufzen: »Wie mit Mama. Die ganze Familie!«

25

Am nächsten Morgen stach Eva schon sehr früh die Sonne in die Augen, und selbst unter der dünnen Decke wurde es ihr schnell zu warm. Sie setzte sich auf und sah in die Runde, sie fühlte sich herrlich ausgeruht.

Helga hing zusammengekrümmt wie ein kleiner Käfer fast schon im Moskitonetz, sie hatte sich die ganze Nacht anscheinend nicht bewegt. Eine ganz passable Bettgenossin auf einer ein Meter vierzig breiten Matratze. Eva ging mit dem Kopf dichter an das Netz, um besser hinübersehen zu können. Georg hatte die Arme im Schlaf über das Gesicht gelegt und das T-Shirt wegen der Wärme ausgezogen, sein Oberkörper sah aus wie in der Werbung für das Parfüm, dessen Name ihr jetzt partout nicht einfallen wollte. Emils Platz war leer. Sie zog das Moskitonetz am Fußende unter der Matratze hervor und befreite sich aus dem feinmaschigen Zelt.

Sie ging ins Haus. Die Toilette konnte man Gott sei Dank noch benutzen, auch wenn das Wasser, das aus dem Spülkasten rauschte, stank. Sie putzte sich die Zähne mit Mineralwasser, sah über das kleine Kackwürstchen des Marders neben dem Kamin hinweg, das Georg am Abend zuvor bei seiner ersten Notreinigungstour übersehen hatte, und öffnete die Tür zum Hof. Die frisch gefegten Steine waren warm unter ihren Füßen, obwohl es erst halb acht war. Sie atmete tief ein, das dünne Gezwitscher einiger Vögel war zu hören, sonst nichts. Der perfekte Morgen, um zu laufen! Aber ohne Wasser zum Duschen keine gute Idee. Sie ging einmal um die Trulli herum, bei Tageslicht sah alles noch trostloser aus. Tonnen von Laub, vom Wind in den Ecken aufgetürmt, auf jedem Fleckchen Erde vertrocknetes Unkraut, winzige schwarze Olivenkerne überall, dazwischen die blauen und grünen Patronenhülsen der Jäger.

Mimmo musste her. Und frisches Wasser. Sie holte ihr Handy aus dem Haus und ging zu Emil, der halb im Trichter auf dem Treppchen stand.

»Was müssen wir heute machen?«, fragte er nach einem gegenseitigen Guten Morgen von unten herauf. »Müssen wir wieder einen Freund von Mama treffen?«

»Nein, hier in Ostuni nicht. Ich denke, wir machen alles ein bisschen sauber, kaufen richtig gute Sachen zum Essen ein, gehen in die Stadt und natürlich an den Strand.«

»Und wann ...?« Er beugte sich vor.

»Morgen!«, sagte sie schnell. »Spätestens übermorgen ist der Trichter wieder zum Schwimmen da.«

Die Makler sollen ja einen guten Eindruck vom Grundstück bekommen, fügte sie im Stillen hinzu und folgte Emils Blick. Wie sie schon vermutet hatte, lagen Papier und Plastikfetzen in der ehemaligen Höhle, auch hier viel Laub, ein paar große Zweige und ein roter Plastikfußball. Die schwimmbadblaue Farbe war in großen Stücken von den Wänden abgefallen, das Grau des Betons hatte sich wieder durchgesetzt.

»Ich gehe den Platz suchen, wo Papa gestern den Marder begraben hat. Wie doof, dass ich nicht dabei sein durfte.

Wenn ich ihn finde, lege ich ihm ein Kreuz aufs Grab«, rief Emil und sprang aus dem Trichter.

»Tu das«, murmelte Eva.

Wasser also. Tommasos Nummer war nach all den Jahren noch in ihrem Handy gespeichert. Sie schaute auf die Uhr, halb acht, da war der Mann schon seit zweieinhalb Stunden unterwegs und belieferte alle Zisternen rund um Ostuni mit Wasser. Gab es mittlerweile Empfang in dieser Gegend? Sicher waren in den letzten fünf Jahren zusätzliche Handymasten aufgestellt worden, aber ob es für die einsame Contrada Vallegna reichte?

Ihr Handy überlegte lange, entschied sich dann aber für ein klares Nein. Kein Empfang. Dann also das Dach.

Wenn man auf die Plattform kletterte, die den großen Trullokegel hinter dem Anbau umgab, und sich dort an die äußerste Kante stellte, konnte man telefonieren. Das Gegenteil von einem Funkloch, ein Sendeloch. Sie stieg die schmalen Stufen hoch, die sich um die Außenmauer wanden, jede nur einen Fuß breit, richtete sich auf und rief ihn an.

Er meldete sich sofort, dem Motorenlärm nach saß er am Lenkrad. Nach ein paar Worten der Begrüßung – hier ist Eva, Schwester von Milena, genau, der *attrice*, danke für dein Beileid, ja, es ist schlimm und traurig, ja, es ist komisch, hier zu sein – war schnell alles verhandelt. Die Zisterne musste dringend sauber gemacht werden, bevor das neue Wasser hineingelassen werden konnte.

»Ich schicke meinen Sohn«, rief Tommaso gegen den Lärm seines klapprigen Lasters an, »und komme dann gegen zwölf mit dem Wasser, früher geht es leider nicht!« Früher? Das war sowieso schon mehr, als sie zu hoffen gewagt hatte. Sie bedankte sich mehrmals.

»Ah, Tommaso«, ihr war noch etwas eingefallen, »was ist mit Mimmo? Ich erreiche ihn nicht.«

»Mimmo? Mimmo Fiorillo?«

»Ja, der! Hier sieht es aus, als ob er sehr lange nicht da gewesen wäre. Die ganzen Jahre nicht ...«

»Das hat er oft so gemacht, sich erst gekümmert, wenn die Leute wirklich kommen, aber in diesem Fall ist es anders! Der Schlag hat ihn getroffen!«

»Ach du meine Güte!«

Mimmo hatte vor drei Wochen einen Schlaganfall gehabt, mit fünfundfünfzig Jahren saß er zu Hause und wurde von seiner Frau gefüttert. Ab und zu kam jemand, um mit ihm Gymnastik zu machen, aber er hatte keine rechte Lust dazu. Ja, es wäre grausam, ihn so zu sehen. Tommaso war gar nicht erst da gewesen, sondern hatte seine Frau geschickt.

Eva bedankte sich für die Auskunft und legte auf. Der arme Mimmo! Das Schlitzohr mit der Goldkette, der große Baumeister mit der Liebe zum Detail, der Pflanzenkenner und Tomatenzüchter fiel wahrscheinlich für immer aus. Sie musste ihn unbedingt besuchen gehen und ihm eine Kleinigkeit mitbringen, wie es sich hier gehörte. Pralinen? Sie hatte keine Ahnung, doch was sie wirklich bewegte und sorgte, war die Frage, woher sie jetzt einen Gärtner bekam. Sie war schrecklich egoistisch, immer ging es nur um ihr Glück. Aber was konnte sie schon tun? Sollte sie jetzt zu Mimmo laufen und ihm einen motivierenden Physiotherapeuten beschaffen? Der ihn aus seiner depressiven Stimmung holte? Wohl kaum, der Trulloverkauf war erst einmal wichtiger.

Wen kannte sie?

Mimmos Cousin. Mimmos anderen Cousin. Mimmos Neffen. Einer war Alkoholiker, der brauchte erst ein Bier, sonst konnte er nicht arbeiten. Der andere stank immer nach Schweiß, schaffte es kaum, einem in die Augen zu schauen, und hatte so gern die kleinen, scharfen Rucolablätter von der Einfahrt gepflückt und mit nach Hause zu seiner Frau genommen. Der dritte war jünger, er hatte eine rasante Drogenkarriere hinter sich und war sogar zu einem Boten der *Sacra Corona Unita* aufgestiegen, der apulischen Mafia, dann war irgendetwas dazwischengekommen. Verrat und Gefängnis vermutlich. Angeblich war er schon seit Jahren wieder clean. Alle drei waren recht ordentliche Handwerker und Gärtner, doch wie sollte sie die Männer erreichen, wenn sie nicht einmal ihre Namen kannte?

Irgendwo in der Nachbarschaft ging ein Motor an, das Knattern einer *motozappa*, weit weg, aber dennoch gut zu hören. Sie schlich sich an Emil heran, der mit weißen Steinen ein Kreuz auf dem roten Erdboden anordnete. Um ihn nicht zu erschrecken, pfiff sie ein paarmal leise, bis er aufschaute.

»Sag Helga und Georg, dass ich ein bisschen durch die Gegend spaziere, bin in einer halben Stunde wieder da.« Er nickte.

»Wenn ich wüsste, wo Papa den Marder begraben hat, könnte ich ihm das jetzt drauflegen.«

»Stimmt«, sagte Eva und wollte am liebsten fortlaufen. Das war ein Thema, das er mit seinem Vater besprechen sollte, ob nun biologischer oder nicht, warum konnte Georg sich nicht richtig um ihn kümmern? Wo er doch sonst so besorgt um ihn war. Irgendwas hing da quer zwischen den beiden.

Emil seufzte. »Papa rennt immer rum, als ob er was suchen würde, aber gar nicht weiß, was.«

»Ja, ich weiß, was du meinst.«

Eva wartete, sah sich selbst unter dem Baum stehen, die Arme um sich geschlungen, als ob sie friere. Sollte sie etwas sagen? Sollte sie ihn auf Milena, Mama, Grab, irgendetwas ansprechen? Oder gerade nicht? Ihn ablenken mit der Aussicht auf einen Nachmittag am Strand?

Die Sonne schien durch die Äste des Olivenbaums und warf kleine Sprenkel auf Emils Gesicht und die Steine. »Ach«, er seufzte noch einmal, »mit dir kann man echt gut reden, Eva, aber jetzt muss ich mal aufs Klo!« Er rannte los, auf die Pergola zu, zwischen den beiden Moskitonetzen hindurch, ins Haus.

Eva folgte dem Geräusch der *motozappa*. Sie nahm zwei Steine vom Boden auf, die wilden Hunde waren zwar eingesperrt, aber vielleicht gab es inzwischen neue. Die Steine wogen angenehm schwer in ihren Händen, mit ihren Laufschuhen kam sie gut voran. Wenn die *zappa* schwieg, hielt sie an, wenn sie wieder einsetzte, lief sie weiter. Manchmal nahm sie eine Abkürzung, quer zwischen den Bäumen hindurch. Die Feigenbäume, die aus den Löchern im felsigen Grund hinauswuchsen, trugen schon kleine grüne Früchte, die Mandeln an den Bäumen steckten in einer pelzigen grünen Hülle.

Es war der andere Cousin, der Rucola-Fan mit dem Schweißgeruch, den sie auf einem der unteren Grundstücke, fast schon am Hundeheim, traf. Kaum hatte er sie erkannt, stellte er den Motor ab und kam mit niedergeschlagenen Augen auf sie zu. Er trug eine Jeansweste auf der nackten Haut. So eine Weste ist eine gute Erfindung, dachte Eva, er riecht tatsächlich weniger streng, vielleicht bin ich aber auch nur durch den Marder abgehärtet. Wenn ich nur wüsste, wie der Typ heißt.

Sie nahm seine Kondolenzbezeugung entgegen, brachte die Sprache dann schnell auf den tragischen Schlag von Mimmo, das vernachlässigte Grundstück und die Trulli. Nach ein paar Minuten hatten sie sich geeinigt: Er würde am Nachmittag zu ihnen heraufkommen, um den Trichter sauber zu machen, und an einem der folgenden Tage das Unkraut unter den Olivenbäumen unterpflügen.

»Und dann brauche ich noch jemanden, der uns beim Putzen hilft, nach fünf Jahren ist alles so dreckig«, begann sie zaghaft. Zu Hause in Hamburg hatte sie keine Putzfrau, sie ertrug den Gedanken nicht, dass jemand gegen Bezahlung ihren Dreck wegmachte.

»Ich schick dir meine Frau«, sagte er, »und deren Cousine, gleich nach dem Mittagessen, so gegen drei, die sind die Schnellsten und die Besten!«

Sie dankte ihm und winkte noch mal, als sie davonging. Dann heulte die *motozappa* wieder auf.

Auf dem Weg zurück gab Evas Handy an der ersten Weggabelung eine Reihe kurzer Töne von sich. Zwei SMS trudelten ein, hier gab es offensichtlich ein Netz. Eine Nachricht von Jannis, wieder durchfuhr sie das schlechte Gewissen, er hatte sich so gewünscht, sie in Rom noch einmal zu sehen. Bist du mir eigentlich noch wohlgesinnt? Miss U! Wann kannst du kommen?

Ich vermisse dich auch irgendwie, dachte sie, nur habe ich leider keine Zeit für dich. Oje, wie konnte sie ihm das klarmachen?

Eine von André: Liebelein, habt ihr was gefunden? Hast du in deinem Georg den Richtigen gefunden? Und dich selbst gefunden? Genieße es, the best moment of your life is right now!

Danke, André, dass du wenigstens nicht diesen abgedroschenen Carpe-diem-Kram geschrieben hast, antwortete Eva ihm in Gedanken. Keine Ahnung, ob ich was gefunden habe. Die zwei Wochen sind noch nicht vorbei, bis jetzt keine eindeutige Spurenlage in meinem Privatleben. Ich bleibe dran! Aber mal sehen, vielleicht hat sich bei Silke etwas Spektakuläres aufgetan. Eva nutzte das unverhofft verfügbare Handynetz, um ihre Kollegin in der Abteilung anzurufen. Sie war meistens um acht schon an ihrem Platz, kein Problem bei der Gleitzeitregelung. Früh da, früh weg, war ihr Motto.

Der Hörer wurde abgenommen. Ein leises »LKA 34, Zündel?«.

»*Buon giorno!!*«, rief sie. Ein Fehler, wie sie sofort merkte. Leute, die Urlaub machten, während die eigene Abteilung in Arbeit versank, wurden nicht besonders geschätzt. »Seid ihr weitergekommen?«

»Wohl kaum.«

»Bist du mit Ulli mal an den Haltestellen gewesen?«

Silke antwortete nicht sofort. Die Enttäuschung legte sich über Eva wie ein herabfallendes Moskitonetz. Es war ein Fehler gewesen, Silke damit zu beauftragen. Sie mochte zwar Weihnachtsfeiern und Betriebsausflüge, verließ ihren Schreibtisch während der Arbeit aber nur ungern.

»Aber warum nicht? Du hättest die Idee doch einfach auch weiterleiten können.«

»Also, ich habe ja *nicht* gesagt, dass ich *nichts* getan habe!« So redete sie wahrscheinlich auch mit ihren Zwillingen.

»Ich bin mal in Wandsbek-Gartenstadt ausgestiegen und habe geschaut, aber da ist nicht wirklich etwas, und ich weiß auch gar nicht, wie du darauf kommst.«

»Und an der Habichtstraße?«

»Äh, da war ich dann nicht mehr.«

»War Ulli mit in Wandsbek-Gartenstadt?«

Wieder ein kurzes Schweigen. »Nein. Ich dachte, ich gucke erst mal selber.«

»Okay.« Eva spürte, wie die Wut in ihrem Hals hochkroch und ihr die Luft zum Atmen nahm. »Vergiss es. Ich bin nächste Woche wieder da. Danke trotzdem. *Ciao ciao.*«

Diese blöde Silke! Was war so schwierig daran, mal eine Idee zu verfolgen? Gut, dann musste es eben sein. Sie wählte die Nummer noch einmal, doch diesmal Nebenstelle 41. Brockfeldt.

Er meldete sich mit einem knappen Ja?, als ob er im Moment mit etwas Wichtigem beschäftigt wäre, in ein Brötchen beißen oder so.

»Eine Gutenachtgeschichte gegen einen Gefallen, Michael!« Ihn zu duzen war gefährlich, er würde ihr ab sofort wie ein herrenloses Hündchen nachlaufen. Dennoch wollte sie die Sache mit dem Ticket an den U-Bahn-Stationen unbedingt versuchen, es war eine winzige Chance, und wozu gab es Hundeheime?

»Die Frau Jakobi, ja guten Morgen, immer noch in *bella Italia?*«

»Ja.« Sie seufzte, sah ihn vor sich, mit Käsebrötchen und kariertem Hemd hinter seinen Computer geklemmt. Fröhlicher Single, aber es geht mir gut damit … Zwanzig Kilo Übergewicht, Bürstenhaarschnitt, der Mann war ein einziges Klischee, eine schlampig entwickelte Figur aus einem Fernsehkrimi.

»Was muss ich tun? Ich werde nichts unversucht lassen!« Er lachte, und Eva wusste, wie prall seine Hamsterbacken in diesem Moment aussahen.

»Michael!« Jeder hörte gern seinen Namen, man konnte ihn gar nicht oft genug sagen, wenn man sich bei jemandem einschmeicheln wollte. »Du bist doch an dem Heuhaufenfall.«

»Unter anderem, ja.«

»Der Ehemann von Nina K., der ist doch ziemlich groß und kräftig, hat der eigentlich mal Sport getrieben?«

»Ich denke, irgendwas hat der bestimmt gemacht, aber Eva, mit dem sind wir durch, da ist nichts.« Er hatte das Du sofort aufgenommen und zurückgegeben, ritzte sich wahrscheinlich, während sie sprachen, bereits ein großes EVA in seine Schreibtischunterlage.

»Kannst du das trotzdem noch mal nachschauen?«

»Wo bist du denn überhaupt?«

»In Apulien, ich stehe hier unter einem hundertjährigen Olivenbaum.«

»Du stehst in *bella Italia* unter einem Olivenbaum und rufst mich an …?«

»Ja, aber leider habe ich nicht viel Zeit, ich muss gleich weg! Ich wollte dich nur bitten, das in der Akte zu überprüfen.«

»Okay, *Signorina*, wird gemacht. Nach was suchen wir denn?«

»Nach einer Ballsportart, Basketball, Handball.«

»Die Wege der Black Widow sind unergründlich, doch sie führten schon so manches Mal ans Ziel!«

»Genau! Schön gesagt.« Sie erzählte ihm in wenigen Worten von der Idee, das Ticket auf dem Sims des Automaten an der Haltestelle Wandsbek-Gartenstadt zu suchen. Oder auf der kleinen, mit Nägeln gegen die Tauben gespickten Rampe an der Habichtstraße, wo der vermeintliche Täter eventuell auch ausgestiegen sein könnte.

Brockfeldt notierte, Brockfeldt verstand, kein Ja-Aber, kein Warum. Eva hörte sein Gehirn förmlich weitere Verknüpfungen spinnen.

»Schick mir eine SMS, wenn du was weißt.«

»Mache ich. Aber die Gutenachtgeschichte ist versprochen? Mit oder ohne anschließende Übernachtung?« Er lachte schnappend, offenbar bestürzt über seinen Mut.

»Das sehen wir dann!« Eva grinste, sie hörte sich an wie Georg, der Emil vertröstete. »*Ciao ciao!*«

Als sie wieder am Trullo eintraf, kam Tommasos Sohn mit einem klapprigen Fiat Panda vorgefahren, aus dem er einen Hochdruckreiniger, Schläuche, Schippe, Eimer, Aluleiter und Gummistiefel holte und hinter den großen Trullo schleppte.

Er pumpte das restliche Wasser aus der Zisterne, die dort in den felsigen Boden eingelassen war, und stieg dann, nur noch mit Jeans und Gummistiefeln bekleidet, durch die Einstiegsluke hinunter. Emil lag auf dem Bauch vor der Öffnung und schaute zu, wie der junge Mann den Dreck vom Boden kratzte und in den Eimer schüttete, dann mit dem Hochdruckgerät die Wände und den Boden abspritzte.

Als Georg das sah, scheuchte er ihn weg. »Das ist richtig fieser Dreck, Emil, komm doch lieber mit zum Einkaufen in den Supermarkt!« Doch Emil hatte keine Lust.

Also fuhr Georg gemeinsam mit der immer noch schweigsamen Helga los. Umso besser, dachte Eva, stumme Büßerin hin oder her, wer weiß, was der nackte, dreckverschmierte, aber doch sehr muskulöse Oberkörper des jungen Mannes in ihr ausgelöst hätte.

Keiner von ihnen hatte noch einmal das Hotel erwähnt.

Nach Emils Ausbruch und der Nacht unter Sternen war klar gewesen, dass sie bleiben würden.

Kinder, dachte Eva, sie zwingen dich zum Handeln, da ist für müde Ausreden einfach kein Platz mehr. Dich selbst kannst du betrügen, Kinder nicht. Sie explodieren. Oder werden krank. Wie gut, dass Emil sich für den Tränenausbruch entschieden hat!

Sie schaute die Kisten weiter durch und füllte die erste Waschmaschinenladung. Sobald es wieder frisches Wasser gab, musste sie nur auf den Knopf drücken, dann würde auch das Geschirr aus den Schränken in den Geschirrspüler wandern.

Alles, was der Marder berührt, beleckt und angeknabbert haben könnte, schrie danach, abgewaschen zu werden. Georg wollte Desinfektionsspray mitbringen.

Sie packte aus, den kleinen CD-Player, die Matten fürs Bad, die Taschenlampen – lauter Kram, den man zum Leben brauchte. Für eine Woche lohnte es sich fast nicht, aber vielleicht hatten Georg, Emil und Helga Lust, noch länger zu bleiben. Was damit passieren würde, wenn sie die Trulli verkauften, war noch ungewiss. Sie selbst würde in vier Tagen einen Flug von Bari nach Hamburg nehmen. Die zwei Wochen waren wie ein Wimpernschlag vergangen.

Emil kam ins Haus gelaufen, seine Hände waren dreckig, als ob er in der roten Erde gewühlt hätte, von Georg würde er umgehend zum Händewaschen geschickt werden. Aber ich bin ja nicht Georg, dachte sie. »Ist er fertig?«

»Nein, noch nicht. Das Wasser hat echt gestunken, und weißt du, warum?«

»Weil es schon so lange da drin stand?«

»Nein, weil zwei tote Eidechsen darin schwammen und eine Schlange! Hat mir Franco gezeigt, er hat sie im Eimer nach oben gebracht.«

Eva schüttelte sich. »Igitt! Du solltest doch nicht zur Zisterne!«

»Ich habe sie nicht angefasst, ich schwöre! Aber ich – ich würde sie gern beerdigen, neben dem Marder. Nur – ich weiß ja nicht, wo. Papa ist so blöd manchmal. Als ob ich mich bei den armen kleinen Tierchen anstecken könnte.«

»Hat – hat er dir die Tiere etwa gegeben!?«

»Nein. Er hat mir gezeigt, wo sie reingekommen sind, das Netz vor so einem kleinen Rohr außen an der Seite war eingedrückt. Sind reingefallen und ertrunken.«

»Nicht schön, oder?«

»Ja, aber das passiert nun mal. Vielleicht ist im Trichter ja auch noch ein totes Tier. Also nicht, dass ich das will, aber …«

»Wenn, äh, ich weiß seinen Namen nicht, aber ich sage dem Mann, der heute Nachmittag den Trichter sauber macht, Bescheid.«

»Wenn Papa das mitkriegt, rastet er übelst aus.«

Stimmt, dachte Eva, deswegen werde ich Mimmos Cousin auch sagen, dass dir eventuell vorkommende Tierkadaver vorenthalten werden müssen.

Tommaso kam mit dem neuen Wasser, Georg und Helga trafen zur gleichen Zeit mit unzähligen Tüten vom Supermarkt ein. Sie schienen wieder miteinander zu reden, wenn auch nur über so unwichtige Sachen wie die Frage, ob Eurospin der apulische Aldi sei und ob das apulische Olivenöl nicht doch aus der Türkei komme.

Georg gab Tommaso einen grünen Hunderter, von denen er einige in seiner Hosentasche trug. Anschließend fuhr er gleich wieder los, um neue Matratzen zu kaufen, bevor die Geschäfte um eins zumachten.

Alles lief wie am Schnürchen. Eva kochte in sauberen Töpfen mit Mineralwasser Spaghetti, Helga wischte den großen Verandatisch und die Stühle mit Essigwasser ab, Georg kam zurück, die neuen Matratzen mit grüner Wäscheleine auf dem Autodach festgebunden.

Während sie noch beim Essen saßen, hielt schon Mimmos Cousin, der übrigens Tonio hieß, mit seinem Dreiradlaster vor dem Tor. Obwohl Emil sich in seiner Nähe aufhielt und aufpasste, hatte Tonio keine weiteren Tiere zum Friedhof beizutragen.

Tonios Frau und seine Cousine fielen mit scharfem Putzzeug über UNO und ALTRO her, die schimmelige Matratze wurde unter einem großen Laubhaufen zu Emils Freude auf einer freien Stelle zwischen den Olivenbäumen verbrannt. Die gepresste Baumwollwatte, aus der sie bestand, brannte lichterloh. Emil stand wachsam in dem von Georg verordneten Sicherheitsabstand mit dem Gartenschlauch bereit. Am liebsten hätte er auch das Sofa und die vom Marder zerbissene Matratze ins Feuer geschmissen, doch Georg weigerte sich.

»Den Schaumstoff können wir nicht verbrennen, obwohl die Italiener es natürlich tun würden. Tonio bringt morgen beides weg. Hoffe, er stellt das Zeug nicht um die Ecke, an die Mauer des nächsten Trullo …«

Die Putzkolonne arbeitete sich weiter vor, war nun im Haus, und gemeinsam mit Helga rückten sie den Marderspuren zu Leibe. Eva brachte die neue grüne Wäscheleine hinter den Trulli zwischen den Bäumen an, hängte Laken und Handtücher auf, füllte die Waschmaschine zum dritten Mal und wickelte die Hängematten aus ihren Plastiktüten.

Als sie gingen, verteilte Georg weitere Geldscheine an Tonio und die Frauen. Sie hatten in den wenigen Stunden Unglaubliches geleistet, Tonio würde mit der *motozappa* an einem der folgenden Tage wiederkommen.

Am frühen Abend gönnte Eva sich eine Freiluftdusche. Aus dem übrig gebliebenen Rohr im Stein pladderte der warme Strahl wie ein kleiner Wasserfall, sie schaute hoch in die breiten Astgabelungen des nahe stehenden Olivenbaums und durch seine silbrig grünen Blätter. Es war so wundervoll friedlich, selbst die abgefallenen nassen Oleanderblüten zu ihren Füßen bildeten ein hübsches Muster. Sie spürte ein Glücksgefühl in sich hochsteigen, einfach weil die Sonne vor ihr zwischen den Bäumen unterging und sie jetzt auf diesen glatten Steinen unter dem sauberen Strahl stand. Sie griff in die kleine Nische, die Mimmo in die Wand eingelassen hatte, und hielt inne. Eine winzige Eidechse saß auf dem Deckel der Shampooflasche, die kralligen Füßchen noch ganz weich, und schaute sie mit wachem Blick an. Wir sind am Leben, du und ich, schien sie zu sagen. Du erlebst das hier, diesen Augenblick, du bist nicht Milena, wie gerecht oder ungerecht dir das auch sonst vorkommt.

»Okay, verstanden, aber darf ich jetzt mal?«, fragte sie nach paar Sekunden, die Mini-Echse huschte davon. Eva seifte sich ein und sah den Schaumschlieren hinterher, die an ihrem Körper herabliefen. Die hellen Abdrücke des Badeanzugs ließen das Braun ihrer Schultern aufschimmern, ihr Busen war klein und hing nicht, noch nicht, sie strich über ihren Hintern, der war rund, wie sich das bei einer Frau gehörte, selbst ihre Oberschenkel waren, nun ja, akzeptabel. Dankbar und froh sein, Eva, und ab und zu ein bisschen mehr Demut zeigen, nahm sie sich vor.

Ein paar Momente funktionierte das, doch schon zog eine dunkle Wolke in ihrem Kopf auf. Jetzt, wo alles schon fast wieder wie früher war, fiel Milenas Abwesenheit erst richtig auf. Alle, selbst Helga, hatten geputzt und vorbereitet, nun konnte sie kommen, wie früher als Letzte eintreffen, mit einer Tasche voller Geschenke aus dem Duty-free-Shop und abenteuerlichen Episoden vom Drehen im Kopf. Aber sie würde nicht kommen, niemals mehr!

Eva weinte inmitten des Wassers, das auf ihren Scheitel trommelte und über ihr Gesicht lief. Sie würde Milli nie mehr mit Emil kuscheln sehen, nie mehr neidisch auf die ausgebreiteten Arme ihrer Schwester schauen, in die er sich lachend warf. Unfassbar, dass sie das immer noch nicht kapiert hatte. Wie viele Jahre sollte das denn noch dauern?

Und gleichzeitig wäre sie heute Morgen so gern zu Georg unter das Moskitonetz geschlüpft. Sie wünschte, dass er sie so nackt wie in diesem Moment sähe, ihre Brüste streichelte, wie sie es gerade tat. »Verzeih mir, verzeih mir«, murmelte sie immer wieder. Alles war falsch.

Als sie sich zu ihrem Handtuch bückte, das neben den Oleanderbüschen auf einem trockenen Stück Stein lag, fühlte sie es unter ihrem Fuß kurz zappeln. Sie hob ihn mit einem Aufschrei an. Die kleine Eidechse klebte regungslos unter ihrer Sohle.

26

In der Pizzeria am Hafen von Villanova bekamen sie den letzten Tisch, direkt neben dem Geländer zum Wasser. Die Boote dümpelten leicht und zogen an ihren Vertäuungen, drei Kellner waren um sie herum, brachten weitere Gläser, die Speisenkarten wurden auf den Tisch geknallt.

Georg hat diesmal nicht seine Kamera dabei, dachte Eva erleichtert und suchte sich eine *panzerotti* aus, eine spezielle apulische zusammengeklappte Pizza, die hier im Mai vor fünf Jahren noch hervorragend geschmeckt hatte.

»Kann ich, bis das Essen kommt, an den Booten entlanglaufen? Oma, kommst du mit?«, fragte Emil.

Helga seufzte und erhob sich. »Ich hoffe, dass das, was hier so fischig riecht, aus dem Wasser kommt und nicht aus der Küche.«

»An einem Hafen riecht es immer … Ach!« Georg winkte ab. »Pass aber auf!«, rief er ihnen hinterher, und Eva wusste nicht genau, wen er mit seiner Ermahnung meinte.

Das Bier stand sehr schnell auf ihrem Tisch. Überhaupt schienen die Kellner es eilig zu haben, sie wieder loszuwerden. Sie schauten ihnen nicht ins Gesicht, sondern hielten mit irgendwem im Hintergrund Kontakt, tippten die Bestellungen in eine Art Taschenrechner und rannten wieder davon.

»Drei Tage noch«, sagte Eva. »Ich muss mich so langsam mal um einen Flug kümmern.«

»Und ich muss mich bei dir entschuldigen«, sagte Georg und hielt seine Bierflasche hoch. Sie stießen an.

»Wofür?«

»Für meinen Alleingang gestern, ich dachte, je schneller wir es hinter uns bringen ...«

»Wir waren alle fertig mit den Nerven. Und Emil hat uns gezeigt, was gut für uns ist.« Das Bier rann so kalt und prickelnd durch ihre Kehle, dass sie husten musste.

»Ich war heute mit Helga an der Stelle.« Er musste nicht sagen, wo, er musste auch nicht den abgenutzten Begriff des *Mauer-Falls* gebrauchen. »Du wirst es nicht glauben: Sie hat sich entschuldigt. Und nicht nur einfach so im Nebensatz. Nein. Sie hat mir eine richtige Entschuldigungsrede gehalten. Ich war ganz gerührt.« Er nahm hastig einen weiteren Schluck Bier. »Morgen legen wir einen absoluten Gammeltag ein, abgemacht? Keine Recherche, keine Putativväter, keine DNA-Proben.«

Sie schaute Georg fragend an: »Nicht dein Ernst, oder?«

»Doch. Wir sollten nur gleich morgen früh die Makler beauftragen. Der Verkauf wird dann anstrengend genug, da werden wir noch ein-, zweimal runterfliegen müssen.«

Eva bemerkte einen großen Fernsehbildschirm über dem Pizzaofen, auf dem ein Fußballspiel lief. Dorthin starrten die Kellner also.

»Jetzt bieten wir das Grundstück erst einmal an und hören, was wir dafür bekommen können. Außerdem ist Elio sowieso nicht greifbar.« Georg zupfte an seinen Haaren herum, die ihm etwas zu lang in die Stirn hingen. »Hätte ich doch die *orecchiette* mit *cime di rapa* nehmen sollen?«

»Wieso?«

»Na, weil das typisch für hier ist.«

»Du magst *cime di rapa* nicht, das ist dieses bittere grüne Zeug, wegen dem du, als du es das erste Mal bestellt hast, die Küche verklagen wolltest.«

»Gut, dass du mein externes Gedächtnis bist, Eva. Meine externe Festplatte. Vielen Dank!«

Ich würde gern viel mehr für dich sein, aber da musst du selbst draufkommen, dachte Eva, drei Tage hast du noch.

In Ostuni bummelten sie über die Piazza della Libertà. Der heilige Oronzo wachte wie schon seit Jahrhunderten oben auf seiner Säule über die Stadt, das Licht der zahlreichen Lampen wurde von dem gelben Sandstein der alten Gebäude weich zurückgeworfen. Der Weg zur Kathedrale war gedrängt voll, ausländische und italienische Touristen schoben sich aneinander vorbei.

Einige neue Läden waren hinzugekommen, jeder kleine Verschlag war nun geöffnet und bot Bikinis, furchtbar bunte Tonpfeifen, Tücher oder Olivenöl an.

In einer von Georg als hygienisch unbedenklich eingestuften Eisdiele kauften sich Eva und Emil ein Eis.

»Zitroneneis, das war auch Milenas absolute Lieblingssorte!« Sie gingen bis zur Kathedrale, vor deren angeleuchtetem Portal die Touristen zwischen den engen Mauern unruhig hin und her wogten wie eine Horde verängstigter Schafe. Dann schlenderten sie weiter, bogen rechts in eine Gasse ab, die sich zwischen den Hauswänden gerade so durchzuquetschen schien, und standen kurz darauf oberhalb der Stadtmauer. Tagsüber konnte man über die Olivenhaine bis zum Meer hinuntersehen, doch in diesem Moment erstreckte sich nichts als die dunkle Ebene vor ihnen, nur unterbrochen von den dünnen Lichterketten der Landstraßen.

»Guck mal, da oben!« Georg reckte den Arm in die Luft. Als Emil hochschaute, leckte Georg schnell an dem Eis, das er in der Hand hielt.

»Papa!«, rief Emil empört. »Das machst du immer!«

»Und du fällst immer wieder drauf rein!« Sie gingen durch die weißen Gassen der Stadt, hier, hinter der Kathedrale, waren sie besonders eng, verwinkelt und manchmal mit Steinbögen miteinander verbunden. Man sah kleine Fenster mit Kakteentöpfen davor, hohe Stufen vor schmalen Türen, verwinkelte Treppen, durch viele Füße glänzend gelaufene Steine. Helga hatte Mühe, mit ihren hohen Hacken nicht ins Rutschen zu kommen.

»Guck mal, da oben«, sagte Georg leise zu Eva.

»Ha, darauf falle ich nicht rein!«, sagte sie und verbarg den kleinen Restkegel ihrer Eiswaffel hinter dem Rücken.

»Nein, der Zettel dort!«

Ostuni Exclusive stand auf einem DIN-A4-Blatt, das jemand in drei Meter Höhe an eine weiße Hauswand geklebt hatte. B&B *Mamma Isa*, darunter eine Telefonnummer. Eva lachte auf. »Nur weil es *Mamma Isa* heißt, muss es noch lange nicht das Geschenk von Elio an seine Mutter sein.«

»Ich habe nachgeschaut, ein B&B namens Rubinio gibt es in Ostuni tatsächlich nicht. Dafür gibt es den Namen fünfzehnmal im Telefonbuch, die könnte man natürlich nach und nach abklappern.«

»Ich glaube kaum, dass ein bekannter Filmstar wie Elio auf diese Weise Werbung für das Bed&Breakfast-Gewerbe seiner Mutter macht.«

»Oder *gerade* so. Wenn alle Welt weiß, dass er der berühmte Sohn ist, rennen sie ihr doch die Bude ein, und es würde ihr vermutlich zu viel. Was ist? Was guckst du mich so an?«

»Du willst da hin!«

»Nein«, antwortete er. »Wir machen Pause, habe ich doch gesagt, du musst bald wieder zurück nach Hamburg, und ich habe dich schon viel zu sehr beansprucht.« Er schaute sie von der Seite an. Stirn in Falten, lachende Augen, Bittstellerblick. »Lässt du die drei Proben bitte dennoch untersuchen, wenn du zurück bist?«

Eva prustete los. »Hier, ich schenk dir mein Eis, und nun lass mich in Ruhe!«

»Achtundzwanzig Grad«, sagte Georg, als sie an dem Thermometer über der Apotheke vorbeifuhren. »Sechsundzwanzig immerhin noch hier draußen!«, las er zehn Minuten später auf der Anzeige im Auto ab. Auf dem Land und besonders oben auf der Anhöhe war es nie so drückend wie innerhalb der Stadtmauern, sondern manchmal sogar bis zu fünf Grad kälter. Oft hatten sie in der Stadt geschwitzt und dann mit Jacken oder Decken draußen vor den Trulli gesessen, doch an diesem Abend war der Temperaturunterschied kaum spürbar. Emil öffnete das Tor mit der Fernbedienung, sie fuhren auf die Einfahrt und gingen ins Haus.

»Papa? Stopfst du das Netz um mich fest, damit die Mücken nicht reinkommen können?«, rief Emil zehn Minuten später.

Eva ging kurz ins Bad. Als sie wieder herauskam, blieb sie vor der halb geöffneten Tür des Schlafzimmers stehen und lauschte.

»Neue Matratze, neues Wasser, jetzt ist alles übelst schön hier«, sagte Emil.

Eva ging leise in die Küche und entkorkte die zweite Flasche Wein. Sie hörte, wie Helga die neu herabgefallenen Blätter und Oliven auf dem Hof zusammenkehrte.

»Auch eine Art der Meditation«, rief sie durch die Gitterstäbe des offenen Fensters. »Ein Besenstrich, ein Atemzug. Und gut für die Oberarme ist es außerdem. Falls du mich also mal ablösen möchtest …«

»Nee, mach du mal, meine Oberarme sind noch okay.«

Helga lachte schallend und zeigte endlich wieder ihre Zahnpracht. Kurze Zeit später verzog sie sich, ein Liedchen summend, in den Trullo ALTRO.

Sie hatten alle Lichter gelöscht, um das Licht des Mondes und die einzeln glitzernden Sterne besser genießen zu können. Die Fledermäuse waren wieder unterwegs und schossen im Zickzack über sie hinweg. Na los, holt euch alle Mücken, dachte Eva, dann müssen wir uns nicht mit diesem klebrigen Spray einsprühen.

»Primitivo«, las Georg vom Etikett der zweiten Rotweinflasche, »da hat Helga instinktiv nach dem Besten gegriffen, was es in Apulien gibt. Solange sie es nicht bezahlen muss, ist sie sehr großzügig.«

»Das hätte ich nie so gesagt …«

»Aber gedacht hast du es. *Salute!*« Er schaute ihr kurz in die Augen. Würde das jetzt doch noch ein romantischer Abend? Sollte sie eine Kerze anzünden? Nein, auf keinen Fall wollte sie vorgreifen. Außerdem war der Mond hell genug, nur noch ein winziges Stückchen fehlte zum Vollmond. Sie stand auf und ging die wenigen Schritte zum Trichter hinüber. Tommaso war noch am Abend mit dem Wasserlaster da gewesen und hatte die Höhle bis knapp unter die obere Kante gefüllt, die Filterpumpe hineingehängt, aber nicht angestellt. Sie setzte sich im Schneidersitz davor, verspürte aber kein Bedürfnis, auch nur einen Fuß hineinzutauchen. Der Mond spiegelte sich auf der Oberfläche, doch das Wasser darunter war finster und undurchsichtig. Und was, wenn es durch dunkle Magie mit einem Mal unendlich tief wäre? Oder die Männchen aus der Höhle in einem fluoreszierenden Sprudel auftauchen würden? Sie musste lächeln. Danke, Milena. Sie schaute über die Wasseroberfläche, die Nacht war ruhig, nur die Hunde im Hundeheim bellten ab und zu. Plötzlich stand Georg neben ihr, schaute auf sie hinunter. »Ich gehe schlafen. Morgen früh fahren wir bei den beiden Maklerbüros vorbei, die wir heute gesehen haben, okay? Und dann machen wir uns einen Relaxtag.«

»Und Emil kann endlich in den Trichter springen!«, sagte Eva und erhob sich.

»Aber nur, wenn ich dabei bin! Gute Nacht!« Georg stand dicht neben ihr, machte aber keine Anstalten, sie zu berühren. Es muss von ihm kommen, es muss von ihm kommen, der Satz wiederholte sich in ihrem Kopf wie ein Mantra. Als er sich zu ihr hinunterbeugte, entfuhr ihr ein kleiner Seufzer. Mein Gott, es klang ausgehungert und sehnsüchtig, auch Georg schien das zu bemerken. Er lächelte, küsste sie kurz und trocken auf den Mund, drehte sich dann um und ging hinein.

Am nächsten Morgen standen sie um Punkt neun vor dem ersten Maklerbüro. »Ab zehn geöffnet«, las Georg auf einem Schild an der Tür. »Manchmal fühle ich mich so typisch deutsch«, stöhnte er, während er die Bilder im Schaukasten der Agentur betrachtete und die Preise verglich. In einer Bäckerei kauften sie sechs *panini* und duftendes Brot mit aufgesprungener Kruste, nebenan suchte Georg vier Red Snapper beim Fischhändler aus, eine Straße weiter fanden sie in einem Eisenwarenladen einen Duschkopf mit passendem Gewinde und ein Grillgitter.

Punkt zehn drückte Eva die Klinke zu *First Immobiliare* hinunter. Drinnen war es tiefgekühlt und elegant. Eine nette junge Dame nahm ihre Daten und die des Grundstücks auf und versprach, noch heute, aber spätestens morgen jemanden vorbeizuschicken, um einen Preis festzulegen. Sie weigerte sich, Italienisch mit Eva zu sprechen, und beharrte auf ihrem sehr guten Englisch. »*He doesn't understand Italian, does he?*«, sagte sie mit einem koketten Lächeln in Georgs Richtung, um gleich darauf wieder ernst zu werden. »Wir haben zurzeit einen Boom, viele Engländer sind da, um zu kaufen.«

Sie betraten »Apulia Immoworld« zwei Häuser weiter, ein ebenso schickes Büro, die gleiche Einrichtung, die gleiche Kälte, nur die Dame hinter dem Schreibtisch war eine andere. Auch sie nahm ihre Daten auf, allerdings auf Deutsch, und versprach, ihren Mitarbeiter so schnell wie möglich zur Schätzung vorbeizuschicken.

Eine halbe Stunde später saßen sie am Tisch unter der Pergola und frühstückten mit Milchkaffee und einem Obstteller voller Erdbeeren, aufgeschnittener Ananas und Aprikosen, den Helga zubereitet hatte.

Als das Frühstücksgeschirr abgeräumt war, schaute Eva sich um, endlose Stunden des Nichtstuns lagen vor ihr. Was für ein wunderbares Gefühl! Sie holte die zwei Liegen aus der Abstellkammer, wusch sie ab und stellte sie in den Halbschatten der Olivenbäume. Dort war die Hitze gut auszuhalten. Emil blieb zwischen dem Boiler, der Pumpe für die Zisterne und dem Werkzeug hocken und beobachtete noch eine Weile die Geckofamilie, die sich dort tummelte, bevor er johlend in den Trichter sprang.

»Man muss auch mal entspannen können!« Helga bettete sich nebenan auf die zweite Liege.

Zum ersten Mal auf der Reise las Eva in ihrem finnischen Krimi, dann lackierte sie sich die Nägel mit einem blauen Lack, den Helga ihr angeboten hatte. Außer Aprikosen zu essen und sich die Beine und Schultern mit Sonnenmilch einzucremen gab es nichts zu tun.

Die Stunden flossen dahin, die Grillen sägten, ein paar Bienen und Wespen freuten sich über das verspritzte Wasser auf den Steinen und surrten durch die Luft. Tierfreund Emil ließ sich davon nicht stören, er schwamm glücklich im Trichter, kletterte raus, sprang wieder rein. Helga legte sich zu einer kleinen Siesta in ihren Trullo, Georg döste unter den Bäumen in der Hängematte, allerdings nicht, ohne Emil dabei aus halb geschlossenen Augen im Blick zu behalten.

»Ich glaube, ich werde später mal Schwimmer, bei der Olympiade!«, rief Emil. »Was wolltest du als Kind eigentlich mal werden, Papa?« Georg ging hinüber, setzte sich an den Rand des Trichters und hielt seine Füße ins Wasser.

»Tja, weißt du, komischerweise wollte ich nie so etwas wie Feuerwehrmann, Kranführer oder Polizist werden. Ich träumte davon, in einem kleinen Kabuff zu sitzen und meine Ruhe zu haben, dort nie weggehen zu müssen. Concierge wollte ich werden, so, wie ich sie als kleiner Junge in Paris gesehen habe, das war mein Ziel!«

»Echt? Was macht ein Concierge?«

»Der oder die passt auf, wer den ganzen Tag ins Haus geht, nimmt die Post für die Leute an, so eine Art Hausmeister.«

»Du hast als kleiner Junge da gewohnt, nicht?«

»Ja, Helga ist ja oft umgezogen, und ich musste immer mit. Erst haben wir im Süden gewohnt, in einer Stadt, die heißt Saint Tropez. Dann in Paris, danach zog sie mit mir für ein Jahr nach Toulouse zu einem Freund. Als ich schon besser Französisch als Deutsch sprach, ging es zurück nach München, in das Haus meiner Großeltern, da, wo Onkel Kurt jetzt wohnt. Von da aus zogen wir nach Stuttgart.«

Eva ließ ihren Krimi sinken. Von Georg wusste sie, dass der Freund nicht mehr als ein Liebhaber war, zudem noch verheiratet, und in Toulouse erst die körperliche Zuneigung und dann auch die finanzielle Unterstützung einstellte. Georg hatte ihr auch erzählt, dass Helga in München ein kurzes Intermezzo mit einem reichen Badewannenhersteller einging, dessen Tochter sie hätte sein können. Die Familie nannte ihn nur den »Bade-Maxe«. Als er sie heiraten wollte, floh sie nach Stuttgart, wieder mal zu irgendeinem Freund, der ihr etwas versprochen hatte. Einen Job, eine Wohnung, ein sorgenfreies Leben? Das hatte Georg nie herausgefunden.

»Erzähl noch mal das, wo du in Stuttgart in die Schule gekommen bist und die Kinder nicht verstanden hast!«

»Das habe ich dir doch schon so oft erzählt. Mein Deutsch war nicht gut, beim Schwäbisch gab ich dann auf, ich verstand die einfach nicht, die Kinder sagten immer, gell, gell?«

»Und du hast immer Geld verstanden! Geld? Geld?« Emil lachte.

»Ab der fünften Klasse wurde es besser. Da wohnten wir nämlich schon in Dortmund.«

»Und Oma hat in dem Hutladen gearbeitet, über dem ihr auch gewohnt habt.«

»Genau … Da war es sehr schön, aber als ich in der neunten Klasse war, sind wir nach Hamburg gezogen.«

Und du warst das erste Mal richtig veliebt, dachte Eva. Allein und liebeskrank war Georg an einem Wochenende mit dem Zug zurückgefahren, um eine gewisse Saskia wiederzusehen. Ihre Eltern waren sehr nett, sie gaben ihm sogar Geld für die Rückfahrt. Eva schüttelte den Kopf. Als er zurückkam, hatte Helga seinen Zettel auf dem Küchentisch nicht einmal gelesen.

Mittags lud Georg Eva zu einem Gang über das Grundstück ein.

»Ich zieh mir eben eine lange Hose und Turnschuhe an«, sagte sie. Das hochstehende Unkraut konnte an nackten Beinen unverschämt piksen und stechen, hatte sie in ihrem ersten Sommer gelernt.

»Emil, du gehst jetzt bitte aus dem Wasser und aus der Sonne, du darfst im Haus eine Runde mit dem Gameboy spielen, aber setz dich nicht mit der nassen Hose aufs Bett. Und nimm dir bitte keine Flakes. Wenn wir zurückkommen, gibt es was Richtiges zu essen.« Wie eine Mutter, dachte Eva, das hat er richtig gut drauf.

Bewaffnet mit einer Machete und dem Schlüssel zu dem hinteren Tor zogen sie los.

Unter den Bäumen hatten sich Hafer und diverse Gräserarten ausgesät. Es musste schon seit einer Weile nicht mehr geregnet haben, denn ihre Stängel waren gelb und vertrocknet. Eva stampfte kräfig mit den Füßen auf, so vertrieb man die Schlangen, denen man hier öfter mal begegnen konnte.

»Die Bäume scheinen alle gesund, soweit ich das beurteilen kann«, sagte Georg, »aber wir müssen sie unbedingt schneiden lassen. Oder der neue Besitzer«, fügte er hinzu. Sie schauten sich nicht an, während sie sich weiter durch das hohe

Gestrüpp kämpften. Das hintere Tor im Zaun war völlig zugewachsen. Einige Büsche hatten sich davor breitgemacht, der schlaffe Efeu, der auch an der Mauer zur Straße wuchs, rankte sich an den Gitterstäben empor.

»Hier ist Mimmo aber schon seit Jahren nicht mehr durchgefahren. Wann hatte er noch mal den Schlaganfall?«

»Tommaso sagt, vor drei Wochen.«

»Die kriegen wir trotzdem auf, gut, dass ich meine Lieblingswaffe dabeihabe«, sagte Georg und hieb auf die Büsche und Efeuranken ein. Eva hasste es, wenn Georg mit der Machete arbeitete, mit hängenden Armen stand sie neben ihm.

»Soll sich Tonio etwa selbst seinen Dienstboteneingang freischlagen, wenn er hier mit der *motozappa* auftaucht?« Er hackte weiter unter der prallen Sonne auf die Pflanzen ein. Eva zog ihren Hut tiefer in die Stirn. Doch nach ein paar weiteren Schlägen mit der Machete ließ sich das Tor tatsächlich öffnen. Sie schlüpften hinaus auf den schmalen, kaum als solchen erkennbaren Weg, der das nächste Grundstück von ihrem abtrennte.

»So muss ein *terreno* aussehen!«, rief Georg. Die Bäume gegenüber sahen aus, als ob sie gerade erst kräftig zurückgestutzt worden wären, die rote Erde darunter wirkte wie frisch geharkt.

»Komm, lass uns noch ein Stück gehen, hier ist es nicht so mühsam wie bei uns drüben.«

Unter den Bäumen war es schattig, der Boden federte weich unter ihren Sohlen. »So hat das bei uns auch ausgesehen, als Milena es kaufte, und unter den Bäumen lagen schon die Netze bereit. Die Vorbesitzer haben vermutlich jede Olive einzeln aufgefangen«, sagte Eva nachdenklich. »Mimmo hat sich doch eigentlich in den ersten Jahren auch gut darum gekümmmert. Aber dann …«

Sie gingen noch ein Stück weiter, immer weiter, bis vor ihnen die abgeschabten, ehemals weißen Mauern einer verlassenen Lámia auftauchten, die Eva bekannt vorkamen.

»Kehren wir um? Mir ist heiß!«

Doch Georg wollte unbedingt auf das flache Dach steigen. Sie blieb unten stehen.

»Was ist denn, komm hoch, hier ist ein witziger Buckel im Dach mit jeder Menge Flechten drauf. Sieht toll aus, wunderschöner Untergrund für ein rustikales Landhausfoto mit Wein oder Brot. Und man kann bis nach Ostuni rüberschauen!«

»Ich weiß!«, sagte sie, ohne zu überlegen.

»Warst du mit Jannis hier?«

Mist, woher wusste er das? Oder hatte er nur geraten? Besser nicht antworten. Als er wieder herunterkam, zog er sie ohne ein Wort in den Schatten eines Feigenbaums und küsste sie. Was soll das?, wollte sie fragen, doch dann ließ sie sich in den Kuss fallen wie in ein weiches Kissen. Er drückte sie an sich und atmete schwer, sie ließ ihre Hände an seinem Rücken auf und ab gleiten, spürte die Muskeln rechts und links der Wirbelsäule und konnte einen Hauch von seinem köstlichen »Athos« an ihm erschnuppern. Dieser Duft gehörte unwiderruflich zu ihm. Wenn Eva ihn an jemand anders roch, war das für sie wie Betrug. Nach einer Weile hörte er abrupt auf, und ohne einander zu berühren, gingen sie den Weg wieder zurück.

Am Nachmittag kam Antonello Greco vorgefahren, ein junges Bürschchen mit hochgegelten Haaren, einem rosa Hemd und silber glänzender Anzughose. Er überreichte ihnen eine Visitenkarte und gab ihnen eine Vorstellung des Maklerberufs. Er redete. Er redete und kommentierte alles, was er sah. Doch was er sah, gefiel ihm nicht. Hinter seiner Stirn schien er bei jedem neuen Anblick Summen zu addieren, er schüttelte den Kopf, als er in die Trulli schaute, rümpfte die Nase, als er die immer noch feuchte Stelle unter dem Bett in UNO bemerkte, fragte: »Nur ein Schlafzimmer? Nur ein *bagno?*«, als er im Haus stand, bedachte den Trichter mit einem scheelen Blick, notierte die Anzahl der Olivenbäume mit einem Schulterzucken.

»Schmeiß den Idioten raus«, sagte Georg laut, »was passt ihm denn an unserem Trullo nicht?«

»Er will den Preis natürlich drücken«, sagte Helga, die wie ein weiteres Stück Inventar auf der Liege lag und in einer fünf Jahre alten *Gala* blätterte.

»Er bekommt doch einen festen Prozentsatz vom Preis, also umso mehr, je teurer er's verkauft.«

»Aber wenn es billig ist, wird er es schneller los. Die Schaufenster von diesen Büros hängen voll – so viel, wie hier angeboten wird, können die gar nicht verkaufen!«

Das Angebot, das Antonello Greco schließlich nach einem Tippen in seinen Taschenrechner unter ständigem Kopfschütteln machte, war niedrig. Sehr niedrig. Ein verbindliches Angebot könne er ihnen natürlich erst nach eingehender Prüfung machen, dann würden sie in die Agentur aufgenommen. Das koste aber etwas. Nicht viel, nur hundertfünfzig Euro. Okay, okay. Georg winkte ab.

»Wir denken darüber nach und melden uns!« Eva führte ihn zu seinem Auto vor das Tor, neben dem immer noch die Mardermatratze lehnte und das Sofa vor sich hin miefte.

»Und das da geht natürlich auch nicht, wenn Kunden kommen«, sagte er.

»Doch, du kleiner Hosenscheißer, das da geht sogar sehr gut!«, antwortete sie auf Deutsch.

»Zweihunderttausend nur?«, sagte sie erschöpft, als Signor Greco endlich in einer Staubwolke verschwunden war und sie wieder ins Haus trat. »Hat der sie nicht mehr alle?«

»Hoffentlich kommt der Zweite nicht auch noch heute!« Georg zog das Hemd wieder aus, das er sich für Antonello Greco übergeworfen hatte, und rieb sich über seinen flachen Bauch.

Eva wandte den Blick ab, in ihrem Magen flatterte es, wenn sie ihn anschaute, und gleichzeitig schien sich ein fester Knoten darin zu bilden. Warum merkte man ihm jetzt wieder nichts an? Er hatte sie geküsst, leidenschaftlich, wie in einem Film, als ob sein Leben davon abhinge.

Der zweite Makler erschien nicht, und auch Tonio ließ sich mit seiner knatternden *zappa* nicht sehen und hören.

»Hierbleiben oder an den Strand fahren?«, fragte Georg gegen fünf in die Runde.

Emil schüttelte den Kopf und warf seine nassen Haare zurück. »Hierbleiben! Ich glaube, ich habe gerade eine Katze gesehen, so eine kleine magere. Kann die was von dem Fisch bekommen?«

Auch Helga und Eva wollten nicht an den Strand.

»Zu viel Sand«, sagte Helga.

Ist gerade so gemütlich und friedlich hier, dachte Eva.

Georg brachte die rötlich schillernden Fische aus dem Kühlschrank, wusch sie in der Außenküche, legte sie auf ein großes Schneidebrett und stopfte ihnen Zitronenviertel und Basilikum in die leeren Bauchhöhlen. Dann holte er seine Kamera. »So frisch bekomme ich euch in Hamburg selbst vom Fischmarkt nicht vor die Linse. Sorry, Freunde.« Suchend ging er dann mit dem Brett umher, legte es schließlich vor sich auf einen Stuhl und murmelte etwas von fantastischem Licht.

Eva verzog sich in Unterhemd und kurzen Hosen auf den Trullo, nachmittags um fünf hatte man auf der kleinen Plattform immer noch Sonne, während sie am Trichter schon hinter den Bäumen verschwunden war. Emil kam ihr hinterher. Sie bat ihn, ihr das Handy zu holen und, wenn er schon ins Haus ginge, auch noch ein Glas Pfirsichsaft und »Ach, ein Kissen für meinen …«

»Arsch?«, fragte Emil mit treuherzigem Augenaufschlag.

»Hintern. Genau!«

Er brachte alles über die schmalen Stufen zu ihr herauf, hatte auch für sich Kissen und Pfirsichsaft mitgebracht. Zusammen, den Rücken an die Trullokuppel gelehnt, saßen sie dort und sahen der Sonne beim Untergehen zu. Keine neuen Nachrichten, meldete das Handy. *Meno male.* Umso besser. Nach einer Viertelstunde hörten sie Helgas Ballerinaschritte über die Kiesauffahrt huschen und kurz darauf, wie das Rolltor aufging.

Emil sprang auf. »Was hat Oma vor?« Eva war zu träge, um sich zu erheben und um die Kuppel herumzugehen.

»Was tut sie?«

»Sie zieht die Mardermatratze wieder zu uns rein, aber sie schafft es nicht. Ich helfe ihr besser.« Eilig kletterte Emil die Stufen hinunter.

Herrlich, dachte Eva und lehnte sich wieder zurück, endlich habe ich meine innere Ruhe gefunden. Den Heuhaufenfall habe ich an Brockfeldt delegiert, der Trulloverkauf wird sich auch ohne mein Zutun regeln, und Georg hat noch zwei Tage. Ich kann warten! Vielleicht wird heute Nacht etwas geschehen. Oder auch nicht. Sein Antrag muss eindeutig sein. Echt und für immer. Kein Brückenbauen von meiner Seite, keine Kompromisse.

Eine neue SMS, nun doch. Eva streckte sich, um das

Handy aus dem Sendeloch an der Kante zu erwischen. Brockfeldt! Ehemann spielte Basketball im Eimsbütteler SV. Bahnhöfe leer geräumt. Ein Ticket mit der richtigen Tatzeit auf dem Stempel! Deine Abteilung ist dran.

Na, denn man tau, dachte Eva und ballte kurz die Faust. Ja! Was für ein Zufall, ausgelöst durch eine kleine Idee, weil Ticket-Schmetterlinge manchmal fliegen können. Sie lächelte.

Und noch eine Nachricht war eingetrudelt, diesmal von Jannis. Werde meine Zelte in Rom bald abbrechen, vielleicht schon morgen. Produktion plötzl. unsicher, Bezahlung auch. Lust auf ein Wiedersehen in der Mitte, du Treulose? tat!

Wo wollte er sich mit ihr treffen? Zwischen Rom und Ostuni? In Kampanien vielleicht? Und was sollte *tat!* denn heißen?

Aber da kam schon die Antwort: tat! – Ti amo tanto, schreiben die Italiener.

Ach, Jannis, dachte sie, was mache ich bloß mit dir? Sie überlegte noch, was sie zurückschreiben sollte, als sie plötzlich einen Schrei von Georg hörte: »Wir haben kein Salz, verdammt!«

Sie durchsuchten die Schränke, aber Eva wusste schon, dass es hoffnungslos war. Es war keins im Haus.

»Wir können statt Salz Pfeffer nehmen!« Helga hielt die eingestaubte Pfeffermühle hoch, die Eva beim großen Putzen eigentlich schon hatte wegwerfen wollen.

»Fisch ohne Salz?! Ich fahre schnell los und besorge welches«, sagte Georg.

»Ich komme mit«, sagte Emil, »dann kann ich der Katze gleich Katzenfutter kaufen.«

»Ich fahre auch mit.« Helga streckte sich. »Ich muss hier mal raus, werde wahnsinnig, wenn ich heute nicht noch ein

kleines bisschen Zivilisation sehe. Und wenn es Supermarkt-
gänge sind.«

»Gut, ich warte hier auf euch«, sagte Eva, der die Idee,
alleine auf dem Grundstück zu bleiben, überaus gut gefiel.
Zu viel Gruppe tat nicht gut, das hatte Helga ganz richtig
erkannt.

27

Als sie anderthalb Stunden später endlich das Auto in der Einfahrt hörte, knurrte Evas Magen schon heftig. Das war aber ein langer Salzkauf, dachte sie und grinste, scheint ihnen ja egal zu sein, ob ich hier verhungere. Sie öffnete die Haustür.

Emil sprang hinten aus dem Wagen, Helga schien noch irgendwas am Boden vor ihrem Sitz zu suchen. Kaum war Georg ausgestiegen, drückte er Emil an sich, flüsterte ihm etwas ins Ohr und ging durch das Tor nach draußen.

»Was ist los, wo geht er hin?«, fragte Eva. Was war denn nun wieder passiert? Wenn die Stimmung mal gut ist, kommt bestimmt irgendetwas dazwischen, dachte sie. Eva, unsere kleine Pessimistin, spottete die Stimme ihres Vaters.

»Ich habe keine Ahnung!« Helga ging mit einer Plastiktüte an ihr vorbei in die Küche. Eva folgte ihr und beobachtete sie dabei, wie sie den Saft in den Kühlschrank räumte, das Paket Salz neben den Herd und das Waschpulver vor die Waschmaschine auf den Boden stellte.

»Viel habt ihr ja nicht gekauft! Wo wart ihr denn die ganze Zeit? Und was macht Georg?«

Helga begann, die Spülmaschine auszuräumen. »Mir hat er nicht gesagt, wo er hingeht.«

»Oma und ich wollten auf dem Platz noch was trinken«, sagte Emil, »Papa hat auf der Rückfahrt mit niemandem gesprochen, mit mir auch nicht.«

»Und was ist jetzt mit dem Fisch?«

Helga zuckte mit den Schultern, ging hinaus über den Hof und verschwand in ihrem Trullo.

Eva spielte unter der Pergola eine Runde Uno mit Emil, dann mixte sie eine große Kanne Zitronenlimonade, schön sauer, goss zwei Gläser ein und begann aus dem quadratischen grünen Flyer eines Discoclubs, der in der Supermarkttüte gesteckt hatte, einen Flugsaurier zu falten.

Emil trank die Limonade, grabschte ab und zu in die Schale mit den Erdnüssen, die Eva auf den Tisch gestellt hatte, und sah bei der Entstehung des Sauriers zu. Eva faltete die Kante der vorderen Papierlage an der Talfaltlinie und drehte das Gebilde dann um – noch war nichts zu erkennen. Sie fragte Emil nicht aus, wenn er erzählen wollte, würde er es irgendwann tun.

»Komm, wir lassen ihn über den Trichter fliegen«, sagte sie, als sie fertig war.

»Nein!« Emil hielt den grün gescheckten Flugsaurier andächtig an seinen Schwingen hoch. »Der ist viel zu schön, nachher fällt er noch rein!« Er seufzte. »Papa hat mir gerade gesagt, er wäre auf mich überhaupt nicht böse«, sagte er, das Kinn auf den Tisch gestützt.

»Aha!«

Er schaute sie mit seinen großen grünen Augen von unten an. »Da war so eine Frau. Eine Frau, die Brigitte heißt.«

»Und was wollte die von deinem Papa? Oder wollte sie was von Helga?«

»Ich weiß nicht, sie sagte, sie hätte Papa schon die Windeln gewechselt, das fand ich echt komisch! Und Oma war ziemlich sauer auf sie. Sie hat immer wieder gefragt, warum bist du hier, Brigitte, was soll das? Warum bist du hier, Brigitte, was soll das? Warum bist du …«

»Okay! Und was hat Brigitte geantwortet?«

»Na, weil ich ihn mal wiedersehen wollte! Und Oma sagte, na, das hast du ja jetzt. Und dann hat Papa mich zu dem Loch auf dem Platz geschickt, wo unten die alten Stadtmauern drin sind. Obwohl ich mir das gestern Abend schon angeschaut habe.« Er lächelte. »Das ist so ein Erwachsenentrick, wenn Kinder nicht zuhören sollen.«

Als Georg eine ganze Zeit später immer noch nicht wieder aufgetaucht war, machte Eva Tortellini für Emil, raspelte ein bisschen Pecorino darüber und erlaubte ihm, mit der Schüssel auf dem Bett zu sitzen und Monster-AG zu schauen, das sie auf ihr Tablet geladen hatte.

»Ausnahmsweise, Emil, aber du hast ja wirklich lange nichts gesehen.« Emil freute sich.

»Und nimm deine großen Kopfhörer, damit bist du richtig drin im Film!« Auch so ein Erwachsenentrick. Eva zog die Tür hinter sich zu.

Helga saß draußen auf ihrer Liege und starrte vor sich hin. Sie schien plötzlich gealtert, ihre Schultern waren nach vorn gebeugt. Wie besiegt sitzt sie da, dachte Eva.

Sie hockte sich vor sie hin. »Brigitte. Das ist doch die Frau von deinem Verleger, die dich in Rom schon so genervt hat, oder? Was war da los, womit hat sie dich da gerade auf der Piazza kleingekriegt?«

Helga schaute müde auf. »Stimmt«, sagte sie. »Sie hat mich kleingekriegt. So fühlt es sich an.«

Eva wartete. Das konnte sie gut.

»Sie glaubt, ich hätte seine Psyche damals als Kind schwer geschädigt, aber mit dieser Aktion, jetzt nach all den Jahren, hat sie sie erst recht geschädigt, so viel ist sicher.«

»Und was meint sie genau?«

Helga machte ein seltsam kehliges Geräusch und legte ihr Gesicht in die Hände, dann schaute sie wieder auf. »Das wird er dir jetzt vielleicht erzählen, da ist er ja!«

Georg kam mit großen Schritten zwischen den Olivenbäumen hindurch auf sie zu. Wie war er auf das Grundstück gelangt? War er hinten durch das zugewachsene Tor gekommen? Erst sah es aus, als ob er an ihnen vorbeigehen wollte, dann hielt er aber doch an. Nach einer kleinen Ewigkeit setzte er sich auf die zweite Liege.

»Wo ist Emil?«

»Auf eurem Bett, sieht sich einen Film an. Mit Kopfhörern.«

»Weiß sie es?« Er sah Helga an und zeigte mit dem Kinn auf Eva.

»Nein, aber sie würde es gerne wissen«, sagte Eva.

Georg schnaubte und schüttelte den Kopf, dann räusperte er sich. »Ich habe heute von Brigitte erfahren, dass mich meine Mutter, *meine* Mutter, fast ein Jahr lang bei ihr gelassen hat! Von März 1975 bis Februar 1976, dann hat sie mich wieder abgeholt.«

Eva merkte, dass ihr Mund ganz trocken wurde. Hatte er ihr nicht auf dem Campingplatz in Pesaro erzählt, dass er es Helga so hoch anrechne, ihn nie alleine gelassen zu haben? Sie habe ihr Kind bei sich haben wollen! Stolz und irgendwie erleichtert war er gewesen, etwas Gutes an ihr entdeckt zu haben und sich daran festhalten zu können.

»Ich war fertig, Georg, ich war so jung, ich habe dich

geliebt, aber du warst so furchtbar anhänglich. Nie konnte ich einen Schritt ohne dich tun. Was andere Kinder als Phase mal ein paar Monate haben, hattest du zwei Jahre lang. Du hast mich erstickt in dieser Zeit. Und ich habe dich dennoch nicht verwahrlosen lassen!«

»Na wunderbar!«

»Sondern habe mir Hilfe gesucht.«

»In Form von Brigitte. Die war doch auch nicht viel älter als du.«

»Ja, aber sie war noch ›frisch‹, sie hatte noch nicht zwei Jahre mit einem Kleinkind verbracht, war ausgeruht und ganz vernarrt in dich. Ich musste mir keine Sorgen um dich machen.«

»Weil du mit diesem Tänzer nach Montpellier gehen musstest? Für einen Monat? Und dann einfach nicht wiederkamst. Was für eine Mutter macht denn so was?! Und wenn du deine Freiheit brauchtest, wäre ich da bei Oma und Opa in München nicht besser aufgehoben gewesen als bei irgendeiner Brigitte? Nur weil du zu stolz warst zuzugeben, dass du es alleine nicht schaffst? Oder bei meinem leiblichen Vater? Was war mit dem?«

Helga schaute ihn nur an, dann stand sie auf und ging hinüber in ihren Trullo.

»Ich wusste nie, woher mein mulmiges Gefühl beim Läuten von Glocken kommt, aber heute auf der Piazza, als Brigitte erzählte, war mir plötzlich alles klar. Sie war Au-pair-Mädchen, die Familie hatte einen kleinen Sohn, auf den sie aufpassen musste. Sie hat mich einfach mitgenommen, die Leute waren reich, sie wohnten auf dieser Insel in der Seine, direkt neben Notre-Dame. Ich habe das Läuten der Glocken mit diesem Warten verbunden! Diese Klänge sind unwiderruflich an den Verlust und die Hoffnungslosigkeit geschmiedet. Mama kommt bald wieder. Wie oft kannst du das einem Kind erzählen? Was macht die Seele eines Zweijährigen in so einem Fall, um sich zu schützen? Wenn ich an Emil mit zwei Jahren denke, wie viel der in diesem Alter schon mitbekommen hat ...«

Wenn Männer weinten, war das beunruhigend, auch in Filmen konnte Eva den Anblick kaum ertragen. Bei Georg war das etwas anderes. Nach Milenas Tod hatte sie ihn noch oft weinen sehen, nicht in der Öffentlichkeit und nicht vor Emil, aber vor ihr. Die Nachricht hatte ihn geschockt, auch Eva spürte die Anspannung in ihren Muskeln, als ob sie sich körperlich besonders angestrengt hätte.

Er putzte sich die Nase. »Ich gehe kurz mal nach Emil schauen. Wartest du auf mich?«

»Ich bin hier.«

»Danke, dass du ihm etwas zu essen gemacht hast«, sagte Georg, als er wenige Minuten später mit zwei grünen Heinekenflaschen zurückkam. Seine Stimme war belegt. »Zu dem Fisch sind wir ja heute Abend nicht mehr gekommen ... Die Kopfhörer waren deine Idee?«

Sie nickte.

»Er ist damit eingeschlafen.«

Eva trank die gereichte Flasche zur Hälfte leer, der Alkohol stieg ihr sofort in den Kopf. Georg setzte sich neben sie auf die Liege.

Wieder ein Abend bei Mondschein, wieder die Wärme, nur dass diesmal die Hunde nicht bellten, sondern die Pumpe im Trichter leise vor sich hin brummte. Und auch sonst war alles anders. Minutenlang sagte keiner von ihnen ein Wort, Eva knibbelte das Etikett von der Flasche, Georg rauchte eine Zigarette aus einer fünf Jahre alten Packung, die er im Haus gefunden hatte und die ihm, seinem Gesichtsausdruck nach zu urteilen, nicht schmeckte. Wie verlassen er sich vorkommen musste!

»Willst du lieber allein sein?«

»Nein! Ich will überhaupt nie mehr allein sein!«

Was für ein Ende unserer Reise, dachte Eva. Sie fing mit einer schockierenden Nachricht an und endet auch mit einer. Und dennoch hat das alles nichts mit mir zu tun. Es ist Georgs Reise, Georgs Suche, es sind Georgs Erkenntnisse. Noch zwei Tage, dann bin ich zurück in Hamburg. Sie konnte sich nicht vorstellen, am nächsten Montag schon wieder in ihrer Küche neben dem Kühlschrank zu stehen, ihr Müsli zu löffeln und dabei aus dem Fenster zu schauen. Auch die Aussicht auf den wieder angeschobenen Heuhaufenfall inspirierte sie nicht. Den werden sie auch ohne mich lösen, dachte sie. *Basta!* Morgen war noch genug Zeit, in einem Café mit WLAN-Zugang den Flug nach Hamburg zu buchen. Kein Grund also, schon heute daran zu denken. Georg brauchte jetzt Trost, kein Gedanke mehr daran, in diesem Moment irgendetwas Entscheidendes von ihm zu erwarten.

»Ich lege mich in die Hängematte, kommst du mit?«, fragte Eva. Statt einer Antwort reichte er ihr seine Hand. Sie führte ihn unter die Bäume, hier war es dunkler, die trockenen Halme raschelten und strichen sanft an ihren Beinen vorbei, doch auf einmal stieß ihr Fuß gegen eine Kante, und sie stolperte. Wie bei Dick und Doof, dachte sie im Fallen, bevor ihre Hand von seiner losgerissen wurde. Sie stieß einen kleinen Schrei aus und landete auf etwas Weichem. Georg fiel mit einem unterdrückten Schnaufen neben sie.

»Oh, *shit*«, lachte er erschrocken auf, »was ist das denn!?«

»Die Mardermatratze. Tut mir leid, ich habe nicht mehr daran gedacht. Das war Helga heute Abend. Sie sagte, für Yoga sei sie zu weich, aber zum Meditieren gerade richtig.«

»Na, dann lass uns meditieren. Genug Zeug, um es aus meinem Kopf zu scheuchen, habe ich heute Abend ja gehört.«

Sie rollte sich ein wenig weg von ihm. Eine Weile lagen sie beide nebeneinander auf dem Rücken. Wie ein Ehepaar, dachte sie. Er links, ich rechts. Irgendetwas krabbelte über ihren Arm. Ameisen? Sie setzte sich auf und fegte die unsichtbaren Insekten mit den Händen weg. »Ich sehe nichts, was ist das über dem Schaumstoff? Hat Helga das Teil mit einem Spannbettlaken überzogen?«

»Keine Ahnung. Ich will mich jetzt nicht über sie unterhalten. Komm her!«

Sie robbte zu ihm hinüber und umarmte ihn. Er brauchte sie, wollte, dass sie ihn festhielt. Ein paar Minuten lagen sie einfach so da, dann zog er sie näher an sich und suchte ihren Mund. Sie küsste ihn. Er empfing ihre Zunge, nahm sie auf, war zart und doch fordernd. Sie seufzte, es hörte sich an wie ein Stöhnen.

»Eva, ich brauche dich, geh nicht mehr weg von mir, ja?«

Endlich, dachte sie. Endlich angekommen. Diese Schultern, dieser breite Brustkorb gehören Georg, der immer so gut riecht. Er verteilte kleine Küsse auf ihrem Hals, küsste sich dann hinunter zu ihren Brüsten.

»Nein«, sagte sie, »ich gehe nie mehr weg!«

Die Berührung seiner Hände machte ihr Gänsehaut, er war so traurig gewesen, so erschüttert. Merkte man aber im Moment gar nicht mehr. Eva lächelte und warf unwillkürlich den Kopf zurück. Langsam zog er sie aus.

Ich liege halb nackt unter einem Olivenbaum mitten im Nichts, dachte sie. Er riecht so lecker, ich liebe diesen leichten, sauberen Schweißgeruch, der in seinen Achselhöhlen haftet. Es fühlt sich so gut an, wie er meine Haare zurückstreicht, das kann er, so zart und sicher, jetzt rollt er mich herum, greift nach meinem Hintern. Ja, das ist schön, mach weiter, genau so.

Aber schon ändert er wieder alles, liegt jetzt auf mir, bisschen schwer ist er, ein echter Mann eben. Georg, du Drängler. Ist es albern, ihn abzuwehren, mit den Hüften vor seinen Händen zu fliehen, mich unter ihm hervorzuwinden, wie jetzt? Aber nein, es ist noch zu früh, er darf noch nicht in mein Höschen, aber ich in seins. Höschen! Männer tragen Unterhosen. Er stöhnt. Wenn ich so weitermache, kommt er gleich. Er hat gesagt, ich soll nicht gehen! Davon habe ich immer geträumt, endlich hat er es gesagt.

Nun ist auch das letzte Bollwerk namens Höschen gefallen, und ich liege nackt auf der Mardermatratze. Im Trulloland. *Paese dei trulli.* Relax! Georg schmeckt nach Zigarette, von wem die alte Packung wohl ist? Milena hat doch nie geraucht. Warum kann ich mich nicht auf das einlassen, was wir hier machen?

Georg verschwand mit dem Kopf zwischen ihren Beinen.

Kannst du mal deinen Kopf abschalten, verdammt, Eva! Hallo! Du bist hier, und Georg ist da unten. Stimmt. Was macht er da eigentlich? Soll mir wahrscheinlich Freude bereiten. Darin war er noch nie gut. Los, entspann dich! Ich versuche es ja, aber irgendwie fühlt sich das alles nicht richtig an. Die Pumpe brummt so laut, und irgendetwas ist gerade auf meine Schulter gefallen. Eine Olive kann es nicht sein, die Bäume haben gerade mal geblüht, wahrscheinlich ein schweres Blatt. Oder ein schwerer Käfer. Igitt.

Georg kam wieder in Sicht- und Kussweite, er legte sich neben sie, schwang sie dann abermals herum, sodass sie nun auf ihm lag. War das eine Mücke an ihrem Ohr? Hau ab! Mit einem Mal wünschte sie nur noch, es wäre schon vorbei.

28

Am Morgen wehte ein warmer Wind, das Frühstück in der Sonne mit Milchkaffee und Obstteller war schon nach dem zweiten Tag zum Ritual geworden. Helga saß betont munter mit am Tisch, sprach aber nicht mit Georg, sah ihm auch nicht in die Augen. Georg seinerseits behandelte sie wie Luft.

Ich hätte nicht mit ihm schlafen sollen, dachte Eva zum wiederholten Mal. Und es war noch nicht mal richtig toll, oder? Es war eigentlich nie besonders toll. Hat ja lange gedauert, bis du dir das eingestanden hast, flüsterte eine Stimme in ihrem Kopf. Wann war der Moment gewesen? Als er wieder so mechanisch »Das ist gut, das ist gut« flüsterte und sich bewegte, als ob er etwas Mühsames zu Ende bringen müsste, egal wie?

Sie hätte heulen können. Er küsste sie nicht – na ja, vor Helga und Emil wäre das auch komisch. Für ihn änderte sich nicht viel. Sie hatte gestern nicht fragen wollen, was »Das habe ich gebraucht« bedeuten sollte. Aber über die Bedeutung des Kondoms in seiner Hosentasche musste sie nicht lange grübeln. Er war vorbereitet gewesen, hatte anscheinend auch noch Angst, sich mit irgendwas bei ihr anzustecken. Nun tu nicht so überrascht, sagte sie sich, nach der Kuss-Attacke unter dem Feigenbaum war das doch klar, oder? Und dann hat er auch ganz viel Trost gebraucht, das konnte er vorher nun wirklich nicht wissen, und den hast du ihm gegeben. Ein Trostfick, wie in den letzten zwei Jahren auch. Mehr war das nicht, sieh es doch endlich ein.

»Ananas waren ja mal ziemlich weg vom Fenster, sind aber wieder total in, Eva, wusstest du das?«

Sie schüttelte den Kopf.

»Ich komme nicht mit an den Strand«, sagte sie nach dem Frühstück, »fahrt ihr ruhig und setzt mich in Ostuni ab. Ich muss meinen Flug buchen.«

Helga nickte. »Ich bleibe lieber hier«, flüsterte sie Eva verschwörerisch zu, »der Gruppenkoller schlägt mal wieder bei mir zu.«

»Aber es werden Wellen am Strand sein, hat Papa gesagt! Komm doch mit, Eva!«

Emil klemmte sich das alte Bodyboard, das er in der Abstellkammer gefunden hatte, unter den Arm. Emil, du mein Lieblingsneffe! Sie zeigte ihm einen erhobenen Daumen. Wenigstens einer wollte sie mit dabeihaben.

Der Delfin grinste ihr von dem Board zu, bevor Emil mit ihm um die Ecke zur Kiesauffahrt rannte, um es in den geöffneten Kofferraum zu legen. Das Tier erinnerte Eva an Georg, der grinste auch. Lächelte. War unverändert freundlich, außer zu Helga natürlich. Ein einfaches »Okay! Und wie kommst du wieder zurück?« war seine Antwort auf ihren Vorstoß.

»Ich warte auf euch beide oder leihe mir einen Motorroller und fahre damit zurück, das wollte ich schon immer mal.«

Keine Geste, die ihr zeigte, dass sie ein Paar waren, keine heimlich ausgetauschte Vertraulichkeit, nach der sie sich so sehnte. Er machte einfach weiter, ließ sie nur so weit an sich heran, wie er es gerade brauchte, mal ganz nah, dann wieder weiter weg.

Nachdem sie in einem Café mit freiem Internetzugang ihren Flug gebucht hatte, stand sie auf der Piazza della Libertà unter der Säule des Sant'Oronzo herum und hatte keine Ahnung, was sie tun sollte. Es war Sonntag, das hatte sie vergessen, die Läden waren geschlossen, die Straßen leerer als sonst. Kein Motorroller, um nach Hause zu kommen, kein Bikini zu kaufen, nicht mal die Kioske mit den Zeitungen hatten offen.

Die Schlagzeilen auf den Klatschzeitungen waren durch die Sonne schon etwas vergilbt: *La Moretti di Clooney vista a Milano con Rubinio!* Hatte George Clooney schon wieder eine Neue, oder warum lieh er seine Freundin an Elio Rubinio aus? *La Moretti und Rubinio. Haben sie oder haben sie nicht? – Hörner für Hollywood? La Moretti in Rubinios Tiefgarage!* Dazu verschwommene Fotos von zwei dunklen Köpfen hinter der Frontscheibe eines Autos. Elio war anscheinend in Milano gut beschäftigt.

Eva floh in den Park, in der Hoffnung, dass dort wenigstens ein Trödelmarkt stattfinden würde, doch unter den hohen Palmen langweilten sich nur Familien mit dicken Kindern auf den Bänken und starrten sie an, als sie vorbeiging. Sie gehörte nicht hierher.

»Ewa!« Mimmos Tochter Katia kam am Ausgang des Parks winkend auf sie zu. Sie hätte sie überall erkannt, das kleine Frettchengesicht war noch schmaler geworden, die dunklen Locken noch buschiger. Sie umarmten sich, obwohl sie sich vielleicht erst fünfmal im Leben begegnet waren und sich bei diesen Gelegenheiten nur über Stromrechnungen und Ähnliches unterhalten hatten. Katia lächelte, dann schob sie einen Mann nach vorn, den sie stolz als ihren Verlobten Pietro vorstellte.

»Wie geht es deinem Vater? Es tut mir so leid!«

Katia erzählte, was Eva schon von Tommaso erfahren hatte. Mimmo saß zu Hause, unfähig, mehr als den rechten Arm zu bewegen. Er wollte niemanden sehen.

»Bitte kommt nicht vorbei! Er wird sonst böse und schimpft! Wir können ihn zwar kaum verstehen, aber dennoch.« Sie drückte Evas Arm so fest, dass es wehtat.

»Sag mir nur, wie viel Geld ihr für den Strom bekommt.« Katia kritzelte ihr eine Bankverbindung auf einen Zettel und versprach, ihr die genaue Summe per SMS zu schicken. »Deine Nummer habe ich ja.« Sie verabschiedeten sich schnell. Pietro trottete an Katias Seite davon wie ein lustloses Kind auf dem Sonntagsspaziergang.

Weil sie nicht wusste, wo sie sonst hingehen sollte, schlenderte Eva den Weg zur Kathedrale hinauf. Sie kaufte sich ein Stück *focaccia,* die ihr aus einem kleinen Pizzaladen schon von Weitem entgegenduftete, und biss herzhaft hinein. Großartig! Tomatig, ein bisschen ölig, mit drei schwarzen Oliven, grobem Salz und Oregano, besser als die Apulier bekam das keiner hin! Eva wischte sich Finger und Mund an der Serviette ab. So ein Rezept müsste Georg mal auftun, eines, das auch zu Hause im windigen Hamburg funktionierte. Aber irgendwie hatten die Italiener anderes Mehl und wahrscheinlich auch bessere Hefe, das konnte in Deutschland nur schiefgehen.

Kurz vor der Kathedrale bog sie rechts in eine der Gassen ab. *Vicolo* irgendwas, die Schrift war zu verwittert, um sie entziffern zu können. Sie ging unter einem Bogen hindurch, dann öffnete das Gässchen sich wieder. Ein paar Meter weiter sah sie erneut einen mit Kleister an einer Mauer festgepappten Zettel vom Bed&Breakfast *Mamma Isa*. Diesmal mit einem kleinen Pfeil nach links, die Gasse hoch. Sie folgte ihm, es war ein Spiel. Was würde sie tun, wenn sie es tatsächlich fand? Sich als Gast ausgeben? Sagen, dass Mann und Kind noch einen Parkplatz suchten? Oder einfach nur nach Elio fragen?

Eher durch Zufall entdeckte sie das Schild an einem Balkon. B&B *Mamma Isa*, unauffällig und klein.

Halb zwölf am Sonntag, keine gute Zeit, um in Italien zu stören, aber eine Pension durfte sich darüber nicht beklagen. Sie klingelte. Der Summer ging, sie stieg die Treppen hoch bis in den dritten Stock. Eine zierliche alte Frau mit weißer Haarkrone wie frisch vom Friseur stand schon auf dem Treppenabsatz. Ihr knallblauer Lidschatten unter den hochgewölbten Augenbrauen fiel Eva sofort auf. Hübsch, aber ungewöhnlich für eine sicher über Siebzigjährige.

»*Buon giorno*«, sagte sie und lächelte. »Sind Sie die Engländerin, die kommen wollte?«

»*No*, ich bin die Deutsche, die gar nicht angemeldet war«, erklärte Eva auf Italienisch.

»Ah, aaah!« Ihre Augen schauten Eva neugierig von oben bis unten an. Eva gab ihr die Hand, einfach, weil sie so nett aussah. »Ich hoffe, ich störe nicht allzu sehr!«

»Auf keinen Fall, ich freue mich immer, wenn jemand kommt.« Die Frau drehte sich auf dem Absatz zwischen den zwei offen stehenden Wohnungstüren, der zu einem kleinen Empfang ausgebaut war. Ein Kühlschrank, ein schmales Regal mit Büchern, eine Pinnwand mit dem Inter-

netcode und den handschriftlichen Hausregeln. *Dear guest!*
Liebe Gäesten!

Ein Foto an der Wand zog ihren Blick auf sich. Eva erkannte ihn sofort: die hellen Augen, der weiche, etwas weinerliche Mund. Elio als kleiner Junge mit dem, was auch bei Emil auf manchen Kinderfotos durchschimmerte. War es die Kopfform? Oder der Abstand der Augen? Unsichtbar, wenn man nicht wusste, wonach man suchte, doch ohne jeden Zweifel erkennbar, wenn man dieses Foto sah.

Sie würde Georg den Vater präsentieren, den schönsten, den erfolgreichsten, den besten von allen potenziellen Vätern, der, der am meisten wehtat. Das hatte er nun von seiner Reise und davon, dass er sie ... Selber schuld. Sie schob den Gedanken beiseite und lachte, doch es klang in ihren Ohren wie das Lachen einer bösen Fee: »Das ist ja Elio, wie süß! Wie alt ist er da?«

»Vier.«

»Ich bin Milenas Schwester.«

»Aahh!«

»Sie hat mit Ihrem Sohn in dem Film ›Die Mandeldiebin‹ gespielt. *La Ladra delle Mandorle.*«

»Jaa, den habe ich gesehen! Das war doch die Geschichte mit dieser Magd ...«

»Genau, die nach ihrem Tod ein ganzes Dorf hochgehen lässt.« War »*saltare in aria*« richtig? Hieß das nicht eher in die Luft sprengen? Aber Isa schien zu verstehen.

»Es ist schon lange her, dass ich den Film gesehen habe, der Elio dreht ja so viel!«

Sie lächelten sich gegenseitig an.

»Und Sie brauchen gar kein Zimmer?«

»Nein, ich bin zu Besuch hier, wir haben einen Trullo, draußen auf dem Land.«

»Kommen Sie, kommen Sie, heute ist nicht so viel los, Zeit für einen Kaffee haben Sie doch?« Sie nahm Evas Hand und zog sie hinter die linke Wohnungstür. Ich werde in letzter Zeit kaum mehr um meine Meinung gefragt, dachte Eva, nur hin und her geschoben, doch sie ließ sich willig mitziehen. Irgendwas an Isa gefiel ihr sehr.

»Mein Elio ist so ein guter Sohn, immer kommen Leute. Ich habe eine Putzfrau für die drei Zimmer nebenan, und mein ältester Neffe kümmert sich um die Pläne, wann die Zimmer besetzt sind und diese Sachen. Das bekomme ich ja gar nicht hin, manchmal ist es ein Durcheinander, aber Matteo sagt mir immer Bescheid, wie viele Gäste bei mir morgens zum Frühstück sind. Und ich muss jetzt Englisch lernen, schauen Sie, dieses Buch haben mir meine Gäste mitgebracht!«

Sie hielt Eva ein kleines dickes Buch mit vielen Bildern vor das Gesicht. »Hier ist alles drin. Wenn ich etwas suche, schaue ich nach den Bildern! *Breakfast*. Frühstück. Und hier eine Birne, *a pear!* So lerne ich.«

Mamma Isa führte sie in einen Salon, der fast ein Saal war. Dort stand ein großer Flügel, von dem Eva sich fragte, wie er wohl durch das Treppenhaus heraufgekommen war. Es lagen auch noch andere Musikinstrumente herum, eine Gitarre, ein Akkordeon, eine Oboe. Eine Geige hing zwischen unzähligen gerahmten Fotos an der Wand. Darauf: Elio, der einzige Sohn. Neugierig ging sie näher heran. Elio mit dicker Windelhose und Schnuller, im feinen Anzug mit einer Erstkommunionskerze in der Hand. Vor dem Weihnachtsbaum, mit Zahnlücke, bei der Taufe, über bunten Geburtstagstorten, auf Plastikrädchen und dann als Teenie, mit komischen Haaren und zu enger Lederjacke. Auf eines war Verlass: In der Pubertät sahen selbst attraktive Menschen furchtbar aus. Eva drehte sich lächelnd zu Isa um.

»Schöne Fotos und so viele Instrumente ...«

»Tja, mein Mann hat früher viel Musik gemacht, und ich habe gesungen. Nun ist er ja nicht mehr, Gott habe ihn selig. Jetzt habe ich nur noch Elio.«

»Kommt er Sie oft besuchen?«

»Nein, kann er ja nicht. Aber morgen werde ich fünfundsiebzig, da wird er hier sein, hat er gesagt!«

»Ach, das freut mich!«

Zu dem starken Espresso reichte Mamma Isa kleine Teigtaschen, in die eine halbe getrocknete Feige eingerollt, in die wiederum eine Mandel eingebettet war. Sie strahlte, als Eva eine davon nahm, und erzählte, diesen Proviant hätten sich die Bauern immer mit aufs Feld genommen. Eva knabberte mühsam an dem harten Keks, es war beinahe unmöglich, durch den Teig zu brechen. Hatte man es schließlich geschafft, klebte die Feige an den Vorderzähnen, und mit der Mandel musste man auch noch irgendwie fertigwerden. Kein Wunder, dass die meisten Bauern im Alter nur noch Zahnstümpfe im Mund hatten – damals wie heute.

Warum sie so gut Italienisch spreche, fragte Mamma Isa, und wo denn die Schauspielerschwester heute sei. Eva erzählte die traurige Geschichte von Milenas Zusammenbruch kurz vor Weihnachten, ohne die Chance auf Rettung. *Un'infezione*, im Italienischen hörte sich das ganz anders an, und sie musste auch nicht weinen, na ja, nur ein bisschen. Mamma Isa wusste Trost:

»Wollen Sie mal Elios Zimmer sehen? Ich habe es noch ganz so gelassen wie früher!«

»Gern!« Eva sprang auf. Eigentlich albern, aber warum sollte sie nicht so tun, als ob sie ein bisschen zur Familie gehörte?

In dem kleinen Raum war es stickig, ein altes Bettsofa, ordentlich mit einer Tagesdecke abgedeckt, ein blitzblanker Schreibtisch, hundert Prozent Resopal, darüber Urkunden für den tapfersten Elio der Welt und ein großer Kleiderschrank, den seine Mutter nun stolz öffnete: »Alles aufgehoben, gucken Sie!« Seine kleinen Hemden, seine kleinen Anzüge, akkurat in knisternde Tüten von der Reinigung verpackt, Kinderkrawatten, und Eva meinte, die Lederjacke von dem Foto im Salon unter einer stabilen Plastikhülle zu erkennen.

»Bello!«, sagte sie. Und weil Isa anscheinend mehr erwartete, setzte sie hinzu: »Molto bello!«

»Ist alles für meine Enkel! Noch lässt mein Sohn sich ja Zeit, aber irgendwann wird er die Richtige mit nach Hause bringen.«

»Bestimmt«, sagte Eva und überlegte fieberhaft. Sollte sie etwas mitnehmen? Nur zur absoluten Sicherheit, falls sie sich in Elios Kinderfoto doch getäuscht hatte. Aber was? Was hatte die größten Chancen, seine DNA zu tragen? Ihr Blick ging über die schmalen Regale, in denen sich alte Schulbücher befanden, und fiel auf einen abgelutschten grauen Stoffhasen, der dem strengen Sauberkeitskodex der Wohnung auf wundersame Weise entgangen zu sein schien. Wenn sie Isa jetzt fragte, ob das Tier auch wirklich aus Elios Kindheit stammte, lenkte sie die Aufmerksamkeit zu stark darauf. Sie bewunderte noch die goldene Uhr und die Manschettenknöpfe, die Elio zur Firmung bekommen hatte und die nach dem Vorzeigen schnell wieder in ihren samtblauen Schachteln verschwanden, dann schloss sich die Kammer der Enkelkinder wieder hinter ihnen. Mitsamt dem Hasen.

Ich kann so was nicht, ich kann so was nicht, dachte Eva, als sie wieder im Salon vor den Kinderfotos stand. Im Film würde ich jetzt in das Zimmer zurückschleichen und den Hasen an mich nehmen, aber im wahren Leben geht das eben nicht so einfach. Mist. Im wahren Leben ist es an der Zeit, sich zu verabschieden, wenn man einigermaßen höflich bleiben will. Der dumme kleine Zufall aus dem Film, der fehlt. Sie nahm die leeren Espressotassen hoch, wie um sie in die Küche zu bringen, als es an der Tür klingelte. Danke, Zufall, du bist großartig! Die Tassen schepperten in Evas Hand.

»Aahhh, das wird die Engländerin sein.« Mamma Isa drückte den Summer.

»Ich bringe die hier eben in die Küche, kann ich dann schnell Ihr Bad benutzen?« Der alte Kriminellentrick.

»Aber sicher, da vorne rechts die Tür!«

Man sollte Elio mal sagen, dass seine süße kleine Mutter viel zu vertrauensselig ist, ging Eva durch den Kopf. Ihr Magen rebellierte, während sie sich den italienischen Satz »ich habe die Türen vertauscht« zurechtlegte.

Als die Engländerin mit ihrem Gepäck endlich die letzten Stufen heraufgekeucht kam, hatte Eva den Hasen bereits entführt und in den Tiefen ihrer Handtasche versenkt.

Kaum stand sie wieder unten auf der Gasse, klingelte ihr Handy. Brockfeldt etwa, mit Ergebnissen? Nein. Georg. Was wollte *der* denn?

Er berichtete, dass sie gleich schon wieder in Ostuni wären, weil der Wind so heftig gewesen sei, der Sand sei über den Strand gefegt worden, man habe kaum dort liegen können, die Wellen zu hoch, die Strömung gefährlich, rote Fahne.

»Wir holen dich da ab, wo wir dich gelassen haben, okay?«

Okay, natürlich, okay. Die Wut legte sich bleischwer auf ihre Lungen, sie bekam kaum noch Luft! Und heute Abend können wir ja wieder auf die Matratze gehen, oder auch nicht – wie es dir gefällt, Georg!

Sie atmete tief ein. Der Hase beulte ihre Handtasche aus. Mission beendet. Morgen flog sie nach Hause.

»Ich stehe unter der segnenden Hand von Sant'Oronzo!«

29

»Ich habe zwar überhaupt keine Lust drauf, aber Emil hat Hunger, und die Fische müssen irgendwann gemacht werden, Salz haben wir ja nun.« Georg starrte schon seit Minuten in den geöffneten Kühlschrank. Eva nickte, wieder so ein beschissen neutraler Satz von ihm, sie setzte Kartoffeln für Emil auf, der seit Perugia auch keinen Fisch mehr essen mochte.

»Wann fliegst du morgen?«, fragte er.

»14.10 Uhr.«

»Dann nimmst du den Zug um …?«

»10.30 Uhr.« Sie wartete. Worauf eigentlich? Sie wusste mittlerweile doch, dass seine nächtlichen Sprüche bei Tageslicht zerbröselten wie fünf Jahre alte Marderkacke.

»Tja, dann gehe ich doch weg von dir«, sagte sie leise und hätte sich am liebsten geohrfeigt. Natürlich, sie konnte es nicht lassen! Nervös drehte sie das Geschirrhandtuch in ihren Händen.

Georg holte die Fische in ihrer Schüssel aus dem Kühlschrank und schloss endlich die Tür. »Eva, hör mal, also … Was ich da gestern Nacht gesagt habe, das war schon ehrlich gemeint und nicht, um irgendetwas bei dir zu erreichen.«

Wie überaus anständig, aber zum Ziel hat es dich schon gebracht, dachte sie.

»Lass mir nur zwischendurch etwas Zeit, ich muss das alles noch sortieren. Auch mit Emil. Das verstehst du doch?«

»Ja. Verstehe ich.« Seit zehn Jahren verstehe ich alles, dachte sie und spürte, wie Tränen in ihr aufstiegen. »Aber kannst du mich nicht mal heimlich küssen? Mal ein klitzekleines Zeichen geben? Ich fühle mich oft so verloren, *zwischendurch* ist manchmal ganz schön lang bei dir!«

»Durch solche Forderungen wird es auch nicht schneller gehen.« Er wandte sich ab und kramte lautstark in einer der Schubladen.

Eva schmiss das Geschirrhandtuch neben den Herd und lief aus der Küche. Forderungen! Nur weil sie um ein kleines Küsschen zwischendurch gebeten hatte!

Im UNO-Trullo raffte sie wütend die wenigen Kleidungsstücke zusammen, die noch auf den Bügeln hingen, und warf sie in den Koffer. Was für ein Egozentriker! Was für ein Idiot!

Sie hätte den Stoffhasen am liebsten immer wieder gegen die steinerne Wand des Trullos gehauen, bettete ihn dann aber vorsichtig neben Bierflasche, Taschentuch und Hörnchen. Der Hase konnte ja nichts dafür, und sie brauchten ihn noch, er würde Elio, Putativvater *numero quattro*, als den Richtigen überführen, André würde die Übereinstimmung ganz offiziell im Labor für Georg sichtbar machen. Für Georg, da war es wieder, immer alles nur für Georg. Und dann sprach gerade er von Forderungen! Doch plötzlich war ihre Wut verraucht und machte einer großen Traurigkeit Platz. Auf einmal war sie froh, morgen abzureisen. Was bedeutete sie ihm schon? Was bedeutete ihr kleines Scheißleben überhaupt?

Aus dem Hof kam das Geräusch von brechenden Zweigen, kurz darauf stieg ihr der Geruch von brennendem Holz in die Nase. Eva nahm ihr Handy, ging hinaus, vermied es, Georg anzusehen, und kletterte auf den Trullo neben den Anbau. Kaum hatte sie das Handy in das Sendeloch gelegt, kam auch schon eine Nachricht herein. Jannis! Höre nichts von dir, dein Handy ist immer aus. Verstehe dich mal wieder nicht, fühlt sich an wie damals. Ziemlich beschissen. Eva zuckte bei dem letzten Wort zusammen, sie hatte ihm nicht mal auf seine letzte SMS geantwortet. Lass mir etwas Zeit, ich muss das alles noch sortieren. Eva. Was Georg konnte, war auch für sie nicht schwer. Höchste Zeit, nach Hamburg abzuhauen.

Die Sonne stand als roter Ball tief über den Kronen der Olivenbäume, doch die Stimmung am Tisch war mau. Der Fisch klebte halb verbrannt an der Alufolie und war trocken, die Konversation lief nur über Emil, da weder Eva noch Helga das Wort an Georg richteten.

»Zu viel Wind am Strand, Emil? Konntest du das Board nicht ausprobieren?«

»Das Styro... Wie heißt das noch mal? Das Styrozeug im Brett war zu alt, es ist kaputt geknackt, als ich die erste Welle nehmen wollte, und dann ...«

»Dann ist er fast ersoffen, es war echt gefährlich!«, mischte Georg sich ein. »Und warum bist du eigentlich noch nicht geduscht?«

»Blöde Wellen«, maulte Emil und schüttelte sich seine vom Salzwasser verfilzten Haare aus dem Gesicht.

Der Wind hatte sich gelegt, die Glut war ausgegangen, und die magere schwarz-weiße Katze, die pünktlich zum Grillen aufgetaucht war, hatte ihren Teil der Fische restlos ver-

413

tilgt. Dann machte sie sich daran, das Gitter abzulecken. Georg scheuchte sie mit lautem Händeklatschen davon. Emil war schon im Bett, wieder mit einem Film und Kopfhörern versorgt, Eva und Helga tranken in einer synchronen Bewegung aus ihren Weingläsern. Mehr gab es nicht zu tun.

Eva war müde und überlegte, wie sie sich am schnellsten vom Tisch verabschieden konnte, als Helga sich an die Kehle griff und die Haut ihres faltigen Halses in langsamen, streichelnden Bewegungen glatt zog. Eva hatte sie dabei schon oft beobachten können.

»Ach, was soll's«, seufzte sie nach einigen Sekunden, »alt genug bist du ja dafür.«

Eva hielt den Atem an, welche Lunte hatte Helga diesmal gezündet? Sie zählte rückwärts, drei, zwei ... Doch bevor Helga mehr sagen konnte, stand Georg auf und lief unter die Olivenbäume. »Nee, Mutter, weitere Einzelheiten über mein Jahr in Paris brauche ich heute Abend nun wirklich nicht!«, rief er im Weggehen über seine Schulter.

Eva biss sich auf die Lippen. Sie war enttäuscht von Georg – und von sich selbst. Sie wusste nicht mehr, wie sie ihm unbefangen gegenübertreten sollte, fühlte sich unsicher und klein in seiner Gegenwart und dann wieder, wie heute Mittag bei Mamma Isa, haushoch überlegen. Aber sie spürte den Drang, ihn zu beschützen vor dem, was Helga anscheinend gleich hochgehen lassen wollte.

Denn die ließ sich von Georgs Worten nicht aufhalten und fuhr gut vernehmbar fort: »Na ja, ein paar Missverständnisse möchte ich schon noch aus dem Weg räumen, wenn ich hier für den Rest unserer gemeinsamen Zeit auf der Anklagebank sitzen soll ...«

Georg winkte ab und ging weiter unter die Bäume, Richtung Hängematten, Richtung Mardermatratze, Zeuge der vergangenen Nacht.

»Du meintest gestern, ich hätte dich auch bei deinem leiblichen Vater vorbeibringen können«, rief sie ihm hinterher. »Eine schöne Idee, da gab es nur ein kleines Problem ...«

»Wie viel hast du getrunken, Helga?«, brüllte er zurück.

»Ist das wichtig?«

»Ich will es nicht hören, was immer du mir auch erzählen willst. Deine Wahrheit hat meistens mit der Realität nichts zu tun. Nicht das Geringste!«

»Aber ich könnte dir eine hübsche Geschichte erzählen, sogar Milena kommt darin vor. Wo wir doch die ganze Reise schon auf ihren Spuren wandeln!« Helgas Stimme war alles andere als schwach, sie hörten Georg durch das hohe Unkraut wieder näher stapfen.

»Danach kannst du ja entscheiden, was du davon glauben möchtest«, sagte Helga gleichmütig.

Georg stand nun wieder in Sichtweite. »Ich habe dich nicht darum gebeten mitzukommen.«

Aber Helga kannte kein Halten mehr: »Am Abend der Hochzeitsparty, bevor ich anfing Mojitos zu trinken und das Unglück seinen Lauf nahm, und es tut mir leid, leid, leid! Ganz ehrlich!« Sie verbeugte sich in Georgs Richtung. »Da stand ich mit Milena ein paar Minütchen auf dem Trullo, weil sie mir unbedingt die untergehende Sonne zeigen wollte. So, ja genauso wie heute!«

Eva schaute zu Georg, der mit verschränkten Armen immer noch im Schutz eines Olivenbaums stand.

»Ich habe statt der Sonne ihren Fünfmonatsbauch angesehen, und auf einmal war ich so glücklich, ich habe mich so gefreut für sie, für euch, das musst du mir einfach mal glauben! Und irgendwie kamen dann die Worte aus mir heraus.«

Georg sog scharf die Luft ein. »Die da waren?«

»Äääh, so ungefähr, dass es wirklich ein schönes Gefühl sein müsse, wenn man wisse, wer der Vater seines Kindes sei und ihn auch liebe!«

»Bitte?! Ach du Scheiße!« Er hielt den Kopf gesenkt und starrte auf den Boden. Ein Gefangener, dem sein Urteil verkündet wird.

»Ja, so ähnlich hat Milena auch reagiert. Ich hatte nicht so ein Glück, sagte ich zu ihr, ich habe meinem Sohn allerdings nie erzählt, dass ich es nicht weiß.«

»Wie, was war denn mit Henry?!«, fragte Georg, doch Helga schien ihn nicht zu hören.

»Habe mit beiden geschlafen, einer hatte Geld, der andere nicht. Was meinst du, welchem von beiden ich dann gesagt habe, du wirst Vater …«

»Nein«, sagte Georg tonlos, er ging auf Helga zu, ließ sie nicht mehr aus den Augen.

»Milena wurde ganz still. Und wem sah er bei der Geburt ähnlich?, fragte sie mich dann. Ha! Gott sei Dank meinem Vater, habe ich gesagt. Heribert Wassermann. Und ein bisschen auch dem, den ich liebte! Und das war *nicht* der mit dem Geld, wie du dir denken kannst, bei meinem Glück … Aber der hat ihm später immerhin die paar Tausend vererbt.«

Georg nickte, der Ausdruck auf seinem Gesicht eine einzige Qual.

»Milena war geschockt, ihre Augen wurden noch größer, sie beschwor mich regelrecht: Du darfst ihm das nie sagen! Das bringt ihn nur durcheinander, und ich werde es ihm auch nicht verraten, Ehrenwort!«

»Also noch mal!«, ging Georg dazwischen, er stand jetzt wieder am Tisch und stützte seine beiden Hände darauf.

416

»Du wusstest es nicht? Ich denke, die Frauen wissen es immer. Einer hatte Geld, der andere nicht!?« Er stieß ein gepeinigtes Lachen aus. »Ich hatte keinen Vater, mein ganzes Leben lang nicht, dann am Ende war plötzlich einer da, der mich nicht kannte, mir aber einen großen Batzen Geld schenkte, bevor er äußerst unschön an Krebs starb. Danke, Henry, ich fand das immer eine klasse Geste von dir!« Er schaute kurz nach oben in den dunklen Himmel. »Und nun diese Eröffnung!« Er lachte wieder, aber diesmal klang es gehässig. »Hätte ich mir bei dieser Mutter eigentlich denken können.«

»Milena wollte nicht, dass ich es dir sage. So war deine Frau, sie hat dich geliebt und versucht, dich zu schützen. Immer!«

»Ja, das habe ich gemerkt! Jetzt erzähl endlich, was du noch weißt, Helga!«, rief Georg. »Auf irgendetwas willst du doch hinaus. Milena ist tot, wir sind nicht zufällig hier!« Er verstummte, als Emil plötzlich in der Tür erschien.

»Ihr trinkt Wein!«, sagte er verächtlich.

Ja, und deine Tante ist schon wieder betrunken, dachte Eva. Deine echte Tante, das einzig Echte, was du hier an Familie im Moment noch hast.

»Kann einer mitgucken, ich bin so alleine da drin! Oma, du? Du kannst dich aufs Bett legen und bei dem Film bestimmt gut einschlafen.«

»Deine Oma kommt gleich, Emil! Bin in zehn Minuten da.«

»Okay! Soll ich den Film stoppen?«

»Nein, Schätzchen, du erzählst mir dann einfach, was bisher passiert ist.«

Er hüpfte zurück durch die Küche, sie warteten, bis die Tür hinter ihm zuschlug.

Eva starrte Helga entgeistert an. »Du hast dich bisher nie Oma genannt!«, flüsterte sie, damit Emil sie nicht hörte.

»Weil du es nicht bist, und das weißt du auch!« Georg hatte sich wieder entfernt, ging nun am Rand des Trichters auf und ab, wie die dünne Katze, bevor sie die Fischreste bekommen hatte.

Helga stand auf und ging zu ihm, Eva folgte ihr.

»Ich wusste es nicht, und auch Milena wusste es nicht an diesem Abend auf dem Trullo. Als die Sache dann viel später zufällig ans Licht kam, war sie genauso überrascht wie ich.«

Georg stöhnte auf und schlug sich mit der Faust gegen die Stirn. »Überrascht?! Sie war Schauspielerin, Mutter! Wann will sie es denn *erfahren* haben?«

Helga fuhr ungerührt fort: »Nach Emils Unfall bei mir in der Wohnung …«

»Als *du* nicht gehört hast, wie er in der Badewanne gegen die alte Glasabtrennung gedonnert ist«, unterbrach Georg sie.

»Ja, ja, ich weiß, du denkst immer noch, ich hätte nicht richtig auf ihn aufgepasst!«

»Hast du auch nicht! Er war drei Jahre alt, da lässt man ein Kind nicht stundenlang oben in der Badewanne und telefoniert unten mit irgendwelchen Idioten!«

Helga streckte sich, obwohl das kaum noch ging, schon seit dem Anfang ihrer Enthüllung hielt sie sich sehr gerade.

»Also, er brauchte diese Bluttransfusion, und bei dem Kreuztest finden sie ja vorher die Blutgruppe heraus. Deine wusste ich ja, Georg, erinnerst du dich, wie wir manchmal zum Blutspenden gegangen sind?«

»Ja«, sagte er knapp.

»In unserer Anfangszeit in Hamburg herrschte manchmal Ebbe in der Kasse, da kamen die zwanzig Mark Aufwandsentschädigung plus eine Tasse Kaffee und ein Butterbrot danach wie gerufen. Du durftest ja leider erst Blut spenden, als du achtzehn warst, aber das war Geld, das du alleine für dich ausgeben durftest, und du hast dich immer darüber gefreut.«

Georg schloss die Augen und schlug sie nach ein paar Sekunden wieder auf.

»Von daher wusste ich, du hast die Blutgruppe B, so wie ich. Und die ist in Deutschland sehr selten. Emil hatte A. Das konnte aber eigentlich nicht sein, weil Milena ganz sicher war, dass auch sie B hat. Emil hätte also 0 oder auch B haben müssen. Es ließ ihr keine Ruhe, sie hat in ihrem Mutterpass nachgeschaut und im Internet recherchiert und war völlig fertig. Sie hat einen Arzt gefragt, ob sich eine Blutgruppe im Laufe des Lebens verändern kann.«

Eva war gekränkt. Warum hatte Milena nicht *sie* gefragt?

»Wir haben gemeinsam beschlossen, dir nichts zu sagen, Georg!« Und mir natürlich auch nicht, dachte Eva.

»Das ist wirklich furchtbar nett von euch gewesen, so habe ich es dann erst sieben Jahre später festgestellt. Willst du gar nicht wissen, warum ich unfruchtbar bin?« Doch Helga winkte ab.

»An dir ist alles dran, du bist mein Sohn, mehr muss ich nicht wissen. Milena war nach dem Ergebnis sehr geknickt, sie hat in meiner Küche geweint, also besser gesagt, in Ludwigs Küche, da wohnte ich ja noch bei ihm, so lange ist das schon her.

Ich habe dieses Kind in Nordborg auf einem dänischen Küchensofa gezeugt, mit Georg, nicht mit dem anderen! Wieder und wieder sprach sie davon.«

»Und welcher andere war das?! Kannst du mir *das* wenigstens verraten? Dem laufe ich nämlich schon seit Forlì hinterher!«

»Es kann nur in Positano passiert sein, sagte sie mir. Eine unnötige Nacht mit jemandem, den ich schon am nächsten Morgen längst vergessen hatte, so nannte sie das. Sie hatte gar nichts anderes in Betracht gezogen, als dass es von dir ist!«

Helga hatte Georg am Unterarm gepackt und rüttelte an ihm. Er ließ es geschehen, schaute zu Boden.

»Dieses Kind ist zweimal gezeugt worden, sagte sie, einmal mit dem Körper und kurz darauf mit dem Herzen. Ohne es zu wissen, habe ich die erste Zeugung noch mal überdeckt, mit ganz viel Liebe über-zeugt ...«

»Mit ganz viel Liebe über-zeugt ...«, wiederholte Georg. »Sie ist sofort mit mir von der Party weg, und dann sind wir einfach Richtung Norden gefahren, bis wir in Dänemark an einem Strand standen und es nicht mehr weiterging.«

Das war *meine* Party, dachte Eva zum wiederholten Mal, doch es rührte sich nichts mehr in ihr. Die Vergangenheit war nur noch eines: vorbei. Und die Zukunft mit Georg? Auch.

Doch Helga war noch nicht fertig: »Okay, Positano, Dänemark, hier und dort ... So schnell nacheinander?, habe ich gefragt, aber es natürlich gleich zurückgenommen. Ich habe ihr gesagt, dass ich die Letzte wäre, die sie verurteile, und auch die Letzte, von der du irgendetwas erfahren würdest, Georg. Da hatten wir nun einen kleinen Pakt geschlossen.«

Georg hatte sich umgedreht, hörte er überhaupt noch zu? Seine Schultern bewegten sich, aber Eva konnte nicht sehen, ob er weinte. Helga hatte sich auf eine der Liegen gesetzt. »Ich habe sie getröstet. Du liebst meinen Sohn,

Milena, und er dich. *Das* ist wichtig, das ist das Einzige, was zählt. Mir ist das nie vergönnt gewesen, den zu heiraten, den ich liebte. Bei mir war es Berechnung, ja, so kann man es nennen. Die, die ich liebte, haben mich alle ruiniert. Die, die ich heiratete, haben mich wieder saniert – bevor sie dann pleitegingen.« Sie lachte dünn. »Damit war für mich das Blutgruppentheater erledigt. Wir Frauen haben so manche Geheimnisse, und die sind bei uns ja auch meistens gut aufgehoben, nicht wahr? Wir plaudern sie auch nicht aus«, sagte sie lächelnd in die Runde, »es sei denn, man bittet uns darum ...«

»Stopp!«, sagte Georg laut und wandte sich zu ihr um. »Mir reicht es! Wenn sie wirklich so überrascht war, wenn sie es wirklich nicht wusste, will ich es auch nicht mehr wissen! Denn was nutzt es mir, wenn du jetzt sagst, es war der Fischhändler oder der besoffene Reza, der Kamera-Konrad oder der arrogante Elio? Emil ist mein Sohn!«

Eva nickte. Mann, Georg, endlich!

»Wenn er Koliken hatte, habe ich mit ihm nachts den Regentanz getanzt, ich habe sein erstes Lächeln und sein erstes Pipi abbekommen, seine ersten Schritte gefilmt. Er hat Milenas Gesicht, ihren Körperbau, ihr Seufzen. Die Angewohnheit, das Nutella pur aus dem Glas zu löffeln, hat er sich bei mir abgeschaut. Vielleicht sage ich es ihm, wenn er achtzehn ist, soll *er* dann entscheiden, ob er Nachforschungen betreiben will.«

»Ich bin ja diskret, mein Lieber ...«, setzte Helga an.

Georg lachte auf, diesmal durchaus belustigt. Helga verzog keine Miene. »Aber auch wenn ich es wollte«, fuhr sie unbeirrt fort, »könnte ich es dir nicht sagen. Ich weiß nur, dass es in Positano beim Drehen geschehen sein muss. Mit wem, hat sie mir leider nicht verraten.«

»Ach, Mutter! So weit waren wir auch schon mit unseren Nachforschungen. Komisch, warum habe ich nichts anderes erwartet ...?« Er ging auf Helga zu, kniete sich wahrhaftig vor die Liege und umarmte sie lachend. Tränen liefen über seine Wangen, er rollte sich in ihren Armen zusammen und legte sein Gesicht in ihren Schoß, er machte sich klein wie ein verloren gegangener Dreijähriger, der seine Mutter endlich wiedergefunden hatte.

Eva ging in ihren Trullo und streckte sich auf dem Bett aus. Georg weinte da draußen, aber gleichzeitig konnte er sein Glück nicht fassen. Seine Milena hatte ihm nicht wissentlich das Kind untergeschoben, darauf kam es ihm an, alles andere war nicht mehr wichtig für ihn. Seine erschütterte Welt war wieder heil. Heile, heile Segen.

Sie starrte vom Bett aus in die Kuppel, die sich über ihr wölbte. Eine fette Kellerassel lief durch die Ritzen zwischen den Steinen und suchte sich ihren Weg nach unten. Evas Blick fiel auf den aufgeklappten Koffer. Die Proben. Sollte sie die jetzt wegschmeißen, oder was? Ich lasse ihn dir, Milena, ich hätte nie mit ihm glücklich werden können, und das ist ausnahmsweise einmal nicht deine Schuld! Sie lächelte. Ihre Geschichte mit Georg war zu Ende. Sie spürte immer noch eine gewaltige Leere in sich, aber auch eine große Ruhe. Sie hatte sich da draußen gerade entliebt, von einem Moment auf den anderen. Sie lachte versuchsweise. Die Wände warfen das Echo laut zurück.

Plötzlich wurde die Tür aufgerissen: »Emil ist weg!«

30

»Emil!« Der Ruf hallte weit über das Gelände. Einige Hunde bellten von ferne, hörten dann mit einem Schlag auf. Stille.

»Im Haus ist er nicht! Mein Gott, er würde uns doch hören!«

»Ist er durch das Tor?«

»Es ist nicht abgeschlossen. Vielleicht hat er es unbemerkt auf- und wieder zugeschoben.«

»Ich laufe den Weg zur Straße hinunter, ihr durchkämmt das Grundstück.«

»Was will der Junge denn da draußen?«, fragte Helga. Georg war schon durch das Tor, auf der anderen Seite der Mauer hörten sie seine Schritte.

»Emil!« Seine panischen Rufe entfernten sich.

Eva wusste, in seinem Kopf tobten jetzt Bilder von weißen Lieferwagen, Entführungen, eingesperrten Kindern, Lösegeld.

»Du gehst unten lang, Helga, ich oben herum!« Sie rannte über das Gelände, rief: »Emil!«, suchte mit den Augen den freien Raum zwischen den Stämmen der Olivenbäume ab. Ob er in einen hineingeklettert war und jetzt irgendwo stumm in einer Astgabel hockte?

Was will er überhaupt?, dachte Eva. Ist er tatsächlich

423

alleine losgegangen? Der Katze hinterher, einem Hund? Was kann dieser Junge im Kopf haben? Es war ihm langweilig, er wollte nicht alleine sein, draußen wurde gestritten, sein Papa benahm sich seit ein paar Tagen seltsam. O ja, Emil, das fand ich auch!

Sie teilte das hohe Unkraut. Kletten und trockene Haferspelzen hefteten sich an ihre schwarze Hose. Emil, Emil, Emil – versetz dich in ihn hinein, wovon hat er geredet, was will er unbedingt?

Den Marder! Er will den Marder beerdigen, er sucht das Grab, nein, er hat es schon gefunden! Sie rannte zurück in Richtung Zisterne. Am ersten Abend hatte sie Georg dort mit einer Schaufel gesehen, er war bestimmt nicht weit gegangen, um das kleine vertrocknete Viech zu vergraben. Sie fand aufgewühlte Erde, das Grab war leer. Wilde Tiere? Nein, Emil hatte die Stelle entdeckt und den Marder exhumiert, um ihn zu der Schlange und den beiden Eidechsen zu betten, die er an dem Tag, als die Zisterne sauber gemacht worden war, von Franco bekommen hatte. Sein Blick war schuldig gewesen, jetzt im Nachhinein konnte Eva ihn plötzlich deuten.

Sie fand ihn in der hintersten Ecke des Grundstücks, kurz vor dem Zaun. Unter einem besonders ausladenden alten Baum saß er mit einer kleinen Schaufel und klopfte mit sanften Bewegungen einen Hügel platt.

»Eigentlich schön, so ein Grab«, sagte er, als er Eva sah.

»Jetzt haben wir schon einen richtigen kleinen Friedhof, was?«, antwortete sie.

»Ja. Jedenfalls haben sie alle eine gute Beerdigung bekommen.« Emil nickte zufrieden.

»Ich muss Georg Bescheid sagen, er sucht dich draußen!«

»Er will immer, dass ich nicht krank werde. Ich kann ihm tausend Mal sagen, ich werde nicht krank! Meinst du, das hat was mit Mama zu tun?«

Eva nickte.

»Ich werde ihm das noch mal erklären, aber nur noch ein Mal!«

»Könnte mir vorstellen, dass er es dann endgültig versteht! Bist du fertig? Wollen wir gehen? Georg und Helga machen sich totale Sorgen!«

Emil nahm die Schippe und erhob sich, langsam liefen sie nebeneinanderher.

»Neulich hätte ich noch ein Tier für dich gehabt, Emil. Beim Duschen bin ich auf eine winzig kleine Eidechse getreten, die war so niedlich!«

»Und?« Seine Augen weiteten sich interessiert.

»Ich war ganz traurig, als ich sie so platt von meiner nassen Fußsohle geklaubt habe, doch plötzlich bewegte sie sich wieder, schaute mich an, und ich schwöre dir: Sie sah aus, als ob sie lachte. Dann sprang sie aus meiner Hand und flitzte davon!«

»Sie war nicht tot?«

»Sie war lebendig! Aber so was von.«

31

Am nächsten Morgen wurde Eva von Georg und Emil zum Bahnhof nach Ostuni gebracht. Es war heiß, über dreißig Grad, sie standen im Schatten der Säulen am Bahnsteig herum, offenbar immer noch unfähig, etwas anderes als Banalitäten oder sachdienliche Hinweise auszutauschen.

»Und sieh zu, dass du noch einen ordentlichen Makler erwischst.«

»Vielleicht kommt ja der von Immoworld heute.«

»Ich überweise Mimmos Tochter das Geld für den Strom von Hamburg aus, dann musst du dich nicht hier bei der Post in die Schlange stellen.«

»Flieg vorsichtig!«

»Grüßt Helga von mir!«

Emil hatte Eva ein Geschenk gebastelt, das sie aber erst im Zug aufmachen durfte. Sie nahm die Plastiktüte entgegen, in der sich offenbar etwas sehr Leichtes befand, umarmte ihn und küsste zum Abschied seine beiden Wangen, was er, ohne zu murren, über sich ergehen ließ. Er drückte sie sogar kurz zurück.

Georg umarmte sie lange, ohne ein Wort, nur ganz zum Schluss flüsterte er: »Lass mir Zeit!«

Sie lachte ihm nur ins Gesicht. So viel du brauchst, Georg,

dachte sie, ich will dich nicht mehr, du hast alle Zeit der Welt, wofür auch immer.

Schon als der Zug in Torre Canne hielt, öffnete sie Emils Tüte. Hervor kamen zwei selbst gefaltete Schachteln aus knallrotem Papier, die er aneinandergeklebt und mit einem Deckel aus Pappe versehen hatte. Rundherum waren mit Filzstift große Fenster aufgemalt, vorn stand ein kleiner Junge mit langen Haaren und Baseballkappe, hinten saß eine Frau mit Sonnenbrille und Hut. »Minimetro Perugia« stand unten links am Waggon.

Eva lächelte und wartete auf Tränen. Doch sie kamen nicht. Auch kurz nach Polignano a Mare nicht, als sie die abgeschliffenen Trulli inmitten der roten Erde wiedersah. Na und? Vielleicht waren sie in hundert Jahren immer noch da, wen interessierte das schon? Die Menschen rannten hinter ihrem Glück her und waren doch alle nur funzelige kleine Lichter auf dieser Erde, die irgendwann verlöschen würden. Wen kümmerte es?

Vor dem Schalter in Bari stand nur eine kurze Schlange. In dem Moment, in dem Eva ihre Bordkarte in die Hand gedrückt bekam, klingelte ihr Handy. Brockfeldt, na endlich. Es kribbelte leise in ihrem Bauch, bevor sie ihn sagen hörte, dass sie ihn gefasst hatten! »Eva, das gibt 'ne Belobigung, es war dein Tipp, das muss man mal ganz klar sagen …!«

Sie freute sich, aber es war keine große, triumphierende Freude mehr wie früher. So wie Weihnachten, nicht mehr so wichtig, schnell vorbei, und weiter geht's.

»Aber vergiss die Gutenachtgeschichte nicht!« Er lachte japsend. »Denn die schuldest du mir jetzt, da reden wir noch drüber … Prima! Prima!«

»Ja, finde ich auch.«

»Wann bist du wieder da?«

»Morgen.«

»Na, für ein paar Tage vielleicht, aber dann nimmst du mal deine Überstunden, hab's schon mit Ulla besprochen. Hier ist nichts los, also, der gelöste Fall schlägt natürlich jetzt Wellen, kennst du ja, aber das ist nun Sache der Presseabteilung. Unsereins macht einfach weiter.«

Genau, macht einfach weiter. Sie nahm ihre Handtasche und ging langsam zum Gate.

Die Maschine war bis auf den letzten Platz belegt. Eva schnallte sich an und versuchte dabei zu vermeiden, der Frau links von ihr den Ellenbogen in die Seite zu rammen. Eine Stewardess in lila Uniform ging durch den Mittelgang und schlug rechts und links die Gepäckfächer zu. Zack. Zack. Zack.

Aus dem Fensterchen zu ihrer Rechten konnte sie ein Stück der Tragfläche sehen, bis ihr dicker Sitznachbar seinen Kopf davorhielt. Ein Platz in der Mitte der Sitzreihe bei German-Air war Horror. Eva versuchte sich klein zu machen und zu entspannen, zweieinhalb Stunden bis Hamburg würde sie überstehen. Sie hörte den monotonen Anweisungen der Stewardessen auf den Monitoren nicht zu, sondern dachte an ihre Wohnung. Sie wusste schon, wie es riechen würde, wenn sie die Tür aufschloss. Nach staubigen Holzdielen und ihrem Waschmittel. Sie wollte nicht zurück. Vielleicht sollte sie ein Olivenbäumchen auf den Balkon stellen und sich eine Katze anschaffen. Einen rot getigerten Kater namens Konrad.

Sie rollten vor, der Kapitän erzählte etwas über den Platz auf der Startliste, den sie innehatten, endlich wurden die Triebwerke lauter, sie fuhren los, wurden schneller, rasten über die Bahn, hoben ab. Die Klimaanlage fing an zu zischen, der Ton änderte sich, Luft wurde in die Kabine geblasen, die Schubkraft der Turbinen stemmte sie in die Höhe. Immer wieder ein Wunder, sie hatte nie so recht verstanden, wie Fliegen eigentlich möglich war. Plötzlich sah sie, dass vor ihr einige Arme emporschossen und heftig an den Luftdüsen hantierten. Man hörte Husten, Köpfe drehten sich um, noch mehr Arme, auch ihre Nachbarin fing an, hustend über ihrem Kopf an den kleinen Drehdingern herumzufummeln. Eva räusperte sich, das Kratzen in ihrem Hals hörte nicht auf, sie hustete. Als sie über die Köpfe schaute, sah sie vorn über den Sitzen weißen Rauch in die Kabine quellen. Es brannte!

Angst und eine eiskalte Gewissheit breiteten sich in ihrem Bauch aus, in ihrer Brust, drückten ihr die Luft ab. Nein nein nein, konnte sie nur noch denken, das überleben wir nicht! Die Leute wurden unruhig, sie waren immer noch im Steigflug, schon zogen die Rauchschlieren nach hinten, eine Stewardess war vorn zu sehen, die in einen Telefonhörer sprach. So war das also, so sollte es enden, sie kam hier nicht mehr raus. Eva Jakobi, die Vorsichtige, die Findige, der immer noch etwas einfiel, kam aus ihrem beschissenen Dreiersitz, aus dem beschissen schwerfälligen Vogel, der sie nach Hause fliegen sollte, nicht mehr raus. Sie konnte nicht mehr richtig atmen, ihre Arme und Beine waren kraftlos. Verdammt! Sie wollte nicht sterben!

»Meine Damen und Herren«, meldete sich die Stimme einer Stewardess, »wie Sie vielleicht bemerkt haben, füllt sich unsere Kabine mit Rauch!«

Ach wirklich?! Sie klang gelassen und munter, als ob sie gleich die neusten Parfüms im Bordverkauf anpreisen wolle.

»Wir fliegen jetzt eine Kurve und kehren sofort nach Bari zurück. Bitte bleiben Sie angeschnallt, nehmen Sie eine geduckte Position ein und halten Sie sich ein Stück Stoff oder Tuch vor Mund und Nase.«

Eva schluchzte und versteckte ihr Gesicht in ihrem schwarzen Paschminaschal, den sie im Flugzeug immer gegen die kalte Luft dabeihatte. Kalte Luft! Nicht gegen giftigen Rauch! Ihr war schwummrig im Kopf. Was hatte die Stewardess gesagt? Sofort nach Bari zurück? Das würden sie gar nicht mehr schaffen, sie würden alle vorher ohnmächtig, Scheiße. Eva fiel das Flugzeug über Griechenland ein, in dem die Passagiere und die bewusstlosen Piloten noch lange umhergeflogen waren, bis die Maschine schließlich abstürzte. So fühlte sich das also an. Sie wollte leben, sie wollte Kinder, sie wollte Emil aufwachsen sehen, wollte Georg und Helga wiedersehen, sogar ihre Eltern! Sie liebte sie alle. Tat. *Ti amo tanto.*

Das Flugzeug kippte bedenklich nach rechts. Flieg deine Kurve schneller, aber stürz jetzt nicht ab! Ich liebe das Leben, ich liebe es, in den Straßen von Rom geküsst zu werden und nackt zu schwimmen, liebe es, draußen zu sein, den Wind in den silbrig grünen Blättern der Olivenbäume rascheln zu hören, über die rote Erde zu laufen, und wie! Ich liebe Hamburg, den Hafen, Bötchen fahren auf der Alster, meine Wohnung. Ich will mich verlieben, ich will mich nicht mehr zurückhalten. Wenn ich hier jemals herauskomme, lebend runterkomme, dann …! Dann werde ich nicht mehr so kompliziert denken, sondern einfach machen. Werde nie mehr ängstlich sein. Um was mache ich mir denn immer Sorgen? Das Leben ist so verdammt schön und kostbar!

Sie weinte leise in ihr Tuch. Ihre Nachbarin nahm ihre Hand und streichelte sie. »Ich glaube, es wird schon weniger, schauen Sie mal!«

Eva blickte hoch und schniefte. Die Luft war wirklich schon ein wenig klarer, oder bildete sie sich das nur ein, weil sie es sich so sehr wünschte?

Zwei Minuten später setzten die Räder wieder auf, wurde hart gebremst. Sie waren gerettet! Die Luft fast rauchfrei. Begeistertes Schnattern der Fluggäste, Eva zog ihr Tuch wieder über das Gesicht. Sie weinte und weinte, es schüttelte sie, es strömte so heftig aus ihr heraus, als ob sie da oben zwischen Himmel und Erde noch lange nicht fertig geweint hätte.

»Ja, meine Damen und Herren«, meldete sich jetzt der Kapitän, »ein herzliches Willkommen zurück in Bari!« Alle klatschten wie besessen, auch Eva unter ihrem Tuch, bis ihr die Hände wehtaten.

Der Kapitän erklärte ihnen, dass wahrscheinlich nur ein wenig Staub in der Klimaanlage verpufft sei, bedingt durch die hohen Außentemperaturen könne das schon einmal vorkommen. Sie würden jetzt einen Techniker kommen lassen, der die Ursache und das System noch einmal genau überprüfen werde.

»Wer möchte, kann natürlich aussteigen. Wir aber, und da sollten Sie uns vertrauen, werden Sie sicher mit dieser Maschine nach Hamburg zurückfliegen!« Dann erzählte er alles noch mal auf Englisch.

Weiterfliegen? Niemals. Eva stand auf und quetschte sich mit ihrem verheulten Gesicht an der Dame vorbei, die sie so lieb getröstet hatte.

Es dauerte noch zwanzig Minuten, bis eine fahrbare Treppe am Flugzeug andockte, und eine weitere halbe Stunde, bis ihr Gepäck ausgeladen war. Zusammen mit ihr verließ nur noch ein schwules Pärchen die Maschine. »Siehst du, das nennt man Schicksal«, kicherte der eine nervös auf Deutsch seinem italienischen Freund zu. »Jetzt musst du mich doch deiner Mutter in Foggia vorstellen!«

Eva lachte, schaltete ihr Handy an und schrieb mit kribbelndem Bauch eine SMS. Habe alles sortiert. Ich ziehe für dich überall hin. Denn du bist einmalig!

Und wenn Jannis sie nun nicht mehr wollte? Nach ihrer SMS am Tag zuvor hatte er sich nicht mehr gemeldet. Egal, sie musste es versuchen!

Der Bus nach Ostuni-Centro fuhr gerade in dem Moment vor, als Eva den Bahnhof verließ.

»*Benvenuto, signorina!*«, rief der Busfahrer. Vielen Dank, ich fühle mich sehr willkommen, ich liebe diese Welt, selbst den staubigen Vorplatz voller ausgetrockneter Pfützenlöcher … Sie grinste dem Mann fröhlich zu und stieg in den Bus. Auch einen Motorroller in Ostuni zu leihen, erwies sich als außergewöhnlich einfach. Kein Problem, den Laden mithilfe der Beschreibung auf der Internetseite zu finden. Sogar die Öffnungszeiten stimmten, und die Jungs waren so nett und zurrten ihren Koffer mit zwei Gummilitzen auf der Sitzbank fest.

Es war herrlich, mit dem Roller die Kurven auf der Landstraße zu nehmen, die Luft wechselte zwischen warm und etwas kühler, je nachdem, ob sie an Olivenbäumen entlangfuhr oder durch freies Feld. Der Himmel war rot, die Mauersegler kreischten oben in der Luft. Da war schon das geliebte Hundeheim, der Weg präsentierte sich immer noch staubig und voller Löcher, sie kurvte mit den kleinen Rädern darum herum. Sie war am Leben!

»Du machst ja Sachen! Du hättest einfach nicht ohne uns abreisen sollen!« Georg schloss sie in die Arme. »Es war so leer ohne dich, der Rest unserer Reisetruppe hat dich schon schmerzlich vermisst!«

»Eva, du meine Güte, beinahe abgestürzt?!«

»Mit dem Helm siehst du cool aus, kann ich den auch mal aufsetzen?«

»Na klar. Hier.« Sie reichte Emil den Helm, wischte sich Schweiß und Staub von der Stirn und rief: »Schön, wieder hier zu sein! Was gibt's zu essen?«

»Fisch vom Grill und Gurkensalat aus diesen Monstergurken hier!« Georg zeigte ihr eine Gurke von der Größe einer kleinen Honigmelone, die er immer noch in der Hand hielt. »Vorher *orecchiette* mit Tomatensoße. Wir sind schließlich in Apulien.«

Emil nahm ihre Hand und ging mit ihr am Haus vorbei unter die Pergola. »Nach dem Schreck musst du dich erst mal abkühlen, oder?«

»Ja, aber so was von!« Sie schleuderte ihre Schuhe von sich, nahm Anlauf und sprang vor Emils staunenden Milena-Augen mit einem großen Satz in den Trichter.

32

»Und du bist sicher, dass du morgen schon wieder fahren musst? Ich denke, du hast deinen Leuten in der DNA-Abteilung gesagt, du hängst noch eine Woche dran?«

»Ich muss nicht, ich möchte. Vielleicht mache ich noch einen Zwischenstopp irgendwo. Habe mich ans Herumziehen gewöhnt.«

»Verzeih mir, ich war gestern schräg drauf. Diese ganzen Beichten und Eröffnungen von Helga ...«

»Ich kann das verstehen, und ich weiß, wie dich das getroffen haben muss. Das mit deinem Vater, aber auch die Sache mit dem Jahr bei Brigitte. Und das mit Milena sowieso.«

»Du findest mich schrecklich, oder?«

»Wäre das wichtig?«

»Na ja, ich möchte, dass du mich gut findest. Dass wir zusammen sind.«

Was hätte sie noch vorgestern für diesen Satz gegeben! Aber sie schwieg, bis Georg wieder zu reden begann:

»Wie ich neulich schon sagte, ich könnte mir das schon vorstellen ... Weiß zwar nicht, was Emil dazu sagen würde.«

»Wer weiß das schon ...«

Georg guckte irritiert. »Klappt doch wunderbar mit uns. So eine Reise ist immer ein Test, und *diese* Reise allemal.«

434

So wunderbar klappte es ja nun überhaupt nicht, dachte sie, besonders dein unschlüssiges Hin und Her nervt. Und, na ja, deine Art, Liebe zu machen ist auch gewöhnungsbedürftig. Ich habe dir das nie gesagt, aber warum hat Milena dir da nicht ein bisschen mehr beigebracht? Womit wir beim Thema wären.

Den letzten Satz hatte sie anscheinend laut gesagt. »Was für ein Thema?«, fragte Georg irritiert.

»Ich wollte es mir nicht eingestehen, aber heute im Flugzeug habe ich gemerkt, wie sehr ich an Apulien und diesem Stück Land hänge. Was hältst du davon, wenn wir den Trullo einfach behalten? Vielleicht ab und zu an Freunde vermieten? Den blöden Trichter zu einem richtigen Pool ausbauen?«

»Mmmh. Daran habe ich auch schon gedacht. Aber was ist mit Milena? Sie ist hier noch so präsent. Vielleicht würde mich das doch stören.«

»Hier würde sie dich stören?! Aber bei der Sache zwischen uns nicht?« Eva stemmte die Hände in die Seite und lachte. Sie merkte, dass die Sätze, die jetzt aus ihr herauswollten, schon die ganze Zeit fertig formuliert in ihr gesteckt hatten. Sie nahm die Hände wieder runter, denn sie erinnerte sich gerade selbst ganz fürchterlich an ihre Mutter. Etwas weniger laut fuhr sie fort: »Es stimmt, hier am Trullo ist sie bei uns, ich spüre sie überall. Aber ich spüre auch, dass sie es mag, wenn wir hier sind und es uns gut gehen lassen.« Sie ging zu ihm und nahm seine beiden Hände in die ihren. »Bei der Geschichte mit uns dagegen …«, sie machte eine Pause, obwohl sie genau wusste, was sie gleich sagen würde, »da wäre sie tatsächlich immer *zwischen* uns, und da gehört sie auch hin. Als deine Frau steht sie da. Und als meine Schwester. Ihretwegen kann *zwischen* uns nichts mehr werden, Georg, der Platz ist einfach für immer besetzt.«

Eva drehte den Gashebel bis zum Anschlag, der Roller machte einen Höllenlärm, als er durch die engen Gassen knatterte, vor der letzten engen Kurve ließ sie ihn lieber stehen, machte die Flitschegummis vom Gepäckträger und bugsierte den Koffer über die letzte Steigung des Gässchens bis vor Mamma Isas Haus.

»Jetzt brauchen Sie doch ein Zimmer, meine Liebe«, rief die kleine Dame, als sie Eva mit dem Koffer am unteren Treppenabsatz sah. Ihr Lidschatten leuchtete wie hellblaue Tafelkreide auf ihrem zarten Gesicht.

»*Tanti auguri!*«, rief Eva zurück. »Ich weiß, der Geburtstag war gestern, aber…«

»*Grazie! Grazie! Vieni, vieni nel salotto!*«

Elio Rubinio, der berühmte Schauspieler, saß im *salotto* ganz alleine am Tisch, graue Jogginghose, die Füße in weißen Socken mit zartgrau schmutziger Sohle um die Beine des Stuhls gewunden, die coolen Markenturnschuhe lagen daneben.

»Er ist gekommen, er ist tatsächlich gekommen!« Die kleine Frau umarmte ihn, drückte seinen Kopf an ihre magere Brust, noch immer außer sich über seine Gegenwart.

»Mamma!« Elio stand auf und gab Eva die Hand. »Entschuldige bitte meinen Aufzug, aber ich bin hier zu Hause.« Er schaute ihr ins Gesicht. »Meine Mutter hat mir von dir erzählt! Es tut mir so leid um Milena. Sie war eine fantastische Frau und eine fantastische Schauspielerin, gibt nicht viele wie sie.« Er hielt immer noch ihre Hand.

Evas Augen tasteten ihn ebenso ab – Auge, Auge, Mund, Nase, Stirn –, so einfach wie auf dem Kinderfoto war Emil in Elios vierzigjährigem Gesicht nicht zu entdecken. Die letzten zehn Jahre hatten Elio nicht geschadet, im Gegenteil, er war einer dieser Männer, die vom Alter profitierten. Sein Gesicht war schmaler geworden, härter, die Augen immer noch hell, die Nase lang und markant, ein schöner Mann, selbst in Jogginghose.

Eva überlegte, wie sie beginnen sollte, doch Elio verstand ihren Blick offenbar: »Gehen wir raus? Einen *caffè* trinken?«

»Bleibt doch, einen *caffè* mache ich euch schnell!«

»Mamma!«

»Ich habe etwas für dich, was ich dir wiedergeben muss«, sagte Eva leise. Doch Elio senkte seine Stimme keineswegs für seine Antwort:

»Wiedergeben? Hat Mamma dir meine Kinderkrawatten gezeigt? Das macht sie immer. Und du hast dir eine mitgenommen? Stibitzt? Behalte sie. Ich habe noch genug davon, befürchte ich …«

»Danke, das ist sehr großzügig, aber ich fühle mich besser, wenn ich sie dir zurückgebe. Schläfst du etwa auch in deinem alten Zimmer?«

»Ja, natürlich. Einmal an Mammas Geburtstag, einmal an Weihnachten.«

»Könnten wir da nicht …?«

»Was?«

»Die Übergabe …«, murmelte sie.

»In meinem Zimmer? Bei geschlossener Tür!? Nicht mit meiner Mutter!«

Er stand auf und strich grinsend sein T-Shirt von Dolce & Gabbana glatt, zeigte auf seine Hosen. Eva nickte dankbar, er würde sich eben umziehen.

»Okay. Mamma, wir kommen gleich wieder, sie …?«

»Eva!«

»Eva nimmt das Zimmer für …?«

»Für zwei Nächte.«

»Für zwei Nächte. Ruf Matteo an, damit er das in seinen Plan einträgt. Nicht vergessen, hörst du? Mamma?«

Im Hausflur lagen zwei Helme, er gab ihr einen. »In die Bar zu gehen ist schwierig, die Einheimischen lassen mich zwar in Ruhe, aber ich bin nun mal bekannt. Dann noch die Sache mit der Moretti, also Elisabetta …«

»Verstehe.«

»Nur eine Kollegin, die sich bei mir ausheult, aber die Presse will unbedingt etwas darüber schreiben, und dann schreibt sie eben!«

In der Gasse schwang er sich auf das Motorrad. »Wir fahren zum Meer, ich kenne eine Stelle, wo niemand ist, da können wir ein bisschen über Milena reden.«

»Ich habe nicht viel Zeit!«

»Es ist nicht weit!«

Eva klammerte sich mit Oberschenkeln und Armen an ihn, als er mit ihr durch die engen Gassen preschte.

In den kleinen Buchten zwischen Torre Santa Sabina und Torre Canne war wirklich kaum jemand. Nur zwei Autos standen auf dem felsigen Untergrund, den die Buchten einschlossen. Etwas weiter entfernt sah man einen Wachturm – ein kompakter Würfel ohne Fenster und Türen, wie es schien. Elio stellte das Motorrad auf einer ebenen Stelle ab, zog eine Packung Zigaretten hervor und setzte sich in den Sand. »Was willst du wissen?«

»Ach, ich versuche gerade, meine Schwester neu zu entdecken, neu zu verstehen. Wie war sie so für dich? Wart ihr Freunde?«

»Freunde?« Er zeigte entrüstet auf seine Brust. »Ein Mann und eine schöne Frau!?« Er lachte. »Scherz. Während der

Dreharbeiten haben wir uns wirklich gut verstanden, ungewöhnlich viel geredet und so. Mache ich mit Frauen sonst weniger. Sie wusste genau, was sie wollte, und konnte das gegenüber Reza, dem Regisseur, und auch dem Kameramann durchsetzen. Nach fast zwei Monaten in einem kleinen Dörfchen in der Nähe von Rom war Positano unser letzter Drehort.« Er atmete den Rauch seiner Zigarette tief ein. »Sie wollte so schnell wie möglich weg. Sie hat mir gesagt, dass sie müde sei, dass sie nach den langen Drehwochen nicht mehr an ihrem Trullo in Ostuni vorbeischauen werde, sondern lieber ein paar Tage in …? Wo wohnte sie noch mal?«

»Hamburg.«

»… in Hamburg ihre Ruhe haben möchte. Doch auf dem Abschiedsfest war sie bestens gelaunt, hielt Hof wie eine Königin. Sie hatte so was, keine Ahnung, wie man das beschreiben soll. Sie war ein Barometer, weißt du? Sie konnte die Truppe mitreißen, hatte für jeden einen tollen Spruch, die Frauen waren ihre besten Freundinnen, nicht alle, aber viele, die Männer waren hinter ihr her. Alle. Hätten für ein Lächeln von ihr getötet. Logisch.« Er zuckte mit den Achseln und sah Eva versonnen an. Dann fuhr er fort: »Wir haben mit Tamburinen in den Händen getanzt und für das Team die Liebesszene nachgespielt, wie sie eigentlich hätte stattfinden müssen. Die haben sich unter die Tische gelacht.«

Eva schaute unruhig auf die Uhr, sie musste in vierzig Minuten wieder in Ostuni sein.

»Was war mit Jannis?«, fragte sie. Sie sehnte sich nach ihm, so sehr, dass es irgendwo ganz tief in ihr drin schmerzte. Wenn er jetzt hier wäre, würde sie ihn dermaßen fest an sich drücken, dass er nicht wüsste, wie ihm geschähe.

»Jannis?«

»Assistent von Anna, der Maskenbildnerin.«

»*Il biondino!*« Der junge Blonde!

»Genau der!«

»Der war mit ein paar Leuten baden. Da gibt es so eine Geschichte …«

Eva winkte ab. »Schon gut, und was passierte dann? Nach der Liebesszene?«

»Ach, weißt du …« Er bewegte seine Hand neben seinem Kopf, als ob er eine Spule drehte, und grinste. Ein Mann genießt und schweigt.

»Am nächsten Morgen sagte sie, wir sehen uns spätestens zur Premiere im November in Rom! In diesem Satz lag schon der komplette Abschied. Ihre typische Unruhe, so energiegeladen, immer nach dem Motto: Wann kann ich hier weg, was mache ich morgen?« Er zuckte mit den Schultern. »Du wolltest mir doch was zurückgeben?«

»Wenn du erlaubst, behalte ich deine Kinderkrawatte jetzt doch, als Andenken!«

»Aber gerne!«

Wieder schmiegte sie sich an seinen breiten Rücken, als sie mit dem Motorrad nach Ostuni zurückrasten. Es war alles gut, sie hatte ihn gefunden, nun würde sie Georg die Entscheidung überlassen, ob er es Elio sagte. Und zu welchem Zeitpunkt dann auch Emil.

Auf dem Bahnhofsvorplatz sprang sie vom Sozius und schaute sich um. Zwanzig nach vier, zu spät. Auf dem Vorplatz war niemand zu sehen. Er war nicht gekommen. Sie rannte auf den Bahnsteig. Auch hier war es leer, wie immer, wenn man Verspätung gut gebrauchen könnte, war der Zug schon durch. Nur ein dicker Mann schuffelte an ihr vorbei, sein grauer Hosenboden hing traurig herunter.

Er war wirklich nicht gekommen …! Sie tastete nach ihrem Handy, rief noch einmal seine Antwort von ihm auf, die er ihr nach der verräucherten Landung in Bari geschrieben hatte:

Bleib, wo du bist, war sowieso auf dem Weg, dich mit einer sehr peinlichen Aktion zu überraschen. Komme morgen Nachmittag um 16.10 Uhr in Ostuni an.

Und dann sah sie ihn. Lässig, mit verschränkten Armen, lehnte Jannis an einer Säule und beobachtete sie.

»Wie lange stehst du denn schon da?!« Sie wollte sich in seine Arme werfen, doch ein großer Frosch, der grün und nass glitzernd vor seinen Füßen hockte, die Augenlider auf Halbmast, die Mundwinkel ebenso, hielt sie davon ab.

»Du hast den verzauberten Märchenprinzen mitgebracht!«

»Darf ich vorstellen? Das ist Angela! Wir haben uns gerade schon die Abfahrtszeiten angeschaut, da wir nicht wussten, ob Madame Unentschlossen überhaupt eintreffen würde!«

Eva verbarg ihr Gesicht in den Händen: »O Gott, es tut mir so leid!«

»Komm her!« Er nahm sie in die Arme und küsste sie. Endlich wieder seinen Mund zu spüren, sich an seinen Körper zu pressen und seinen wundervollen Duft einzuatmen war alles, was sie im Moment wollte.

»Und du würdest für mich wirklich überall hinziehen?!«, fragte Jannis Minuten später.

»Überall!«

»Brauchst du aber nicht. Ich wollte schon immer mal in Hamburg leben.«

»Und ich in Rom!« Eva nahm sein Gesicht in ihre Hände, sie konnte ihm gar nicht nahe genug sein.

»Also wieder zurück?«

»Wie wäre es heute Abend erst mal mit Ostuni? Wir haben Vollmond! Einen Orangenmond!«

»Eine weitere magische Nacht? Aber diesmal darf ich reden, oder?«

»Diesmal darfst du alles!«

»*Tat!*«

Danksagung

Für diesen Roman habe ich mich mal wieder in das Leben anderer Menschen geschlichen, habe sie ausgefragt, beobachtet und verfolgt oder sie zum Lesen meines Textes und zum Nachdenken über meine Figuren genötigt.

Ich möchte mich bedanken und/oder entschuldigen

- bei Julia! Meiner lieben Schwester, die sich mittlerweile wahrscheinlich wünscht, sie hätte ihre Arbeit im Hamburger LKA vor mir geheim gehalten.
- beim LKA Hamburg. Ist ja sowieso alles ganz anders dort!
- bei meinen drei anderen Schwestern. Sie wissen schon, wofür.
- bei der Food-Stylistin Petra Wegler, die meinem Georg auf die Sprünge helfen musste.
- bei Anna und ihrer Mutter Laura, zwei großartigen Frauen und Köchinnen! Keine von beiden ist übrigens schwanger.
- bei Sergio. Außer dem Fischladen hast du wirklich nichts gemeinsam mit dem Sergio aus meinem Roman. Ach doch, deine tollen Zwillinge!
- bei dem Verein für Trauerbegleitung TrauBe e.V. und bei Domino, Zentrum für trauernde Kinder e.V., für die vielen hilfreichen Informationen.

- bei Nader in Perugia, der mir seinen Freund Francesco zum Essengehen ausleihen musste.
- bei Graziana und Giorgio vom B&B *Nonna Isa* in Ostuni muss ich mich nur bedanken … Ich denke oft an deine liebe Mamma, Giorgio, und bin froh, ihr ein kleines Ehrenmal setzen zu dürfen!
- bei Nico Pistolesi, dessen wunderbare Musik mich beim Schreiben begleitet hat. Grazie!
- bei Stefanie und Christine fürs schnelle Lesen und die großartigen Verbesserungsvorschläge!

Vielen Dank an dich, Claudia, du bist einmalig und hast mich schon so oft gerettet!

Eine große Entschuldigung geht an M&M … Schreibende Mütter sind furchtbar. Aber so was von.

Und ein Dank an Maria Carnevale. Für alles, für immer.

Anhang

Auf meiner Italienreise von Nord nach Süd habe ich natürlich überall und oft gegessen und wie Georg Rezepte gesammelt:

Piadine in Forlì, wie Annas Schwiegermutter Laura sie macht,
Pollo in Potacchio aus den Marken,
Palombo mit Zwiebeln und schwarzen Oliven von Filomena
    aus Rom,
Focaccia aus Ostuni, nach dem strengen Rezept von Susanna.

Einige Orte des Romans sind erfunden, doch ein paar besonders schöne Plätze gibt es wirklich:

Der Palazzo Astolfi ist genauso bezaubernd wie beschrieben! Ich habe ihn allerdings aus Poggio Berni bei Rimini fünfzig Kilometer weiter nordwestlich in Richtung Forlì gemogelt.

Im *La Lumera* in Perugia wird tatsächlich original und fantastisch gekocht! Die Metzgerei nebenan habe ich mir für Emil und Eva ausgedacht, der Koch Raffaele heißt in Wahrheit Roberto, ist aber genauso charmant …

In Rom habe ich in der Trattoria da Marcello im Stadtteil San Lorenzo das göttliche *arista con mele e prugne* gegessen und sehr interessante Artischocken *alla giudia* probiert.

Das Panella ist eine wunderbare Adresse für den *aperitivo* und mehr.

Das B&B *Mamma Isa* heißt eigentlich *Nonna Isa* und liegt mitten in Ostuni. Hier wohnt man in hübschen Zimmern und wird bestens umsorgt. Die vielen Instrumente und zahlreichen Familienfotos können beim Frühstück im großen Salon bewundert werden.

Alle Rezepte, mehr Tipps, genaue Adressen und Fotos gibt es auf meiner Internetseite: www.StefanieGerstenberger.de

KAUI HART HEMMINGS
Für immer dein Lachen

Diana Verlag

Warum lebt man weiter, wenn der Sohn bei einem Lawinenunglück stirbt und die Welt aufhört, sich zu drehen? Weil das Leben nicht fair, aber dennoch lebenswert ist? Leichter gesagt als getan. Und doch gelingt es Sarah, wieder Boden unter die Füße zu bekommen. Gerade als sie glaubt, wieder lachen zu können, steht plötzlich eine junge Frau vor der Tür. Deren Geheimnis wird Sarahs Welt noch einmal aus den Angeln heben ...

»Eine wunderbare Geschichte, die mit Herz und Humor vom geheimen Prinzip der Hoffnung erzählt.«
Publishers Weekly

978-3-453-35836-2
Auch als E-Book erhältlich

Leseprobe unter diana-verlag.de